第五十三辑

# 上戏新剧本

赵韫颖

主编

上海书店出版社
SHANGHAI BOOKSTORE PUBLISHING HOUSE

# 目录

# 序言

## 原创话剧需要更多持续不断的支持

杨 扬

从新世纪至今,中国话剧的状况呈现出可喜可忧的双重景象。像北京、上海等地的话剧演出市场,红红火火,不断有新剧爆红,但另一方面,当我们追溯这些火爆的剧目时发现,几乎很少有原创性的中国当代话剧作品。有评论说,新世纪以来,各种艺术原创作品中,话剧创作是最弱的。不是说没有话剧原创作品,而是话剧原创作品的质量较弱,不像小说、影视作品那样强势夺人。话剧原创作品,除了一些配合形势,装腔作态的肤浅之作外,观众记得住、业内好评的作品似乎太少了。有的地方每年都在举办话剧节,但上演的剧目绝大多数是国外的,少数几部中国原创作品,也是自娱自乐,演完就结束,无声无息。这些批评当今话剧原创作品的话,或许说得有点绝对,但值得深思。

记得 20 纪 50 年代,田汉先生在给《人民戏剧丛刊》撰写的《人民戏剧丛刊发凡》中,谈到过剧本问题,他认为戏剧事业发展的中心环节之一,是新剧本的大量创作和旧剧本的大量修订。所谓新剧本的创作,应该就是指原创作品。每一个历史时期从事话剧创作的人,不管是剧作家,还是导演、演员,都希望在自己手里诞生出值得流传的原创经典作品。这种心愿至今依然。但不同的是,同样孜孜以求的艺术探索，在某一历史阶段，能够梦想成真，产生优秀作品，而在某一历史阶段却鲜有收获。思考其中的原因，我以为情况比较复杂，不是三言两语就能简单回答的。这不是托词，而是的确如此。我们从今天原创话剧最直接的源头——剧本创作看，这些年似乎好作品太少，出不来。太少的原因之一，在于话剧创作较之文学领域的小说、诗歌、散文、影视剧等文体，似乎写作难度更大。文学史上，小说家、诗人、散文家不少，但优秀的剧作家并不多，好像这种现象在文学史上历来如此。中国现当代文学史上，真正被大家称颂的剧作家，也就是曹禺、老舍等极少数。曹禺似乎是现代文学史上的奇迹，从中学参加话剧社团，到大学毕业前写出《雷雨》，从写作生涯一开始，就命中注定要为话剧创作而生。而老舍，很长一段时间是在小说世界中徜徉，一直到 1949 年后，才奉献出他的话剧巅峰之作——《茶馆》，而在 50 年代的环境气氛中，对话剧《茶馆》的评价，也是经过了一番争论之后，才慢慢确定下来的。像郭小川在自己的日记中，就批评《茶馆》带有庸俗的市民气息，评价不高；而李健吾认为《茶馆》开启了不同于曹禺《雷雨》的另一种话剧结构方式，这就是画卷一般徐徐打开的欣赏方式。这些文学史上的经典案例，似乎在提醒我们今天的话剧原创作者，话剧原创从来就不同于小说、诗歌、散文创作，它的孕育周期一般是比较长的，只有坚持，长期不懈地坚持，或许才有可能诞生好的话剧作品。否则，是很难有好的收获的。

如此说来，今天若想从事专业的原创话剧，一定要有一种定力，要稳得住，不管风吹雨打，咬定青山不放松。不要急于求成，而要多写多看多实践。对照这样的要求，我注意到上海戏剧学院创作中心多年来，一直在默默地扶持着原创戏剧剧本的创作。可以说，它是中国戏剧原创园地中最坚实的一块土地。上戏创作中心成立于 2004 年，每年都坚持推出自己的原创话剧作品，这其中包括翻译国外最新的剧本。创作中心将这些话剧原创作品以《上戏新剧本》的名目编辑出版，从始至今，已经出版 52 辑。在即将出版的第 53 辑中，收录了 9 个剧本，这些剧本大都被搬上过演出舞台，其中一些列入国家艺术基金的资助项目，也有一些获得上海市文化发展基金的重大项目。从已有的演出反馈情况来看,这些剧作大都有较好的基础,值得进一步推广,也值得在演出过程中进一步提炼、修改和提高。我想我们不指望这些作品一定要达到经典作品的艺术高度,但通过我们大家的持续努力,应该让艺术探索的通道明确起来,意识自觉起来,这样众人拾柴火焰高,慢慢地才有希望提升我们的话剧原创工作。

原创话剧从一开始就是与文学创作黏连在一起的,我的感觉,在今天的环境氛围中,我们不是要将原创话剧从文学世界中剥离出去,而是应该让更多有文学才华的作家、艺术家关注原创话剧,投身于原创话剧的创作、实践,这样或许会使话剧事业更加蓬勃发展起来。

是为序。

杨　扬

2019 年 3 月初春于上海戏剧学院

话剧

# 军歌

（新十稿）2019.09.03

编剧：孙祖平

向前！向前！向前！

我们的队伍向太阳。

——《中国人民解放军军歌》

时　间：1936年—1939年

地　点：上海　延安　战场

人　物：(出场时的年龄)

郑律成——23岁，“鲁艺”学员，“抗大”音乐指导，“鲁艺”声乐教员

丁雪松——女，19岁，“抗大”女生区队长

郝胡子——28岁，八路军某部老虎团团长

方部长——30岁，中共中央某部部长

段主任——27岁，中共中央某部主任

公　木——28岁，诗人，“抗大”宣传科干事

梁大坤——26岁，八路军排长，原东北军、国军士兵

余珊珊——女，21岁，北平医学院学生、八路军医院大夫

克里诺娃——女，40岁左右，白俄音乐教师

冬娃子——司号员

小　杨——女青年、翻译

海　伦——美国女记者

魏小山——25岁，特务

山　本——日军俘虏

助　手

打手甲、乙

演奏员——钢琴演奏者

歌　队——男女青年们、八路军战士们

## 第一场

[黑暗中,激烈的枪炮声渐渐远去……

[灯亮。1936年秋。夜。上海法租界。舞台左侧,一盏街灯昏暗地照着幽暗的街口。郑律成急上,他身穿西装外套,拎一小提琴盒,不时朝身后张望,突然闪躲至辅台一侧。

[打手甲、乙追上,丢失了跟踪对象,两人东寻西找,朝一个方向追去。

[郑律成转出辅台,迅即走向另一方向。梁大坤上,白衬衣黄军裤,不经意瞟了眼郑律成,一愣,待郑律成跑下,他才反应过来,急忙追寻跟下。

[响起一串钢琴声,舞台右侧灯亮——克里诺娃声乐馆客厅。新式里弄建筑,透过落地窗可见小院的铁门。客厅里置一架钢琴,一台留声机。

一旁的茶几上摆着酒瓶、酒杯,克里诺娃背对观众坐在钢琴前,弹奏着忧伤的乐曲。她身披睡袍,脚趿绣花拖鞋,顶着一头起床后还不曾梳理的凌乱金发,上插一把梳子。

克里诺娃　(情绪低落,敲击琴键)孤独! 寂寞! 压抑! 痛苦! 上帝啊,你又一次抛弃了我!(重重敲击琴键)日本人在上海打仗,你不管! 没有一个学生到我克里诺娃声乐馆来上课,你不管! 你不管……(一阵敲击,起身,倒了杯酒,喝)

[“叮——咚! 叮——咚!”响起门铃声。

克里诺娃　谁呀!

[她放下酒杯,走进小院,打开院门,门外站着郑律成。

郑 律 成　你好! 克里诺娃老师!

克里诺娃　(喜出望外)郑律成! 我不是在做梦吧,真的是你吗,郑!

郑 律 成　是我! 克里诺娃老师! 是我!

克里诺娃　啊!(拥抱,亲他脸颊)快,快进屋。(进客厅)

[郑律成返身,警惕地朝弄堂两头张望,关上院门,进客厅。

克里诺娃　郑,这兵荒马乱的,你是怎么从南京跑到上海来的?

郑 律 成　这些日子,我一直在上海……

克里诺娃　你一直在上海?

郑 律 成　(点头)在街头宣传抗日,教市民唱抗日歌曲;参加战地服务团,慰劳伤病员……

克里诺娃　等等等等,宣传抗日? 唱抗日歌曲? 战地服务?

郑 律 成　我们唱聂耳的(哼唱)"起来,不愿意做奴隶的人们!"唱冼星海的(哼唱)"枪口对外,齐步前进! 不伤老百姓,不打自己人!",我还教他们唱我自己作曲的歌……

克里诺娃　你作曲的歌?

郑 律 成　(从衣袋里掏出几页歌谱)我作曲的歌。

克里诺娃　(接歌谱,看)《发动游击战》——"作曲:郑律成。"《战斗妇女歌》——"作曲:郑律成。"啊,郑,你是个抗日分子!

郑 律 成　是! 我是!

克里诺娃　可你是个朝鲜人!

郑 律 成　我是个亡国奴!

克里诺娃　日本人的特务会把你抓起来的!

郑 律 成　他们抓不到我!

克里诺娃　郑,没用! 日本人占领上海,早晚的事!(深深叹息)中国人打不赢日本人! 真是叫人绝望啊!

郑 律 成　打得赢! 上海"九一八"开战没几天,9 月 25 日,八路军 115 师在平型关打了个大胜仗!

克里诺娃　八路军!

郑 律 成　(从兜里掏出一张报纸)你看! 歼灭日军最精锐的板垣师团 1 000 多号鬼子!

克里诺娃　(看报)1 000 多号鬼子! 从来没有过的事!

郑 律 成　(收起报纸)做梦也不敢想的事!(挥拳)我要跟他们一块儿打鬼子!

克里诺娃　(顿了顿)郑,你知不知道,我是想说,你每个礼拜从南京赶到上海在我克里诺娃音乐馆学习声乐,老师我为什么一直不收你的学费?

郑 律 成　因为老师知道我付不起学费……

克里诺娃　(俄语)捏特,捏特! 那是因为我一听你开口歌唱,就给你的声音迷住了,那是意大利享誉世界的歌唱家卡鲁索的声音啊! 郑,你知道你的嗓音条件有多么多么的好吗! 你是个优秀的戏剧性男高音,你应该去意大利深造,成为东方的卡鲁索!

郑 律 成　(微笑着,摇了摇头)老师……

克里诺娃　明白,我明白,只有在歌唱的时候,你的灵魂才能透出一口气……当然,当然,我们都得活下去,是不是?(顿了顿)那还等什么呢——上课,我们现在就上课!(放下歌谱)

郑 律 成　现在上课?

克里诺娃　对,你多少日子没来上课了,现在,哪怕是日本飞机轰炸大世界的炸弹炸到了我克里诺娃声乐馆的头上,我克里诺娃也要给你上课! 我们上课!(下意识扯了扯衣襟,抬手整理头发,抓到插在发间的梳子,这才发现自己还穿着睡袍,趿着拖鞋,不由大惊失色)啊呀啊呀! 你看我! 从早上起床到现在……对不起,失礼了,失礼了! 对不起……(急下)

郑 律 成　(坐在钢琴前,轻轻弹奏,练声)咪依——依——依——依——嘛啊——啊——啊——啊——

[郑律成停下,来到小院,拉开院门,朝外张望,看见什么,一惊,跑回小院,插上门栓,回到客厅,抱起小提琴,复又止步,掏出钢笔,抓起钢琴上的歌谱,书写。

[路口,打手甲、乙上。

打 手 乙　你看你神经兮兮的样!

打 手 甲　(寻找)我听见了! 就是他!

郑 律 成　(将歌谱压在酒杯底下,对着院门外,挑战似地引吭高歌)“我们万众一心冒着敌人的炮火,前进,前进,前进进……”

打 手 甲　他在这儿!(辨别歌声传来的方向)这儿!

打 手 乙　(手指另一方向)这儿!

[郑律成抱着小提琴,跑向后门,下。歌声消遁,两打手顿时抓瞎,无措相觑。

[克里诺娃优雅地走上,她已经换上"布拉吉"套裙,足蹬高跟鞋,脑后盘一发髻,嘴唇上涂着口红。

克里诺娃　郑! 郑! 我听见了! 你又在唱"起来"……郑! 郑! 咦,人呢?(看见酒杯压着的歌谱,拿起,看)"老师,我走了,去找能打赢鬼子的队伍!"啊,郑! 你这个抗日分子!

[暗转。

## 第二场

[歌队——甲、乙两队青年涌上舞台两侧辅台。男青年有穿西装、中山装、学生装、工人装、中式长袍、短褂的;女青年有梳辫的、短发的、烫发的,穿着裙子、旗袍、貂皮大衣。他们有的手拄木棍,背负着各自的行囊、挎包。

甲　　队　翻过山,越过岭!

跨过沟,蹚过河!

我们不停步!

我们不回头!

去找能打赢鬼子的队伍!

乙　　队　我们不怕磨破脚底板!

我们不怕九妖十八怪!

只怕吃不上延安的小米饭,

不能上前线去抗战!

两 队 合　只怕吃不上延安的小米饭,

不能上前线去抗战!

[晨曦微露。深秋的黄土高原。沟壑。他们从两侧冲上舞台。

青年甲　哎,对面的朋友,去延安怎么走啊?

郑律成　(在乙队)哪儿人多,就往哪儿走!

丁雪松　(在甲队)对!哪儿人多,就往哪儿走!

魏小山　(在甲队)还得走多久才能走到延安啊?

郑律成　一直走,就能走到延安!

丁雪松　对!一直走,就能走到延安!

郑律成　走啊!大家走啊!

丁雪松　大家走啊!走啊!

[身着国军旧军装的梁大坤肩挑着其他人的行囊和一只皮箱上。

梁大坤　大家听好了!我问老乡了,老乡说,这儿就是延安!我们到延安了!

歌　队　(纷纷地)这儿就是延安?我们到延安了?不像啊!走不动了,歇一会儿……(有的一屁股坐在地上)

郑律成　走啊!大家走啊!

丁雪松　(呼应)大家走啊!

梁大坤　(突然地)安静!安静!都别说话!安静!

[四周的空气发出"嗡嗡"的振动声。

青年甲　什么声音?

梁大坤　飞机!(仰脸搜寻)小鬼子的飞机!大家立即分散!就地卧倒!

[歌队分散,奔下。一阵巨大的轰鸣声扑面而来,不远处响起炸弹的爆炸声。

[郝胡子手提盒子枪上,司号员冬娃子和两组四个提着机枪、子弹箱的战士冲上。

郝胡子　(指挥)一组!二组!

[两组机枪手分两侧下。

郝胡子　打!

[机枪在侧幕内开火,敌机俯冲扫射。两颗炸弹在附近炸响,余姗姗惊叫奔上,抱头乱窜,郝胡子一把拉住余姗姗,就地卧倒。一挺机枪熄火。梁大坤冲上,观察。郑律成跟上。

郝 胡 子　(冲着左侧侧幕)怎么哑火了?

冬 娃 子　(观察)一班长受伤了……

梁 大 坤　(跳起)我去!(冲进左侧幕)

[郑律成跟着冲下。

[机枪声重又响起。

[敌机远去,郝胡子登坡远望。远方响起一阵阵的爆炸声。

余 姗 姗　(跪地上)我还活着?(检查)我还活着!

郑 律 成　当然活着!(拉她起身)

[青年们从两侧走上,相互检查,拍打身上的尘土。丁雪松手捧小提琴盒,寻找。

郝 胡 子　(下坡)命令部队,原地休整待命。

冬 娃 子　是!(吹号传令)

[两战士抬着受伤的机枪手上,肩扛机枪的梁大坤跟上。

战 士 甲　(喊)卫生员! 卫生员!

余 姗 姗　我来!(检查,扯下脖颈围巾,系扎在伤员大腿上)伤着了动脉……临时处理止血……

丁 雪 松　(走向郑律成,捧上小提琴盒)你的小提琴。

郑 律 成　(接过)啊,谢谢!

丁 雪 松　没压坏吧。

郑 律 成　(检查)没有。

[卫生员奔上,将机枪手抬上担架。

余 姗 姗　半小时松绑止血带半分钟,松绑时压住伤口……(脱下貂皮大衣,盖在伤员身上)

[卫生员和担架下。

郝 胡 子　(一直看着她)你是大夫?

余 珊 珊　我是医学院的学生。

郝 胡 子　哪儿来的?

余 珊 珊　北平。

郝胡子　呵,北平的大夫!

郑律成　(走向冬娃子)你们是打平型关的八路军?

冬娃子　不是。

郑律成　你们也打得赢小鬼子?

冬娃子　打得赢!(指着肩背的步枪、腰间的军用水壶)还有机枪、小钢炮,都是缴获小鬼子的!

郑律成　呵! 缴获小鬼子的!

[郑律成和青年们敬慕地抚摸冬娃子的步枪和水壶。

[穿军服的方部长和穿皮夹克的段主任说着话上。

方部长　鬼子第一次轰炸延安,就把延安城的城楼炸塌了,死伤一千多号人! 有一颗炸弹,直接扔在了陈云同志住的窑洞门口,窑洞炸塌了,把陈云同志堵在了窑洞里……

段主任　(紧张地)啊!

方部长　大家赶紧挖土抢救,硬是把陈云同志给挖出来了!

段主任　鬼子的炸弹都长眼睛了,一定有特务里应外合搞破坏!

方部长　(看见郝胡子)郝团长!

郝胡子　(敬礼)方部长!

方部长　(回礼)来,我介绍一下,(介绍)这位是我们八路军名闻陕甘宁边区的老虎团郝团长,人称郝胡子。这位是刚从苏联回国的段勃主任。

郝胡子　(敬礼)段主任好!

段主任　(还礼)郝团长!

方部长　郝团长,我们是来向你求助的,刚才为躲避鬼子飞机,(指着舞台另一侧)我们的卡车掉沟里了。

郝胡子　(对冬娃子)命令一排长,把卡车给抬出来!

冬娃子　是!(跑下)

[侧幕内声音:"一排集合!"随即,一队八路军战士跑过场。

[助手怀抱一麻袋上。

助　手　主任,你检查一下,有没有摔坏……

[段主任解开麻袋,露出一个喇叭来。郑律成怀抱小提琴上前观看。

郝胡子　(好奇地)这是什么?

段主任　留声机。

郝胡子　干啥用的?

段主任　听音乐。(检查)回国时,一位苏联朋友送的礼物。郝团长有孩子吗?

郝胡子　我?光棍一条!方部长有个儿子……

方部长　男孩子捣蛋得很。

段主任　捣蛋的孩子聪明,带他来我那儿听唱片,喜欢音乐的孩子不会学坏。

方部长　有这个讲究?

段主任　音乐不会使你富有,但会使你幸福;音乐不能拯救你的灵魂,但会使你的灵魂值得拯救。

郑律成　没有音乐,生活就是一个错误,人生只有一半的生命!

段主任　(看他一眼)没错!你也是搞音乐的?

郑律成　热爱!我热爱音乐!(回到歌队)

[侧幕内响起战士们抬车的号子声:"一——二——三!一——二——三!"助手下。

段主任　这山沟沟里这么多城里人!

方部长　都是奔延安参加抗战的!

段主任　我敢断定,这些人里有特务!西安城十万居民,八千特务,延安城少说也有个百分之几!

[左侧幕内响起喊声:"抓住他!抓住他!"粗壮的山本仓皇奔上,窜过场,战士乙手握绳索追上,后跟一副担架;山本被两名战士揪住上场。

战士乙　(用绳索捆绑山本)我让你跑!让你跑!

山　本　(挣扎喊叫)马虎子!马虎子!

郑律成　小鬼子!他是小鬼子!

[歌队围看。两战士把山本摁上担架。

方部长　怎么回事,郝团长?

郝胡子　小鬼子俘虏。

段主任　呵，逮了个活的！

郝胡子　就是要活的！三个！边区的老百姓对我们八路军有意见，说是天天传你们八路军打胜仗，就是没见八路军抓个活的小鬼子。这次东渡黄河打鬼子，师首长命令我们，哪怕少缴几支枪，也要抓几个俘虏回来。抓个俘虏不难，难得是怎么把俘虏带回来——五个俘虏，死活不走——我们是把小鬼子绑起来，大姑娘上花轿，一路抬回来的！

郑律成　（冲着山本）小鬼子，你也有今天！

郝胡子　（上前）这小子一路嘟嘟囔囔马虎子马虎子，囔什么呢？

郑律成　他说八路军是马虎子！

郝胡子　八路军是马虎子？什么是马虎子？

郑律成　日本话的马虎子就是土匪！

郝胡子　（被激怒）八路军是土匪？马虎子？

战士甲　（举枪）你们小鬼子才是土匪马虎子！

郝胡子　（制止）你问他，凭什么说八路军是土匪马虎子？

[郑律成用日语跟山本对话。

郑律成　他说，八路军搞偷袭，打仗不正规，他大大地不服气！

郝胡子　你问他，什么是正规？

[郑律成用日语问询山本。

郑律成　他说，正规就是面对面，一对一，单挑！

郝胡子　我的个娘哎，当俘虏还这么嚣张！（一笑）给他松绑。

战士乙　松绑？

郝胡子　松绑。（指着跟前几个战士）全体都有，集合。

[战士甲给山本松绑。几名战士站成一排。郝胡子摘下一战士的步枪，拉开枪栓检查，随手扔给山本。山本接抢，不知所以然。

郝胡子　告诉他，（手指战士们）随他挑，一对一，单挑！

[郑律成翻译，山本端枪比划。

郑律成　他问，真的一对一，单挑？

郝胡子　单挑！随他挑！

[郑律成翻译,山本两眼放光,走向队伍,一个一个打量,复又走回。

山　　本　(手指郝胡子,日语)你！单挑!

郑 律 成　他要跟你单挑!

战 士 乙　(恼怒地)你找死啊！我跟你单挑!

山　　本　(挑衅地,日语)你！单挑!

郝 胡 子　好啊!(从冬娃子手中拿过步枪)单挑!(检查枪支)

山　　本　马虎子!(欲乘其不备,抢先偷袭)

郑 律 成　(展臂挡住山本)不准偷袭！不准耍赖!

郝 胡 子　放马虎子过来!

[郝胡子和山本虎视眈眈地对峙转圈。郑律成像裁判员似地盯着两人。山本嚣张进攻,郝胡子举枪抵挡;山本又进攻,郝胡子与之对刺,互有攻守;轮着郝胡子进攻了,只见他左拨右挑,一枪刺中山本肩头,山本踉跄后退,待站稳脚跟,又举枪朝郝胡子反扑,两人乒乒乓乓一阵对杀,山本有点招架不住,郝胡子一个假动作,将他刺倒在地。

[众人叫好、鼓掌。

郑 律 成　打赢了！打赢了！八路军打赢了小鬼子!(对山本)你的,撕啦撕啦的!

[郝胡子收回步枪,扔还给冬娃子。山本迅疾跳起,吼叫着挺枪刺向郝胡子,众人惊呼;郝胡子侧身,顺势夺过枪杆,将他摔倒在地,枪口顶住山本胸口。

郑 律 成　(怒斥山本)小鬼子,马虎子！马虎子!

歌　　队　小鬼子！马虎子!

[两战士上前绑人,山本挣扎、嚎叫。

郝 胡 子　马虎子又嚷嚷什么?

郑 律 成　他说他堂堂大日本帝国训练有素的士兵居然败给了这么老的一个土八路,他大大地不服气!

郝 胡 子　(笑)马虎子是存心挑我这个老兵单挑啊！我有这么老吗?

郑 律 成　他问,你们是什么部队？老兵也这么大大的厉害?

冬 娃 子　我叫你这个马虎子死个明白——我们是八路军老虎团!

[郑律成翻译。

山　　本　(惊呼)八路军老虎团！老虎团！郝胡子！郝胡子！(不停叫嚷)

郑 律 成　他问，谁是郝胡子？谁是那个来无影，去无踪，炸毁他们 20 多辆军用卡车、干掉那么多大日本帝国士兵、叫他们白天不得安宁晚上不敢睡觉的老虎团郝胡子？他要见这个郝胡子！

冬 娃 子　(笑)你要找的郝胡子已经叫你死过三回了！你还找！

[郑律成翻译。

山　　本　(瞪圆了眼睛)啊！啊！(冲到郝胡子跟前，毕恭毕敬地鞠躬行礼)

郑 律 成　他说他大大地服气！八路军不是马虎子！请多多关照！

郝 胡 子　日本军国主义才是马虎子！

[郑律成翻译，山本连连“哈依”！两战士又捆绑山本，山本挣扎叫唤。

郑 律 成　他说他自己走，跟着老虎团走，再不跑了。

郝 胡 子　这小子一路不老实，把他从河东抬到河西，他倒好，自己走了！

[两战士押山本下。一机枪手怂恿梁大坤上前。

梁 大 坤　报告长官，我跟老虎团打鬼子去，长官要了我吧！

机 枪 手　叫团长！

郝 胡 子　刚才，你打的机枪！

梁 大 坤　我叫梁大坤，东北人，当兵的，从前在东北军国军就是机枪手！

郝 胡 子　机枪班好像还缺一个机枪手……

机 枪 手　(对梁大坤)我们团长要你了！

梁 大 坤　(高兴地)要我了！

郑 律 成　报告团长，我叫郑律成，朝鲜人，亡国奴！我跟老虎团打鬼子！要了我吧！

郝 胡 子　哦，朝鲜同志！你也会打机枪？

郑 律 成　不会。

郝 胡 子　不要！

郑 律 成　我会唱歌！拉小提琴！

郝 胡 子　唱曲曲？不要！

郑律成　要了我吧，团长！

梁大坤　报告团长，要了他吧，我们一起的！

郝胡子　好啊，什么时候能打枪了，你来找我郝胡子。

[又响起“吭哟吭哟”的号子声，几名战士抬着一架用麻袋片包裹的方形大物件上。助手跟上，与方部长耳语。

郝胡子　我的个娘哎，什么家伙？

方部长　钢琴。（扯开破麻袋片，露出一架钢琴）一位爱国民主人士捐献给延安的，周恩来副主席要我们把钢琴运回延安城。司机说，卡车的后轴断了，一时半刻修不好……

郝胡子　一排长，你们排负责把这家伙抬回延安城。

一排长　是！

郑律成　胡子团长，这里是延安吗？

郝胡子　（手指土坡）上坡！

郑律成　（登坡，惊喜，手指前方）宝塔！宝塔山！

[青年们登上土坡，欢呼雀跃。

青年们　呵——我们到延安了！我们到延安了！

[暗转。

## 第三场

[响起明亮、悠扬的小号声，随之是一连串钢琴的华彩音符。一束灯光罩着那架已被移至舞台右侧辅台的钢琴，钢琴就此被固定于此，一位钢琴演奏员随着剧情的发展和变化，弹奏乐曲，此刻，他弹奏的是《延安颂》。

[灯亮。郑律成上。

郑律成　（深情地，唱）

夕阳辉耀着山头的塔影，
月色映照着河边的流萤，

春风吹遍了坦平的原野，
群山结成了坚固的围屏。
[歌队——从两侧涌上。郑律成指挥合唱。

歌　　队　(合唱)
啊！延安！
你这庄严雄伟的古城，
到处传遍了抗战的歌声！
啊！延安！
你这庄严雄伟的古城，
热血在你胸中奔腾……
[灯亮。延安。清凉山下，延河边的小空地广场。四周长着几棵不成林的小树，树身上贴着、绳条上挂着一张张各种形状的纸片、纸条。歌队从两侧走上。

歌　　队　(有节奏地鼓掌、欢呼)郑律成！郑律成！郑律成……
[郑律成连连向两边的歌队敬礼致意。
[方部长、公木和丁雪松上，他们跟郑律成握手致贺。

方 部 长　郑律成同志，祝贺你，写了首这么好的歌！

郑 律 成　谢谢方部长的鼓励！

方 部 长　《延安颂》像是长上了翅膀，从延安飞到前方，从边区飞到国统区，还飞到了南洋和东南亚……

公　　木　《延安颂》是一种召唤，天下人心归延安！

丁 雪 松　真棒！

方 部 长　来，我介绍一下，这位是公木同志，诗人。
[郑律成和公木相互敬礼，握手。

方 部 长　你们两个，一个作词，一个作曲，肯定写出更好的歌来！
[他们交谈着。
[小杨和几个穿学生装、拄木棍、背行囊的同伴奔上。

小　　杨　(仰望前方)宝塔山！宝塔山！延安！我们来了！

学 员 甲　杨小凤!

小　　杨　(惊喜地冲向学员甲)师兄!

学 员 甲　小师妹也来延安了!

小　　杨　从保定到北平,从北平到延安,整整走了一个半月!啊,这儿真热闹!

学 员 甲　清凉山下延水河边的这宝块地是延安城的著名一景,每逢星期天,来自全国四面八方的新延安人就会聚集在这里,有的能遇见老同学、老朋友,重新接上原有的关系,有的能结识新朋友,相互交流学习心得。(指着那些纸片纸条)这些都是他们的留言……

小　　杨　(好奇地看那些纸片纸条)我是 xxx,在抗大,我是 xxx,在女子大学……

同 伴 们　(看)这个在延安公学,这个在鲁艺……

学 员 甲　(看见方部长)方部长!方部长好!方部长也在这儿!

方 部 长　路过,我去清凉山开个会。

学 员 甲　(向小杨介绍)我们领导!我听过方部长的报告,精彩极了!哎,方部长,这儿有这么多各个学校的同学,你跟我们讲讲话!(带头鼓掌)请方部长给我们讲话!

歌　　队　(有节奏地热情鼓掌)方部长!方部长!方部长!

方 部 长　(等大家安静下来)前些天,我看一份西安的报纸,报上有一篇文章说,今年北平的大学毕业生,百分之十留在了北平,百分之二十去了国统区,百分之七十来到了延安!

[听众反应强烈。

方 部 长　仅仅这两年,全国各地来到延安的青年学生和知识分子就超过一万四千多人!还有多少青年在赶往延安的路上!同学们,大家到延安干什么来了?

歌　　对　(纷纷地)抗日!驱逐日寇!救中国!

方 部 长　说得好!抗日!驱逐日寇!救中国!我问同学们们一个问题,知不知道从 1840 年鸦片战争至今,近一百年来,帝国主义列强逼迫我们中国签订了多少个不平等条约吗?(静场)1 180 多个!大家能想象吗,1 180 多个不平等条约!也就是说,近一百年来,差不多平均每一个月，我们中国就要被帝国主义列强逼迫着签订一个不平等条约！1895年，中日甲午战争，日本政府强迫清朝政府签订《马关条约》，中国割让台湾、澎湖列岛，赔偿白银2亿两！1901年《辛丑条约》，中国赔偿十一个帝国主义列强白银四亿五千万两，分三十九年还清，年息四厘，本息合计达九亿八千多万两！条约还规定，永远禁止中国人民成立或参加反对反抗帝国主义列强的各种组织，违者处死！真正是闻所未闻叫人欲哭无泪的奇耻大辱啊！中山先生说：世界潮流，浩浩荡荡，顺之则昌，逆之则亡。实在是我们自己不争气啊，政府腐败昏聩，官员贪婪愚昧，国家四分五裂，民心一盘散沙！我们让人家给打趴下了！一败再败，一败再败，败得一败涂地！谁都能踹你一脚，踏在你身上，作威作福，还啐你一口：东亚病夫！日本帝国主义吞并了朝鲜半岛，可它真正的狼子野心，是要亡我华夏中国，灭我中华民族！中华民族真正是到了最危险的时候！我们中国共产党人建立并坚持抗日民族统一战线，就是为了救中国！是一百年来，中国第一次把自己捏成一个拳头，(紧握拳头)砸向日本帝国主义！同学们说得好啊：来延安，抗日！驱逐日寇！救中国!(停顿)同学们，你们想过没有，明天的中国会是一个什么样的中国？

学员甲　一个独立的中国！

学员乙　一个富强的中国！

学员丙　一个民主的中国！

学员丁　一个自由的中国！

方部长　说得多好啊！一个独立的中国！一个富强的中国！一个民主的中国！一个自由的中国！那么，同学们，让我们努力！让我们奋斗！让我们向前！为了明天我们新的中国！

[歌队热烈鼓掌。

[侧幕传来嘹亮的歌声："大刀向鬼子们的头上砍去……"

学员甲　(眺望)又一支队伍出发，上前线打鬼子！我们去为他们送行！

[郑律成、丁雪松和公木跟随歌队，唱着歌朝队伍行进的方向涌去。

[早就上场的段主任一直在仔细阅看贴在树上挂在绳上的纸片、纸条。

段 主 任　方部长!

方 部 长　段主任也在这儿。

段 主 任　我也去清凉山开会。方部长刚才的讲话振聋发聩,我听了也深受教育! 年轻人喜欢听你的讲话。

方 部 长　青年人是健康的力量,具有与生俱来的优良本质: 天真、活泼、坦白、纯洁、热情……

段 主 任　方部长把最美好的词汇都给了年轻人!

方 部 长　我们也没有那么老,不是吗!

段 主 任　一个原先只有两三千个人的西北偏僻小县城,一下子涌入了成千上万各种各样不明身份的人……

方 部 长　他们有的是好奇心,看看共产党八路军是个什么模样,有的是不满国民党的黑暗,来投奔光明,有的是生活无望走投无路来寻找出路,有的是不满包办婚姻逃离家庭,更多的是怀着青春热情和救国理想奔向延安来的,他们是青年的主力,中国未来的希望……

段 主 任　方部长真是乐观!

方 部 长　能不乐观嘛?!

段 主 任　方部长应该知道的,西安城,十万居民,八千特务,敌特分子,日本人,还有国民党的特务奸细已经打入延安,我们掌握有确凿的情报,国民党军统在陕西汉中办了个专门对付我们的“汉中特训班”,训练了一大批特务,利用延安向全国接纳知识青年之际,渗透到我陕甘宁边区,狼,真的来了!

方 部 长　是啊,狼来了! 段主任责任重大。

段 主 任　你想啊,一百个人中间只要混有一个特务,那一万四千人里面有多少个特务? 如果一百个人中间混有两至三个……(摇头)

[郝胡子支一木棍缓缓走上,打绷带的左胳膊吊挂在胸腹前;挎盒子炮打着绷带的梁大坤和冬娃子跟上。

郝 胡 子　看见周团长他那神气劲了吧,(学样)“我们三团这就东渡黄河上前线!”

他三团打的原本是我们老虎团打的战！抢的是我们老虎团的饭碗！

方部长　郝团长！

郝胡子　啊，方部长！段主任！

段主任　郝团长！

方部长　是谁得罪我们郝团长了？

郝胡子　他周团长可是一直都跟我较着劲！知道他还跟我说什么？"老伙计，你就不操这份心了，在延安好好养好你的伤，等我们打胜这一战，我上医院去看你！"他这是存心气我，是不是！(对梁大坤)是不是！

梁大坤　报告团长，没听出来！

郝胡子　我的个娘哎，我都听出来了，你听不出来！

方部长　周团长说的没错，郝团长得把伤给养好了！

郝胡子　我这点伤是伤吗！啊？是伤吗？

[郑律成、公木和丁雪松说着话上，看见郝胡子和方部长，忙上前敬礼致意。

郑律成　胡子团长好！

[公木和丁雪松向郝胡子敬礼。

郝胡子　(赞赏地)你行啊！"啊延安"！医院里的大夫护士，还有伤病员，都在唱："啊——延安"。幸亏我没要你！

郑律成　胡子团长，你的伤好点了吗？

郝胡子　一天比一天好！你看！(抬胳膊，握拳)

郑律成　胡子团长，我现在可能打枪呢，你要了我吧！

郝胡子　现在不是我要不要你"啊延安"，而是我要不要得了你"啊延安"！你现在可是延安城的大音乐家！

郑律成　胡子团长也笑话我！

郝胡子　哎，我说"啊延安"，给我们老虎团写个歌吧！

郑律成　给老虎团写歌？

方部长　好主意！公木同志，也有你的份！

郝胡子　写一首雄赳赳气昂昂，威风凛凛的战歌！我们老虎团唱着战歌上战场！

方部长　老虎插上了翅膀，天天打胜战！

郝胡子　说得好！怎么样？

郑律成　（有点为难）我行吗……

郝胡子　一排长！

梁大坤　（上前）到！

郝胡子　交给你一个任务，送“啊延安”，还有这位……

方部长　公木同志。

郝胡子　对，公木同志，去我们老虎团，立马出发！

梁大坤　是！

郑律成　立马出发？现在？

郝胡子　方部长，没什么问题吧？

方部长　我批准了！

梁大坤　两位首长请跟我走吧。

丁雪松　报告团长，我也去老虎团！

郝胡子　啊，女同志，这次不方便，下回吧。出发！

［他们敬礼，下。

段主任　（走来）两位首长很欣赏这个郑律成。

郝胡子　小伙子不错！

方部长　《延安颂》写得真是好！

段主任　看来，很有必要先跟两位首长通个气——（看了看王梁大坤和冬娃子）

［梁大坤和冬娃子自觉地走向舞台后方。

郝胡子　什么事？神神秘秘的！

段主任　郑律成——我盯上他了！

郝胡子　（大吃一惊）段主任盯上郑律成，为什么？

段主任　那天敌机轰炸延安，他说什么日本马虎子，我就盯上他了！果不其然，郑律成来延安之前的历史非常复杂，在南京期间，郑律成曾受朝鲜反日独立运动团体义烈团领导人派遣，进入南京鼓楼电话局日本电话检查所，窃听日本人的电话通讯——什么样的人才能进入电话局窃听日本人的电话？

方部长　这个情况我知道，郑律成在他的入党申请自传里有过详细的说明，组织审查过郑律成的历史，我们可以信任他。

段主任　要是他隐瞒了什么呢？

郝团长　我这个人吧，文化是低了点，可眼睛凶着呢，好人坏人，一看一个准！“啊延安”，自己人！

段主任　那我更要跟两位首长提个醒！

冬娃子　(发现什么，跑来)报告团长，紧急情况！余大夫来了！

[身穿白大褂的余珊珊气呼呼地上。

段主任　我看我该去开会了。

方部长　开会。

[两人下。

余姗姗　16床！16床！

郝胡子　哎，你们两个怎么走了……

余姗姗　16床，我在跟你说话！

郝胡子　哦，是余大夫，余大夫好！余大夫要跟我说话？好，你说，你说……

余姗姗　我说16床，你就不能不把我当个陕北人说的那种半脑壳的憨憨，不跟我胡咧咧啊！

郝胡子　我不胡咧咧——我，我去周团长那儿了。我是什么人？老虎团团长！看着人家上前线，我的个娘哎，我能老老实实给你在病床上躺着？

余珊珊　(笑)你肚子里几根肠子，我看得一清二楚！

郝胡子　那是，你是给我开刀的大夫，哗——(作手术刀划开自己腹部、拉开肚皮搅动状)看过，还摸过！

余姗姗　你知不知道现在你这只老虎里里外外都是伤，还断了一条腿……

郝胡子　我断的不是腿，是胳膊！胳膊！

余珊珊　一个断了胳膊破了膛的，公然违反纪律，私自离院，狗屁团长！

郝胡子　哎，你怎么骂人呢？

余珊珊　违反纪律就是狗屁！看我这个大夫治不治得了你这个狗屁团长！回

医院!

郝胡子　你要这么说,我今天就偏不回了!

余姗姗　你回不回?回不回?你不回——我回!(停顿)我去找你们旅长!

郝胡子　找我们旅长我也不回!

余姗姗　我是跟你们旅长作汇报——部队要有思想准备,郝胡子伤情十分十分地严重,怕是一年半载也出不了院!

郝胡子　哎,哎,你什么意思!

余姗姗　我的个娘哎,就这个意思!(下)

郝胡子　哎,哎,(拄棍追赶几步)这娘们!

[冬娃子笑着上前搀扶郝胡子,他们下。

[学员甲提着行囊和小杨上。

学员甲　今晚,你先在我们女生班的窑洞挤一个晚上,明天我送你去女子大学报到……

[魏小山跑上,与他们擦肩而过。

小　杨　(看见魏小山,喊他)哎,哎,你,你……

魏小山　(停步)你叫我?

小　杨　我好像认识你?

魏小山　我不认识你。你认错人了……(欲下)

小　杨　我肯定见过你!你是不是在保定待过?

魏小山　我不认识你,你认错人了……(匆匆下)

学员甲　他不认识你,认错人了吧?

小　杨　(望着魏小山远去的背影)我真见过这个人!

[暗转。

## 第四场

[黑暗中,响起一阵阵震天撼地的刺杀声:"杀——杀——杀!"

[灯亮。钢琴演奏《延水谣》。郑律成拉小提琴伴奏。

丁 雪 松　(手握一纸卷,唱)

延水浊,延水清,

情郎哥哥去当兵,

[歌队——一群女八路上,伴舞。

丁 雪 松　(继续,唱)

当兵要当抗日军,

不是好铁不打钉。

拿起锄头好种田,

拿起枪杆上火线,

救国有名声……

[歌队退下。

郑 律 成　唱得好! 唱得好!

丁 雪 松　郑指导回来了!

郑 律 成　昨天回来的。

丁 雪 松　怎么样? 老虎团的战歌,有谱了?

郑 律 成　(摇头)哪有!

丁 雪 松　怎么了?

郑 律 成　你没看见,那一排排的战士——(作拼刺刀动作)杀! 杀! 杀——山呼海啸! 地动山摇! 小鬼子,你想送死,就来吧!

丁 雪 松　那你还不写!

郑 律 成　太震撼了,写不了!

丁 雪 松　不写了?

郑 律 成　那哪儿成! 郝团长、方部长下的命令! 我郑律成敢不执行! 我心里使着劲呢!

丁 雪 松　我说嘛。

郑 律 成　这次下部队,还有个意外的收获。

丁 雪 松　什么收获?

郑 律 成　一路上,好几个村子,我看见了冼星海老师歌里唱的那一幕动人情景,(唱)“母亲叫儿打东洋,妻子送郎上战场……”我也写了一首……

丁雪松　(展开手中的纸卷)就是这首《延水谣》?

郑律成　是啊,你真行! 昨天我给你的歌谱,今天就会唱!

丁雪松　你的歌谱怎么会在我们女生队窑洞的桌子上?

郑律成　昨天我回来,去你们女生队,特地放在桌子上的——我想请丁队长对我这首《延水谣》提出宝贵的批评指正意见……

丁雪松　你还送了一束花!

郑律成　是,我在老虎团驻地的崖畔上采的,送给丁队长!

丁雪松　不知郑指导还给多少个女队长送过花啊!

郑律成　丁队长是第一个,也是唯一一个。

丁雪松　为什么是第一个,也是唯一一个?

郑律成　因为这是一首从女性角度写的抒情歌曲,我缺乏自信,更没有把握,所以……

丁雪松　那也可以请别的女队长批评指正啊。

郑律成　因为……因为这首歌也是为丁队长你写的!

丁雪松　(惊喜)是为我写的!

郑律成　是的!

丁雪松　你真是太了不起了!(赞赏)你怎么既能写出这样的——(展开双臂做崇伟抒怀状)《延安颂》,又能写出这样的——(抬起手腕做流水抒情状)《延水谣》,还能写出这样的——(举起拳头)《反战同盟歌》! 每次开大会,那么大个会场,你站在前面(作指挥状),几百上千号人跟着你唱,把人心都唱沸腾了! 郑律成,真正是积旋律之大成啊!

郑律成　丁雪松,真正是顶顶高山上的一棵雪松啊!

丁雪松　好啊,大音乐家也笑话人! 郑指导,你真是个音乐天才!

郑律成　我不是音乐天才,我只是想写出我心中的那份感动。

丁雪松　你是! 你是!(由衷地)郑指导,我真是好崇拜好崇拜你!

郑律成　我真不是,我只是太热爱太热爱音乐了,音乐能抒发我内心的感受,表达我的爱我的恨……

[两个穿着八路军服的男人上，其中一个是山本。

山　　本　(生硬的中国话，招呼)郑指导!(敬礼)

郑律成　山本同志!(还礼，向他们走去，从衣兜里掏出两页纸片，给他们，低声说着话)

山　　本　(看纸页)啊，谢谢郑指导!(恭恭敬敬地日本式鞠躬)我们回去了。

[两人又敬礼，返身下。

丁雪松　那个不是日本俘虏山本吗?

郑律成　山本现在是在华日人反战同盟的成员，日本八路，我给他们写了一首《日本反战同盟歌》。(见丁雪松目不转睛地盯着自己)哎，你怎么了?哎? 哎?

丁雪松　(惊醒过来)哦，……

郑律成　想什么呢?

丁雪松　我在想——大音乐家送我一束花，我是不是也应该……(从挎包里取出一本书)你借我的书，还给你。(塞在他手中)再见!(奔下)

郑律成　咦，怎么说走就走了?(打开书本，里面夹着一株树叶)这是什么? 一株树叶，我送她一束花，她送我一株树叶……

[公木上。

公　　木　郑指导，看什么呢?(接过，看)不就是一枝雪松嘛。

郑律成　什么? 你说这是什么?

公　　木　雪松，这是一枝雪松。

郑律成　(如被闪电击中)雪松! 你说这是雪松?(小心翼翼捧着树叶)

公　　木　你没见过枣园长着的雪松……

郑律成　(欣喜若狂)啊!(兴奋地挥舞双拳)呵! 呵!

公　　木　(莫名其妙)什么情况?

[青年甲和小杨兴奋地从舞台两侧奔上。

青年甲　海报! 海报!

小　　杨　海报! 海报!

青年甲　今天晚上，鲁迅艺术学院首唱《黄河大合唱》!

小　　杨　作词：光未然！

青 年 甲　作曲：冼星海！

[钢琴激情演奏，骤然响起《黄河大合唱》气势磅礴的歌声：

风在吼，马在叫，

黄河在咆哮，黄河在咆哮，

河西山冈万丈高，

河东河北高粱熟了，

万山丛中抗日英雄真不少，

青纱帐里游击健儿逞英豪，

端起了土枪洋枪，

挥动着大刀长矛，

保卫家乡，

保卫黄河，

保卫华北，

保卫全中国！

[暗转。

## 第五场

[夜。延河畔。郑律成和公木分别从舞台左右两侧上。

郑 律 成　(激动地挥舞紧握的拳头，哼唱)“风在吼，马在叫，黄河在咆哮，黄河在咆哮……”

公　　木　(沉浸于亢奋的情绪之中，朗诵)“我站在高山之巅，望黄河滚滚，奔向东南，惊涛澎湃；浊流宛转，结成九曲连环；从昆仑山下奔向黄海之边，把中原大地劈成南北两面……”

[一个一遍一遍地唱个不休，一个一段一段地再三咏诵。

郑 律 成　(发现对方)谁！

公　　木　谁！

郑律成　我，郑律成！

公　木　我！公木！郑指导，什么时候了，还不睡？

郑律成　睡不着啊。满腔的热血都在沸腾！你不也没睡！

公　木　跟你一样，睡不着啊，浑身上下火烧火燎！

郑律成　(哼唱)“风在吼，马在叫……”

公　木　(朗诵)“啊，黄河！你是中华民族的摇篮！五千年的古国文化，从你这儿发源；多少英雄的故事，在你身边扮演！”

[丁雪松和一女战士持枪上，闻声搜寻。

丁雪松　(枪口对着他们)谁！谁在那儿！

郑律成　我！郑律成！

公　木　我！公木！

丁雪松　深更半夜的，你们两个在这儿干什么？

郑律成　我们……我们……(挥舞双拳)

公　木　灵魂不得安宁啊！

郑律成　眼前全是黄河滚滚的波涛！

公　木　奔腾咆哮，浊浪冲天！一部掏心掏肺，感天动地的伟大诗篇！

郑律成　一曲电光雷火、震天撼地的千古绝唱！

丁雪松　你们是说《黄河大合唱》！

郑律成　太激动了！

公　木　夜不能寐！夜不能寐啊！

[她跟女战士低语，女战士离去，在河边高处站岗。

郑律成　能写出这样的音乐，死而无憾！

公　木　能写出这样的歌词，人生足矣！

丁雪松　你们两个啊！(笑)

郑律成　你笑什么？

丁雪松　你们俩是不是很羡慕冼星海、光未然？

郑律成　羡慕！

公　木　岂止是羡慕，嫉妒！

郑律成　对，嫉妒！

公　木　老天爷为什么不给我们像冼星海、光未然一样的才华！为什么！老天爷，我问你呢！

丁雪松　(笑)老天爷肯定在笑话你们！

公　木　老天爷为什么笑话我们？我们又没有得罪他！

丁雪松　笑话你们得罪的是自己！你们两个也可以写一个大合唱啊！

郑律成　我可从来没有写过大合唱。(对公木)你写过吗？

公　木　没有，从来没有。

丁雪松　大合唱就是像《黄河大合唱》那样，你唱我唱他唱，大家一起唱！就是多写几首歌，一唱二唱三唱，连着气儿一块儿唱！

郑律成　(望着公木)我们写！写郝团长要我们写的战歌！

公　木　写！

郑律成　写一部《八路军大合唱》！

公　木　写！八路军的战歌！

[两个男人的手紧紧握在了一起。

[暗转。

# 第六场

[窑洞。办公室。一张白木桌。段主任坐在桌前，全神贯注于手中的歌谱，打着节拍。助手上。

助　手　主任，丁雪松来了。

段主任　(接过)请她进来。

助　手　是。(递上几页纸片)又找到几首郑律成写的歌。

段主任　(接过)好。(看歌谱)

助　手　主任，看这个，能看出什么来吗？

段主任　不是看，是感同身受地体味，看他是呕心沥血，还是假意虚情。

助　手　(似懂非懂)哦。(下)

[丁雪松上。

丁雪松　段主任。

段主任　(头也不抬地做了个请坐的手势,看罢,抬起头)坐,你坐啊。

[丁雪松坐下。

段主任　(看着她)可惜了!

丁雪松　(起身)段主任?

段主任　哦,坐,坐。

丁雪松　(坐下)段主任找我?

段主任　我听说,丁雪松同志在跟郑律成……谈恋爱?

丁雪松　怎么了?段主任?

段主任　现在我是代表组织跟丁雪松同志谈话,请丁雪松同志如实回答我的问题。

丁雪松　好。

段主任　你在跟郑律成谈恋爱?

丁雪松　是。

段主任　在你们的交往中,你觉得郑律成这个人怎么样?

丁雪松　挺好的。热情、诚恳、单纯……

段主任　单纯?

丁雪松　应该是天真!

段主任　天真?

丁雪松　像个大男孩!

段主任　大男孩?这么大一个人像个大男孩,你觉得正常吗?

丁雪松　我的意思是,他心里怎么想,嘴里就怎么说,什么都写在脸上,藏不住……

段主任　好,那你有没有发现什么?

丁雪松　什么?

段主任　他心里想的,嘴里说的,脸上写的,有没有什么……不对劲的?

丁雪松　不对劲?没有,挺对劲的。

段主任　我的意思是,你感觉他有没有什么问题?

丁 雪 松　问题？什么问题？

段 主 任　譬如，他有没有说过什么怪话、牢骚话？

丁 雪 松　没有。从来没有。

段 主 任　他有没有向你要过什么文件？打听过什么党内或者部队内部的情况？

丁 雪 松　没有。(警觉地)郑律成，他怎么了？

段 主 任　有没有什么很特别的人跟他来往？好好想想！

丁 雪 松　(想)有！

段 主 任　说！

丁 雪 松　两个日本人找过他……

段 主 任　哦，你是说郑律成为日本反战同盟写了一首歌。还有什么人？

丁 雪 松　没有了。段主任，你问这些，好像郑律成是特务似的……

段 主 任　你说对了，特务。

丁 雪 松　郑律成是特务？怎么可能！

段 主 任　郑律成很有可能是个混入我们抗日队伍的特务！

丁 雪 松　段主任一定是搞错了！

段 主 任　丁雪松同志，我现在是代表组织跟你谈话。你是相信组织呢，还是相信郑律成？

丁 雪 松　我相信组织，也相信郑律成。

段 主 任　现在组织告诉你，郑律成可能是个特务，你相信谁？

丁 雪 松　我相信……我……

段 主 任　你犹豫了！你对组织的忠诚度出现了偏差！

丁 雪 松　我没有！

段 主 任　没有？

丁 雪 松　没有！

段 主 任　那好！现在组织要求你立刻与郑律成划清关系，深入揭发郑律成的特务面目和行径。你能做到吗？

丁 雪 松　我……我……

段 主 任　你看，你犹豫了，犹豫了……

[暗转。

## 第七场

[灯亮。郑律成手持歌谱，哼着旋律，手打节拍走上。

[梁大坤上，肩扛一杆步枪。

梁大坤　郑指导!

郑律成　梁排长! 梁排长怎么会来我们鲁艺?

梁大坤　奉郝团长命令，来找郑指导。

郑律成　胡子团长找我? 什么事?

梁大坤　郝团长要跟你打个赌!

郑律成　打赌? 胡子团长跟我打赌?

梁大坤　你不是要跟我们老虎团上前线，打鬼子吗，(递上步枪)给! 我们团长给你的。(又掏出三颗子弹)，三颗子弹! 团长说，你拿这三颗子弹打一头黄羊，老虎团就要了你!

郑律成　(兴奋)真的?

[郑律成举枪瞄准，枪口随着"猎物"移动，突然，他敏捷地换个位置，单膝跪地，重又举枪，瞄准……灯暗。

[黑暗中，"呯——呯——呯!"三声枪响!

[灯复亮。延河边，延水沽沽流淌。

[丁雪松心事重重地走上，抬脚踢飞一块土疙瘩。

[两名战士押着魏小山过场，后面跟着小杨、学员甲和几个学员。

一学员　哎，这不是魏小山吗! 怎么回事?

学员甲　他是个特务! 原先在保定就是个专门破坏学生运动的特务，混到我们延安来了，给小杨同志认出来了……

小　杨　我第一天到延安，就觉得他面熟……

学员甲　组织上调查他，他就逃跑了! 往西安跑，半道上给逮住的!

[助手和一八路军战士押解梁大坤过场。

[情绪不安的钢琴曲。他们惊讶地议论着，跟下。

[丁雪松心绪不宁，远眺，来回走动。她远远看见郑律成——

丁 雪 松　律成！律成！

[郑律成兴冲冲地上，风尘仆仆，衣袖撕开一个口子。

郑 律 成　雪松！你在这儿！

丁 雪 松　两天不见你人影，你上哪儿去了？

郑 律 成　上山，下沟……（作举枪射击状）“砰——砰——”

丁 雪 松　打猎？

郑 律 成　打了一头黄羊。

丁 雪 松　黄羊呢？打猎的枪呢？

郑 律 成　（笑）嘿嘿……

丁 雪 松　律成，你没有什么事瞒着我吧？（盯着他看）说实话！

郑 律 成　你真厉害！有。

丁 雪 松　真有事瞒我！说，什么事瞒我了？

郑 律 成　我，要上前线了！

丁 雪 松　上前线？

郑 律 成　跟老虎团上前线！打鬼子！

丁 雪 松　你？跟老虎团上前线？

郝 团 长　胡子团长跟我打的赌：一杆枪，三颗子弹，打一头黄羊；我打着了，老虎团就要了我！刚才，我把黄羊给胡子团长送去了！这事，我得先把它办成了，才能报告给丁队长……（把花束塞她手中）

[“郑指导——”公木风风火火地奔上。歌队从两侧走上。

公　　木　（挥舞手中的几页歌词）郑指导！郑指导！

郑 律 成　又完成一首歌词！

公　　木　刚写好的，《八路军进行曲》！

郑 律 成　好！我听听！（仰起脸庞，闭上眼睛）

歌　　队　（合）

我们的队伍向太阳，

脚踏着祖国的大地。

背负着民族的希望,

我们是一支不可战胜的力量!(重复)

[郑律成突然扬起手臂,静场——他沉思片刻,快步走向钢琴,用手指在琴键上敲出一串音符:113/556/i65……

[演奏员跟随他的指挥,反复弹奏这一旋律,节奏、音量渐强。

丁雪松　他不是! 不是!

[暗转。

## 第八场

[旋律继续。天高云淡,延水沽沽流淌。

[舞台后侧高处,郑律成拉着小提琴,不时停下,哼着曲谱,在笔记本上记下旋律。(下)

[一身戎装的郝胡子上,不时伸展一下受过伤的胳膊和腰板。他看见什么,整理军帽、风纪扣、衣摆。

[冬娃子领着穿白大褂的余珊珊上,指了指郝胡子,下。

余珊珊　(向郝胡子走去)郝团长!

郝胡子　余大夫!

余珊珊　听冬娃子说,你要上前线?

郝胡子　明天就归队。日寇集结了两个师团的人马,准备西渡黄河进犯陕甘宁边区。

余珊珊　要打大仗!

郝胡子　大仗! 要走了,跟你告个别。感谢余大夫把我从阎王殿里拉了回来!

余珊珊　救死扶伤,实行革命的人道主义,我们的职责。

郝胡子　我跟那些伤病员不一样,我身上流着余大夫的血!

余珊珊　我给郝团长输血,因为我跟郝团长同一个血型。

郝胡子　要走了,临行前想跟你说一句话。

余珊珊　一句什么话？

郝胡子　(盯着她)余姗姗同志，嫁给我吧！

余姗姗　(一时没明白)你说什么？

郝胡子　我说，嫁给我吧！(见她不语)我第一次见到你，你把貂皮大衣盖在伤员身上，我就对自己说，这女子是个好女子！

余珊珊　当然是个好女子！

郝胡子　我第二次见到你，是在手术室，我被抬上手术台，浑身上下被扒个精光，你进来了！我对我自己说，我的个娘哎，我被她拿下了！只听见你说，上麻药，我就什么都不知道了。

余珊珊　干我们这一行的，救死扶伤，百无禁忌！

郝胡子　干我们这一行的，出生入死，一往无前！(停顿)第三次见到你，是我睁开眼睛，看到的第一个人就是你！你笑了，然后，又哭了……

余姗姗　我是怕你醒不过来！你要是醒不过来，不就等于是我把你给杀死了！日本鬼子都杀不死你——你怎么这么会睡啊！

郝胡子　我当时就对我自己说，一定要把她给拿下！

余珊珊　你说把我拿下就拿下了？又胡咧咧！

郝胡子　真不胡咧咧！嫁给我吧！

余珊珊　(顿了顿)我们医院有个女大夫，嫁了个八路军首长。八月十五晚上，女的说，天上的月亮真美啊！那首长说，天上的月亮像一只大烧饼。(笑)那首长上前线打仗，女大夫写了封信托人带给首长，信的最后写，给你一个深深的吻。首长看完信就问带信的人，我老婆给我深深的吻呢？你放哪儿了？(哈哈大笑)

郝胡子　我知道。(一把抱住余珊珊，吻她)

余珊珊　你扎疼我了！(挣扎，推开郝胡子，喘着气)你耍流氓！

郝胡子　娶你做老婆，我就不流氓！(从皮挎包里取出纸和笔，坐土墩上，写)

余珊珊　你干嘛？

郝胡子　结婚申请报告！

余珊珊　结婚申请报告？

郝胡子　我们今晚就结婚!

余珊珊　不可能! 你这个人,胡子硬邦邦,什么都是硬邦邦的!

郝胡子　(写毕)我签上大名了,给!(递上申请报告)

余姗姗　(看)你是不是没心没肺呀!

郝胡子　签上你的大名——余姗姗! 今晚就给我生个小八路!

余珊珊　更不可能,这根本不符合生理科学规律!

郝胡子　必须生! 能生几个,就生几个,日本鬼子要亡我们中国灭我们中华民族,门都没有!

余姗姗　门都没有!(撕报告)

郝胡子　你!

[冬娃子匆匆奔上。

冬娃子　团长! 出事了!

郝胡子　什么事?

冬娃子　段主任那边来了两个人,把梁排长给带走了!

郝胡子　把梁排长带走了? 为什么?

冬娃子　听人说——梁排长是混入八路军的奸细!

郝胡子　(愣了愣)奸细? 胡闹! 乱弹琴!(欲下,又停步,紧张思索)余大夫,今晚,我要征用你的窑洞!

余姗姗　征用我的窑洞? 不可能!

郝胡子　我要大宴宾客,办一个羊门宴!

余姗姗　羊门宴?

[暗转。

## 第九场

[夜。窑洞。一张白木桌、三张条凳。

[郝胡子身系围兜,端着一大罐羊肉汤上,余姗姗端两盆羊骨头跟上。

郝胡子　来了! 来了! 羊肉汤来了!(将瓦罐搁在桌上)

余姗姗　方部长，请用！郝团长的手艺！

方部长　(伸手去抓起一根羊骨头，咬了一口)香！郝团长，想不到你还有这么一手！

郝胡子　刚参加红军那会儿，我是伙头军！

方部长　怪不得！

[段主任拎一公文包上，助手怀抱带喇叭留声机上。

段主任　郝团长！方部长！余大夫！

郝胡子　怎么回事？

段主任　给两位助助兴，贝多芬的《命运交响曲》。(哼《命运》敲门旋律)

郝胡子　贝多芬？这个贝多芬是不是一个有很多悲哀很多悲愤的人？

余姗姗　(故意岔开他们的谈话)段主任，请，喝酒，吃羊肉！

[助手操作留声机；响起《命运交响曲》。助手下。

段主任　(坐下，深深吸了口气)都忘了羊肉汤是这么香的！谢谢郝团长！

郝胡子　要上前线了，也算是告个别。

方部长　为郝团长壮行！

[三人举杯，喝酒。

段主任　这回，鬼子是来势汹汹啊！

郝胡子　日军第一〇九师团和第二十六师团，一万五千余人，准备强渡黄河，进犯我陕甘宁根据地。中央军委命令我团，东渡黄河，袭击敌人后方，怎么着也要剁掉他几个手指头，最好能砍断他一条胳膊，卸掉他一条大腿，把他打残了！(端起酒碗)来，干！

两　人　干！

郝胡子　(喝酒)段主任，眼看部队就要出发了，可我老虎团的一个排长被请到你那儿去了……

段主任　是啊，我请的……(喝汤)

郝胡子　我这个团长得知道我的这个排长是怎么一回事……

段主任　啊……香！

[冬娃子急匆匆跑上。

冬娃子　团长！团长——(看见段主任，禁言)

郝胡子　怎么了？说！说！

冬娃子　(压低声音)梁排长他——回来了！

郝胡子　(意外地)回来了？(起身)

[梁大坤上。

梁大坤　团长！(敬礼)

郝胡子　(将梁大坤拉至一旁，压低声音)怎么回事？

梁大坤　把我叫去问我在东北军、国军的情况，还有怎么认识的郑指导，怎么到的延安……(低语)

郝胡子　没对你怎么样？

梁大坤　没有。

郝胡子　(想了想)你先回部队……(与他低语)

梁大坤　是。

郝胡子　(对冬娃子)多弄几块羊肉，给梁排长带回去。

冬娃子　是！

余姗姗　我去。

[梁大坤和冬娃子跟着余姗姗下。

郝胡子　(坐回桌前，端起酒碗)来，干！

段主任　郝团长，你这是鸿门宴啊！

郝胡子　什么鸿门宴！我不是项羽你也不是刘邦。我这是——羊门宴，喝酒！吃肉！

段主任　梁大坤同志是我八路军有政治觉悟，有昂扬斗志的优秀战士！强将手下无弱兵，郝团长带兵有方，老虎团名不虚传！

郝胡子　这个我爱听！

段主任　(端碗)我敬你郝团长！(边吃边跷起大拇指)这羊肉真是好！

方部长　好！

郝胡子　知道这羊肉怎么来的吗？

段主任　延安新市场买的？

郝胡子　不是。

段主任　你打的？

郝胡子　(顿了顿)是郑律成打的一头黄羊。

段主任　(啪地放下筷子)还真是鸿门宴啊!

[静场。

郝胡子　你听我把话说完。郑律成一直嚷嚷着要跟老虎团上前线打仗,我跟他打了个赌,他要能用三颗子弹跟我打来头黄羊,老虎团就要了他!这小子也行,三颗子弹,真把黄羊给我打来了,军中无戏言,明天,我带郑律成回老虎团……

段主任　胡闹!

郝胡子　段主任,我会看人,郑律成,绝对自己同志!

段主任　要是他是个特务呢？

方部长　特务是个很严重的罪名!

段主任　我们绝不会无缘无故地怀疑一个人! 郑律成来延安之前的历史非常复杂,很多都是没有人证明的空白点! 一个革命者的历史怎么能容许出现没有人证明的空白？绝不容许! 哪怕是一丁点的空白!

方部长　这很正常啊,朝鲜亡国了,作为一个朝鲜族的热血青年,参加这样那样的反日组织和活动,无可厚非。战争时期要找到能为他证明的证明人,难度确实很大。至今为止,所有的怀疑都只是一种推测。

段主任　既然有怀疑,那就必然有推测! 方部长凭什么信任郑律成？

方部长　我之所以信任郑律成是基于我对他的全面判断——郑律成一家满门忠烈,他的大哥二哥都是中国共产党党员,三哥是朝鲜共产党党员,一家三口为革命献出了自己的生命!

段主任　那又怎样,革命家庭照样会出叛徒!

方部长　我还是那句话,可以进行调查,但下结论,要有证据! 确凿无疑的证据!

郝胡子　对! 一定要有证据! 郑律成,绝对自己人!

段主任　我会让你们看到证据的! 最近,我们的捕狼行动抓捕到一批敌特分子，敌人已经打入我们陕甘宁边区的政府、部队、大学、保安队、邮政局、电讯局……有的甚至已经渗透进我们中央的要害部门，敌情空前严重！你郝胡子在前方跟看得见的敌人打仗，我们在后方跟看不见的跟敌人打仗！我晚上睡觉都睁着一只眼睛！我现在郑重地通知两位。郑律成，哪儿也不准去！告辞！(下)

[助手上，端起留声机，下。郝胡子和方部长喝着闷酒。

方部长　(突然站起)我去中央组织部，找陈云同志！(下)

[郝胡子气呼呼地为自己斟酒，仰脖喝尽。余姗姗手持一页纸上。

余姗姗　(欣赏地)看来，你郝胡子也不都是硬邦邦的，(递上手中纸页)给。

郝胡子　(烦躁)我现在贝多芬！别烦我……

余姗姗　(把纸页拍在他面前)上午，我撕了你一张，现在，我赔你一张。

郝胡子　别闹了行不行！(看见纸页上的字，拿起纸页)“余姗姗”！

余姗姗　我签了，你签不签，随你。

郝胡子　我的个娘哎！(仰脖喝尽杯中酒)

[暗转。

## 第十场

[窑洞办公室。郑律成坐在白木桌前。段主任站立一侧。

段主任　你说你把你窃听到的日本人电话情报交给了你的领导，谁能证明？

郑律成　没有人证明。

段主任　这些情报最终交到了谁的手中？

郑律成　不知道。

段主任　谁能证明你不知道？

郑律成　没有人证明。

段主任　你的领导为什么要派你去上海学习音乐？

郑律成　可能是想在音乐方面培养我吧，我热爱音乐，我为南京朝鲜革命义勇军学校写过一首校歌……

段主任　谁能证明?

郑律成　找不到人证明。

段主任　你的领导呢? 他在哪儿?

郑律成　我不知道。

段主任　没有人能证明?

郑律成　是,没有人证明。

段主任　你为什么要来延安?

郑律成　来延安找打得赢鬼子的队伍。

段主任　为什么要找打得赢鬼子的队伍?

郑律成　我不愿做一个奴隶,苟活在这个世界!

段主任　你却写了很多的歌,你究竟想干什么?

郑律成　我就是想歌唱!

段主任　为什么想歌唱?

郑律成　因为我来到了延安,我每一天都想歌唱……

段主任　你真是很老练啊,郑律成,交代你的特务问题吧。

郑律成　我不是特务!

段主任　谁能证明你不是特务?

郑律成　没有人证明。

段主任　所以,你是特务!

郑律成　我不是!

段主任　(拍桌子)你是! 不交代,就把你这个异己分子从抗日队伍中清除出去!

[海伦——一位长得很像克里诺娃的美国女记者风风火火地上,小杨和方部长随上。

海　伦　(热情地扑向段主任)"啊延安"!(欲拥抱他)

段主任　(紧张地后退两步)哎,哎,等等,等等……

小　杨　(指着郑律成,英语)海伦女士,这位是郑律成先生!

海　伦　(看郑律成)"啊延安"!(向郑律成扑去,拥抱他,亲他脸颊)Sorry! Sorry!

小　杨　(翻译)她说对不起,他们西方人看你们东方人长得一个样,就像你们东方人看他们西方人长得一个样——一个样!

段主任　怎么回事?

小　杨　(介绍)这位是海伦女士,美国记者,指名道姓要来见郑律成同志。

海　伦　(打招呼)哈嗳!你们好!(滔滔不绝地说着英语)

小　杨　(翻译)她说,她知道"啊延安",他们在美国纽约为中国的抗战筹款,唱两首中国歌,第一首歌,聂耳的"起来"!第二首歌就是"啊延安"!

海　伦　Yes! Yes!(女高音,唱)"啊,延安——"(又举起胸前的照相机,对着他们一一照相)OK! OK! Thank you!

小　杨　她说她有个请求,能不能在窑洞外面,跟"啊延安"合个影?

方部长　当然可以!

[小杨翻译。

海　伦　(高兴地)OK! OK!

[小杨招呼着海伦和郑律成,他们下。

段主任　(气不打一处出)突然袭击,方部长跟我演的又是哪一出?

方部长　中央的指示,这位美国女记者要到哪里去就可以到哪里去,要见什么人就可以见什么人。

段主任　我可以明确地告诉方部长同志,《延安颂》救不了他郑律成!——请方部长同志相信,我们绝不会放过一个坏人,也绝不会冤枉一个好人!

方部长　也许,应该是说,绝不冤枉一个好人,也绝不放过一个坏人。

段主任　绝不放过一个坏人,也绝不冤枉一个好人;绝不冤枉一个好人,也绝不放过一个坏人。有区别吗?

方部长　历史的经验和教训告诉我们,一旦绝——不放过一个坏人,肯定会冤枉很多很多的好人!

段主任　你的言论出格了!我知道,方部长受过不公正的审查,可这是两码事嘛!退一万步讲,我们审查郑律成,也是在帮他找能证明他的证明嘛!

方部长　我接受你现在的这种说法!

段主任　我在苏联的时候读过一部小说,写书的作家说:"在清水里泡三次,在血水里浴三次,在碱水里煮三次,我们就会干净得不能再干净了。”

方部长　在碱水里煮三次,这个人还活得了吗?

段主任　我欣赏这个艺术比喻,一个真正的革命者不惜为信仰而献身!

方部长　我更赞赏另一个艺术比喻:淬火成钢! 革命者在熊熊烈火中锤炼百折不挠的信念和生命!

段主任　咬文嚼字! 有意思吗!

方部长　我向陈云同志汇报了郑律成的情况,陈云同志说了两个字——

段主任　哪两个字?

方部长　证据。

段主任　证据,我会找到的!

[两人对视。暗转。

## 第十一场

[郑律成拖着沉重的脚步闷头走上,一屁股落坐土墩,双手抱着脑袋。

[方部长出现在土坡上,看着他。

[郑律成从衣袋里掏出几页歌谱,欲撕扯,又改变主意,将歌谱层层折叠,用手指刨泥地,把歌谱埋进土坑,用脚踩平,

[方部长下坡,郑律成抬脸看见他,欲起身,被方部长按住肩膀。郑律成泪水夺眶而出。

方部长　(在他身旁坐下)心里委屈是吧?

郑律成　(抹泪)岂止是委屈! 耻辱! 奇耻大辱!(停顿)我知道我郑律成是个什么样的人——我是一个亡国奴! 我来到了中国,只要是反抗日本法西斯,我都会全身心地参加,义无反顾地投入,可是,我还是看不到明天,直到我来到了延安——延安! 这是一个怎样的天地呵! 一支我从未见到过的队伍,那么多那么多跟我一样的青年,聚集在黄河之滨,发出同一个声音:为自由而战! 为解放而战! 跟日本法西斯作拼死的斗争! 这也是我的队伍啊,这里有我爱的人和爱我的人,我是这个

队伍中的一员,我郑律成心甘情愿为我爱的人和爱我的人献出我的生命! 可是,居然有人怀疑我的忠诚! 要把我清除出去!

方部长　是啊是啊,凭什么不相信我? 凭什么对我妄加猜疑,无端指责! 凭什么!

郑律成　(共鸣)凭什么!

方部长　凭什么! 把我清除出去!

郑律成　凭什么!

方部长　老子不干了! 不干了!

郑律成　不干了! 老子不干了!

方部长　可是不干了,我又能去到哪里!

郑律成　是啊是啊,我又能去到哪里……(惊讶)咦? 方部长,我心里想的,你怎么都知道?

方部长　我怎么都知道?

郑律成　我就是这么想的!

方部长　那你跟我想到一块去了。

郑律成　我跟方部长想一块去了?

方部长　我说的是我心里想的。

郑律成　你心里想的?

方部长　对,我心里想的。是四年前吧,左倾错误路线在我们陕甘根据地搞肃反,刘志丹、高岗、习仲勋一批陕北红军的领导人,连同我们这样的基层干部都被当作反革命、内奸,抓了起来。我曾在白军做过策反工作,就逼我承认是受白军派遣打进红军内部的奸细。我被关在一个黑窑洞里,我委屈! 我愤懑! 我怨恨! 我就这么愤怒地咒骂着发泄着……有同志被拉出去,枪毙了,活埋了……就要轮到我了……窑洞门打开了,只听见一个声音说,“小子,你命大!”原来是中央红军到了陕北,毛主席得知情况,火速下令: 刀下留人! 我这才拣回一条命! (停顿)我两脚跨出窑洞,一屁股坐在地上,抱住脑袋,哭了!

郑律成　(忍不住热泪盈眶)要把一肚子的委屈、耻辱、愤懑、怨恨都哭成眼泪!

方部长　我哭,是为我自己感到羞耻。

郑律成　为自己感到羞耻？

方部长　我当然为自己还活着感到庆幸，但我更为有那么一个瞬间——我居然说，老子不干了！不干了！（停顿）我动摇了！悲观了！退缩了！放弃了！在那一个瞬间，我是一个逃兵！我背叛了我自己的抉择！我竟然把我自己从这支我自愿加入、并心甘情愿为之奋斗终身的队伍中清除出去了！

郑律成　（被震惊）啊！

方部长　我就坐在那儿，流着泪，在心底跟自己作一次彻底的清算……

[对面山梁上传来信天游的歌声："对面（价）沟里流河水，横山上下来些游击队……"

方部长　终于，我抹干了眼泪，抬起头，头顶上是一片瓦蓝瓦蓝的蓝天……

郑律成　（站起，抹干眼泪）我明白了，方部长！

方部长　（起身）有些事情要由时间来证明。

郑律成　我根本不知道能证明我的人在什么地方！我怕是跳进黄河也洗不清了！

方部长　你见过黄河！

郑律成　见过。

方部长　黄河，浩浩荡荡，一泻千里！何等的气势！何等的雄伟！要是黄河不挟裹着亿万吨的沙土奔腾入海，黄河还成其为黄河吗？我们正身处一个疾风暴雨的时代，一场关乎民族存亡的生死搏斗，山呼海啸、天崩地裂般地扑面而来，每个人都在呼啸前进中证明着自己！

郑律成　我怎么证明我自己？

方部长　用我们肩负的使命！

郑律成　我肩负的使命？

方部长　你的使命！

郑律成　我的音乐！我的歌！

方部长　你不是在写八路军的战歌吗！

郑律成　是，在写。

方部长　郑律成同志，你想过没有，成千上万的八路军将士，唱着你写的战歌，奔赴战场——你想想！你想想！成千上万的八路军将士！成千上万！唱着你写的战歌！

郑律成　(被深深感染，呼吸急促)呵！呵！

方部长　这也是你郑律成的战歌！

郑律成　我的战歌！(豁然开朗，猛然挥拳)呵！呵！我明白了！真的明白了！

方部长　歌写得怎么样了？

郑律成　基本有个谱了，只是……

方部长　只是什么？

郑律成　总觉得还差那么一口气……

方部长　少那么一股子劲！

郑律成　对！少那么一股子劲！

方部长　(笑)那就去找有那么一股子劲的人！

郑律成　找有那么一股子劲的人？(似有所悟)哦！

方部长　我真是很期待很期待你的战歌！(拍拍他的肩，下)

郑律成　(激情挥拳)啊！

[他一个大甩手，欲下，又转向土墩，从坑里挖出歌谱，小心翼翼地拂去纸页上的灰尘，摊开，审视歌谱，走向钢琴，在琴键上敲响几个音符：

$| \ \underline{1}\ \ 1\ \ \underline{3}\ |\ \underline{5}\ \ 5\ \ \underline{6}\ |\ \dot{1}\cdot\ \underline{6}\ |\ 5\cdot\ \underline{0}\ |$

[暗转。

## 第十二场

[演奏员激情演奏《八路军进行曲》。郑律成打着拍子。

[公木挎着背包上，静静听着。曲终。

公　木　啊！这是我们雄赳赳气昂昂的战歌吗？

郑律成　是。

公　木　真是我们雄赳赳气昂昂的战歌吗？

郑律成　是！

公　　木　(激动地)郑律成,你真是集旋律之大成的郑律成啊! 我现在就拿去刻字油印,带着它上前线,让我们抗日前线的将士唱响这首雄赳赳气昂昂的战歌!

郑律成　不着急,我再琢磨琢磨……

公　　木　还琢磨? 挺棒的,真是好! 你还不满意?

郑律成　我也挺满意的,只是,还是差那么一口气,少那么一股子劲!

公　　木　已经很有气,很有劲了! 真的!

郑律成　你要上前线?

公　　木　是。来向你告别的。

郑律成　我跟你一块上前线!

公　　木　我都提出来了,我们一块上前线,方部长说,你就别给郑指导添乱了。(关切地)你没事吧?

郑律成　没事。

公　　木　真没事?

郑律成　(坦然地)真没事。

公　　木　(看着他,少顷)我公木绝对信任我的战友郑律成同志! 要上前线了,我送郑指导一首我刚写的诗——战斗在向你召唤/血洗的原野在向你召唤/冲上去! 冲上去/我们是忠诚无畏的战士/甘愿用鲜血把脚下的土地浇灌/让我们再紧紧地握一握手吧/下次见面,该是在庆祝最后胜利的那一天! 再见,我亲爱的战友!(敬礼)

[郑律成回礼,两人紧紧拥抱。公木下。

[暗转。

## 第十三场

[郑律成深情地拉着小提琴曲《延水谣》。

[丁雪松上。

[曲毕,郑律成将小提琴装入盒中。

丁雪松　律成！你回来了！

郑律成　回来了。

丁雪松　怎么样？

郑律成　(见她目不转睛地望着自己)什么怎么样？

丁雪松　没事？

郑律成　没事。

丁雪松　真没事？

郑律成　刚才，公木同志也这样问我，真没事。雪松，我有话对你说……

丁雪松　我也有话对你说！

郑律成　我先说。

丁雪松　我——好，你先说。

郑律成　你相信我吗？

丁雪松　我——

郑律成　不要回答，只要听我说——今天，就在今天，我终于彻底明白我郑律成为什么来到这个世界！我庆幸我来到了延安，我庆幸我成为我加入的这支队伍中的一员，我庆幸能为这支队伍谱写一首威风凛凛的战歌！

丁雪松　律成！

郑律成　听我说完——我庆幸我的生命能遇见一位美丽的好姑娘，雪松，你知道吗，上百人的操场，我能清晰地分辨出你丁雪松的口令声；上千人的大会场，我一眼就能认出你丁雪松的身影。你，丁雪松是我在延安最亲最亲的亲人！如果你愿意，那么，我就牵着你的手，唱着我的歌，一起往前走，直到我们生命的尽头。如果你不愿意，你尽可以离我而去，我一个人唱着我的歌往前走，直到我生命的尽头。我，郑律成，自己证明我自己！

丁雪松　说完了？

郑律成　说完了。

丁雪松　好，你说完了，我说。律成，我们结婚吧。

郑律成　(毫无思想准备)结婚？你是说结婚……

丁雪松　是。我丁雪松虽然涉世不深，但我知道好歹，还有着最起码的辨别力，我看得出一个人是虚伪的，还是真诚的；听得出一个人说的话是花言巧语，还是发自肺腑。我相信你郑律成，如同相信我自己！你郑律成唱什么歌，我丁雪松就唱什么歌，和你一起往前走！

郑律成　雪松！

丁雪松　我还没有说完——刚才，我去找陈云同志了……

郑律成　你找陈云同志了？

丁雪松　我问陈云同志："郑律成到底是不是特务？"

郑律成　啊！你真这么问了？

丁雪松　问了！陈云同志说："没有任何材料可以证明郑律成是特务。"我又问："那就是说，郑律成不是特务？"陈云同志说："也没有任何材料可以证明郑律成不是特务。所以，才要审查。"

郑律成　什么都没说。

丁雪松　我又问陈云同志："陈云同志，我现在郑重地请示组织，我丁雪松是不是可以和郑律成结婚？"

郑律成　啊，你真问了？

丁雪松　问了！

郑律成　你真敢啊！

丁雪松　我豁出去了！

郑律成　陈云同志怎么说？

丁雪松　陈云同志笑了……

郑律成　笑了？这好笑吗！

丁雪松　陈云同志说："结婚这件事，得由你们自己决定，组织上不予干涉。"

郑律成　还是什么都没说……

丁雪松　你怎么就听不明白——陈云同志说，（一字一顿地）组织上不予干涉！（一口气地）你能想象中共中央组织部的最高负责人，会眼睁睁看着我丁雪松——一个八路军战士跟一个特务结婚，而无动于衷而不顾不管不问而不予干涉吗！

郑律成　啊!(想了想,捧起小提琴盒)

丁雪松　嗯?

郑律成　这把小提琴,请你替我代为保管。

丁雪松　律成!

郑律成　万一,我证明不了自己,这把小提琴就当给你作个纪念;如果,我证明了自己——我就用这把小提琴作为信物,向我最爱的爱人丁雪松同志求婚!

丁雪松　你能证明自己的! 我等着你,来向我求婚!

郑律成　雪松! [一把将她搂在怀里)

[他们拥抱着。

郑律成　将来,我们有了自己的孩子,就用这把小提琴给孩子起名字。

丁雪松　(松开他)叫郑小提琴? 那不像日本人的名字了? 叫郑小琴!

郑律成　不,叫郑——小提。

丁雪松　为什么不叫郑小琴?

郑律成　如果是男孩,你也叫郑小琴?

丁雪松　如果是女孩呢?

郑律成　女孩也叫郑小提。男孩女孩都叫郑小提。

丁雪松　我同意。

郑律成　(整理军帽)我要去找郝团长,证明我自己!

[响起部队集结的军号声。暗转。

## 第十四场

[白天。老虎团驻地。团部窑洞。脚步声纷至沓来。全副武装的郝胡子趴在白木桌前,研看军事地图。

[得得的马蹄声由远而近。冬娃子奔上。

冬娃子　报告团长,郑指导来了!

郝胡子　谁?

冬娃子　郑指导——“啊延安”!

郝胡子　快请他进来!(收起地图)

冬娃子　是!(朝着门外)郑指导!

[肩挎背包的郑律成上。

郑律成　(敬礼)胡子团长! 郑律成向你报到!

郝胡子　“啊延安”!

郑律成　我找胡子团长要劲儿来了!

郝胡子　要劲儿? 什么劲儿?

郑律成　(从书包里取出一叠歌谱,递上)胡子团长要我写的战歌!

[冬娃子帮他解下背包,放桌上,下。

郝胡子　(高兴地看歌谱)“我们的队伍向太阳,脚踏着祖国的大地……”真棒!
我就知道你“啊延安”行!

郑律成　(握紧拳头)还少一股子劲!

郝胡子　少一股子劲?

郑律成　我找胡子团长要这股子劲儿来了! 我要跟老虎团上战场!

郝胡子　嗬,真有那么股子劲! 好!

郑律成　(兴奋)你答应了! 谢谢胡子团长!

[远处传来得得马蹄声。

郝胡子　我说“啊延安”——郑指导同志,部队马上要出发了……

郑律成　我都准备好了!

郝胡子　这是一场大战! 硬战! 恶战!

郑律成　我已作好一切准备!

[冬娃子上。

冬娃子　报告团长,段主任来了!

[助手和段主任上。

助　手　(看见郑律成)主任,他在这儿!

郝胡子　段主任!

段主任　(敬礼)郝团长,我来老虎团执行紧急任务。(对郑律成)就知道你在这儿。

郝胡子　郑指导要跟我上前线……

段主任　好啊,那我们就看看他有没有上前线的资格。郝团长,我要跟郑律成单独谈话。

郝胡子　没问题,你们谈。(把歌谱还给郑律成)

[郝胡子和冬娃子下。

段主任　干嘛来了?

郑律成　我要跟老虎团上前线,修改我的《八路军进行曲》。

段主任　进行曲? 是逃跑曲吧! 部队东渡黄河,正中你的下怀,鬼子就在河对岸! 检查。

助　手　(指桌上背包,检查背包,搜出几本装订成册的歌谱,翻看)密码!(兴奋地交给段主任)主任! 找到他的密码了!

段主任　(看)这是五线谱。

助　手　五线谱?

段主任　你不懂。(翻看歌谱)《八路军大合唱》: 作词,公木,作曲,郑律成。《骑兵歌》《炮兵歌》《快乐的八路军》《子夜岗兵颂》……(检查)总共八首歌,怎么只有七首,那首进行曲呢?

郑律成　(示意手中的歌谱)在这儿。

[助手取来歌谱,交给段主任,下。

段主任　(将装订成册的歌谱放在桌上,接过歌谱,翻阅)《八路军进行曲》,知道什么是进行曲吗?

郑律成　知道一些……

段主任　(意料之中,侃侃而谈)所谓进行曲,就是军队中用来统一行进步伐的乐曲……听过舒伯特的《军队进行曲》吗? 老施特劳斯的《拉德斯基进行曲》吗?(哼唱旋律)节奏明快、铿锵有力,又不失活泼跳跃、轻柔优美,不愧是最脍炙人口的世界名曲!

郑律成　舒伯特的《军队进行曲》是为奥地利皇家卫队所作,老施特劳斯的《拉德斯基进行曲》是献给奥地利将军拉德斯基的,拉德斯基镇压了邻国人民的起义,所以老施特劳斯和他的儿子小施特劳斯在世的时候都不大愿意演奏这首进行曲……

段主任　同样是进行曲，你的这个进行曲，和舒伯特、老施特劳斯的进行曲有什么不同？

郑律成　太不同了，他们是皇家卫队，骑着高头大马，音乐色彩雄健、华丽，还带着几分高傲和炫耀；我们八路军是人民子弟兵，音乐形象必须踏踏实实，敞敞亮亮！

段主任　哦，你为什么要写这样一首进行曲？（盯着他）为什么？

郑律成　因为，我是八路军的一员，我要为自己的队伍写一首战歌！

段主任　哦！（看着他）我倒要看看你写的是一首什么样的战歌！

[他埋头歌谱，仔细研读，打着节拍。郑律成整理被解开的背包。

[军号吹响集结号。

段主任　（哼唱）“我们的队伍向太阳，脚踏着祖国的大地……”起调明亮开朗，热情奔放……全曲A、B、C、D四个乐段，58个小节：A段四个乐句，音调坚实，以切分音和附点节奏串联完成节拍，结构完整，意向明确，完成第一主题；又四个乐句，以提高二度音程的方式进入B段，旋律流畅，尤其是这循序渐进的七个乐句，（哼唱旋律）“从无畏惧，决不屈服，永远抵抗，直到把日寇逐出国境，自由的旗帜高高飘扬……”一气呵成，完成第二主题，形成第一高潮……

[郑律成被段主任的评议吸引，极其关注地听着。

段主任　C段——（哼唱）“听！风在呼啸军号响；听！抗战歌声多嘹亮！”漂亮！可谓是全曲最为华彩的乐章！（哼唱旋律）“同志们整齐步伐奔向解放的战场，同志们整齐步伐奔去敌人的后方……”音乐情绪进入第三主题第二高潮，随之是D段——（扬起手臂，激情哼曲）完成第四主题，把全曲推向最终高潮！（赞赏地）啊！何等的沉稳自信！何等的大度潇洒！何等的气势磅礴！那是一支意气风发，一往无前、势不可挡的大军啊！精彩！精彩至极……咦？（停顿）我们八路军现在打的还是游击战、运动战，你怎么能想像出这样一支千军万马、阔步行进的大部队？

[郑律成沉思着从段主任手中接过歌谱，专注研读。

段 主 任　我问你话呢，郑律成！郑律成！问你话呢！

郑 律 成　(惊醒)啊，什么……

段 主 任　你怎么能想像出这样一支千军万马、阔步行进的大部队？

郑 律 成　怎么能想像出……哦，因为，因为在我的眼前，就是这样一支大部队！

段 主 任　哦……应该说这已经是一首相当完整、相当成熟的进行曲了，你还有什么不满意的？

郑 律 成　刚才，段主任说第一主题第二主题第三主题第四主题，第一高潮第二高潮最终高潮，太精辟了！我怎么没有想到呢？第一主题第二主题第三第四主题……那么，我的总主题呢？

段 主 任　总主题？有啊……(拿回歌谱，指着歌谱)这第四主题，总主题！

郑 律 成　就像，就像是烧一锅子开水，眼看着冒泡了，就是开不了锅……

段 主 任　开不了锅？(细看歌谱)

郑 律 成　开不了锅，那是因为还少一把柴火；没有总主题，那是因为——(思考)还少一股子劲儿，一股子顶顶有劲的劲儿！能把第一主题第二主题第三主题贯串起来，一鼓作气推向总主题顶顶有劲的劲儿！

段 主 任　一鼓作气推向总主题顶顶有劲的劲儿？

郑 律 成　对！(开悟)是这样的！总主题！总高潮！是这样的！啊，谢谢段主任，谢谢段主任！让我开了窍！呵——终于找到了问题的症结所在！这一股子顶顶有劲的劲儿……(思索，来回踱步)

段 主 任　啊……(久久地审视他)

[窑洞外传来接二连三的报告声："报告团长，一营集合完毕！""报告团长，二营集合完毕！""报告团长，三营集合完毕！""报告团长，特务连集合完毕！"

[段主任蹙眉，来回踱步，紧张思索。郝胡子大步走上，冬娃子跟上。

郝 胡 子　怎么样，部队要出发了！

段 主 任　(抬手制止，不让干扰自己思维，又踱了几步，看看歌谱，又看看郑律成，似乎下定决心，拉郝胡子至一旁)郝团长，现在情况是这样的——从理智上讲，我认定郑律成很有可能是个特务，因为他那一段没有人能证明的空白历史；可从情感上讲，我真是很难很难认定郑律成会是一个特务……说句老实话，我真被他的歌感动了！真诚！深情！正气！豪迈！你能听得出有一丝一毫的阴暗、虚伪、掩饰和欺骗吗！没有！一丝一毫都没有！因为，音乐是思维着的声音，是灵魂的声音，我们能从音乐里感受到一个人最为真实的情感，捕捉到人物心灵深处最为隐秘的心声……

郝胡子　我的个娘哎，我现在要听你段主任的心声！

段主任　所以，现在，我决定——这真是一个很难很难作出的决定——我决定，(转向郑律成)郑律成，我现在正式通知你，你可以随老虎团东渡黄河上前线，解决你要解决的主题问题。(把歌谱交还给他)这个问题太重要了，一定要找到你要找的这股子顶顶有劲的劲儿！

郑律成　(喜出望外)是！谢谢段主任！

段主任　我还是会盯着你的，一查到底！

郑律成　我会证明我自己的。

段主任　郝团长，这儿没我的事了。再见。(欲下)

郝胡子　等等——我不同意郑指导跟我们老虎团上前线。

段主任　你不同意？为什么？

郝胡子　从情感上讲，我当然同意郑律成上前线；可从理智上讲，我坚决不能同意郑律成上前线。

段主任　为什么？为什么不同意？

郝胡子　是段主任刚才那番话敲醒了我——郑指导现在写的这首战歌太重要太重要了！顶得上我一个老虎团！不，他郑律成就是一支千军万马的部队！他不能有任何闪失，一百个郝胡子也负不起这个责任！我会看人！(走向郑律成)郑指导，你留下，我把你介绍给河防部队三团周团长……

郑律成　不不不，我要跟胡子团长上前线！

郝胡子　郑指导，你现在身上还真有那么一股子劲！你肯定能找到你要找的这股子顶顶有劲的劲儿……

郑律成　胡子团长，我一定一定要上前线！

段主任　行了！不要再讨价还价，得寸进尺，我认为郑律成同志应该听从郝团长的安排，就这么定了！

郝胡子　（拍拍郑律成的肩头）出发！

[冬娃子跨出几步，吹响出发号声。

[暗转。

[轰隆的炮声，激烈的机枪声，久经不息。

[金属对劈的拼刺刀声。

[黑暗中，久久的、令人窒息的静场。

## 第十五场

[激越、悠远的军号声。灯亮。被浓雾重重笼罩的沟壑。

[郑律成上，寻找着。

郑律成　（声声呼喊）郝团长——梁大哥——冬娃子——

[太阳从东方升起，万道金光射向舞台，浓雾瞬间散去。

郑律成　胡子团长！梁大哥！冬娃子！太阳升起来了！

[他看见什么，赶忙上前，从泥地里扒出一只系着红飘带的军号。

[他高高举起手中的军号，骤然响起激越的冲锋号声。

郑律成　胡子团长！梁大哥！冬娃子！你们在哪里！

[一阵直击人心的鼓声！郝胡子、梁大坤、冬娃子和一群八路军战士从舞台深处走来，他们或头扎绑带，或高挽浸透鲜血的裤腿，手握断裂的枪支、大刀和手榴弹，军衣破碎，浑身上下血迹斑斑，身姿朝前突进。

[又一阵鼓声！随之走上方部长、丁雪松、段主任、余姗姗……

[他们错落有致地站立，犹如一群山岳般地挺拔的雕像！

[歌队从两侧涌上。

[郑律成挥舞手臂——

[演奏员敲击钢琴——1· 1 1 1 | 1 1· |

歌　　队　(唱)向前！向前！向前！

[钢琴敲击节奏—— 3. 3　3　3 | 3　3. |

歌　　队　(升高音阶，唱)向前！向前！向前！

[钢琴敲击—— 5. 5　5　5 | 5　5. |

歌　　队　(更高的音阶，唱)向前！向前！向前！

[钢琴奏响—— 7. 7　7　7 | 7　7. |

歌　　队　(合)向前！向前！向前！

[静场。

[军号吹出的音符—— 1̇. 1̇　1̇　1̇ | 1̇　1̇. |

[郑律成激情地挥动手臂，顿时响起威武雄壮的《中国人民解放军军歌》：

向前！向前！向前！
向前！向前！向前！
向前！向前！向前！
我们的队伍向太阳！
脚踏着祖国的大地，
背负着民族的希望，
我们是一支不可战胜的力量。
我们是工农的子弟，
我们是人民的武装，
从无畏惧，绝不屈服，英勇战斗，
直到把反动派消灭干净，
毛泽东的旗帜高高飘扬。
听！风在呼啸军号响，
听！革命歌声多嘹亮！
同志们整齐步伐奔向解放的战场，
同志们整齐步伐奔赴祖国的边疆，
向前！向前！
我们的队伍向太阳，

向最后的胜利，

向全国的解放！

[排山倒海的歌声中，郑律成激情指挥，满台满眼的“向前”投影——

炮火连天，战士们冲锋陷阵……

万船竞发，突破长江天险……

攻占“总统府”……

天安门广场阅兵仪式……

威武雄壮的陆、海、空三军方阵……

炮兵部队、坦克部队、火箭军部队……

战鹰列队划过长空……

[全剧终。

2017.03.05 第一稿

05.11 第二稿

06.01 第三稿

08.09 第四稿

09.09 第五稿

2018.03.23 第六稿

04.04 第七稿

12.04 第八稿

2019.3.20 第九稿

2019.09.03 第十稿

本剧获 2018 年度国家艺术基金立项资助

2017 年度上海市文化发展基金会重大项目立项资助

话剧

# 生命驿站

2018.10.18

编剧：陆　军　顾月云

活着时，也许不曾体面，

离去前，渴望守住尊严。

——作者题记

# 人物表

嘟　嘟——小护士

洪　姐——护士长

苏院长——舒缓医院院长

陈阿公——病人

吴老伯——病人

许老伯——病人

高　总——病人

小　东——洪姐之子

老　张——护工

群众演员若干

# 序

[时钟滴答声，低缓的乐声起。

[LED 屏上，芳草碧连天。镜头拉近，出现舒缓医院。再拉近，出现医院窗户。窗前，嘟嘟在桌上低头写着什么，影影绰绰。

[嘟嘟旁白：外婆走的那个晚上，我与我的几个同学在广西的一个民宿过夜。那一晚，太阳好像没有下过山，薄薄的窗帘上全是光，有一只蝴蝶，伴着我一夜未眠。我叫嘟嘟，是一名护士。本以为在这里工作两年，完成外婆的心愿后，我就会离开，然而一晃，三年过去了，我却还在这里。那些经过的病人，最终都化成了我日记中一页页的书笺。每当想起他们，我就会把日记打开，在字里行间中，寻找他们的身影，寻找那只蝴蝶……

[舒缓医院活动区，病人们慢慢上，坐下。

[一辆尸车经过。众神色黯然。

[LED 屏上，季节交替，时光流逝。镜头再次回到舒缓医院窗前的嘟嘟，她站起来。

# 第一场

1

[护士站。苏院长在查看病房记录。嘟嘟手持一大束红气球上。

苏院长　哟，嘟嘟，哪来这么多气球？

嘟　嘟　院长早。我跑遍了金山所有的公园，好不容易才买到的。好看吧？

苏院长　(微笑)好看。买气球做什么？

嘟　嘟　给黄阿婆啊。

苏院长　哦。

嘟　嘟　阿婆最近状态一直不太好，昨天总算醒了过来。问她想吃什么，她说什么都不要，只想要一个红气球。

苏院长　哦。

嘟　嘟　我答应了她，今天一定给她带过来。看，这么多红气球，阿婆肯定开心。我昨天跟她说好，今天学丝巾的新系法。我已经学了二十几种啦。

苏院长　是啊，阿婆是个大美人，老了也是。

嘟　嘟　阿婆最爱我们病房的一点就是可以不用穿病服。她来我们这里没多久，疼痛控制住了以后，精神就好了很多。精神一好，阿婆就讲究起打扮来了。她教过我好多种丝巾的系法，从她年轻时的，到现在最新风格的，她都会。

苏院长　(微笑)跟阿婆在一起，让人觉得生活真美好。

嘟　嘟　但阿婆的童年却并不美好。这几天，她神志有些迷糊，好不容易昨天清醒了些，我问她有没有什么特别想吃或者想要的东西，她犹豫了半天，终于对我讲，想要气球，想要一个红色的气球。

苏院长　(若有所思)哦，是这样。

嘟　嘟　我笑阿婆还挺少女心的，结果阿婆没牙的嘴瘪着瘪着，眼泪就掉下来了。原来阿婆从小没有妈妈，继母待她不好。小时候，她最羡慕的就是别人家的小孩可以一手牵个气球，一手牵着妈妈的手在路上走。听她讲，公私合营那年，也就是 1954 年的时候，她们家的粮铺卖给公家，得了一大笔钱。继母给她几个弟弟添了好多衣服和玩具，唯独她，什么也没有。到了晚上，她鼓起勇气，找到继母说，想要一个红色的气球，结果不仅没要到，还被继母添油加醋地在她父亲面前告了一状，说她不懂事。她阿爸当时心情不好，就不问青红皂白打了她一顿，还不让她吃晚饭。

苏院长　阿婆身世真可怜。

嘟　嘟　是啊。我听了也很生气。就跟她说没事，我给她买。我会给她买好多、好多气球，会挂满她房间。她想给谁就给谁。

苏院长　所以你就买这么多气球。

嘟　嘟　我想告诉阿婆，我们都爱她，趁她现在还能听到。当年我外婆还在时，我都没来得及对她讲这句话。(提起气球欲走)

[苏院长赶上一步，抓过了嘟嘟的气球和丝巾。

苏院长　嘟嘟，(停顿)阿婆走了。

嘟　嘟　(停在原地，泪涌)她说过等我的!

苏院长　就是昨天夜里的事。

嘟　嘟　我昨天走时她还好好的。我叫她等我把气球带来，她答应了的。

苏院长　阿婆走的时候很安详，很好看。她在天上，会看见你给她的气球的。

嘟　嘟　我去看看她。

苏院长　她已经被送走了。

[女病房。一张空空的病床，床架上系着阿婆的丝巾。嘟嘟站在床前。

嘟　嘟　阿婆早，我来了。

[沉默。响起《教我如何不想她》的提琴音，余音袅袅。

嘟　嘟　你说过等我的啊。你跟外婆一样，说走就走。我有许多话，还没来得及跟你们说。气球买来了，也没来得及给你。我、我……

[站在空床前，嘟嘟默默地用手抹泪。她解下黄阿婆系在床头的丝巾，拿在手里。走到病房窗前，朝窗外望去。

[LED 屏亮，蓝天白云。一个红色的气球，飘飘荡荡飞向空中。嘟嘟抬头注视。

[苏院长上。缓缓走向嘟嘟，伸手搂住了女孩。

苏院长　阿婆会收到你的气球的。

嘟　嘟　(无力)阿婆是个很好的人啊。我只是想让她知道，她想要多少气球都可以。最后却连这点时间都没办法帮她延长，我觉得自己很没用啊。(转过头)老大，我不想再在这里待了，你调我去别的科室吧。

苏院长　早就听说你男朋友希望你离开这里。

嘟　嘟　不是男朋友，我们是兄弟。

苏院长　(没接这个话题)嘟嘟，或许，我们改变不了他们生命的长度，但还是可以让他们在人生的最后一程得到一丝温暖与爱。阿婆感受到你对她的爱了，所以昨天晚上走得很安详，嘴角还带着微笑。对这里的老人来说，你就是他们的天使。嘟嘟，还有许多病人，在等着我们的照顾与陪

伴。马上黄阿婆的病床就要进来一个新病人陈阿公了。准备工作吧，嘟嘟。(再次用力搂了搂嘟嘟的肩膀，下)

[嘟嘟依旧对着阿婆的病床发呆。

[护工老张推着形销骨立的陈阿公上。洪护士长拿着病员记录跟在后面。老张没注意到台阶，将轮椅推撞了一下。陈阿公嘴里嘟嘟囔囔，骂骂咧咧起来。抬眼见到嘟嘟，一下愣住，停止了咒骂，只呆呆盯着她。

嘟　嘟　(迎上去，带着一脸灿烂的笑容)阿公好!

陈阿公　(忙低下头，催老张)快走快走!

嘟　嘟　(诧异)怎么了？阿公您好像不想见到我？

[老张暗指自己脑袋，意思是陈阿公脑子不正常。推轮椅下。

嘟　嘟　洪姐，你怎么还没下班？

洪　姐　刚进来的孤寡老人，脾气有些大。

嘟　嘟　(笑)说明阿公精神还不错啊。

洪　姐　医生说，还有三个月的时间。家里没人照顾，之前又进不来，被送去了一家不正规的养老院，吃足了苦头，所以一肚皮的怨气。

嘟　嘟　哦。我来处理，你赶紧下班吧。昨天中班连晚班，看把你累的，脸色这么差。

洪　姐　我没事。一会儿我去帮陈阿公买点鱼石脂和黄金散来，让他伤口长快点。

[突然，一阵眩晕袭来，洪护士趔趄了一下，被嘟嘟一把扶住。

嘟　嘟　要不我去买，你赶紧回家休息吧。

洪　姐　(站稳)我去。我一会儿去艺校，经过药房的。

嘟　嘟　什么？你还在艺校打工，你不要命了？怪不得你脸色这么差。赶紧把那边的活辞了。

洪　姐　嘘——你给我轻点!(四下里看了看)这事领导都不知道的。我算不上打工，我是喜欢小孩子，也喜欢唱歌，所以带小东参加了儿童合唱班。人家没收我们学费，我当然也要帮他们做些什么吧。

嘟　嘟　不行不行，赶紧辞了。你会累死的。中班连晚班，现在还去连日班!

洪　姐　好了好了，明年小东上学，我得管他功课，那里就不去了。哎呀，要迟到

了，走了啊。(把病员记录递给嘟嘟)

嘟　嘟　(对着洪护士背影)那你明天休息一下。我帮你顶班。

洪　姐　不用啦。明天志愿者日，我要带小东他们来唱歌的。(旋即不见踪影)

[嘟嘟目送洪护士离去的背影，摇头。

## 2

[病房一侧，传来“啪!”的一声，是杯子摔在地上的声响。接着是吴老伯的斥子声：

“我不要你管! 一个大男人，整天弄得跟个老太婆似的，班也不上，能有什么出息? 你这样下去，为了我，不仅房子房子没了，老婆老婆也要跟人跑了!

“阿爸，等你身体好些，我就回去上班。”

“你马上就走，给我上班去。去挣钱去!”

“那明天人家志愿者来，我陪你去理个发，啊?”

“滚!”

[嘟嘟旁白：黄阿婆走了，陈阿公来了。在舒缓医院，不管是安静的病人，还是烦躁的病人，他们的平均生存期仅有 27 天，每两天半就有一个生命离去。在这里工作的每个人都来不及悲痛，我们能做的，只能是将悲痛化为爱，留给每一个需要陪伴的人。

[活动区。高总戴着墨镜坐在一角，神色阴郁。许老伯在一旁试着小跑步。嘟嘟推着护理车过来，与高总与许老伯打招呼。

[病房里，陈阿公躺着，吴老伯蓬着一头乱发闷闷地坐在床前。

嘟　嘟　吴老伯早!

[吴老伯勉强抬头，看了嘟嘟一眼。

嘟　嘟　吴老伯，您前面干吗又骂您儿子呀?

[吴老伯依旧不响。

嘟　嘟　阿公好!

阿　公　你走开,我不想见你。

嘟　嘟　(一愣,依旧展出灿烂的笑容)我给您换好药就走。阿公现在觉得怎么样啦?

[陈阿公没有回音。嘟嘟上前帮陈阿公调整了一下床背的高度,又调整了一下枕头的位置。

嘟　嘟　您看这样是不是舒服一点?您有什么需求,请随时告诉我。

陈阿公　哼。我有什么需求?我的需求就是早点进舒缓病房。为什么不让我进?害我被弄成现在这副鬼样子!

嘟　嘟　对不起阿公,让您久等了。想进舒缓病房的病人多,我们是按照舒缓生存期进行评分再安排入院的。

陈阿公　什么意思?嫌我还没马上要死吗?

嘟　嘟　不是的不是的。其实严格意义上说,您就是现在也还没有到我们的入院标准,但考虑到您一个人,家里没人照顾,所以优先安排您入的院。

陈阿公　哦呦,说得头头是道!还给我"优先"了!那我是不是还得感谢你,送你个红包啊?

嘟　嘟　我没这个意思!

陈阿公　说到底,还不就因为我是个老右派?你们就把话挑明了说嘛。

嘟　嘟　哪有啊。这都什么年代了!您是重要的,我们每一个人都是。

陈阿公　(学嘟嘟)"您是重要的",哼,全是嘴上功夫。巧言令色,鲜矣仁。有本事就用做的来证明!

嘟　嘟　(开始生气)那你要我们做什么?

陈阿公　我时间不多了。我要去见一个人。我不能这种样子去见他!

[嘟嘟面无表情快速扫视了一下陈阿公的病员资料,又查看了阿公的伤口。

嘟　嘟　(语速变快,带着专业但冷漠的口吻)现在除了头部,你背上和臀部还有三个伤口,左脚大面积烫伤。此外,严重营养不良。我会处理这些伤口,之后会请护工每天给你擦两次身。但有些事情需要你配合,比如,尽可能变动一下睡觉的姿势。

陈阿公　真是站着说话不腰疼。我这个样子,是想动就可以动的吗?

嘟　嘟　如果你想去见你的朋友,你就要跟我们配合。我现在给你处理伤口。

[嘟嘟麻利地打开床头柜上的护士包,取出纱布、剪刀、消毒水等用具。

嘟　嘟　左脚烫伤的那个大水泡,我会先用针筒吸水出来,这个不会很疼。但三个伤口,在消毒处理时会很疼,你忍一下。

[嘟嘟开始处理伤口,处理左脚烫伤时,陈阿公没有吭声,但处理背部伤口时,阿公先是不由自主地发出“咝”、“咝”声,接着开始高声咒骂。

陈阿公　你这是报复! 你跟那家破养老院一样! 给你们提点意见了,就不开心,就找一切机会报复我老头子。(再一次疼得全身发抖)咝——你给我轻点! 真是人笨万事难,笨手笨脚到家了。

嘟　嘟　还剩最后一个伤口了。你再忍一下!

陈阿公　你这是谋杀。你比养老院的人还狠!

[嘟嘟像是什么都没听见。陈阿公继续在那里时不时地发出“咝”、“咝”声。

嘟　嘟　好了,伤口处理完了。你先躺一会儿。但不能平躺。我同事去给你买药了,用的是她自己的钱。(讥讽)人家没收你什么红包吧?

[嘟嘟把陈阿公的身体翻个身。瘦骨嶙峋的老人已耗尽了力气,任由嘟嘟摆布。

嘟　嘟　(对陈阿公)你最好先趴着睡。(想了想)我小骗子书念得少,但也知道,夫子之道,忠恕而已的道理。

[陈阿公一听这话,诧异地抬头,看了嘟嘟一眼。

嘟　嘟　你就这样先躺一会儿。我大概半小时后来扶你下地走走。(下)

陈阿公　(稍顷,咕哝了一句)小姑娘你就瞎搞吧。

[护士站。苏院长在里面工作,嘟嘟上。

嘟　嘟　(气鼓鼓地)真是气死我了! 什么鬼嘛,那个老头,根本就是吃了一肚子火药来的。

苏院长　哦,这老先生人并不坏。

嘟　嘟　啊? 这样的老头都不算坏,那其他好人就都要气死了。估计他以前干过土匪什么的吧?

苏院长　哈哈！想到哪里去了。陈阿公一生都在甘肃支教，教了一辈子书。

嘟　嘟　天哪！这种人都是老师？

苏院长　听说陈阿公是老大学生，还是高材生的那种，后来，在大学里被打成右派，还差点被处决。

嘟　嘟　倒是没想到他会在甘肃那种地方教一辈子书。

苏院长　我们都不知道他经历了什么。以后找机会跟他聊聊？说不定他会很喜欢我们嘟嘟跟他聊天呢？

嘟　嘟　呵呵！谢谢你，老大。他喜欢，我还不喜欢呢。来舒缓病房这么些年，我就从没见过这么凶巴巴的老头。我们的阿公阿婆，如果每一个都像他这样，我早就受不了了。哎，你到底同不同意调我去别的科室啊？

苏院长　（笑）嘟嘟，等你把陈阿公负责完再说吧，如果到那时你还是想走，我一定同意，怎么样？

嘟　嘟　唉，好吧。你要说话算话啊。那我就再坚持一下。（走到窗口，望着窗外的稻田）诶，这几天没注意，地里都插上秧苗了。（若有所思）等这些秧苗都抽穗、结实，我就可以不用再在这里干了吧？

苏院长　对了，吴老伯是当兵出身，上过朝鲜战场的，脾气也很火爆。不知这俩老头凑一块会折腾出些啥事情来。你多关注一下，如果实在不行，就想办法把他们换开。

嘟　嘟　算了，就陈阿公那样的，不管换到哪间病房，人家都受不了他。（突然想到了什么，诡异地一笑）就让这俩老头在病房火拼一下呗？

苏院长　（嗔怪）看你这孩子，说的什么话！

[突然，随着一声猛烈的撞击声，警铃大作。传来陈阿公的呼喊“来人啊，快来人啊”。苏院长、嘟嘟条件反射般冲了出去。

[病房。

[嘟嘟、苏院长赶到。吴老伯跪在地上。

苏院长　吴老伯，您这是干什么呀。

陈阿公　（扶着车子）我没拦住，我没拦住。他举着拐杖当冲锋枪往玻璃上冲啊！

[苏院长与嘟嘟扶吴老伯。

吴老伯　你们不要管我！你们不要拉着我！让我死！

[苏院长扶起吴老伯，嘟嘟推来护理车。

苏院长　吴老伯您这是干什么呀！(对嘟嘟)快，镇静剂！

嘟　嘟　知道了。

吴老伯　(同时)你们救我做什么？救我做什么啊？我不配活着，让我死！让我死！

[嘟嘟迅速给吴老伯打镇静剂。

吴老伯　哎哟！哎哟……

苏院长　吴老伯啊，以后千万不能再这样做了……

吴老伯　(渐渐平息)哎哟！嗯，嗯……

苏院长　今天晚上？

嘟　嘟　我值班。

苏院长　密切注意吴老伯，不要再有反复。

嘟　嘟　放心，老大，你去吧。

[苏院长拉拉吴老伯的手，下。

[静场片刻。

嘟　嘟　(拉过一张椅子，坐下来)吴老伯，你闭上眼睛，安心睡吧。我来给你读首诗，好吗？

[吴老伯哼哼，似应非应。

[响起嘟嘟优美柔和的朗读声：

当我注视着一朵稻花出神的时候
我还是个孩子
当我顺着花萼小心地攀援的时候
我正年轻
当我和这朵稻花一起绽放的时候
我正在路上
作为一粒稻种
我已经老去

因为我长成了秧苗
作为一株秧苗
我已经老去
因为我开出了稻花
作为一朵稻花
我已经老去
因为我结成了稻谷
作为一粒稻谷
我已经老去
因为我重新变成了一粒稻种
作为一粒稻种
我将再一次诞生

[LED 屏上,展示一粒稻谷生命过程的动人画卷。

[渐渐地,响起吴老伯轻微的鼾声。老人们仿佛都在嘟嘟的吟诵声中安定下来,一一睡去。

[嘟嘟轻轻站起身来。

陈阿公　这首诗是你写的吧?

嘟　嘟　嘘!(欲下,又转身)今天多亏陈阿公您及时叫我们。能再帮个忙吗?

陈阿公　什么事?

嘟　嘟　吴老伯醒来后再劝劝他?

陈阿公　我为什么要听你的?

嘟　嘟　因为你和吴老伯有缘呀!

陈阿公　哼! 我——

嘟　嘟　嘘——(一笑,下)

## 3

[晚上。病房里死一般的沉寂。陈阿公依旧趴着躺在那里,脸朝着窗户的方向,一动不动。忽然,响起吴老伯咳嗽声。

陈阿公 醒了？

[吴老伯没反应。

陈阿公 那个小护士，叫什么名字？

[吴老伯置若罔闻。

陈阿公 哎，我问你呢，老头。

[吴老伯依旧置若罔闻。

陈阿公 软蛋!

[吴老伯愣了一下。但陈阿公说话声音不大，吴老伯以为自己听错了，双眼茫然盯向天花板。

陈阿公 (提高了音量)你个软蛋!

[吴老伯一下子从病床上坐了起来。

吴老伯 (忿忿地)你个僵尸在说谁？

陈阿公 (施施然翻了个身)我才不是僵尸呢。要当僵尸，也是你先当。你下午要是跳下去，现在还就真是僵尸了。你个软蛋!

吴老伯 (坐起来，正对陈阿公病床)你有种就坐起来，给老子把话说清楚。如果不是看你只剩一把骨头，像个骷髅鬼一样，老子就一拳把你捣个稀巴烂。把你两个老蛋都给砸碎!

陈阿公 啧啧啧，你老家伙还真本事啊。怎么前面没见你拿这些本事出来呢？白天是谁，闹着要跳楼的？

[陈阿公把手伸到头下枕着，平躺着，颤颤巍巍终于翘成了二郎腿，晃了几下，露出无比受用的样子。

[嘟嘟悄悄捧着插了秧苗的花瓶上，见两位老人在聊天，隐于一旁。

陈阿公 唉，还是平躺着舒服啊。那小丫头真是把我给搞惨了。

吴老伯 你老家伙懂个屁! 你知道生不如死的滋味吗？想当年老子抗美援朝，打上甘岭的时候，你老小子还在穿开裆裤吧？

陈阿公 原来是战斗英雄，失敬失敬。住到这里来的，得的都不是啥好病。要说生不如死，实在也生不了多久了。

[一阵沉默。

[陈阿公慢慢撑着，坐了起来。

吴老伯　你以前干什么的？

陈阿公　教书的。在甘肃教了一辈子，退休后回的上海。

吴老伯　哦，读书人。(停顿)都没听你哼过一声，倒是硬骨头。我就佩服有骨气的人！我认识的那些个骨头硬的战友，基本都不在了。(沉默)

[响起小提琴独奏《我爱你，中国》。LED显示屏出现了吴老伯的脸，脸庞上叠现中国东北和朝鲜半岛冰天雪地的景色，中国人民志愿军奔赴朝鲜行军的画面。战火、硝烟。音乐声渐弱，画面渐隐。

陈阿公　都死在朝鲜了？

吴老伯　好些都死在了战场上。命大活下来的，这几年七七八八也走得差不多了。一想到在那边有那么多好战友等着我，就真想跟他们一块去。

陈阿公　……

吴老伯　这段时间，夜里睡不着，老想起他们。唉，你说，我在朝鲜战场上也就打了三年，但这辈子临了，愿意想起的，能够想起的，竟然也就是那些战友们。

陈阿公　是啊。人间事，大多都能忘，但总有些人，一生一世也忘不了。

吴老伯　你忘不了谁？

陈阿公　哈哈。三年自然灾害时，若不是想着要回来见那人，大概也早死了。这些没啥好说的。还是说说你战场上的事吧，老英雄。

吴老伯　我那时小，大家都照顾我。每次冲锋，都让我留在最后。冲在前面的，后来都没了。

陈阿公　所以你的命，是你战友用命换来的啊。

吴老伯　可不。

陈阿公　可不？那你现在还这样！要是那些战友看见你今天要跳楼，该有多难过！你到了那里，怎么有脸见他们？

吴老伯　唉，你不知道，为了治我这个病，我儿子去年瞒着我把房子都卖了，他老婆最近闹着要与他离婚！我对不起他啊！

陈阿公　你要这样死，让儿子一辈子良心过不去，那才是真正对不起他。再说，舒缓病房享受医保，收费又不高，你何必要让儿子再为你提心吊胆呢？

[吴老伯不响。

陈阿公　还有那个小姑娘,她念的那首诗,真好。

吴老伯　我不懂诗,就觉得嘟嘟的声音好听,听着听着就睡着了。奇怪,现在怎么不大疼了?

陈阿公　我今天也觉得疼好些了。

[嘟嘟捧着秧苗上。

嘟　嘟　看我带什么来了?(把小花瓶递给吴老伯)

吴老伯　呦,这是什么?(欣喜)不会是秧苗吧? 现在怎么会有秧苗?

嘟　嘟　完全正确! 我前面悄悄到马路对面农科所暖棚里拔的。今晚没有月亮。月黑风高,最适合偷个鸡摸个狗了!

吴老伯　哈哈,真是难为护士妹妹你了! 我老头子喜欢,谢谢护士妹妹,谢谢。

嘟　嘟　您喜欢就好。那过些天再给您摘些来。

陈阿公　(酸溜溜)呦呦呦,"护士妹妹"长、"护士妹妹"短的,叫得还挺自然的啊!

吴老伯　你这是吃不到葡萄说葡萄酸。人家怎么就送我,不送你呀? 你得自己好好找找原因。(沾沾自喜)

陈阿公　切,我又不娘娘腔,要人家送我这些干什么? 哪像你呀?

[吴老伯懒得理睬,只是欣喜地看着手中的秧苗。

吴老伯　护士妹妹插得真好看! 真是心灵手巧!

陈阿公　(越发酸溜溜,对嘟嘟)关灯关灯! 这么晚不睡觉想干嘛?

[嘟嘟白了陈阿公一眼,讪讪地转身把灯给关上,走到病房外,坐下看书,看着看着就靠在椅子上睡着了。一束暖光打在她俊俏的脸上,如天使般宁静美丽。

[LED 屏上,玉垒浮云,水天一色。

## 第二场

### 1

[嘟嘟旁白:美国医生特鲁多说过一句话,"有时是治愈;常常是帮助;

总是去安慰”，讲的是，许多病其实是治不了的，但大多数的痛苦可以减轻。而对所有病人来说，应该一直都能从我们这里得到安慰。许多病人从我们苏院长、从洪姐那里得到过安慰。只是，她们也是凡人，她们也会生病，她们，也需要安慰。

[病房。陈阿公、吴老伯、许老伯和高总分散在四周轮椅上。高总依旧戴着墨镜坐在黑暗的一角，一脸阴郁。

[嘟嘟上。

嘟　嘟　各位好！今天是志愿者日，小天使合唱团会来表演，希望大家喜欢。

[众病友回应，慢慢围坐一起。

高　总　怎么没见洪护士长？

洪　姐　我来了！

[洪姐上，与众打招呼。并将自制的椭圆形“小巴掌”一一分送给众老人。

洪　姐　这是我为大家做的“小巴掌”，一会儿小朋友们表演时，我们挥动扇子，为他们加加油哦。

高　总　上面还有字哪！“过新年，长一岁！”

洪　姐　对，再过两个月，就要过新年了，大家加把油，我们一起过新年！

[众回应：谢谢护士长！

洪　姐　我先去接小朋友们。(下)

嘟　嘟　演唱会还没有开始，我给大家念几首诗吧。

吴老伯　好好好！我不懂诗，但嘟嘟的声音好听，我们都爱听！

嘟　嘟　谢谢吴老伯！

(念)不要驯顺地走进那个良夜，

　　老年应该在日暮时燃烧、咆哮；

　　愤怒，愤怒地抗拒阳光的泯灭。

　　而你，我的父亲，在那悲伤的高处，

　　用你那灼热的泪水诅咒我，祝福我，我祈求你

　　不要驯顺地走进那个良夜。

　　愤怒，愤怒地抗拒阳光的泯灭。

陈阿公　(迟疑了一下,突然莫名发火)小姑娘,你懂这个良夜是什么意思吗?走进死亡,还称良夜!

嘟　嘟　(没想到陈阿公会发火,有些尴尬)书上就是这么写的呀!

陈阿公　尽信书,不如无书。你可以把你这破书给扔了。告诉你,这是英国诗人狄伦·托马斯写给他病危中的父亲的一首诗,“良夜”准确的翻译应该是“长夜”。

嘟　嘟　哦。

陈阿公　不用脑子。说你笨就是笨!

许老伯　我也不懂诗,但是,愤怒、抗拒我懂。你这个疯老头,干吗要欺负嘟嘟,你以为你这样就懂诗了?告诉你,下次再这样,我这对你不客气!

陈阿公　这是我和她的事,跟你何关?

许老伯　我就要管!

[众一起谴责陈阿公。

吴老伯　好了好了,嘟嘟读这首诗是鼓励我们与死神抗争。陈老师肚里墨水多,脑子有点不正常,大家就原谅他吧!

陈阿公　(见吴老伯帮倒忙,生气)谁脑子不正常?你也胡说八道!

吴老伯　我的意思是,陈老师又当右派,又是下放,你吃的苦比我们多!

陈阿公　这都过去了!

许老伯　谁没有吃过苦! 1992 年,我跟老婆前后脚下岗,堂堂男子汉,跑富人区去当保安,结果被有钱人不当人看。一气之下,跑去摆摊,结果又被城管到处追赶。直到最后在自家天井开了个粉丝汤店,这才安生下来。照这样说,我也可以随便乱发脾气,随便欺负人家小姑娘?

高　总　好啦好啦,大家都少说两句。家家有本难念的经。(手机响,不耐烦地)别问了! 我的油早都被你们榨干了! 我不会告诉你的! 我在荒山野岭,我要死在你们找不到的地方!(挂断)

许老伯　真是有钱人也有有钱人的苦恼。你两个老婆又要来烦你了!

高　总　我就是为了躲避才到这里来的。我一生病,两边就急不死地分起了财产,好像我明天就要断气了一样。

许老伯　谁让你是大老板呢。

高　总　你就别挖苦我了。我是弄堂里卖香烟出身，早年要不是和隔壁兄弟一起买股票认购证，估计现在也就是个摆摊的。所以啊，人家当面叫你高总，背后还不叫你暴发户。

嘟　嘟　也不是所有人都这样。

高　总　大概也只有你嘟嘟不这样了，再就是洪护士长了，她人真好。

许老伯　那是!

高　总　在别人看来，暴发户是什么？暴发户就是野地里的一块肉，哪条狼经过都想咬上一口的。

吴老伯　我倒是希望自己是块肉，能让子孙咬上两口。可我什么也给不了他们，还拖累了他们！我就是个倒霉鬼。

嘟　嘟　吴老伯您儿子那么好，您哪里倒霉了啊。

吴老伯　哎，就是因为他好，太老实，跟别人不一样，我才不放心啊。

许老伯　唉，当年我要是像高总一样去买认购证，也不用受后来那些罪了。

高　总　这不一定。当初弄堂里和我一起买认购证的那人，后来做生意就亏得厉害，还去借了高利贷。所以，这呀，得要看你有没有富贵的命了。

陈阿公　什么命不命的，这钱来得干不干净还不知道呢。

高　总　哎，你个老头，今天吃火药了？见一个咬一个，找死!

陈阿公　你要找死的话，就去找这小姑娘。(指嘟嘟)她负责让你走进“良夜”，负责送你上西天，啊？

[嘟嘟又一次受委屈，差点哭出来。

[众怒向陈阿公，剑拔弩张。

高　总　(忽然兴奋地)护士长来了!

[洪姐带着一群“衣冠楚楚”的男童女童上。

[童声合唱《赋得古原草送别》起

离离原上草，
一岁一枯荣。
野火烧不尽，

春风吹又生。

远芳侵古道,

晴翠接荒城。

又送王孙去,

萋萋满别情。

[孩子们纯净的歌声有如天籁,所有人都静了下来,专注地听孩子们歌唱。

[歌声渐弱。突然,毫无征兆地,洪姐身子倾斜,慢慢倒了下去。

嘟　嘟　(惊呼)洪姐!

[众呼唤:“洪护士长!”

嘟　嘟　送急救室!

## 2

[嘟嘟旁白:洪姐的突然倒下,对每个人来说,都是晴天霹雳,猝不及防。生命原来如此脆弱,而我们曾经拥有的每一天,不管是幸福还是苦难,欢乐还是屈辱,都显得那么的珍贵,那么的不可替代。正因为如此,我想,活着的人们,无论是生命刚刚开始,还是接近终点,与生活讲和,放下,释然,是每天都要做的功课。因为,生命就是一支不可重唱的歌。

[病房。洪姐穿着病服,坐在轮椅上,被护工老张推上来,轮椅上,拴着一个红气球。

洪　姐　张师傅,麻烦你帮我把气球解下来,系这边。

老　张　好,好。(把气球从轮椅上解下,系床头)

洪　姐　(望着气球,无限深情)这是前面晚饭时小东给我的。这孩子,也知道她妈妈最喜欢红色了。

老　张　护士长,你儿子小东长得真可爱。

洪　姐　(欣慰)哪里。这孩子挺淘气的。

老　张　嗨,孩子嘛,就该淘一点。不然都没个孩子样。

[嘟嘟上。

老　张　呦,嘟嘟来了。你们聊会儿,我先走。

洪　姐　好,你忙去吧。

[老张推轮椅下。

嘟　嘟　洪姐,你气色还不错哎。

洪　姐　我也是学医的。(伸手拉过床头系着的红气球,轻轻抱在怀里)我们对病人说过些什么话,我都还记得的。

嘟　嘟　你是很好的护士长,洪姐。这里的老人很感激你。

洪　姐　我很感激他们,包括感激在病房里工作的每一天。而之前不是这样的。

嘟　嘟　之前——

洪　姐　来这里第一次上夜班,就碰到病人去世。整个病区,只有我一个人值班。病人家属哭得惊天动地,在地上打滚,什么都做不了。就把这刚去世阿婆的假牙往我手里一塞,要我去给病人装假牙。

嘟　嘟　唉,其实我也怕一个人值夜班的,尤其是刚来这里的时候。半夜在走廊上走着,总觉得身后跟着个人。

洪　姐　我硬着头皮去装假牙。但我根本就不知道怎么弄。那次手抖得厉害,塞了半天,只塞了一半进去,还剩一半假牙,全都露在嘴唇外面的。家属一看我把病人弄成这样,就一边哭,一边骂,说我没医德,要我重新戴。而他们自己就是不肯动手,只顾着在一边哭嚎。

嘟　嘟　碰到这样的家属,也没办法。那洪姐你家里人支持你吗?

洪　姐　唉。那天出夜班,魂不守舍地到家。尽管在医院里一遍又一遍地洗了手,但当小东冲过来要我抱时,我还是本能地把手往后一缩,不敢去碰他。

嘟　嘟　那他一定不懂,为什么妈妈突然不肯抱他了。

洪　姐　但我那精明的婆婆在边上一看,就猜到了。她过来一把抱起小东,说了句,“作孽,医院里整天摸死人,回来还想要抱小囡,啧啧啧,吓死人”,我当时一听,眼泪就掉下来了。

嘟　嘟　洪姐!

洪　姐　下次能帮我带些毛线来吗?我想给小东再织根围巾。去年就答应了的,一直到现在都没织成。我这个妈妈,太不称职了。

嘟　嘟　别这么说啊。你是很好的妈妈。

洪　姐　我还记得生小东的那天，是个飘雪的冬日。都说上海是不常下雪的，不像我老家，但那两天窗外雪花纷飞。我是上午剖腹产生的他，中午的时候，雪停了，太阳从窗户中照进来，室内温暖明亮。我躺着，侧脸看着他。看他那么小的一个人儿，被包在医院统一的蓝底小花襁褓里，躺在我身边。他闭上眼沉沉地睡着，像来到人间的天使，那么可爱。

[舞台上的LED屏亮，呈现出雪后温暖明亮的产房。一架小小的婴儿床，床上是一个安睡的小婴儿，以及一个年轻母亲慈爱地看着婴儿床的背影。阳光、温暖。

洪　姐　那一天，我跟躺在边上的宝宝说，今生今世，我们再也不会分开。妈妈一定不会离开你的。

嘟　嘟　洪姐，别说了。

洪　姐　小东一岁多时，他爸爸远走高飞了。那时候我想，一定要挺住，好好照顾我的宝宝长大。后来，生活一天天好起来了。我就想，这所有的日子，都是老天爷赐给我们的礼物。

嘟　嘟　所以，你就拼尽全力，让每一天、每一秒都不虚度？

洪　姐　我想天天陪在小东身边，我想看他长大。我想每天牵着他的手，送他去学校；我想像其他妈妈那样，等在学校门口，接他放学。我想送他去中考，我想送他去高考。我想神经兮兮地等在考场门口，哪怕他考得很糟糕！(笑)我想看他娶妻生子。我想抱着我自己的孙子，跟许许多多的奶奶一样，累死累活但心甘情愿地为我的小孙儿当牛做马。

嘟　嘟　洪姐，你会好起来的。

洪　姐　不会再有这一天了。(虚弱)所以嘟嘟，能活着的每一天，其实就是最美好的，就没有什么是过不去的。你要珍惜，嘟嘟。

嘟　嘟　我记住了，洪姐！

[两人相拥而泣。

## 3

[护士站。嘟嘟拿起墙上的吉他，轻轻弹唱起了《向死而生》。

嘟　嘟　(唱)你说过的话我至今没有遗忘，

你走遍千山万水是为了让我不再彷徨。

谢谢你牵我的手陪着我慢慢长大，

让我静静陪着你陪着你渐渐变老。

向死而生，向死而生，

是你让我的世界不再寒冷。

向死而生，向死而生，

我们一起将每一天活成永恒。

[苏院长上，靠在门边。

嘟　嘟　老大。你来了，我正好有事要与你说。

苏院长　你刚才唱的，是我妈妈最爱的一首歌。每次一听见，都会想到她。

嘟　嘟　哦，你妈妈——

苏院长　几年前去世了。我妈妈以前是医生，她得病后，就关照了我一件事，说，等她到了最后关头，不要给她电除颤、不要送 ICU，不要在她身上插满管子。她叫我答应她，要做到任其自然，让她有尊严的回归自然。

嘟　嘟　你答应了吗？

苏院长　我说，妈妈，别胡思乱想。你长命百岁着呢，会好起来的。

嘟　嘟　换我大概也这么说。

苏院长　但她坚持要我答应她。她是一名医生。我没办法，就说好。

嘟　嘟　那后来呢？

苏院长　后来，后来到了最后的时间，我不想她离开我们，就还是把她送进了 ICU。她在那里多活了两个星期，最后走的时候，身上插了 14 根管子。

嘟　嘟　这是为人儿女觉得尽孝的方式啊。

苏院长　她刚进 ICU 时，神智是清醒的。第一天，我去看她，她拼尽全部力气，跟我说了三个字：你骗我。

嘟　嘟　接受过度治疗对病人来说确实是很痛苦的事。

苏院长　可我当时却还对她说，妈妈你要好好治疗，要好起来。她就把眼睛闭上了。然后，然后，我就看到她的眼泪滑落了下来。可我还是没有勇气把她挪出 ICU。

嘟　嘟　其实许多病是治不了的，每天，每个国家，许多家庭，都把大量医药费花在了临终病人的所谓急救上，这基本没有意义。这笔钱要是花在疾病预防或是早期治疗上该有多好。

苏院长　我当时还不明白这个道理，但我母亲最后的眼泪深深刺痛了我。她后来在急救病房的每一天，对她来说是身体的折磨，对我来说，更是心灵的煎熬。

嘟　嘟　所以老大你后来就开始创办舒缓病房了？

苏院长　算是为了我母亲吧。

嘟　嘟　但这条路很难走。

苏院长　需要许多人的努力。这几个月，走了两个护士了。不过好在还有你，还有阿洪等人在。

嘟　嘟　说起洪姐，唉。

苏院长　（停顿）你知道一分钟蝴蝶的故事吗？

[嘟嘟摇头。

苏院长　有一只小蝴蝶，知道自己只能活一分钟。于是它列出了自己人生要做的所有事情：叮一口长鼻浣熊，1 秒；大醉，1 秒；开一场派对，1 秒；飞上一棵最高的树，1 秒；恋爱，1 秒；冲破蜘蛛网，1 秒……

嘟　嘟　所以，你觉得洪姐的生命和这只小蝴蝶一样，因为她知道自己的生命随时可能逝去，所以她把每一秒钟都过得精彩而有意义？

苏院长　事实上我们所谓的健康的人，都觉得自己拥有无限的生命，对眼下的每一天都毫不珍惜。把时间都花在了计较、抱怨、生气等等的上面。这样的人生，就算漫长，恐怕还远比不上阿洪那种短暂的人生呢。阿洪带给周围人的，永远都是美好。

嘟　嘟　但洪姐太年轻了，总觉得她的生命没有完成啊。

苏院长　你知道前面那只小蝴蝶最后的故事吗？

[嘟嘟摇头。

苏院长　最后十秒钟，正值中午，小蝴蝶却还有两个根本无法完成的任务：看星星和变得有名。在它彻底绝望时,却意外被一滴树脂滴中,变成了琥珀。在观赏过无数次夜空的星星后,被世人发现收藏,这一次,它终于变得有名了。

嘟　嘟　所以,一分钟的生命也可以永恒,对不对?

苏院长　对。我们去帮阿洪走完最后一程吧。她需要你,嘟嘟。

嘟　嘟　明白了,老大。

苏院长　对了,你前面说,有事情要跟我说?

嘟　嘟　哦,暂时没事了。

苏院长　是不是陈阿公的事?

嘟　嘟　这……也是,也不是!

苏院长　给你看样东西!

嘟　嘟　什么?

苏院长　一封“人民来信”。

嘟　嘟　人民来信?

苏院长　与你有关。

嘟　嘟　(读信)“建议苏院长将嘟嘟小护士尽早调离舒缓病房!”

苏院长　想想看,这是谁写的。

嘟　嘟　不用想,那个疯老头。他的字我认识!

苏院长　他为什么要这样做?

嘟　嘟　我也不知道。他来病房没几天,老是找我的茬。

苏院长　我知道。嘟嘟,难道你真没有看出来?

嘟　嘟　什么?

苏院长　他在帮你!

嘟　嘟　帮我?帮我什么?

苏院长　你不是想调离舒缓病房吗?

嘟　嘟　那与他有什么关系?(忽然悟彻)噢,你是说……

苏院长　这个老人有爱心,有大智慧。

嘟　嘟　(感动)真没想到,我……

苏院长　你用你的爱唤起这个倔强老人的爱,嘟嘟。

嘟　嘟　我懂了! 谢谢你,老大!

## 第三场

### 1

[嘟嘟旁白:舒缓疗护的一项重要内容是帮病人控制疼痛。那种万蚁噬骨之痛,不借助医疗手段的话,一般人都无法承受。然而,也有一位老人,始终拒绝接受药物的舒缓。每当疼痛上来时,他便会挣扎着拿起自己的地书笔,在地上练字。那些写在地上的字,就像他人一样,冷峻奇倔,壁立千仞。阿公,你现在还痛吗? 还在练你的地书吗?

[陈阿公在用拖把书写地书笔,看得出,他在坚强地与疼痛抗争,每一笔都在挣扎,登攀,咆哮……

[嘟嘟上。她默默地在一边注视着陈阿公。见陈阿公欲倒,忙上前搀扶,被推开。陈阿公继续地书笔,一个趄趔,嘟嘟急扶,又被挡住。陈阿公继续,但终于疼痛难忍,嘟嘟上前搀扶时陈阿公没有推开。

[稍顷,陈阿公在嘟嘟搀扶下继续地书笔,人随笔走,笔走龙蛇,两人如在跳一段配合默契、舞姿奇美的双人舞。

[美妙的旋律仿佛从地心飘来,LED 屏上是飞泻千里的瀑布,峰奇峡险的山谷,咆哮奔腾的犀牛……

[陈阿公停下来,嘟嘟搀扶他坐到椅子上。

陈阿公　你为什么要帮我?

嘟　嘟　您为什么要赶我?

陈阿公　你不走了吗?

嘟　嘟　谁说我要走?

陈阿公　你跟阿公一样倔!

嘟　嘟　谢谢阿公为我所做的一切!

陈阿公　是我要谢谢你。(稍顷)嘟嘟,阿公快挺不住了!

嘟　嘟　阿公，您一定要挺住！来这里的第一天，您就告诉我，想去见一个人。那人是女的吧？你以前的女朋友？

陈阿公　嘿嘿，你倒是什么都懂。(慈爱)好吧，是我以前的女朋友。

嘟　嘟　她叫什么名字？长什么样？是不是很漂亮？

陈阿公　她叫兰心，是我以前的同学。她穿蓝裙，扎着蓝色丝巾的样子真的很好看。(不由自主地看了一眼嘟嘟)你会唱《教我如何不想她》吗？

嘟　嘟　(摇头)不会。

陈阿公　(苍老的男声低唱起来)

天上飘着些微云，
地上吹着些微风。
啊——
微风吹动了我头发，
教我如何不想她？

嘟　嘟　很好听啊，是她唱过的吗？她一定很漂亮吧。

陈阿公　非常漂亮。那年，我们都 19 岁。她穿蓝裙，系蓝丝巾，在学校大礼堂里唱歌，就像仙子一样。我远远地，坐在台下看她唱。那一瞬间，全世界，只有春风吹过。她就这样在台上，远远地，冲我笑着。我永远也忘不了。

嘟　嘟　那后来呢？你们后来为什么没有在一起？

陈阿公　(笑)你怎么知道我们后来没有在一起？

嘟　嘟　如果在一起，就会有个阿婆天天来陪你，你们就该有自己的孩子，而不是现在这样。(发现失言，赶紧打住)

陈阿公　是啊，我们要是在一起，一定会有自己的孩子。说不定还会有很多孩子。说不定，还会有一个你这样的傻女儿(笑着看了嘟嘟一眼)。

嘟　嘟　那后来为什么没有在一起？

陈阿公　缘分吧。命中注定差了一点缘分。罗带同心结未成，江头潮已平。

嘟　嘟　没事。君心似我心，就已不负相思意了。

陈阿公　诶，嘟嘟，你蛮爱看书的？小孩子家，这些都知道。

嘟　嘟　我一个小护士，胡乱翻翻罢了。

陈阿公　那你以后有空多来给阿公念念书？这对我来说，比什么都强。

嘟　嘟　我知道阿公为什么不肯用吗啡了。

陈阿公　是的，我不要吊那孟婆汤。我不想见到我朋友时，什么都不记得。

嘟　嘟　嗯！

陈阿公　今天说了这么多话，感觉一口气喘过来了。谢谢嘟嘟！

嘟　嘟　那我就每天陪您说好多好多话。

[高总、许老伯、吴老伯每人手里拿着那把洪护士自制的椭圆形小纸扇边在争执着什么边上。

嘟　嘟　高总，许老伯，吴老伯，你们是——

高　总　我们想一起去看看洪护士长，陈老师让我们每个人在洪护士长送给我们的扇子上写一段话。

许老伯　哼！你知道这个老吴头要写什么？“老天太不公，我要把老天爷捅个洞”！

吴老伯　哼什么哼！有什么不好？老天爷就是不公，小洪妹妹这么好的人，年轻轻就得了这个病。

许老伯　别忘了，我们是要去劝洪护士长，你这样，不是让她心里更不舒服吗？

吴老伯　我后面还有一句话，你怎么不说？“小洪妹妹别担心，即使真去了那边，有我吴老伯在，没人敢欺负你！”

高　总　老吴，不是我说你，去了那边，我看你也自顾不暇。

[吴老伯似乎被捅到痛处，一脸沮丧，差点落泪。

吴老伯　你说得对。我这辈子的确窝囊。老婆老婆跟着我受了一辈子穷，儿子儿子也没沾到我什么光，还要去给人家当司机！我复员回来后的单位，那些老小子，要资历没资历，要人品没人品的，一个个都还混得比我好，儿孙也都跟着沾光。去年单位给老同志搞团拜，饭桌上，有个老小子得意洋洋地说，他离休后带儿子搞的公司，一年光利润就五千万。“哎，老吴，你儿子怎么样啦”，他当着一桌人问我，“还在给人开车吗？要帮啥忙你说话啊。”当时恨不得找个地洞钻进去。我儿子一个月累死累活才挣五千。

嘟　嘟　那你问问他，他生病时，他那个赚五千万的儿子陪了他多少天吗？

吴老伯　所以我更觉得对不起儿子啊。为了给我看病,害他把房子都卖了。

高　总　老吴头,让你难过了,其实我不是这个意思。

陈阿公　生活中的磨难,生老病死,各种求不得,我们避免不了。这些都是生活中注定会发生的,我们不跟生活死磕这些。

许老伯　陈老师的话我要听。过去吧,我一直觉得贫贱夫妻百事哀,但现在回过头看,心中也都只有欢喜。还记得我与老婆的粉丝汤店开出来的第一天,晚上收摊后,我老婆“哗啦”一声把钱倒在桌上,叫我过去一起数。我才不数呢。我说我要抽烟,没空,让她自己数。我那傻老婆,就在那里美滋滋地数着,一块、一块、一毛、一毛地数着,数了一遍又一遍。我们的粉丝汤那时卖两块钱一碗。第一天,我们卖出去了 16 碗。

嘟　嘟　一共有 32 块钱? 还不错。

许老伯　那时,家里只有一个 15 支光的灯泡,我蹲在门口抽烟,我老婆反反复复数了之后,抬头问我,猜挣了多少钱? 她忙了一天,脸上都是油,灯光照在她额头,亮亮的。我知道一共卖出去了 16 碗,每一碗我都数着的,但我还是跟她说不知道。

嘟　嘟　哈哈。

许老伯　她甜甜地对我说,“有 32 块钱嗳,阿宝”,完全像个小姑娘一样。那时候,我们就是这样的过日子。

陈阿公　真好。

许老伯　是啊! 我昨晚又做了个梦。梦见回家了,梦见了我家的天井,用来开粉丝汤店的天井。

[LED 屏上,出现许老伯家天井,天井里一个大灶台,里面烧着红红的火。天还乌黑乌黑的,天上闪着无数的星星。许老伯坐在灶头前生火。

许老伯　哎,老太婆,火点着了。你过来烤烤火,我来洗菜。

[许妻画外音:你洗不干净,不要你洗。

许老伯　你手上都是冻疮。

[许妻画外音:马上就好了。

许老伯　那你快过来啊。

[许妻画外音：唉。

[许老伯抬头，看到了满天的繁星。

许老伯　今天估计是个好天气，天上的星星又多又亮。你快来看。一会儿天亮就看不见了。

[没有任何回音。

许老伯　老太婆？

[继续没有任何回音。

许老伯　老太婆？老太婆?!(转回现实)我要回家。我要回家给她打打下手。我要回家！所以，我给洪护士留的话是：你要好好活着，等你好了，我带你去我家吃粉丝汤。

陈阿公　是啊！谁也避免不了生老病死，但你可以保留你最在乎的。比如真情，比如尊严。那样，就算到了死亡的这一天，也要让生活为我们脱帽行礼。

嘟　嘟　就是说，我们要学会和生活讲和？

陈阿公　对。跟生活讲和！

嘟　嘟　高总，你给洪护士长写了什么？

吴老伯　他不肯告诉我们，他说他要亲口跟洪护士长说。

高　总　我说的你们听不懂！

许老伯　听不懂，那一定是鬼话！你一个有钱人，能说出什么好话来。

高　总　你——(欲发火，又克制住)我过去是很脏，但到了这里，我被洪护士长慢慢洗干净了。我的确有许多话要与她说。这两天，夜里睡不着，老是梦见小时候的弄堂，和我弄堂里的那个兄弟。我们一起爬上晒台看轮船、一起在弄堂口摆烟摊。我们弄堂对面有家澡堂，每天都从澡堂的老虎窗里冒出蒸汽来。一边是澡堂里的蒸汽，一边是远处黄浦江上轮船吐出的烟。那些烟，那些蒸汽，现在都在我眼前晃动着。

[LED 屏亮，上面呈现出了一片昏黄的黄浦江面的江景。远处传来汽笛的悲鸣。

高　总　他家境比我家还不如。从小没少吃我家的饭。那时候，难得吃肉，每次家里一做红烧肉，我妈就一定要我把他也叫来。我心里其实不大愿意的。肉本来就不多，自己吃都不够。我怕我妈，所以每次还是去叫了。不过上桌子后总是抢先把一大半倒自己碗里，剩下的再给他，他还特别感谢我。现在想想，要是回得去，我真愿意都给他。他后来生意做得不好，他去重复质押，借高利贷，借了很多钱，只能把香港的房子卖了还债！

[轮船汽笛声再次悲鸣。一阵云烟飘过。

嘟　嘟　高总你也别太难过了，这个跟你也无关啊。

高　总　无关？哈哈！1997年亚洲金融风暴前，我的期货眼看要爆仓，而我所有的股票和房产都被套。但我知道不用多久，国内的房市和股市一定会起来，我不愿割肉，就悄悄找到第三方，把我的楼吹得天花乱坠，高价卖给我兄弟。我兄弟，他还跑来问我意见。我就跟他说，从这房子里能看到维港，灵的。他从小到大，一直都听我的。他二话不说，两千万，一分钱都没还价，就买了下来。我用这笔钱悄悄躲过了一劫。后来，他急着还债时，这楼只卖了五百万。对，我是没让他后来去借高利贷。他自己做不好生意，这不能怪我！商场，本来就是你死我活！但是，他去世前，我最后一次去见他时，他断断续续地告诉我说，这一生，受我照顾良多，说其实从一开始就知道，香港那楼的上家是我。他还说，“我很高兴买下那楼，阿哥”。(停顿)我他妈算什么男人啊！(大哭)我带着一身的病，来到舒缓病房。我那样臭不可闻的一个男人，是被护士长洗干净的。她从没嫌弃过我。她治好了我。现在我只想做一个干干净净的人！

[汽笛声悲鸣。响起《教我如何不想她》的那句旋律。

高　总　我马上就找我律师，会把当年的事了结的。我要让我的兄弟原谅我！

嘟　嘟　(感动)高总，谢谢你跟我们说了这些！我发现你们一个个都很会安慰别人，比我们护士做得还好。只是，洪姐在静养，现在还不太方便，过两天好吗？

陈阿公　知道。所以，我们把要说的话都写在扇子上了，麻烦你把扇子带给小洪，告诉她，我们都惦记着她！

嘟　嘟　(使劲点头)嗯！

高　总　嘟嘟护士，你带我们一起去，我们就等在门口，哪怕在门缝里看一眼也可以，好吗？你看看，为了看洪护士，老吴和老许，还有我，都请志愿者小鱼儿帮忙新理了发。

嘟　嘟　(又一次感动)真的！吴老伯、许老伯，还有高总，理了发，看上去好精神。

[吴老伯、许老伯腼腆地笑了。

[嘟嘟转身抹泪。

高　总　嘟嘟护士，你怎么哭了？

嘟　嘟　我代洪姐先谢谢你们！(深深一躬)

## 2

[洪姐病房内外。

[洪姐半躺半坐在床上，睡着了。

[老人们上，止步于门外。嘟嘟上，手里拿着一花瓶绿色抽穗的稻谷，和老人们写好字的扇子，进门。

[洪姐醒来，见嘟嘟，想坐起来。

嘟　嘟　(忙扶洪姐半躺下)洪姐，对面的秧苗长成了稻穗，我又去偷偷摘了些来。

洪　姐　活着，哪怕是一棵秧苗，也是这么好。谢谢你，嘟嘟，你总是想给我希望。

嘟　嘟　洪姐，你看看，我给你带来了什么。(取出一把小纸扇)洪姐，这是许老伯给你的！

洪　姐　(兴奋地)是我给他们做的扇子。

嘟　嘟　上面还有许老伯给你写的字！

[注：以下场面是现实时空与心理时空的交织。

[门外，许老伯站到定位光下。

许老伯　洪护士长，我是个粗人，不会写东西。今天我也写几个字给你。你别难过！我还是那句话，医生的话你要是都信，那就别活了！

[洪姐：谢谢许老伯。

许老伯　记得入院第一天，你来给我喂饭，我胃难过，一个禁不住，竟将饭菜喷了你一头一脸。我狠狠地给了自己一巴掌。没想到，你不仅不怨我，还抱着我的肩哭了。你说,对不起,许老伯,是我没喂好,下次我一定会注意。洪护士,你的好是真正的好,比亲生女儿还好啊!

[洪姐:许老伯!是您说得好啊!

许老伯　所以,洪护士长,你要好好活着,过两天,我带你去我家看看天井。

[许老伯隐去。

嘟　嘟　(又取出一把小纸扇)洪姐,这是吴老伯给你的!

[门外,吴老伯站到定位光下。

吴老伯　小洪姑娘,我曾经是一个军人,但在死神面前,我差点成了逃兵。是你们给了我力量,使我有了抗争下去的勇气。你对我们所有人的好,我们都记着。不说别的,我脚上长了几个恶疮,你特地帮我在淘宝网上买了一双舒适的拖鞋。每天穿着它,我就有了活下去的力量!今天,我要把这种力量传递给你!

[洪姐:谢谢吴老伯。

[吴老伯隐去。

嘟　嘟　(又取出一把小纸扇)洪姐,这是高总给你的!

[门外,高总站到定位光下。

高　总　洪护士长,你要挺住!需要什么你尽管说!对了,小东从小到大的学费我包了。我会让嘟嘟护士来帮我办手续。

[洪姐:谢谢你高总!真的不用,我有钱的。只是我病倒了,确实对不起小东,也对不起大家,让你们为我操心了。

[高总隐去。

嘟　嘟　(又取出一把小纸扇)洪姐,这是陈阿公给你的!

[门外,陈阿公站到定位光下。

陈阿公　小洪,我是你陈阿公!阿公没有什么东西带给你,把一首年轻人写的诗转送给你,请你收下。

(念)当我注视着一朵稻花出神的时候

　　我还是个孩子

　　当我顺着花萼小心地攀援的时候

我正年轻

当我和这朵稻花一起绽放的时候

我正在路上

……

[洪姐：谢谢你，陈阿公!

[陈阿公隐去。

洪　姐　这首诗写得真好，今天我才懂得它的意义!

嘟　嘟　洪姐。

洪　姐　嘟嘟，我还有些东西要给你。

嘟　嘟　什么？

洪　姐　(掏出一本笔记本、一包糖果与一双红袜子)这本笔记本上记的，是我这几年在舒缓病房工作的心得，嘟嘟有空时可以看看。这包花生糖，是给许老伯的，他喜欢吃糖，但不能多吃，每天给他一颗，以后就拜托你了。这双红袜子是给吴老伯的，再过十天是他的生日，过了生日，就是本命年了! 你代我给他穿上。

嘟　嘟　你放心吧。都什么时候了，还是只想到别人。

洪　姐　(拿出织好的围巾)好看吗？

嘟　嘟　织好了啊，真好看! 小东围上一定超萌。

洪　姐　我生了孩子，却没法养他；我为人女儿，却无法给我妈送终。我——

嘟　嘟　(打断)这不是你的错。还有我。

洪　姐　(递围巾)一会儿小东来，我想你给他围上这条围巾。

嘟　嘟　洪姐!

洪　姐　小东很喜欢嘟嘟阿姨——

嘟　嘟　(含泪)不是，是嘟嘟妈妈，洪姐。

洪　姐　嘟嘟!

嘟　嘟　你放心。我会照顾好小东，照顾好妈妈的。

[小东上。

嘟　嘟　东东，看，妈妈把围巾织好了，我们围上看看？

[小东欣然配合。

洪　姐　东东，妈妈跟你说件事。

小　东　什么事，妈妈？

洪　姐　妈妈生病了，要去一个很远的地方，我们，我们要过很久再见。妈妈、妈妈托了嘟嘟阿姨以后来照顾你。

小　东　(哭)妈妈！

洪　姐　好孩子，不哭，叫嘟嘟妈妈。

嘟　嘟　洪姐！

洪　姐　小东快叫啊。

小　东　(对嘟嘟)嘟嘟妈妈。

嘟　嘟　(抱过小东)嗳。(含泪)洪姐放心。你安心养病，会好起来的！

洪　姐　嘟嘟，谢谢你！……小东，你去外面玩吧，妈妈与嘟嘟妈妈还有话要说。

小　东　(懂事地)妈妈再见！嘟嘟妈妈再见！(下)

洪　姐　嘟嘟，再过十九天，就是小东的生日，我等不到那一天了，我录了一段视频，到时候请你帮我放给他看。

[LED 屏上，洪护士披着美丽的红色披肩，一头乌发如瀑布般披散了下来，看上去虚弱，但快乐。

[LED 屏上的洪护士：嗨，小东，生日快乐！今天是你 6 岁生日，祝贺我最最亲爱的儿子长大！我猜，你一定会想妈妈，有时还是会想哭。妈妈都知道。其实，妈妈没有走远，妈妈一直在天上看着你。妈妈会化成一阵清风，在你需要的时候围着你；妈妈会化作一片树叶，在你想我的时候飞到你的脚边；妈妈还会化作天上最亮的那颗星星，在每一个小东想妈妈的夜晚，为你赶走所有的黑暗。

[突然，小冬撕心裂肺地哭喊一声“妈妈！”

[苏院长、陈阿公、吴老伯、许老伯、高总、老张等上。

[一片悲泣声中，小冬深情地唱起“离离原上草，一岁一枯荣”，所有人跟着哼唱起来。

[响起洪护士温柔的声音：我好想回家，好想陪在小东身边。我其实没

有你们想的那么坚强……活着，真是太美好了。嘟嘟，小东，你们都要好好的啊!

[响起洪姐的另一个声音：欢迎来到舒缓病房。我是你的护士，我姓洪。我是来帮你的，你有什么需求，都可以告诉我。

陈阿公　(老泪纵横)洪儿，好孩子! 你放心走吧。

[LED 屏上玫瑰花中出现了一页信笺，信笺上是陈阿公洒脱隽逸的书法。

[陈阿公旁白：洪儿卿卿，见字如晤。老夫一生坎坷，身世飘零。外无期功强近之亲，内无嘘寒问暖之人。此生如鱼饮水，冷暖人情尝尽。不意入舒缓病房，得遇洪儿、嘟嘟二姝。朽木之身，承洪儿之手得以萌蘖；已死之心，蒙嘟嘟之意倍感慰藉。怎奈上天不仁，令洪儿先老夫而去。哀之恸之，歌之挽之。洪儿一生虽短，然与日月同曜。吾儿在天幻为星辰，在地化为河岳，他日亦当再复为人。碧海青天，终将与洪儿再度相见……

[舞台所有 LED 屏都打开，漫天的红玫瑰飞舞。响起《向死而生》的管弦乐。

## 第四场

### 1

[嘟嘟旁白：洪姐的离去，很长时间，都让人无法接受。她还那样年轻，走得又是那样匆忙。我总觉得一回头，还能在哪里撞见她。有时想着想着，就会掉下泪来。那些日子，天黑得好快。除了许老伯，病房里的老人们，身体都一天不如一天，陈阿公也卧床好些天了。

[病房灯亮。陈阿公躺坐在病床上。嘟嘟在一边念书。

嘟　嘟　(念)马车经过学校，恰逢课间休息

孩子们在操场上绕着圈疯跑

马车经过稻田，田里的稻子都睁眼凝望着我们

马车经过傍晚的夕阳

或者说，是夕阳打从我们身边经过

(哽咽)

陈阿公　怎么了，孩子？

嘟　嘟　没什么，阿公，我想到了洪姐。

陈阿公　(若有所思)据说在南美那里，有个叫迪萨那的部落，他们相信一个生命的诞生就是因为另一个生命终结了的缘故。

嘟　嘟　有生就有死，有死方有生，我懂，但洪姐太年轻了，小东还那么小。

陈阿公　天行有常，我们改变不了生老病死。我们不去跟生活死磕这些。护士长比谁都清楚这一点。

嘟　嘟　跟生活讲和？可小东怎么办？

陈阿公　去爱他，嘟嘟。我们只有把自己看成所有生命的一部分，生命才能永生。只有这样，才不会畏惧死亡。(停顿)你的诗还没念完呢。

[嘟嘟擦干眼泪，低头接着念。

嘟　嘟　(念)从那时起，纵然是千百年的时光

也都比不上这一天漫长

我终于明白

马车，在驶向永恒

陈阿公　所以，死亡不是毁灭，在狄金森这里，是另一种永恒。兰心很喜欢这位诗人的诗。

嘟　嘟　兰心是谁？

陈阿公　就是阿公想去见的那个人啊！

嘟　嘟　阿公，我陪您去见她好不好？

陈阿公　不急，会见到的。

嘟　嘟　可你现在已经——是这样想她。

陈阿公　哈哈！

嘟　嘟　你们为什么没在一起？上次你没有说。

陈阿公　嘟嘟，你那个兄弟是你的男朋友吗？

嘟　嘟　兰心婆婆后来有了自己的家庭，对不对？

陈阿公　你爱他吗？

嘟　嘟　兰心婆婆是阿公这一生最爱的人，是不是？

陈阿公　你跟你兰心婆婆长得真像。

嘟　嘟　(恍然大悟)所以你刚进来时，就因为这个不想见我？

陈阿公　我不想兰心见到那样的我，不过现在可以了。谢谢嘟嘟的护理。

嘟　嘟　哈哈，(停顿)阿公真的很爱兰心婆婆。

陈阿公　说说你那个兄弟，你的男朋友吧！

嘟　嘟　我是个小护士，人家看不上眼。

陈阿公　谁看不上你？

嘟　嘟　(扭捏)也不是啦，人家不知道我喜欢他。

陈阿公　(微笑)我就知道嘟嘟眼光很好，那男孩一定很出色。

嘟　嘟　他是我初中同学，是学霸。我考个大专都是勉强考上的，但人家念的是最好的大学，人家不会喜欢我的。

陈阿公　你没试过怎么知道？

嘟　嘟　我又不是什么白富美。

陈阿公　他要是真喜欢白富美，那嘟嘟早点不要他也罢。这次我们嘟嘟就主动点？俗话说，男追女，隔座山；女追男，隔层纱。

嘟　嘟　为什么要我主动？我不干。

陈阿公　哈哈。傻孩子，阿公想看到我们嘟嘟幸福。你要替我有更幸福的人生。答应我？

嘟　嘟　阿公，你还没有回答我，你当时为什么会和兰心婆婆分手？

陈阿公　我从没想过跟兰心分手。那时，在我被关了两个月后，终于有一天可以见亲友了，是兰心。她瘦了好多。我见到她，强作笑颜，问她怎么来了。她什么也不说，在长桌那头，冲我笑。谁知刚一笑，眼泪就下来了。

嘟　嘟　她很担心你吧。

陈阿公　不管我问她什么，她都不回答，就坐在长桌那头，不住地掉眼泪。我说，兰心你不哭，不哭。她就在那头，那样看着我。探视结束时，兰心突然冲过来，紧紧抱住我，吻我。脸上都是泪。我的手被铐着，她就那样紧紧抱住我。她那样瘦的一个人,不知哪里来的力气。他们后来上来好几个人,才掰开她的手,把她拖出去。她拼命回头,没有发出任何声音,满脸是泪地回头,无助地看着我。她眼中的哀伤,我一生都忘不了。(停顿)无数次午夜梦回,我都看见兰心的眼睛。

嘟　嘟　她很爱你。

陈阿公　直到我出狱后,才知道她为了搭救我,把自己交易了出去。她躲了起来,不想再见我。我就这样去了甘肃。

嘟　嘟　那后来呢?你们再一次相逢是什么时候?

陈阿公　十四年后。兰心已经是三个孩子的妈妈了。

[嘟嘟沉默。想转移话题。

嘟　嘟　阿公,您前天晚上到现在就没有起来过,我扶您起来走两步可好?

陈阿公　不了,嘟嘟。阿公好困,想睡一会儿。

[病房区灯光渐暗,复明时,一个年轻的女孩穿着蓝裙,系着浅蓝色丝巾飘然而上。忽然,LED屏上出现四个、六个、八个一样穿着蓝裙、系着浅蓝色丝巾的女孩。翩翩起舞,轻盈如风。陈阿公想撑着坐起身来,但最终还是没坐起来。

陈阿公　(低沉)兰心!

[女孩没有说任何话,只是轻轻走到陈阿公床边。

陈阿公　(眼睛看着女孩)兰心!

[女孩依旧没有说话,

[《教我如何不想她》旋律响起。

陈阿公　兰心、兰心在两年前已经去世了。(停顿)谢谢你,嘟嘟!

嘟　嘟　阿公!

## 2

[梧桐树下,嘟嘟蜷腿赤脚靠坐在树下的长椅上。

嘟　嘟　阿公,我好想你,好想病房里的阿公阿婆们,也想我外婆。有一件事情,我一直都没有告诉你。我的那个兄弟,他不会再来找我了。那天,我听您的话，跟他很认真地表白了。他说他也喜欢我，但他要我辞职。他说，他的公司马上就要上市，我不需要再工作了。或者就算想工作，也可以去他公司里做事。他还说，他不喜欢我整天“摸死人”。他不知道自己这样说让我有多伤心。我就跟他说，有一天，他也会成死人的，那他希望别人怎么来对他？他很生气。我也很生气。我要他道歉，他没有理我。我最后看了他一会儿，什么也没说，拎上包就走了。他没有追上来，也没有再给我打电话……阿公，我好想你啊！

[黄阿婆画外音：嘟嘟，阿婆还有一种丝巾的系法没来得及教你，丝巾还可以系在手腕上，没事的时候用来赏心悦目，而一旦累了，我们就用它来擦汗；一旦伤心了，我们还可以用它来擦眼泪。

[吴老伯画外音：谢谢你，护士妹妹，让我在人生的最后一站度过了一段美好的时光。希望小妹妹嘟嘟你能开心，这比什么都重要。

[高总画外音：嘟嘟，这笔基金，是留给小东的。我的律师会来找你谈。又回到在弄堂口卖香烟的日子了，真好。从老虎窗里，看得见澡堂冒出来的蒸汽，你也还在我身边。我们又可以见面了。

[洪姐画外音：嘟嘟，谢谢你为我、为小东所做的一切，你要照顾好自己。

[陈阿公画外音：嘟嘟，作为一粒稻谷，我已经老去，因为我重新变成了一粒稻种。作为一粒稻种，我将再一次诞生……

[从舞台各个角落，陆续上来许多老人，间杂有若干青壮年。大家都走向嘟嘟的长椅，或站、或坐地分散在长椅四周的草地上。

[LED 屏上出现滚动字幕。

[字幕：黄阿婆，入院日期，2016 年 9 月 3 日，2016 年 12 月 2 日去世。

[一个红色的气球升起。

[字幕：高总，入院日期，2016 年 11 月 19 日，2017 年 1 月 8 日去世。

[一个黄色的气球升起。

[字幕：吴老伯，入院日期，2016 年 11 月 24 日，2017 年 2 月 9 日去世。

[一个紫色的气球升起。

[字幕：许老伯，入院日期，2016年11月27日，2017年6月30日出院。

[一个蓝色的气球升起。

[字幕：陈阿公，入院日期，2016年12月3日，2017年2月4日去世。

[一个青色的气球升起。

[字幕：洪护士，入院日期，2016年12月29日，2017年1月20日去世。

[一个橙色的气球升起。

……

嘟　嘟　如果你心中也想起了某个你深爱着的，在天堂里的亲友的话，请在心中为他放飞一个气球，让气球替我们说：我很想你，你还好吗？

[LED屏上，越来越多的红气球升起，漫天飞舞。

[LED屏上，重新出现舒缓医院，出现医院窗户。窗前，嘟嘟在桌上低头写着什么，影影绰绰。

[嘟嘟旁白：如果时间可以停留，你最希望它停在哪一天？我想，每个人心中都有自己最爱的日子。不过，我还知道，时间终将停留在我们生命的最后一天。(钟摆声渐强，突然戛然而止)洪姐和病房里老人们的故事，就讲到这里了。不管怎样，老人们用生命教会了我们向死而生的道理，那么，就让我们把每一个原本普普通通的日子，都过得闪闪发光吧。

[LED屏上，美丽的花海，翻腾的雪浪，绚丽的云雨，壮观的雁群……

[响起《向死而生》的歌声。

[光渐渐收。

[幕落。

[剧终。

2018年10月18日

本剧获2018年上海市文化发展基金会重大文艺创作项目资助

列2018年度文化和旅游部剧本扶持工程

话剧

# 狂飙

编剧：田沁鑫

# 演员表

田　汉——男，又名寿昌，18岁到70岁。剧作家，文艺活动家、文艺评论家，中国戏剧三大奠基人之一，中华人民共和国国歌词作者

母　亲——女，田汉之母易克勤，44岁到96岁。善良、勤劳，热爱长子

易漱瑜——女，田汉第一任妻子，16岁到22岁。天性伶俐，纯良天然

黄大琳——女，田汉第二任妻子，22岁到24岁。易漱瑜好友，善良单纯，性格内向

林维中——女，田汉第三任妻子，25岁到31岁。居家贤良，护夫持家，喜欢生活

安　娥——女，田汉的红颜知己，24岁到53岁。个性独立，思想现代，深爱田汉

男青年——男，8位。田汉的学生，性格迥异，追随田汉

戏中戏之一《日本戏》

刺杀者——女，身怀武技的刺客

将　军——男，身怀武技的官员

男声优——男，面具者的日语配音

女声优——女，刺杀者的日语配音

戏中戏之二《乡愁》

表　哥——男，胸怀志向，邋遢散漫

表　妹——女，聪慧伶俐，身体孱弱

戏中戏之三《莎乐美》

国　王——男，莎乐美的叔父

王　妃——女，莎乐美的母亲

莎乐美——女，年轻貌美、欲望强大，特立独行

先　知——男，无所不知的人

少　年——男，观看和叙事者

侍　卫——2人，国王的侍臣

**戏中戏之四《一致》**

农　女——女，村妇，幽默诙谐

农　男——男，村民，能干强壮

大　臣——男，三位，欺压者

女青年——女，两位，讲述者

官　员——国民党文职官员

**戏中戏之五《关汉卿》**

关汉卿——男，元代剧作家，《窦娥冤》作者，反对元朝政权，曾被抓

朱帘秀——女，元朝著名歌妓，关汉卿红颜知己，与关汉卿一起被抓入狱

时　间　现代、民国
地　点　北京、上海

青年1　上上个世纪。中国观众看什么……
青年4　看戏。戏曲，连唱带舞的……
青年7　上海圣约翰书院的中国学生，利用耶稣诞辰演出英语戏剧……
青年2　这种戏，只站着说话。
青年5　戊戌后，梁启超鼓吹欧洲资产阶级民主革命，把文艺、救国拼凑在一起……
青年3　他说：法国路易十四的时候，有个叫伏尔泰的，做了很多小说戏本，竟把一国的人从睡梦中唤起了。
青年4　李叔同，1905年留学日本。成立了第一个中国留学生艺术团——春柳社，演出了中国第一场话剧《茶花女》。中国话剧创始人。
青年8　欧阳予倩，早年留学日本。回国后，创办新型戏剧学校，成为国民戏剧奠基人。演出“揭美人隐衷”的翻案新剧《潘金莲》。中央戏剧学院第一任院长。
青年3　熊佛西，美国哥伦比亚大学文学硕士。回国后，在河北定县主持戏剧大众化研究。中国第一个写农民剧本的人。代表作《青春的悲哀》。上海戏剧学院第一任院长。
青年5　丁西林，毕业于英国伯明翰大学物理学系。回国后，任北京大学物理学教授。中国现代喜剧的开拓者。代表作《一只马蜂》。
青年7　洪深，美国哈佛大学毕业。中国在国外专攻戏剧专业的第一人。回国后，第一次按照欧美演剧方法，废除男扮女装，导演了英国名剧《温德米尔夫人的扇子》，又名《少奶奶的扇子》。洪深提议把这种戏剧样式定名为——话剧。
青年1　田汉，早年留学日本。中国第一个翻译欧洲剧本的人。第一个放映俄国电影的人。第一个创立民办艺术学院的人。他领导的“南国剧社”把话剧，推广到全国。

青 年 1　田汉，剧作家、词作家、戏剧活动家。

青 年 2　1968年12月10号，李伍，死了。

青 年 1　他叫田汉。

青 年 2　李伍，70岁。肾病，糖尿病，尿毒症，多种并发症，死于北京301医院。

青 年 1　他是中华人民共和国国歌词作者。

青 年 2　病历上显示，死者李伍。

青 年 1　你不知道国歌是谁写的吗？

青 年 2　李伍。

青 年 1　鲁迅说，暗暗的死，对于一个人来讲，是极其惨苦的事情。1968年12月10号，在这个寒冷的冬夜，田汉暗暗地死了。

青 年 2　在八宝山革命公墓，有他一个骨灰盒，里面没有骨灰。

青 年 1　只有一张写着国歌歌词的纸，和他生前用过的钢笔和一副眼镜。

青 年 2　还有一顶帽子。

青 年 1　人在死亡的时候，会看到光，不会记得成败、荣辱，只会记得温暖。人在弥留之际，会觉得身体很轻，会觉得生命很年轻。

青 年 2　这是《西藏生死书》上说的。

田　汉　小时候，我身体不好，母亲觉得孩子不好养，就把我送到庙里，做了和尚。我本来是个和尚命，可是九岁那年，去表妹家玩，看见她的一双眼睛，在半黑的屋子里，忽闪忽闪，亮亮的。回家就跟母亲说，我不干了，我要还俗。从此，我一步跨进了红尘。

田　汉　你们是谁？

青年合　我们是您1928年南国艺术学院的学生。

青 年 1　我们怀念您。

青 年 2　我们想听你讲课。

青 年 6　听你东拉西扯。

青 年 7　你经常口若悬河，从历史到哲学……

青 年 3　你说西方哲学闪烁人性光芒。

青 年 4　你说东方精神上善若水，崇尚天然。东方落后，不能归咎于东方古老。

青 年 5　西方先进，也不能说它精神文明。

青年合　你说，思考后的话也许是伪的，你们别信。

青 年 1　表面上的胡说八道没准儿那是真理。

青 年 4　你说，说真话有危险……

青 年 5　说真话确实有危险……

青 年 3　那也得说。

田　汉　我的真话，在我四岁记事以前，记事了……我也不愿意说假话。

青年合　他说，不管说真话有多大危险，他都不会背信誓言，不会说谎；他说不管什么样的迫害等着他，他都有为真理而受苦的光荣。

青 年 1　这是田汉 1937 年为电影《马路天使》作词的《天涯歌女》

易漱瑜　表哥！

Yi Shuyu　Tian Han!

青 年 2　表妹易漱瑜，田汉的第一任妻子。

黄大琳　寿昌！

青 年 2　田汉，又名寿昌。这是他表妹的同学黄大琳，他的第二任妻子。

林维中　寿昌！

青 年 2　他的第三任妻子，林维中。

安　娥　田汉！

青 年 1　他的红颜知己，安娥。

母　亲　寿昌，看戏去呀？

青 年 1　田汉又名寿昌，这是他的母亲。

母　亲　那天遇到一个老尼姑，我跟她说我儿子是做戏的，老师傅说，戏是打妄语，叫你儿子没事来庙里坐坐，消消业。

田　汉　好的，娘。

易漱瑜　表哥！

田　汉　表妹！

易漱瑜　表哥小时候常随舅叔们去看戏。

黄大琳　就在赤石河边上的金龙寺，离茅坪很近的洪山庙。

易漱瑜　每当庙会节庆，总要祭神，给劳作辛苦的百姓们。

黄大琳　宣泄些苦闷。

易漱瑜　增长点儿希望。

母　亲　娱神娱人、娱己娱人。

田　汉　这是看戏的好处。

母　亲　看戏的时候，总是痴呆的。

黄大琳　看戏是会受迷惑的吧。

林维中　所以我不喜欢看戏。

安　娥　我喜欢写戏，也喜欢看他写的戏。

易漱瑜　一次演《火烧铁头和尚》，把一个假和尚吊起来，往台下一弹，随即又飞上去了，表哥吓坏了。因为表哥觉得，那是真的。

黄大琳　所以我不爱看戏，因为我也觉得是真的。

母　亲　寿昌很孝顺，总是不忘了请安。

安　娥　汉，伯母大人对你真好。

母　亲　长子嘛，两个弟弟做工单供他读书。

安　娥　就像伯母大人的名字，易克勤，

安、瑜合　克己勤劳，

安、瑜、琳合　做农活，浆洗衣服，

安、瑜、琳、维合　坚决送你读书，你该孝顺的。

林维中　母亲大人，斟茶煮饭、浆衣洗裳、

维、瑜合　纺纱绩麻、

维、瑜、安合　采桑养蚕、

安、琳合　伺候婆婆、照顾叔公。

安　娥　苦、累、贫、病……

易漱瑜　从来没见姑妈抱怨过一句。

母　亲　要帮助困厄窘迫的人，遇到事儿别着急，总有办法可想。

田　汉　母亲慈爱、博大、宽厚、操劳

田　汉　田汉对于女性的认识来自母亲，女人是伟大的。

安　娥　所以，汉，你有女性崇拜倾向。

田　汉　我必须孝顺母亲，也必须对爱我的女人好。

母　亲　你不是要去看戏吗，要去就快去吧。

众　女　看不着头，又要说白看了。

将　军　你是谁！　　男声优：（同时）おまえはだれだ

刺杀者　刺杀者。　　女声优：（同时）あなたをころすものだ

将　军　你是谁！　　男声优：（同时）おまえはだれだ

刺杀者　刺杀者。　　女声优：（同时）あなたをころすものだ

将　军　你是谁！　　男声优：（同时）おまえはだれだ

刺杀者　刺杀者。　　女声优：（同时）あなたをころすものだ

将　军　你是谁！　　男声优：（同时）おまえはだれだ

刺杀者　刺杀者。　　女声优：（同时）あなたをころすものだ

将　军　你的神情很诡异。

男声优　（同时）ちょっとおかしいかおをしてるんだ。

刺杀者　受凉了。

女声优　（同时）さむくなったのよ。

将　军　你很漂亮，也很诡异。

男声优　（同时）おまえはきれいね。でもなんだかへんだよ。

刺杀者　是吗，大人。

女声优　（同时）そうですか、しょうぐん。

将　军　你是谁！　　男声优：（同时）おまえはだれだ

刺杀者　差一点，没有死……　　女声优：（同时）まだしんでいないんだ

刺杀者　京都幕府，1865年，刺杀未遂。

女声优　（同时）きょうとばくふ，せんはっぴゃくろくじゅうごねん，しさつみすい。

田　汉　げきじょうのいちばんうしろにたているとおいちゅうごくからきたというがくせいはそのじょゆうがじさつしたことをみました。

男声优　（同时）剧场最后一排，站着远道而来的中国学生田汉。他看见女演员

自杀。

田　汉　东京的雨夜,有花儿开放。

男声优　(同时)とうきょうのあめのよるはながさいている。

女声优　松井须磨子,日本现代戏剧之父岛村抱月的妻子,日本新剧名女优。在岛村去世之后,须磨子殉情自杀。

田　汉　我不大爱看日本的歌舞伎和新派剧,但是须磨子的演出,我看过多次。我称她是……

刺杀者　(日语)日本的花的光的爱。

女声优　(同时)日本的花的光的爱。

田　汉　以我敏感、忧郁的诗人气质,日本文化中的感伤色彩、死亡意象当与其甚为会心。她的殉情,真是做到了物我合一。不大的舞台,演假装事、说假装话的地方……

田　汉　东京的雨夜,

男女声优　(与上面同时)とうきょうのあめのよるはながさいている。

刺杀者　(日语)(与上面后半句同时)有花儿开放

田　汉　有花儿开放。

田　汉　花儿的颜色,偏红不对。

刺杀者　(日语)偏蓝不对。

女声优　(同时)偏蓝不对。

田　汉　偏紫不对。

刺杀者　(日语)就是那么一点儿颜色。

女声优　(同时)就是那么一点儿颜色。

田　汉　这种花儿叫玫瑰。

刺杀者　(日语)得到它,不觉得稀奇。

女声优　(同时)得到它,不觉得稀奇。

田　汉　因为它最大众。

田　汉　太普通。

刺杀者　(同时)(日语)太普通。

女声优　(同时)太普通。

田　汉　画家画花儿,画兰花、梅花、牡丹、荷花、芍药,很少有人画它。因为颜色不好调……偏红不对,偏蓝不对,偏紫不对,就是那么一点颜色。喜欢它,就是它身上才有的,那么一点儿颜色……

青年合　在东京,这个下着小雨的晚上……田汉决定为戏剧殉情!

青年6　1919年。5月。田汉在日本已近三年。

青年1　1919年。5月4日……

青年2　秘密战时协议的新闻传到北平……

青年3　十三所院校三千名学生……

青年合　上街抗议游行……

青年4　清末。日本在变法图强上比我们先行一步,且获得了实效。我们的留学生走进这片国土,向被称为"扶桑"的岛国学习,以救原本高高在上的巍峨的大中华。

青年5　1917年俄国二月革命,同年9月20日,田汉在日本写题为《俄国今次之革命与贫富问题》一文,发表在"神州学丛"第一号上。

青年6　辛亥革命,"皇袍之梦,可以绝于新华"革命后,却国脉不畅,商工颓废,民不聊生。

青年7　1917年,日本长篇小说《莹草》发表,受到青年读者喜爱,被称为"失恋"之圣书。5月,日本著名女演员,松井须磨子为追寻她的丈夫殉情。田汉,放下社会、政治问题,转向文学与戏剧研究!

田　汉　星际。行星找到了自己的轨道,围着恒星运转自如。找不到轨道的,就会横冲直撞……我找到了轨道。

青年2　田汉违逆大中华的时代之风与政治之风,独享在扶桑温暖的戏剧之乡,乐不思蜀。

田　汉　东京师范我没念完。日本六年,始终没拿到本科学位。恕我不孝,娘。

青年1　他喜欢爱恋梦中,他愿意跟随兴趣飞翔。

田　汉　戏是妄语,我却认真。

青年3　小时候他就有些迷障。

田　汉　我大概是无法悟道了。

青年4　他只热爱他的颜色。

青年5　他会听凭她牵引出一条轨道。

田　汉　引我自由公转……

青年合　愉快向前!

[众青年合唱《海上花》:"是这般柔情的你,给我一个梦想,徜徉在起伏的波浪中隐隐的荡漾,在你的臂弯。是这般深情的你,摇晃我的梦想,缠绵像海里每一个无名的浪花,在你的身上。睡梦成真,转身浪影汹涌没红尘,残留水纹空留遗恨。愿只愿他生,昨日的身影能相随,永生永世不离分。是这般奇情的你,粉碎我的梦想,仿佛像水面泡沫的短暂光亮,是我的一生。"

[影像:1—3号屏幕上出现斑驳的旧时剧本,田汉早期剧作的名称及创作时间出现:1920年8月四幕新剧《梵峨琳与蔷薇》;10月幕三场新剧《灵光》;1922年5月独幕剧《咖啡店之一夜》《薜亚萝之鬼》《午饭之前》;1923年独幕剧《获虎之夜》《乡愁》《落花时节》;1927年独幕剧《苏州夜话》、三幕剧《名优之死》;1928年独幕剧《湖上的悲剧》《古潭的声音》;1929年独幕剧《颤栗》《南归》《一致》、三幕剧《第五号病室》《火之跳舞》;1921年一幕悲剧《莎乐美》,作者奥斯卡·王尔德,译者田汉。

## 《乡愁》片段

表　妹　你到底为什么叫我上大学呢?在那样的教育底下,像栽在盆景里的假树,不自然,也不能生长,我宁可不受教育,我喜欢野草,喜欢自然生长。

表　哥　……我看你就是不想上学!

表　妹　对,我不上学。中学没毕业,就到日本了,基础课没学完,还要学日语。问你几句,就说你仔细想想啊!有不懂的,也不敢问了。

表　哥　我是要你学会思考。奖学金丢了,得想办法挣钱负担生活。再说,我性格不很规则。

表　妹　……搬来和你一起住，是为减轻你的负担。可你每天看戏、会朋友，学业没有长进，我身体也坏了……女孩子就要做男孩子的牺牲品吗？

表　哥　现在怎么就吃不起苦了。回国后。我们要办杂志的，事业是我们共同的，牺牲也是共同的。曾国藩说，“诗文要于二十前后立定规模。”你十八岁了，我看你还没真正立志。

表　妹　我不立志！我就不立志！

表　哥　我刚才是理性上的话。

表　哥　你不要逞起感情答我。你以为我爱说你吗？在日本，除了我，谁还能说你……

表　妹　世界上没有真疼我的人，爸爸疼我，

表　妹　可他老人家走得早……这几个月我身体越来越坏，拿起书就头痛，起来便眼花，多吃点饭胸就堵得慌，晚上睡了，腿就会疼。腿就会疼。腿疼！

表　哥　表妹！你不要这样。

表　妹　就会说考大学，不关心我的身体。我哭了，才殷勤我一会儿，不哭了你就忘了，说你没工夫吧？看戏有工夫，没钱吗？把看戏看电影的钱攒下来，就够我吃药了，你看戏终归是大事。

表　哥　看戏是为了关照人生。何况我们看的大半是名剧。何尝于今后的艺术……

表　妹　丢了健康还有什么艺术？你……是个利己主义者。你就是！有利于自己的，才肯提携我。看戏，是你自己想看，才带我去的。

表　哥　……

表　妹　要我做文章，考大学，也不是为了我。

表　哥　难道是为了我吗？

表　妹　是为你的！我的文章，还不可以发表，你就拿去替我改好，替我发表，无非是要夸示你有一个会做文章的爱人罢。你以为我看了得意吗？我不是那样虚荣的人。

表　哥　……

表　妹　要我考大学，我自己还没做好准备，你就四处替我宣传了。现在，要回

国了，假如还是没进大学，我虽不要紧，你心里不就大不满足了吗？我所信为爱我的人，爱我的程度不过如此。(气)太无聊了！

田　汉　心思过急，学问不多，没有余裕教你，使你凭空过了几年不规则的生活……

易漱瑜　哥，是我不中用！

女青年　《乡愁》一剧，写于1922年，是田汉根据他与表妹在日本的生活为原型写就的现实主义作品。同年秋，田汉与怀了身孕的表妹回到中国，生下孩子后，表妹一病不起。

黄大琳　晴天朗朗的，望着你的他……一切都像是颠倒着。

田　汉　表妹，你怎么了？你怎么一病不起？

易漱瑜　我感冒了，然后发烧。后来，回了湖南老家，还是发烧……

田　汉　阴历十二月二十，我接到你危笃的家信，由省城急速回乡。

黄大琳　这是个细雨的天，像是预示了不祥的前兆。

田　汉　但我并不觉得，我只想我病中的表妹，还能重新好转起来。

易漱瑜　琳，我想戴朵花儿，给我朵花儿。

Yi Shuyu　Lin, I want to wear a flower. Please give me one.

黄大琳　我守了她一月有余，她说头冷，我为她打了顶帽子，但学业缠身也只能暂时离开。

易漱瑜　我落落寡合的性格，好朋友不算多，及重病返乡，真能看护、帮助、挂念我的，也只有琳了。

田　汉　进了家门，掀帐挑灯，看见我可怜的病人，我知道她快不为我所有了。

易漱瑜　哥，你回来的好，我能今晚死，就是幸福的了。

田　汉　别这样忧虑，好好静养吧！琳有信来，替我们辞年呢。

易漱瑜　我眼睛看不清，信就不看了。叫琳原谅我……

黄大琳　我请了假，还是跑回来看你，我有些害怕。

易漱瑜　我也怕……(像自语)怕要离开你们了。

黄大琳　别瞎说……猝不及防，泪珠竟一下子落到了你牵我的手上。

易漱瑜　琳，我要是走了，你要接替我照顾他，我的表哥很粗心的。我就你这么一个女朋友，别人我不放心。

黄大琳　别瞎说……

易漱瑜　表哥做过小和尚。后来他说，是看到我的眼睛还俗的……

田　汉　九岁那年，我还是个和尚。去表妹家玩，看见她那双眼睛，忽闪忽闪的……就一步跨进了红尘。

黄大琳　真的吗？

易漱瑜　不知道，我小，那时还不记事呢。

易漱瑜　琳，喜欢看戏么？

黄大琳　不喜欢，你呢？

易漱瑜　表哥喜欢。我就喜欢了。

黄大琳　你们喜欢的一样了？

易漱瑜　不全是，有些事是我顺着他的，为了他高兴。他高兴了，就带上我和要好的朋友出去玩儿。

黄大琳　都是男孩？

易漱瑜　都是。我喜欢跟男孩玩。他们都挺聪明的。

黄大琳　他们觉得你聪明么？

易漱瑜　表哥觉得我聪明，他说，我是他的花儿。

黄大琳　什么意思？

易漱瑜　我买了花儿种上以为他喜欢，可他并不留意。其实他不懂花儿。你喜欢什么？

黄大琳　留声机，小时候，我拆过一台，想知道里面为什么会唱。拆开以后，它就不唱了。爸爸打了我，说那个机器很贵重。到现在我还想知道它为什么会唱。

易漱瑜　琳，表哥的性格不很规则，丢下他，我不放心。你嫁给他吧，你是我的好朋友。

黄大琳　好朋友。我做了他的妻。

易漱瑜　真好，你是他第二任妻子，琳，不怪我吧。

田、琳合　两闻危笃殊难信，细雨寒风奔到门。

田　汉　掀帐挑灯看瘦骨，含悲忍泪嘱遗言。

黄大琳　生平一点心头热，死后犹存体上温。

田　汉　应是泪珠还我尽，

黄大琳　可怜枯眼上留痕。

黄大琳　瑜，你的他经常这样默然静坐么？

田　汉　瑜，我们从没这样静静地坐过。

黄大琳　你和我说说话吧。

田　汉　我吗？

黄大琳　是的。

田　汉　说些怀念的话。

黄大琳　怀念的话……

田　汉　她在的时候，很爱讲话……

黄大琳　她总爱说些俏皮的话，声音脆生生的。

易漱瑜　表哥，“青梅竹马，两小无猜”是怎么回事？

田　汉　说不好，大概一块长大的男女就是，比如我俩这样的表兄妹。

易漱瑜　那，长大了呢？

田　汉　说不好。人与人之间的关系是无常变化的。

易漱瑜　是的，是变化的。比如，我做了你的妻。

田　汉　比如……

黄大琳　我做了你的妻。

田　汉　琳，还有什么可以回忆的？

黄大琳　1919年，阴历六月初二，瑜来向我告别。那年湖南的天气很闷很热，她牵了我的手，手心湿乎乎的。

易漱瑜　祖父生病了，要回去招扶，请了两个礼拜的假。

田　汉　你一直埋怨我第一次教你说谎。我带着你，偷偷地，背了你父母，背了我娘，去日本。

黄大琳　两个礼拜的长假。瑜，委屈和不安就这么莫名地袭上了我的心头，添了万分不舍。你托同屋大姐为我梳头，料理床铺。我始终说不出半句话，任你牵了我的手，走出校门。

易漱瑜　琳，要学会自己照顾自己，自己生活……

黄大琳　猝不及防，泪珠竟一下落到了你牵我的，我自己的手上。你的手依旧湿乎乎的。又是一滴也直往我自己的手背上掉下来。

田　汉　船上，你一直在哭。我搂了你，牵着你的手。泪珠落到了牵你的我自己的手上。

黄大琳　我始终不敢抬头看你。

易漱瑜　我会早点儿回来的。放心。

黄大琳　你拎了箱子，头也不回地走了。箱子模糊着。前面的路模糊着，你的身影像支瘦长的铅笔，也模糊了。两个礼拜之后，我接到你寄来的明信片。

易漱瑜　我在武汉正在转一艘大船，随我表哥，赴日本留学。

田　汉　我心里乱糟糟的。

黄大琳　我心里乱糟糟的。

田　汉　我不想在你和她之间徘徊。

黄大琳　我不想在你和她之间徘徊。

田　汉　凉风袭来，

黄大琳　凉风袭来，

田　汉　吹过仿佛有你在的一切。

黄大琳　我是否能够在你和他之间继续生活。

黄大琳　寿昌，原谅我，我想向你辞行。

田　汉　我们在一起生活了两年……

黄大琳　两年时间不算长……

田　汉　我没带给你快乐，一点没有……

黄大琳　原谅我，接受她的遗嘱，我是贪心的，想知道她为什么爱你，想知道你好在哪里。

田　汉　琳，贪心的是我，想知道她为什么要你嫁给我，想知道她喜欢的你到底好在哪里。

黄大琳　寿昌，你的性格不很规则，兼着时世动荡，前路迢迢，难免不知方向，不懂把握自身。艺术于你是快乐的。于时代总是难发展的。爱惜自己才是最重要的。

田　汉　琳,我们因由表妹的遗嘱结合

黄大琳　因由理解而分手……

田　汉　去武汉再转大船,到日本写封信,报个平安。

黄大琳　瑜,这是他给我的路费,要我看看你喜欢的地方……

易漱瑜　别着急,琳。我走了,你再走吧!

黄大琳　嗯,是你走了,我再走的……

田　汉　琳……保重。

易漱瑜　琳,喜欢看戏吗?

黄大琳　不喜欢。你呢?

易漱瑜　表哥喜欢,我就喜欢了。

黄大琳　那你们喜欢的一样了。

易漱瑜　不全是。有些事是我顺着他的。他爱我,我是他的花儿。

黄大琳　花儿?

易漱瑜　其实,他不懂花儿。

[众青年,在二人绕田汉时上场,分两队从田汉身后交错经过,合唱《船歌》第二段:嘴儿轻轻唱呀唱不休呀,年华飘过歌声似水流,船儿摇过春水不停留呀,摇到风儿吹波天凉的秋,船儿摇过春水不停留呀,鱼儿双双结伴水底游,谁的船歌唱得声悠悠,水乡温柔来到天凉的秋……

青年4　白薇,留日学生,中国现代女剧作家。1925年创作三幕诗剧《琳丽》。传世剧本约十二部。

青年6　袁昌英,早年留学英国、法国。女剧作家。1929年创作三幕话剧《孔雀东南飞》。有独立剧本集发行。

青年3　濮舜卿,中国女权运动始祖,女剧作家。1927年创作《爱神的玩偶》。1928年出版戏剧集《人间的乐园》。

青年7　陆小曼,1928年与徐志摩共同创作五幕悲剧《卞昆冈》。

青年5　萧红,现代文学女作家。早年创作话剧剧本《纪念鲁迅先生》。

青年1　杨绛,外国文学学者。受外国戏剧文学影响,创作喜剧剧本《称心如意》，悲剧剧本《风絮》。

青 年 2　丁玲，现代文学女作家。尝试创作剧本《窑工》《重逢》。

田　汉　安娥，剧作家、诗人。早年留学苏联。代表剧作《金鳞记》。

田　汉　女性的身体总是弱的，伶俐、聪慧眨眼化为乌有，

青年合　我们都会化为乌有…

田　汉　我的朋友们说的对，我有女性崇拜倾向，带着对女性的爱，带着我彻骨的痛苦和对命运的思索……

青 年 1　田汉，谋职于上海艺术大学文科系做主任。

田　汉　狂飙突进，

青 年 2　狂飙突进!

田　汉　是一场在德国未能发展的社会政治运动。

田青合　但它促进了德国民族意识的觉醒。

田　汉　是启蒙运动的反拨……

田青合　也是继承和发展。

田　汉　是浪漫主义的序曲。

青 年 2　田汉的好友郭沫若，自诩为中国的歌德，把田汉比作席勒。

青 年 5　狂飙突进，在文学上的成果以戏剧创作最大，代表作有歌德的《铁手骑士葛兹·封·贝利欣根》，席勒的《阴谋与爱情》，伦茨的《家庭教师》等。

青 年 3　狂飙突进，这个名称，来源于德国作家克林格写于 1776 年的剧本《狂飙与突进》。

青 年 4　狂飙突进，文学史家称这一时期为“天才时期”或“天才时代”。

田青合　狂飙突进。

田　汉　在新文化运动之今日，

青 年 2　之中国，

田　汉　就是一场文化启蒙运动。我们不能在不成熟中逃离。

青年合　我们的不成熟，是因由我们的民族文化古老。

田　汉　错! 这恰恰是我们的优点。我们的不成熟，是“自己加之于自己的”沉重和误解，我们目前的文化、艺术落后于西方文化艺术的原因，也不是

我们缺乏理智，而是缺乏内生的自觉和现代化转型的勇气。

青 年 7　中国问题，是古老的文明体系没有经过内生的现代化，就被外力裹挟着进行现代化变革带来的断层。

青 年 2　西人之现代，是在文明的自我发现之中建构的。

青 年 1　而国人之现代，却是在文明的自我否定中慌张的建构，盲目的模仿。

田　汉　然而，中国文明之内力犹存！

青年合　然而，中国文明之内力犹存！ 这股内力历近世之变，犹未衰竭。

青年合　我们之所以看到断层，是因为中华文明体系的现代化进程在民国刚刚开始。

青年合　这一进程不该始于华夏文明的自我否定，这一进程必将收束于中华文明的自我发现。

田　汉　然而，我们缺乏勇气和决心独立运用这种理智。

青 年 3　这是田汉 1927 年，学习德国哲学家康德的体会。

青 年 4　田汉，孑然一身住在学校里，与学生朝夕相处。他个性浪漫，讲课气氛宽松自由。

青 年 5　1927 年 9 月，开办了两个月的上海艺术大学，由于经费紧张，陷入困境。田汉全力支撑大学的运行。

青年合　我们拥戴他做校长。

青 年 2　支持大学义务免费教学的老师有：郁达夫，徐志摩，徐悲鸿，洪深，欧阳予倩，馀上沅，唐槐秋，朱穰丞，周信芳，王云芳，高百岁等。

青 年 1　1928 年 1 月，上海艺术大学迁入环境极差的西爱咸斯路。

青 年 6　躲起来的原校长动用法律手段，把校产全部收回。

青 年 7　田汉召开学生大会。

田　汉　宣布辞去校长职务，脱离艺术大学，另立"南国艺术学院"。同学们，你们是一群天分极高、身无分文却精神富足的艺术青年。

青年合　我们盘桓不去，带着天才的野性，充满着鲜活的芳烈与清新，与四平八稳的官办学校气质不同，我们支持您孤军奋战！

田　汉　花儿，如流星过天，一烧而过，播下火种，却无法收获光明。

青年合　我们看到旧事物之腐败信其必死，却又暂受戕害，我们看到未来的光亮，却又暂不可及。

田　汉　古神已死，新神未生的黄昏……

青年合　前为昼煌煌，后为夜冥冥。

田　汉　如果空中真有精灵，上天入地纵横飞行，就请从祥云瑞霭中降临，引我向那新鲜而绚丽的生命。

青年合　田汉没有钱，能力不及完成理想！

田　汉　我没有钱。

青年合　没有钱怎么了?！我们必须完成理想！

田　汉　我必须完成理想，谁给我理想?！

青年合　谁就给我钱！

青 年 1　林维中，苏州女子，住在上海，在犹太大资本家哈同办的仓圣明智大学附属女校读书。哈同的中国太太曾派 30 多人的礼队到她家，隆重地下聘礼，希望她嫁给自己的儿子。哈同是上海数一数二的富翁，从南京路到外滩，近一半都是他的产业。但是林维中不要嫁公子哥，连夜逃婚到南洋，在新加坡教书，1925 年，田汉在报纸上发表悼念亡妻的诗，林维中看后，异常感动。与田汉通信三年。1928 年暑假，正当田汉的事业困难重重之时，林维中回国度假。两人在码头上各执对方的照片，寻找着未曾谋面的情感知音。

林维中　是耶非耶谁能保，梦中忽得君诗稿。

田　汉　倦鸟欣能返故林，小羊姑让眠青草……

林维中　南洋，烟雨濛濛……

田　汉　南洋，烟雨濛濛……

林维中　转换个方向吧，寿昌！沉浸在过去的感情里，你不好受，我看着也不好受，你看看我……

田　汉　看你了。

林维中　我爱上你了！我辞了工作来找你，在南洋，读着你的那些诗，和着我的眼泪，同南洋烟雨的天气交织在一起……

田　汉　我的心里仿佛遇着迅雷，只觉得宇宙不可抗。

田　汉　喜欢看戏吗，维中!

林维中　不喜欢，我喜欢你。

林维中　他抱了我，第一次，这样慢的……

田　汉　我去接她。在那艘船的甲板上，她取出五百块钱，用手绢包着，被她的体温焐得热热的。

林维中　你要办大学，还要建剧场。不知道这钱够不够？这是我全部的家当。千万不要推辞!

青年合　老师，你接受了？

田　汉　维中，我不是个能计算的人。办学建剧场，一百多块钱就够了，需要的时候我向你借。钱还是你拿着吧。

林维中　你不用还我。如果钱能支持你的事业，你就拿去吧。如果命能支持你，我就是你的人了。

林维中　你是我的日子，

田　汉　我不是过日子的人。

青年1　老师，你结婚了？

田　汉　嗯……

青年3　为什么

田　汉　……

青年2　真快

青年5　应该的

青年4　挺好的

田　汉　……

青年2　1924年，田汉曾创办文艺杂志《南国半月刊》。

青年2　主题为“飞翔在旧国之外的理想南国”。以此表达对国民政府文艺的不满。

青年1　1926年，田汉与唐槐秋、唐琳、顾梦鹤等人创办南国电影剧社，拍摄电影《到民间去》《断笛余音》等，同时演出话剧。此间，田汉写作很高产，编写了《生之意志》《名优之死》《咖啡店之一夜》等七部话剧。

青年2　1927年冬，南国电影剧社改组为南国社，从事电影、音乐、戏剧、美术、文学、出版等活动。

青年5　南国社成立后，田汉用林维中给的经费开办南国艺术学院。田汉任院长。

青年4　徐悲鸿、

青年5　欧阳予倩、

青年4　分任文学、

青年5　美术、

青年4　戏剧

青年5　等科主任。

青年4　以“培植能与时代共痛痒，而又有定见实学的艺术运动人才”为办学宗旨。

青年5　随之《南国月刊》创刊，田汉主编说……

田　汉　“吐露一些我的和我们的文艺观、社会观”

青年4　“吐露一些我的和我们的文艺观、社会观”。说的多好啊！

青年5　田汉，受红色俄国的影响，经过努力，在小范围内，放映了俄国电影《战舰波将金号》，

青年5　由此成为中国第一个放映俄国电影的人。

青年4　田汉，也是第一个翻译欧洲剧本的人。他追随欧洲最新思潮新浪漫主义代表人物王尔德，翻译其作品《莎乐美》。

青年5　当以易卜生的《玩偶之家》为代表的现实主义作品在民国的文艺舞台上大行其道之时，田汉翻译写出的《莎乐美》，令人惊叹。

青年4　中国观众表示接受不了。

青年5　让我们看看是怎样的内容。

## 《莎乐美》片段

莎乐美　我是莎乐美，这个国家的公主。我爱上了先知，一个百岁的老人……

先　知　先知，唯一能和上帝沟通的人。

少　年　叙利亚少年，国王的侍卫。

莎乐美　黑湖似的眼睛，柏树般的身躯。见到他那天起，按捺的爱恋，就像火山即将喷发。我要向他诉说，荒火已经烧疯了我的心。

先　知　上帝，语言无法诉说我对您的热爱。我愿永远匍匐您的脚下，聆听您的教诲。除了您。我心无旁骛。

莎乐美　我爱你……你的眼睛，你的嘴……

先　知　……走开!

莎乐美　……红色的花儿，比花儿红，让我亲你的嘴!

先　知　……

莎乐美　你为什么不望我一眼……

少　年　我爱上了公主，美丽的花儿。我的眼睛满蘸了你的颜色……

国　王　我是国王，莎乐美的叔父。

王　妃　平身。王妃，莎乐美的母亲。

莎乐美　让我亲你的嘴……

先　知　请呼唤上帝的名字，求他赦免你淫荡的罪行……

莎乐美　为什么不望我一眼……

先　知　你会被诅咒的，莎乐美!

莎乐美　我要亲你的嘴!

先　知　你被诅咒了……

少　年　公主，不要望那老人，不要这样说话……

莎乐美　我要亲你的嘴! ……

国　王　王妃，你看你的女儿，像一个喝醉了的、到处找着情郎的狂女。

少　年　她迷醉了一般，好看的一双倦眼……

国　王　侍卫!

国　王　国事繁忙，只有莎乐美的舞蹈可以消除我的疲劳。莎乐美，王想让你跳舞，听见啦?

王　妃　你们望她望得太厉害了。你们望她望得太狠了!

国　王　莎乐美,给我舞蹈,王很腻烦。我命令你跳舞给我。我会给你所要的一切!我会平分我的国家,莎乐美!来!给我舞一舞!

王　妃　我看要有事情发生了……

莎乐美　您敢发誓吗?陛下!

国　王　我发誓,莎乐美。

先　知　欲望之火无法熄灭,上帝!月亮即将血红。

王　妃　王,该回去了……

莎乐美　凭什么发誓?

国　王　凭我的生命,王冠!莎乐美,我静观你的舞蹈。

莎乐美　您发誓了……

国　王　我发誓!

莎乐美　好!我愿意给您跳舞。

王　妃　月亮有些红了……

先　知　主!请扫除地球上一切秽物。让人们知道,不可效仿这样的疯狂。

国　王　舞蹈使我多么的快活,极致的快活。

先　知　金眼睛的荡妇,你会死在盾牌下面。

少　年　她是美丽的花了,花儿渐渐地红了。

先　知　上帝诅咒欲望,怨怒疯狂。

少　年　我的爱恋。美丽的花儿,我极致的爱恋。

王　妃　莎乐美的欲望,烧疯了心。

少　年　我极致的欲望。

国　王　我极致的快活。

先　知　公主,你将死在盾牌底下。

王　妃　叫他不要作声!

国　王　美丽的鸽子,想要什么?

莎乐美　我要一个银盘……

国　王　好,还要什么?

莎乐美　要这个少年取到先知的头,放在盘中端给我。

国　王　……他是一个先知，是唯一能和上帝沟通的人，不。

莎乐美　您发了誓。

国　王　是的，小花儿，但你要近点儿情理，如果我命令把上帝的代言人处死，灾难就会降临我的国家，不，不成。

莎乐美　把先知的头给我。

国　王　我给你世界上最大的碧玉，给你一百只白孔雀。

莎乐美　我要他的头。

先　知　月亮血一样红了，星星像无花果一样落下了。

国　王　我分一半的国家给你。

莎乐美　我要他的头。

国　王　分一半我的国家给你！

莎乐美　我要他的头。

少　年　花儿红得耀眼了！

王　妃　你万不可再望她，我已经说过了。

莎乐美　我要他的头。把先知的头给我！

田　汉　他不再动了，什么话也不能说了。

莎乐美　我唯一的爱人。你不让我亲你的嘴，现在我要亲了。世界上没有哪一种颜色像你的嘴这样红。你那时若是看见了我，你一定会爱上我。就像我看见了你，所以我爱上了你。我的爱人，你把我心里的高洁夺去了，你在我脉管里点了情火。你无法再睁眼轻蔑我了。爱的神秘比死的神秘大些……

田　汉　花儿在颤抖。她的颜色越发红了……

莎乐美　这是血的味道吗？也许是恋爱的味道。听说恋爱的味道是苦的。我亲了你的嘴。爱人！

田　汉　……这红色照耀了我！

——《莎乐美》片段完

林维中　我不喜欢莎乐美，

林维中　把自己的贪心表露出来有什么好？她既冷酷又自私。

田　汉　我为我自己的快感喊叫，暧昧变得锋利，残酷变得鲜活。热爱异性，锤击尊严。这是本质吗？这是本质。

林维中　寿昌，你让我害怕起来了，你的内心也是这样欲望和诡异的样子吗？

田　汉　目无旁视、耳无旁听，以全生命，求其所爱、殉其所爱！极力主张自我。

林维中　观众显然受到了刺激，我也受到了刺激，可是这样的戏剧演出之后，于我们的生活有什么益处呢？在中国的既成道德面前，这种真实是很丑陋的。

田　汉　当本质暴露于既成道德面前时，它会显示出脆弱，它会瘫痪。这正是我们文化中不真实的一面，我正好冲上去。将它们炸个粉碎！

林维中　这是一种官能刺激，这是很低俗的。为了欲望可以杀人，可以倾国！这是什么真实？这样的戏剧，不单我不喜欢，我觉得正常的人都不会喜欢！

田　汉　戏剧就不是演给正常人看的！

林维中　你……你，戏剧不是演给正常人看的，那进剧场看戏的观众难道都是疯子吗？寿昌，你的舞台简陋、平庸，观众喧哗着！我不见蓬勃的你，只看到你在拼命述说，好像满台都是你在说话。你要说什么呢，我不喜欢莎乐美。

田　汉　我要说爱自由和平等的民众啊，学着这种专一的大无畏精神，追求你们的所爱吧。

田　汉　维中，你还是个老师，我们的精神完全不对等。

林维中　正因为我是做老师的，我才不想看到你这么膨胀！

青年 3　当人们只关心社会问题……

青年 4　妇女问题……

青年 5　生活问题的时候。

青年 2　田汉，显然是超前了。

青年 1　《莎乐美》演出，没有进行下去。

青年 7　观众普遍的议论是……

青年 3　这种诚实好吗？

青年8　观众普遍的回答是：
青年6　这种诚实，挺可怕的。
林维中　寿昌，我给你泡了杯龙井茶。
田　汉　我不想喝。
林维中　你还想跟我理论吗？
田　汉　当然，我必须理论！
林维中　寿昌，中国人讲究修心性，讲平和。
田　汉　修心性不向自己发问，修什么？修技巧、计谋？要是学会向自己发问呢，就会明白自己有多少缺点、龌龊和肮脏。坦白自己，像莎乐美那样去坦白自己，承认自己的欲望，然后堪破它，这才是自省的基础。不自省，人怎么会自信，国家怎么会自信。
青年7　戏剧家陈白尘先生曾经这样评价田汉老师的讲课风格——“有如十八扯”。
林维中　你自己的生活就一团糟，国家听你的不也就一团糟了。（笑）寿昌，你这样压迫别人不好，让别人痛苦，就更不好了。
田　汉　（失望的）维中，你是我的妻么？
林维中　我当然是啊！但我不是你第一任妻子，也不是你第二任妻子，不一样的人没有可比性！
林维中　寿昌，我觉得你这个人有时候挺自私的，我越来越搞不懂你是个什么样的人。你觉得我们这样是过日子吗？
田　汉　我是个什么人？是个什么性质的人？
青年6　田汉早期受法国启蒙思想家卢梭《忏悔录》的影响，写过自我剖析的小诗《梅雨》。
田　汉　我没有生活情趣，做戏也没搞出个什么名堂。他人评我，说我只读得书，弱点极多、习气极重，说我多才多艺，勿他勿我，有特性，却落落难合，有虚荣心，道心薄弱，不懂世事，我多情多虑，我志大才疏，我思路有，思力薄，我粗疏懒，我有始无终却又性情豪迈，我总是有着许多南国哀思却又思想高尚，我这人若不改良无一寸用，可我人也可交，胸无城府。
田　汉　我常学托尔斯泰不断地自我解剖，觉得我自信力也很强，浪漫比现实多。自己有极容易与罪恶为缘的性质，同时有极强的创造力与改造力，我有时觉得我壮心如火，我有时觉得我眼光如炬。我有时当着一种美景，便任着那种奇想学庄周作蝴蝶翩翩起舞，有时看着极壮烈、极辉煌的场面，每不知不觉泪如雨。

我虽然不懂世事，也受了好多世纪病，经了许多世界苦，在“古神已死，新神未生的黄昏”中，孜孜地要！求那片新浪漫主义的乐土！

青年合　俄国森林中有一种叫作“聋鸟”的飞禽，这种鸟在发现配偶的时候，耳朵就聋了。什么也听不见，只是追寻着配偶，大声叫唤。由于聋，叫的声音特别大，猎人很容易发现它，把它打死。大多数“聋鸟”，总是因为痴迷的爱，死在猎人的枪口下。

田　汉　不管说真话有多大危险，我是绝对不会背誓说谎的，不管什么样的迫害等着我，我有为真理而受苦的光荣！

田　汉　维中，咱俩离婚吧！

林维中　不行。

田　汉　为什么？

林维中　即便你的弱点很多，我还是爱你。

田　汉　为什么？

林维中　因为你的诚实，你也是个天才，嫁给天才的女人，要承受你的不规则。

田　汉　我性格中还有一个弱点就是犹豫。我有女性崇拜倾向，我要对爱我的女人好。谢谢你，维中！你的批评启发了我，我是有很多问题……你的批评也启发了我的艺术思想，我想当今艺术无外乎有三条道路。

田　汉　第一，不为社会偏见曲解，执着的去做启蒙者，朝着艺术之路，勇敢的做先驱！第二，屈从社会偏见，收敛思想锋芒，屈从权势要求，走市侩主义道路。第三，远离现实人生，做纯艺术追求，这是落伍者、退隐者的道路。我决心走第一条道路，为“时代启蒙”。虽然道路上充满荆棘和陷阱，我也要昂扬的走下去！

青年 1　1930 年，中国工农红军有了第一架飞机，“列宁”号。

青年 2　1930 年，梅兰芳首次在美国演出京剧，征服了美国观众。

青 年 3　1930 年,人类发现冥王星。

青 年 4　蒋介石对中央苏区开展第一次“围剿”。

青 年 5　国民政府裁军,阎锡山、冯玉祥、李宗仁等合取蒋介石,中原大战爆发。

青 年 6　1930 年,法国从德国撤军。

青 年 7　1930 年,第一部国产有声电影《雨过天晴》上映。

青 年 8　中国左翼作家联盟在上海成立。

青 年 1　中国社会科学家联盟在上海成立。

青 年 2　中国美术家联盟在上海成立。

青年合　1930 年,田汉有了新觉悟。

田　汉　我觉得我做的戏剧不能与社会现实隔膜,对一定政治下僵化、停滞的现象应有一种“冲破力”,这就是说,我要拿自己的艺术去碰碰社会政治问题了。有人说民众戏剧会碰壁,政府会来包办,似乎戏剧运动的基础应建在政府上。我想这是本末倒置的话! 从来“民为邦本”,没有民众到处碰壁而政府单独干得起来的。救国如此,戏剧如此。

青年合　剧本《一致》创作于田汉转左之前,是民众戏剧的发端,写于从南京到无锡的火车上。

## 《一致》片段

农男合　(唱)磨子推得圆又圆,上面好像龙吐珠,下面好像白浪翻……

农男合　(唱四遍)一不叫你忧来,二不叫你愁,三不叫你穿错了,小妹妹的花兜兜;

女青年 1、2: (在唱歌同时,交替说)春种一粒粟,秋收万颗子,四海无闲田,农夫犹饿死。锄禾日当午,汗滴禾下土。谁知盘中餐,粒粒皆辛苦。

女青年 1: 田间男女有真爱,

女青年 2: 万王之王无不有,

女青年 1: 骤见真爱求不得,

女青年 2: 责令大臣去民间。

农　男　谁啊？

大　臣　征税！征税！征税！

农男合　(唱)一要收那苛捐杂税，二要征人修宫殿诶，三要抢我的小妹妹，送到宫殿做王妃。

农男合　(唱)一不想要多捐钱粮，二不想离开家乡，三不想我的小妹妹，哭哭啼啼陪大王。

农男合　(唱)一不叫你忧来，二不叫你愁，三不叫你穿错了，小妹妹的花兜兜；一不叫你忧来，二不叫你愁，三不叫你穿错了，小妹妹的花兜兜。

农民合　世界快翻转了！王权快要倒了！大家都起来！被压迫的人们，集合起来，一致打倒我们的敌人，一致建设新的理想，新的光明，光明是从地底下来的！

——《一致》片段完

官　员　我是中央执委会宣传部部长。您好。

田　汉　……您好！

官　员　年轻的社长，民众艺术在教育未曾普遍的时候，是不容易谈的。你们有不少人有着无政府主义倾向。所以，自然形成了一种风格。

田　汉　是不容易谈，但是民众艺术总是为了推动社会向前。自由、叛道、反抗，是暗示将来社会的，艺术是“为人生”的。

官　员　真正“为人生”的艺术不好搞，要费几十年以至一两代的功夫。而既然“为人生”，就离不开现实，离不开当前政治……

田　汉　如此恳切，我对政治发生希望。可以直言吗？

官　员　你说。

田　汉　艺术同情民众，代表民众。政治是主张维持现状，保守、迟疑。艺术家性急不能等，必然会反抗既成社会，既成道德。艺术家是靠思想飞翔的。

官　员　……艺术家想飞可以飞，但不要妨碍地上走的啊。我热爱才华，不欣赏狂妄。我党愿与贵社长共同努力，以求心安理得之成功。此时，贵社若做些粗浅之作，仓率公演。本部亦不敢仓率允许。请接受中国国民党中央执政委员会宣传部禁演《一致》的公文。您那些恋爱的小戏，还可以继续演下去。实在抱歉，望以后常来常往。再见。

田　汉　根除青年热情的最好办法是什么？

青年合　窒息他们的正义感，迅速窒息，迅速管用！

田　汉　扑灭他们欲望的最好办法是什么？

青年合　压迫、抑制他们成长！

田　汉　告诉青年要他们不软弱、不畏惧的手段是什么？

青年合　让他们正直、勇敢。

田　汉　争取青年最美好特权的方法是什么？

青年合　使他们充满力量！

田　汉　这年夏天，在中国最炎热的城市——上海，蓝天空洞得吓人，柏油路淌着汗，我们不期而遇。

安　娥　他把眼睛长久望向了我，像是要我记住，这是热得让人无法遁形的炎炎九月。

田　汉　……红色的花儿，比花儿红，这样的红！

安　娥　是“莎乐美”的台词吗？

田　汉　你知道莎乐美？

安　娥　爱读王尔德，也喜欢莎乐美……我叫安娥。很高兴认识你。

田　汉　(像是自语)……阳光刚好从树枝的缝隙间筛下，圈圈块块洒在路面上。她就穿过那一地参差的光影，向我走来。

青年合　她就穿过那一地参差的光影，向他走来。

田　汉　我叫寿昌，你好。

安　娥　你好，往后我叫你汉。你喜欢莎乐美？

田　汉　是的。

安　娥　……喜欢莎乐美什么？

田　汉　颜色。

安　娥　颜色……

田　汉　就是那么点颜色。

安　娥　就是那么点颜色。

田　汉　莎乐美的颜色，

安　娥　红色的莎乐美。……认识红色吗？

安　娥　重新介绍一下，我，俄国留学生，我叫安娥。

田　汉　相识也许只是碰巧……

安　娥　却可以肆无忌惮地亲密，并迅速蔓延着情感，使他无法控制。为自己的快感喊叫！

田　汉　安！太长了，太长时间，我等你太长时间了！

田　汉　安，认识你之前，我是多么迷茫。

安　娥　迷茫才能激励我们去探索，去前进……

青年1　老师，《一致》不能演了，我们演什么？

田　汉　(心不在焉)演恋爱小戏。

青年合　为什么？

田　汉　为了……安，我想通过戏剧把欧美近百年的各种思想渗透到各行各业中去。

安　娥　苏俄的革命思想才应该渗透到各行各业的最底层。列宁同志说过：资产阶级民主革命在一个落后的国家可以由共产党代表的无产阶级来领导。有了这样的领导，我们才可以尽情去探索国家的未来，使千千万万的青年变成有新精力和为意识形态理想献身的积极分子。汉，你懂这种革命吗？

田　汉　我不懂政治，只喜欢艺术。

青年1　老师，《一致》禁演，你是不是怕了！

青年2　老师，你要是软弱、怕了，使剧社脱离民众。我决定离社。

青年5　老师，我，决定离社！

安　娥　1921年7月。一支年轻的组织，从精神污染严重的上海走出。他们朝气蓬勃，充满活力。人数虽少，但忠于事业，喜欢开路当先。1926年到1927年，北伐由广州打到长江。这支年轻的组织从当地军阀手中夺取了上海政权，以迎接革命军到来，1927年4月，国民政府停止革命，扼杀了他们领导的工人运动,杀死了上千人,几乎把他们全部消灭。但是,年轻的,充满热血和勇气的共产党组织没有惧怕!

青年3　老师,如果你软弱。我! 决定离社。

青年4　老师,我不惧怕国民政府,如果你怕了,我决定离社!

田　汉　凡是不会思考只会愤怒,凡是直奔主题不讲方法的人,你们都令我憎恶。走吧,走!(激动)本老师不靠官府,不靠资本家,自己! 穷尽一生也要摸索出一条属于自己的道路!

安　娥　……道路只有一条,走向民间,不惧强权! 革命者提出文学艺术是传播思想,组织社会,改良人生的工具。只有偏激的行动,才能开启中国社会的新曙光。

青年合　只有狂呼乱喊才能使中国人彻底解放。

安　娥　不,只有新思想才能使中国有进步的希望。激进、浮躁、振聋发聩是“五四”的特质。望你们有筛选地继承,把新思想武装进头脑,并把它传播出去,走向民间,做工农大众的戏剧。

田　汉　……像无数开天辟地的神话一样,我看到了另一个世界。无关合理也无须论证。

青年5　安娥,剧作家,词作家,诗人。

青年4　作品有电影《渔光曲》主题曲、儿童歌曲《卖报歌》等。

青年6　1925年加入共青团,同年转为中共党员。

青年7　1926年到大连从事过工人运动。

青年8　1927年到莫斯科中山大学学习。

青年1　留苏期间曾经在苏联国家政治保卫总局当过翻译。

青年3　1929年秋回国,在上海地下党领导的中共中央特工部工作,化名张瑛。

青年2　此时她结识田汉。

安　娥　汉,我工作特殊,请你保守秘密。

田　汉　安。我喜欢守密。

田　汉　我懦弱的心灵,会因为填充了秘密而增添勇气,使我懂得勇敢! 我仿佛遇着迅雷,运命不再不可抗拒。

林维中　爱上一个不知道自己有什么好处的人，这样的人也不会觉得爱他的人有什么好处，只会把眼睛望向他认为的所谓优秀的人，长久的，望下去。

田　汉　维中。我只是找到了我要找的颜色……

安　娥　汉，我不喜欢过日子，不喜欢所谓的名分。也不想结婚。我愿意“轻装前进”，原谅我。

田　汉　安……

Tian Han　An ...

安　娥　请你的太太放心，我不会拆散你们的。

林维中　谢谢，优秀的红色莎乐美。

田　汉　莎乐美……

安　娥　莎乐美在战斗中，你要的颜色会随着中国革命红得耀眼！

林维中　听，日本侵略上海的炮声。

田　汉　我要投入战斗，让红色焕发出光彩。

安　娥　愿“十九路军”浴血奋战，死守上海。

林维中　南京政府不信任“十九路军”。

田　汉　那就打倒这样的伪政府。

林维中　你会被抓起来的。

田　汉　那样，我的信仰会更加崇高。

安　娥　如果你牺牲了？

田　汉　用我的鲜血铺出我们国家新的未来！

田　汉　起来！不愿做奴隶的人们，把我们的血肉筑成我们新的长城，中华民族到了最危险的时候，每个人被迫着发出最后的吼声！

众　人　起来，起来，起来！我们万众一心，冒着敌人的炮火，前进！冒着敌人的炮火，前进，前进，前进！

安、维合　黑发耷贴在脑后，衬得年轻的脸上水亮清明。这是无法碰触的光源，热烈、奇妙、澎湃、亢奋。

田　汉　在我冲杀的心里，奔腾着踏蹬的骏马，催我快速向前！

安、维合　在这冲杀的心里，可否还留有一道缝隙……

林维中　来慰藉稍纵即逝的爱情!

田　汉　我不想往事重逢,只喜欢爱恋梦中!

田　汉　国难当头,艺术家没有特权。国难当头的时候,任何人都没有特权。只是一个个普通人,用自己的身躯支撑住自己的家门。……

安　娥　1935年2月19日,田汉与文学家、电影作家夏衍先生谈完工作之后,兴致勃勃的回到家里。

林维中　他埋头创作"义勇军进行曲"的歌词,刚写完前两节,就被埋伏多时的巡捕抓走。我和女儿也被抓了。

安　娥　歌词放在书桌上搁置了很久,且被茶水浸湿,第二段有几个字看不清楚。

林维中　我和女儿被释放后,田汉被引渡到国民党上海公安局拘留所,半个月后,转押至南京宪兵司令部看守所……

田　汉　娘来看我。

母　亲　我给你做了你爱吃的腊八豆炒肉,你要多吃,正好把身体养好,这不算什么,娘知道你没什么事,我等你回来。

田　汉　她看了我一眼,我说,她的眼睛,我记了一辈子。

母　亲　(同时)我看了他一眼,他说,我的眼睛,他记了一辈子……

青年1　1966年田汉再次从家里被带走,关押在北京卫戍司令部。母亲依然用当年的那幅眼神看着他被架上汽车,但是这一次,她再也没有等到儿子回来。

田　汉　1968年12月10号,在我即将离开人世的时候,我唯一的请求是见我母亲一面,母亲喜欢听老戏文,我想起了我写于1958年的剧本……

青年1　《关汉卿》

## 《关汉卿》片段

众帘秀　手执饯行杯,咫尺天南地北。眼搁着别离泪,道声保重将息!

关汉卿　这是最后一面吧。

众帘秀　(受感染地)是吧。

关汉卿　四姐。你……不害怕吗?

众帘秀　……我害怕。

关汉卿　为了我的剧本,竟累你到这种地步。

众帘秀　我说过,你敢写我就敢演。说这句话的时候,就打算有今天的。

关汉卿　这天来得真快……

众帘秀　我现在真是不知道在过日子,还是在台上。

帘 秀 1　在台上,

帘 秀 2　死是美的,

帘 秀 3　是假装的,

帘 秀 4　所以不会胆怯。

帘 秀 5　可是你刚才告诉我要死的事儿,

帘 秀 6　我想当着戏里面的假,

帘 秀 1　可又不能不惧怕现世里的真。

众帘秀　大爷,我心里乱,你给我力量!

关汉卿　会的,四姐。我与你共赴幽冥。

众帘秀　玉可碎而不可改其白,

关汉卿　竹可焚而不可毁其节。

众帘秀　这是关大爷的心胸……你写《窦娥冤》……

关汉卿　你敢演《窦娥冤》,又何尝不是这样的心胸。

帘 秀 5　那天叫你走,

众帘秀　怎么不走?

帘 秀 1　晚上又来看戏,

众帘秀　你就这样喜欢看戏吗?

关汉卿　我不能让你一个人承担毁谤官府的罪名。

帘 秀 2　你是一代作者,

帘秀 1、2　替杂剧开了一条路。

帘秀 3—6　我死不能算什么,你却正应该好好活着。

关汉卿　四姐,心意我领了,我死不足惜,五十岁的人了,你死不是可惜了,我年轻的四姐……

众帘秀 就得死。

众帘秀 跟关大爷这样的人一道死。我还有什么不足呢！生前不能一起，就让我们死在一块吧，大爷！

汉卿1、3 ……昨晚，我写了个《双飞蝶》的曲子，给我念吧。

汉卿1、3 潦草了，看得清吗？

众帘秀 看得清。

帘秀1、2、3、6 风云变山河色，珠帘卷人愁绝，汉卿啊！

汉卿7、9 念我汉卿，读诗书，破万册，写杂剧，过半百。

汉卿9 都只为一曲《窦娥冤》。

汉卿7 俺与你双沥苌弘血；

汉卿9 差胜孤月自圆缺，孤灯自明灭；

帘秀1、6 坐时节共对半窗云，行时节相应一身铁；

汉卿4 各有这气比长虹壮，哪有那泪似寒波咽！

汉卿1、5、6、8 提什么黄泉无店宿忠魂，

帘秀1、2 争说道青山有幸埋芳洁。

汉卿9 俺与你发不同青心同热；

帘秀1、2 生不同床死同穴，待来年遍地杜鹃花。

汉卿9 看风前汉卿四姐双飞蝶……相永好，不言别……

——《关汉卿》片段完

田汉 小时候，我身体不好，母亲怕孩子不好养，就把我送到庙里，做了和尚。我本来是个和尚命，可是九岁那年，去表妹家玩，看见她的一双眼睛，在半黑的屋子里，忽闪忽闪，亮亮的。回家就跟母亲说，我不干了，我要还俗。从此，我一步跨进了红尘。

田汉 红尘滚荡，世事无常。1968年12月10号，我要走了，走在“文化革命”的进程中，走进被专政者的行列里。要走了……

母亲 寿昌。

易漱瑜　表哥!

安　娥　田汉。

黄大琳　寿昌。

林维中　寿昌。

众　女　又看戏去呀?

母　亲　看戏写戏,写了这么多戏,娘,还是喜欢听老戏文。

田　汉　娘,那我就给您念段儿我写的京剧《白蛇传》吧。

田　汉　妻把那真情对你讲,你妻不是凡间女。妻本是峨眉一蛇仙,只为思凡把山下……风雨途中识郎面……端阳酒后,你命悬一线,我为你仙山盗草受尽颠连……纵然是异类……纵然是异类,我……待你情匪浅……

黄大琳　凄凄的,是芦叶婆娑临风,抑或君你在轻声低唤……

林维中　不见君久矣,然君高风动态,实在念中,君要带妾寻一丝光亮吗?还是君要来妾处觅一栖宿?

安　娥　孟子有言:可以死,可以无死,死伤勇。君大勇,妾如敬云山,君大才,妾如望云霓……

易漱瑜　愿君视荣华如梦幻,视死辱为常情。勿喜勿悲,听命天然……

四女合　妾愿生生世世,不渝此情……

青年3　命运,我们的命运,就是用我们的整个青春为这个时代殉难。

青年5　我们无从选择,无法超越这个时代,就像无法把握生和死一样。

青年1　我们只是拼尽青春去追求,去行动。

青年4　我们要解决愚昧问题,什么是愚?

青年7　就是不自知,不自醒。昧,何为昧?

青年合　就是不明白,不知道。

青年6　启蒙,要启蒙,就是掀开门帘,捅破窗户纸,睁开蒙着的眼睛看世界。

青年2　还要上山去看,站得高,看得远。

青年8　失败,我们注定失败,我们没想做成功的事。成功是需要时间和气候的,我们注定作先驱,无法作元老。

青年5　20世纪初,我们依据自己的材料和拿来的材料,修筑了一艘船,

青年合　船，扬帆出海了。

青 年 4　在众多的建船材料中。戏剧是其中一部分……

青 年 1　在众多造船人中。

青年合　田汉是其中一员。

[全场肃穆，合唱：起来，不愿做奴隶的人们。把我们的血肉筑成我们新的长城。中华民族到了最危险的时候。每个人被迫着发出最后的吼声。起来，起来，起来！我们万众一心，冒着敌人的炮火，前进，前进，前进！

[剧终

本剧获 2017 年度上海市文化发展基金会重大文艺创作项目资助

# 黄炎培

编剧：陆　放

# 出场人物

黄炎培

黄竞武

姚维钧

毛泽东

周恩来

蒋介石

王世杰

报童

警卫甲

警卫乙

群声吟诵队若干人

民主人士若干

影子(特务)若干

# 楔子

[黑场。

[《祝你生日快乐》的伴奏旋律响起，干净而悠扬。

[舞台上灯光绚烂，花团锦簇，仿佛梦境一般。

[黄炎培信步而上，徜徉其中。

黄炎培　我这是身在何处啊？为何竟如此的绚烂？这一片片的五光十色，那一团团的万紫千红，莫不是梦中的颜色么？

[姚维钧推着生日蛋糕上，蛋糕上插满了蜡烛。

姚维钧　寻梦。我的先生，这是您像夸父逐日一般，苦苦寻了七十三年的梦。您看，这生日蛋糕的烛光里，分明闪烁着您每一次祈愿梦想成真的面孔。

黄炎培　漫漫长路，炎培虽只书生，亦曾上下而求索，为山河之破碎，为家国之多难。哪曾想过，踏破了海山万重，青丝红颜尽成空。到而今白首相对，却在这如梦似幻的烛光之中恍了神，忆不得今夕何夕。

姚维钧　今夕何夕？我的先生，今天，是一位书生美梦成真的好日子；今天，是一位七十三岁的老人迎来寿诞的日子；今天，是一个五千年文明的古国张开双臂，重获新生的日子；今天，是1949年的十月一日！先生，你看！天安门广场！

[大幕拉开，一段黑白的画面呈现在舞台上，那是天安门广场上沸腾的人群。

[而在画面周围，簇拥着许许多多欢庆的人。

群　声　归队五星旗下，齐唱义勇军歌！

归队五星旗下，齐唱义勇军歌！

归队五星旗下，齐唱义勇军歌！

黄炎培　天安门广场！这是真的天安门广场！

姚维钧　当然是真的！先生，您看，我们面前的不就是天安门那巍峨壮丽的红墙吗？我们脚下的不正是广场那洗尽铅华的青砖吗？

黄炎培　这竟不是在梦里！七十三年了，想不到，我还能和所有庆祝新中国诞生的人们一起，真真实实的站在这天安门广场上，站在这个历史与未来交汇的广场上！维钧，你听，那欢庆的声音，仿佛是遥远的呼唤，那是广场的私语声！

群　声　我越过了岁月，我穿过了历史。

风雨雷电，雾霭雨淋；

是什么将我唤醒？

是什么让我新生？

黄炎培　哦，广场！我要和你聊聊！

姚维钧　广场，你是一个浩大的剧场吗？你是一颗博大的心胸吗？你是一艘承载着上下五千年的航空母舰吗？

黄炎培　不！你是一部教科书，一部最权威的历史教科书，深邃得有些艰涩的历史教科书！

群　声　辽金元明清帝，帝京此地千年！

淘尽千古英雄，看惯沧桑巨变！

姚维钧　贪婪的万岁们为了自己万岁，不惜将整个华夏投入灾难的深渊，来建造自己行乐的神坛。

黄炎培　于是，故宫出现了；于是，广场出现了——在人民呻吟和呐喊声中，你痛苦的诞生了，诞生在一个多灾多难却刚毅坚强的民族！

群　声　那是我带血的分娩、痛苦的降生；

那是我壮观的分娩、雄浑的降生！

姚维钧　广场，时乖命蹇的广场啊，你被昏聩的“圣上”们拱手奉送给那些无恶不作的海盗，普天之下为之痛楚和抽泣！

黄炎培　唯有我们坚贞不屈的人民才最初从历史的沉睡中惊醒、奋起，他们在一次又一次无畏骁勇的搏斗中吸取了血的教训，高举起一面真理的旗帜——马克思列宁主义的旗帜！

群　声　石破天惊！

震起中国国魂，

民主、和平、统一！

黄炎培　该结束的就会结束，该新生的就要新生！新中国诞生了，中国人民从此站起来了！你们听，广场笑了，广场笑了！几千年的忧愁一扫而空！

群　声　是人民的首都！

我是人民的首都！

今朝还我河山！

今朝还我河山！

黄炎培　还我河山！哈哈哈哈哈！

姚维钧　先生，许个愿吧！为了您的寿诞，更为了新中国的第一个生日！

黄炎培　好！谁能想到哇，我黄炎培的生日，竟与中国的新生是同一天！老夫七十有三了，从今再无他念，唯愿这老朽之身，还能为新中国的明天而燃烧！

[黄炎培吹灭了蜡烛，灯光熄灭。

[音乐渐起，干净而纯净的童声，《祝你生日快乐》。

[天安门的门洞就仿佛投影的幕布一般呈现着画面，一张张的老照片闪过，展现的是近百年来中华民族所承受的深深苦难，也是中华儿女坚韧不屈的奋斗。

[远远的，似有枪炮之声，愈来愈烈，竟将歌声慢慢淹过。

[暗转。

## 第一幕

### 第一场

[喊叫声、枪声、炮声、飞机的呼啸声交织成一片，竟奏出《保卫黄河》的旋律。

[起光。

甲　黄河之水天上来！排山倒海，汹涌澎湃，奔腾叫啸，使人肝胆破裂！

乙　黄河！你抚育着我们民族的成长：你亲眼看见，这五千年来的古国遭受过多少灾难！

丙　可如今两岸的人民，又受到了空前的灾难：东方的海盗，在亚洲的原野伸张着杀人的毒焰!

丁　啊,黄河! 你从没有看见敌人的残暴如同今天这般,也从来没有看见黄帝的子孙像今天这样全国动员!

戊　四万万同胞如钢似铁;千百万民族英雄,洒尽他们的热血;英雄的故事,像黄河怒涛,山岳般地壮烈!

群　声　黄河! 怒吼吧! 怒吼吧! 怒吼吧!

掀起你的怒涛,发出你的狂叫!

向着全中国受难的人民发出战斗的警号!

向着全世界劳动的人民,发出战斗的警号!

向着全世界劳动的人民,发出战斗的警号!

[灯光骤灭。

## 第二场

[起光。

[姚维钧上。

姚维钧　多么波澜壮阔的怒吼声! 这是中华民族为了抗击外侮,所发出的最强音! 八年过去了。八年过去了! 一寸山河一寸血! 终于,曙光就在眼前了! 那是 1945 年的元旦,抗战终于迎来了巨大的转机。可是,就像这重庆的天气一般,在第一缕曙光到来之前,总有些迷雾遮人的双眼。

[报童跑上。

报　童　号外! 号外! 周恩来返回延安,国共谈判再次破裂! 号外! 周恩来返回延安,国共谈判再次破裂!

[更多报童跑上。

众报童　(齐声)国共谈判再次破裂!

[众报童跑下。

[姚维钧捡起一张号外,思之再三,转过身去。

[区域光起,黄炎培坐在书房里,正在闭目养神。

[姚维钧走了过去。

姚维钧　先生，您看。您最担心的事情，终于还是发生了。

[黄炎培长叹一声，半晌才缓缓起身，从姚维钧的手里接过了号外。

黄炎培　维钧，你说说，这是一个怎样的新年呐？日寇的铁蹄还在践踏着我神圣的国土，国共兄弟之间却要再起争端！

姚维钧　是啊，如此下去，内战恐怕将无从避免。可是先生，我们的中国，我们这满目疮痍的中国，我们这步履蹒跚的中国，还拿什么再去承受一场内战的劫难呐？

黄炎培　不，内战绝不能打！中国人的枪口绝不能对准中国人！眼下，把国共两党重新拉回到谈判桌上乃是当务之急，身为第三方的中间人士，我必须要尽力斡旋，去制造出那一点点可贵的和平的空气！

[姚维钧将手杖递了过去，黄炎培步履沉重，走向台口。

[舞台上只留下了黄炎培处一束定点光，姚维钧隐去了。

黄炎培　蒋委员长，新年了，不知政府方面如何打算呐？

[在舞台的一侧，一束追光打亮，一个讲坛，背景挂着孙中山的照片，上面的横幅依稀可以看出“国民党”的字样。

[蒋介石踱步走进追光，站上讲坛。

蒋介石　同胞们，今天是民国三十四年的元旦，我们神圣抗战到今天已进入了第九年度。今年这一年，是我们励志雪耻，转败为胜的唯一枢纽。当此新岁之始，我们必须认识新的任务，确立新的信心，来实现新的希望，获得我们最后的胜利！

[追光暗。

[黄炎培沉吟半晌，看向舞台另一侧。

黄炎培　毛先生，请问这新的一年，贵党又有何举措呢？

[在舞台的另一侧，另一束追光打亮，一个土坡，背景可见是一个窑洞。

[毛泽东走上土坡。

毛泽东　同志们，我们在1945年的任务是什么呢？目前，整个反法西斯战争有很大的胜利，这应该是中国人民抗日战争更大发展的一年。全国人民都希望我们解放区能够救中国，我们也有这样的决心与勇气。

[毛的追光暗。

黄炎培　兄弟阋墙，而外御其侮，这一点上，我相信国共双方是一致的，那为何不能铸剑为犁，并肩前行啊？

[蒋的追光亮起。

蒋介石　我全国同胞需知，中国之革命，需由一党领导之训政，通过国民大会之召开，颁布宪法，还政于民，真正建立一个新的国家。因抗战，国民大会拖延至今，我建议，一俟最后胜利更有把握的时候，就要及时召开国民大会。

[蒋的追光暗。

[毛的追光亮起。

毛泽东　必须使全国人民明白，只有用人民的力量，促成由国民党、共产党、其他抗日党派及无党派人士，在民主基础上组织联合政府，才能统一中国一切抗日力量，才能获得抗日战争的最终胜利与中国人民的解放！

[毛的追光暗掉。

黄炎培　(若有所思)国民大会，联合政府……这似乎并无冲突之处啊？国民大会乃团结全国上下之国民，联合政府乃联合社会各界之群众，这不都是为了建国而服务的嘛？本是一回事情！

[毛、蒋二人的追光同时亮起。

蒋介石　八年了，国府为领导中华民族之抗战如履薄冰，我国军百万将士不计伤亡浴血奋战，方有今日之局面，可共党却在此时提出联合政府之说，什么意思？分明是妄图窃取革命果实，拥兵自重，向国民政府讨价还价！

毛泽东　国府口口声声要还政于民，那共产党人就不是中国的国民吗？可国府却不允许我们参加国民大会，何以如此区别对待啊？不就是因为我们坚持抗战，有着广大人民群众的支持，担心我们夺了他的权吗？

蒋介石　联合政府之说根本是要推翻政府，其言可恶，其心可诛！

毛泽东　国民大会乃排除异己的独裁之举，其行可恨，其面可憎！

蒋介石　毛润之！你共党分明是土匪！

毛泽东　蒋先生，我看国府根本是独裁！

黄炎培　二位！二位！不要争执了！你们都是我中华民族的领袖，还请为国家民族，从长计议吧！

[并没有任何响应。

黄炎培　委员长，炎培以为，国民大会是必经之路，但政府方面应当对共党做些让步，毕竟，团结乃是大势所趋。

蒋介石　最后，敬祝我们全国同胞努力奋进，祝国民大会顺利召开，祝我们抗战胜利与建国成功。

黄炎培　蒋委员长，蒋——

[蒋介石鞠躬离开，追光熄灭。

黄炎培　唉！(无奈下转向另一头)毛先生，和平是当下国民所共同盼望的，还烦请贵党再做些让步吧！

毛泽东　最后，我希望我们解放区的全体军民一齐努力，取得抗战的最终胜利，为建立联合政府而奋斗。

黄炎培　毛先生，还请再想想罢——

[毛泽东转身离开，追光熄灭。

黄炎培　你们——唉！

[黄炎培垂头丧气，转过身去。

[区域光起，还是书房，姚维钧急忙迎出来。

姚维钧　先生，怎么样了？

[黄炎培摆摆手，径自坐在了沙发上。

[姚维钧想了想，给黄炎培倒了杯茶。

姚维钧　也是，中间人，公道话，本来就最难讨双方欢喜。更何况，国共之间，龃龉太深，想要化干戈为玉帛，却又谈何容易？毕竟冰冻三尺，并非一日之寒！

黄炎培　想要融化坚冰，非得一轮炽热的太阳不可。可惜啊，这重庆的浊雾着实地恼人，从脚下到地平线，充斥得严严实实，哪还有一丝缝隙，能让我们看见那太阳的轮廓呐？

姚维钧　您也不必太焦心了，毕竟您已年近古稀了，还是身体要紧。

黄炎培　正是因为如此，我才更加心焦！几十年了，我亲眼看着我们的民众是如何积贫积弱，亲眼看着我们的国家是如何倍受欺凌！我日夜盼望着，盼望着民众自强，盼望着民族独立，盼望着一个崭新的中国能够早日屹立在世界的东方！我盼呐，盼呐，盼来了满清的埋葬，盼来了民国的建立，盼来了军阀的倒台，盼来了抗战胜利的曙光，盼得我须发皆白，盼得我老眼昏花，可那个崭新的中国呢？在哪儿呢？依然是遥遥无期！我如何能不心焦啊？我只恨！只恨我不是盘古，我没有那把开天辟地的斧子，能将这混沌彻底地劈开！

姚维钧　先生……

黄炎培　唉！你去吧，让我再想想，还能有什么办法。

[姚维钧一步三回头地往下走，刚走了没几步，黄竞武的声音传来了。

黄竞武　(幕后)父亲！父亲！

黄炎培　是竞武吗？

[黄竞武气喘吁吁地跑上。

黄竞武　父亲！姚先生！

姚维钧　竞武，你这是怎么了？气喘吁吁地。

黄竞武　您看看这个！

[黄竞武将手里的文件交给黄炎培。

黄炎培　《论联合政府》？哪里来的？

黄竞武　是中共的王若飞先生送来的，他说，这是毛泽东先生的著作，能治好您的心病！

黄炎培　哦？我看看！

[黄炎培读书，黄竞武和姚维钧也凑了过来。

[片刻后，黄炎培若有所思地起身，踱到了一旁。

[黄竞武依然在读着。

黄竞武　有道理，太有道理了！父亲，您看这一段："中国现在仍然不团结，中国仍然存在着严重的危机，急需把各党各派和无党无派的代表人物团结在一起，成立民主的临时的联合政府，以便制定宪法，实行民主的改革!”毛先生说得很有道理啊!

姚维钧　如此看来,毛先生对于时局的判断倒是鞭辟入里,许并不是像政府所说的那般,只是个土匪而已。

黄炎培　不,不要急于下定论。俗话说,百闻不如一见,我们从未见过毛先生,对于共产党也谈不到多了解,不能只看他怎么说,还要看他怎么做!

黄竞武　可是父亲,至少毛先生所描绘的这个联合政府,还是非常美好的愿景啊!

黄炎培　只怕流于纸上谈兵啊! 愿景虽好,可能否真的将这愿景落实,那就是另一回事了。

姚维钧　先生是说,共产党能说到却不一定能做到?

黄炎培　我还是得亲眼看看! 毕竟,我没有见过毛先生,对共产党也说不上多么了解,还是要眼见为实的好!

姚维钧　可是,先生打算如何眼见为实呢?

黄炎培　去延安!

姚维钧　去延安?

黄炎培　没错,就是去延安! 除非如此,我不能真正地了解共产党,更无法在国共之间进行调停。我要亲眼去看一看,看看共产党到底是什么样的一群人,看看他们治下到底是什么样的一片地方,看看他们心里到底打的是个什么算盘,我更要好好地看一看,这联合政府,究竟是融化坚冰的太阳,还是瞒天过海的障眼法!

[收光另起。

蒋介石　是该好好看看! 知己知彼,方能百战不殆嘛!

王世杰　委员长,延安可是匪巢啊! 黄任老这一去,若是被赤化了,如何是好?

蒋介石　雪艇,你多虑了! 老先生是有脑子的。眼下的形势,光靠我们一张嘴去说共党如何如何,很难取信于人。若是黄任老这样的社会贤达,能够亲眼去看过再现身说法,那在舆论上,我们就占尽先机。

王世杰　可黄任老素以忠直著称,只怕不会为我们所用啊!

蒋介石　放心吧,黄任老是文人,没什么野心,我以国士待他,他自会以国士报我!

这一次，面子上要做足，用我的专机送他们去，我亲自去送行。

王世杰　属下明白。哦对了，黄任老所言安徽贪腐之事，委员长有何指示？

蒋介石　几个党国的败类而已，不过是疥癣之疾，共产党才是心腹大患！现在不是分心的时候，让所有的舆论机器都转起来吧，我要让天下人都知道，毛泽东不过是个山野匹夫，我蒋中正才是中华民族唯一的领袖！

[收光。

## 第三场

[川江号子声响起，悠远绵长。

群　声　欢送！欢送！

左一起，右一起，在探听他们行踪；

都祝这一行成功。

问成功有望么？

问成功有望么？

有！有！

理同，心同！

谁都不为谁，

为的是可爱的国家，可恨的敌人，和可怜的民众。

[起光。

[舞台上有很多舷窗，舷窗之中流云乱飞。

[黄炎培上，漫步其中。

黄炎培　我们的飞机，自晴朗的天空中北行，白云朵朵，出现萧闲的姿态，好像绝不了解世界正在打仗，我们正在忙碌。从天空上看下去，好一派江山如画！你看，那不是嘉陵江嘛！

群　声　一曲一弯，舒婉飘摇，

自北而南下，与长江相汇。

古老的号子回荡着，幽幽咽咽，

诉说着这个民族的多灾多难！

黄炎培　你看,秦岭到了!

群　声　倾斜着的青绿,

满布着林木的大山坡,

在白云掩护中,

一幅一幅在倒退,

那是我中华的脊梁!

黄炎培　看呐! 那是关中平原! 关中平原!

群　声　广袤丰沛的草原,

孕育了五千年的文明!

秦皇汉武的风声还在回荡,

唐宗宋祖的马蹄仍在飞驰!

黄炎培　大好的河山呐! 怎忍让内战的烽火去涂炭? 又怎能让几万万百姓的鲜血,洒在他们世代用生命去耕耘的土地上?

群　声　延安! 延安到了!

黄炎培　延安! 我来了! 我来寻找那炽热的太阳了!

[信天游的声音远远地传来了,嘹亮高亢。

[收光。

[信天游的声音越来越响亮。

## 第四场

[在信天游的歌声中,舞台上的一隅亮起,毛泽东等待在这里。

[黄炎培一行上。毛泽东急急迎上。

黄炎培　毛先生!

毛泽东　黄任老! 终于把您给盼来了,这次您到了延安,我可得好好向您请教请教啊!

黄炎培　岂敢! 炎培此来,是虚心向您毛先生讨教的。我们这个国家该何去何从,还得听听您毛先生的意见呐!

毛泽东　您这一路舟车劳顿,我们先送您去招待所休息。您也尽可以随意地走一走，看看这延安的风光。

黄炎培　如此甚好！我正想大饱眼福呐！

毛泽东　那您老可是来着啦！您看，好戏这就开场啦！

[毛泽东等人下，只留下黄炎培一人。

[一列新兵唱着《三大纪律八项注意》走过，黄炎培不禁好奇，跟了过去。

[大幕拉开，《延安颂》的音乐响起。

[一束灯亮，几台纺布机转着，纺布的人们面带笑容，唱着歌。

[黄炎培凑过去，十分赞许。

[又一束光亮起，窑洞门前正在上着课，黄炎培兴奋地奔过去仔细看着。

[黄炎培正专心听着，几个孩子过来热情地拉着他的衣襟，要带他去另一个地方。

[黄炎培跟了过去，又一束光亮起，几个八路军的士兵正在帮着老百姓挑水生火，像一家人一样。

[黄炎培看在眼里，兴奋不已。

黄炎培　好一个朝气蓬勃的延安呐！

[音乐到了高潮，灯光大亮。

[舞台上一派热闹非凡的景象，有纺布的，有上课的，有挑水做饭的，有做木匠活的，还有热闹的街市，有孩子在快乐的玩耍，有农民在勤劳的耕种着，有士兵在认真的操练着……混在一起，合着音乐的节拍，竟像是一出浑然天成的舞蹈，一场振奋人心的大合唱一般！

[夹在其中的，是随处可见的意见箱和标语；

[而在远处，宝塔山下，依稀可见的是一片绿油油的稻田。

[黄炎培兴奋不已，在其中信步徜徉，流连忘返。

[大合唱到了最高潮，戛然而止。

[舞台上只余一束追光，光区内只有意犹未尽的黄炎培和一把椅子。

黄炎培　好啊！好啊！这哪里是什么“匪区”啊？这是一片乐土！

[黄炎培缓缓坐在椅子上。

[灯光打亮，毛泽东、周恩来等人都坐在椅子上，和黄炎培并成一排，背

景可见“欢迎晚会”字样。

[众人起立一起鼓掌，黄炎培尤为兴奋。

毛泽东　黄任老，弊党为您准备的这出大戏，怎么样啊？

黄炎培　(一把握住毛泽东的手)大开眼界啊！毛先生，炎培当真大开眼界啊！

毛泽东　黄任老，到我那里坐一坐，我们聊聊可好？

黄炎培　聊聊！是要聊聊！毛先生，我有一肚子的话想跟您说啊！

毛泽东　好！我们走！

[毛泽东与黄炎培携手而下。

[收光另起。

[一桌二椅，并点上一盏灯，毛泽东和黄炎培携手而上，各自就座。

毛泽东　黄任老，这几日看下来，对延安感想如何啊？

黄炎培　毛先生，看过延安之后，我明白了，延安到底是怎么在区区几年间，就从当初的两千人发展到了今日的五万人！共产党不是匪，而是为民众谋求福利的政党！待我回到重庆，一定向蒋委员长建言，澄清误会，力促国共铸剑为犁，共建和平！

毛泽东　黄任老是明白人呐！若果能如此，中国大幸，任老大功！

黄炎培　岂敢言功，尽些本分罢了！毛先生，这几日炎培在延安考察，所见所闻，虽然让我对贵党刮目相看，不过，我也有些不中听的话，实在是不吐不快！

毛泽东　黄任老忠直之名，我素有耳闻，您但讲无妨。

黄炎培　(从怀里掏出一本书，交给毛泽东)这本《甲申三百年祭》，听说毛先生也颇为推崇？

毛泽东　不错，这里对于李自成的很多观点，我很赞同，并且将此书作为全党整风的重要文件，想提醒全党，以史为鉴。

黄炎培　炎培斗胆，想问毛先生一句，您如此看重这本书，是不是您也担心共产党终有一天，会步他李闯王的后尘呐？

毛泽东　黄任老此言是话里有话啊，不妨直言！

[黄炎培起身，思忖良久。

黄炎培　毛先生，我生六十多年，耳闻的不说，所亲眼看到的，真所谓‘其兴也勃焉’，‘其亡也忽焉’。一人，一家，一团体，一地方，乃至一国，大凡初时聚精会神，没有一事不用心，没有一人不卖力，只因那时艰难困苦，只有从万死中觅取一生。

[毛泽东亦起身，若有所思。

黄炎培　可是，环境渐渐好转了，精神也就渐渐放下了。历时长久，自然地惰性发作，由少数演为多数，到风气养成，虽有大力，却再也无法扭转。一部大历史读下来，‘政怠宦成’的也有，‘人亡政息’的也有，‘求荣取辱’的也有。总之历史仿佛是周期循环，来回往复，我叫它周期律!

毛泽东　黄任老，您这周期律之说，高屋建瓴，振聋发聩啊!

黄炎培　毛先生，炎培虽然鄙陋，但多少还有些眼界。依我看来，无论古今中外，尚无一个政党能真正摆脱这个铁律的支配，一个都没有! 毛先生，炎培至诚相告，延安，是最接近我理想的地方! 还望中共诸君能够千万珍惜，真真正正地走出一条新路，战胜这周期律，让今日之延安，成为明日之中国吧!

毛泽东　让延安成为中国! 是啊，要让延安成为中国! 黄任老，您放心，我们共产党是为人民利益而服务的政党和军队，绝不是那些打江山、坐江山、吃江山的草莽起义军! 至于您所说的这条新路，也许我们已经找到了! 那是五千年来无人走过的新路，那是四万万同胞昼夜企盼的新路，那是能够打破周期律的新路!

黄炎培　愿闻其详!

毛泽东　这条新路就是“民主”!

黄炎培　民主……

毛泽东　没错! 就是民主! 您想，只有把每一地方的事，公之于每一地方的人，才能使地地得人，人人得事；只有让人民当家做主，人民的意愿和人民的权利才会得到真正的保障；只有让人民来监督政府，政府才不致懈怠；只有把大政方针决之于公众，个人功业欲才不会发生；只有人人起来负责，才不会人亡政息! 因此，唯有民主，才能够打破周期律!

黄炎培　您说得对，只有民主，才是融化坚冰的太阳；也只有民主，才能真正孕育出一个全新的中国！用民主来打破这周期律，我想，应该是有效的！

毛泽东　这也是我们提出成立联合政府的初衷啊！

黄炎培　我明白了，我终于明白了！

毛泽东　(拉着黄炎培的手，眺望远方)黄任老，您想想，一个拥有了民主的中国将会是什么样子啊？

黄炎培　(充满向往)是啊，那会是什么样子呢？

[黄炎培与毛泽东携手而立，聆听着中国的未来。

群　声　大道之行，天下为公！

选贤与能，讲信修睦。

人不独亲其亲，不独子其子！

老有所终，壮有所用，幼有所长。

鳏、寡、孤、独、废疾者皆有所养，男有分，女有归。

阴谋不兴，盗贼不起，夜不闭户。

是谓大同！

是谓大同！

黄炎培　毛先生，这可是我梦里的中国啊！

毛泽东　黄任老，在一个民主的中国，梦终将成为现实！

黄炎培　(凝望着毛泽东，缓缓点头，拿起茶杯)我欲举杯呼万岁，先呼民主一千回！

群　声　我欲举杯呼万岁，先呼民主一千回！

[收光。

## 第五场

[起光。

[舞台上有很多舷窗，舷窗之中流云乱飞。

[黄炎培上，漫步其中。

黄炎培　我们登上了返回重庆的飞机。眨眼之间，只见地下一大堆人，越来越小，小到像蚂蚁一般。同我们最后分别的，到底是山峰间成百上千整整齐齐的窑洞。我们应该牢牢记住，在这几百上千窑洞中间，是一群叫做共产党人的仁人志士!

群　声　他们叫共产党,是一群为了国家富强而奋不顾身的勇士;

他们叫共产党,是一群为了实现民主而不懈努力的斗士;

他们叫共产党,是一群为了天下大同而艰苦奋斗的国士!

黄炎培　共产党! 我有责任把他们介绍给人们,介绍给那些善良的正义的人们,介绍给那些被谎言蒙蔽的人们! 我要让大家知道,真正的共产党是什么样子!

群　声　重庆! 重庆到了! 重庆到了!

黄炎培　好大的雨啊! 但愿,民主的太阳能将这阴霾一扫而光!

[雷雨声大作。

[收光。

## 第二幕

### 第一场

[起光。

[办公室,挂着孙中山的画像。蒋介石手里拿着一本书,背对观众,看着画像。

[王世杰上。

王世杰　委员长? 委——

蒋介石　(猛地将手里的书摔到王世杰脸上)黄炎培干的好事!

王世杰　属下无能!

蒋介石　确实无能! 你自己看看,这就是黄炎培写的册子,叫《延安归来》! 这里面的每一个字,都在美化共党! 还说什么历史周期律,说什么民主,一派胡言! 我亲自送他去延安,难道就为了让他回来给毛泽东歌功颂德吗?

王世杰　属下劝过黄任老,可是他不听啊!

蒋介石　哼! 我原本以为,黄炎培没有什么野心,是可以拉拢过来为我所用的。今日方知,此人吃里扒外,最是无耻!

王世杰　委员长——

蒋介石　不要再让他逢人就讲共党的好处了，这本册子，也绝对不能出现在重庆！

王世杰　属下明白！

[收光另起。

[光线很是昏暗。

[一片狼藉的书房，黄炎培独自坐在沙发上，头上有一个巨大的枪的影子，而枪口正对着黄炎培。

[在黄炎培的四周，随机的会在不同位置出现一些鬼魅般的影子，这些影子只能看见形体，并不能看清楚脸，但他们都有一个共同的名字，叫特务。

特务甲　（幕后）黄任老，我们今天来搜的是什么，您心里应该有数吧？

黄炎培　知道！你们说得很清楚了嘛，是来搜查私藏的武器弹药的。怎么样？各位长官可搜出什么了吗？

特务乙　（幕后）老东西，别装糊涂！我警告你，赶紧把我们要的东西拿出来，不然我们不客气了！

黄炎培　啊啊！（拿起一叠书稿）我知道，你们要查的“武器”就是这本《延安归来》罢？你们是怕这本小册子万一出版了，你们费尽心机编织的谎言全部都会真相大白！可你们越是怕，我越要说！

特务丙　（幕后）黄任老是明白人，其实啊，只要您笔下留情，稍微润色润色也就是了，至少不要和政府的论调公开相左嘛！

黄炎培　我这个人呐，从不信邪，力求所见者实，所言者真。中共的的确确在为人民谋幸福，事实胜于雄辩，一是一，二是二，我黄炎培决不做违心之论！

特务甲　（幕后）我劝您老也别太天真了，别忘了，国民政府可是有图书审查制度的，这种东西，根本通不过审查，还说什么出版？

黄炎培　可你们也别忘了，这个审查制度有多么不得人心！凡是去送审的文稿，就算勉强通过了，那也是面目全非。甚至有的，干脆就泥牛入海，杳无音讯！我早已经想好了，《延安归来》将拒不送审！兵来将挡，水来土屯，管他风雨雷电，一切后果由我担当！

特务乙　(幕后)废他妈什么话？枪见过吗？找死是不是！

[枪似乎变得更大了，枪口直直地压在黄炎培的头顶上。

黄炎培　哈哈哈哈哈！民不畏死，奈何以死惧之！今日，只要能让这些大实话公之于众，能号召更多的民众起来呼吁民主，我便吃了砒霜喂老虎，拼个你死我活！

特务丙　(幕后)既然这样，黄任老，我们可就不客气了！

[话音未落，舞台上倏然又出现很多影子，影子们向着黄炎培步步逼近。

[黄炎培岿然不动。

[影子们越逼越近，眼看将要把黄炎培吞没在阴影之中。

[突然，在黄炎培的身边，一束追光亮起，影子们为之一滞。

[一位老者站在追光之中。

老　者　自今日起，为支持《延安归来》一书拒绝送审事宜，重庆十六家杂志社将不再送审文稿，一切法律责任，由我等自负！

[不待影子们反应，又一束追光亮起，一中年人站在光柱之中。

中年人　昆明十一家出版社和报刊社决定响应此次拒检运动，以期争取言论之自由，国家之民主！

[又一束追光亮起，又一位老者站立在灯光中。

老　者　西安杂志界、出版界将共同成立新闻文化事业联谊会，响应拒检运动，为言论自由、国家民主摇旗呐喊！

[一束又一束的追光亮起，直至最终灯光大亮，而那些影子们，就在光芒越来越亮的过程中越来越痛苦，直至慢慢地黯淡，终于烟消云散。

群　声　从今天起，我们将是言论自由的报纸，
将是言论自由的通讯社，
将是言论自由的杂志！
我们将和一切要求言论自由的报纸、通讯社和杂志团结起来，
共同高举起言论自由的大旗，
宣告检查制度的死亡！

黄炎培　哈哈！这就是团结的力量，这就是民主的力量！看看吧！风在起，云在

涌,没有人能够阻挡这雷霆万钧的力量!

[收光。

## 第二场

[一束追光,姚维钧正在读着书。

姚维钧　《延安归来》终究是公之于众了。一石惊起千层浪! 对于民众而言,他们终于见识到了一个真实的共产党。真相大白于天下,举国高呼:和平、统一、民主! 在民众巨大的压力下,坚冰融化了,国共两党重启和谈几乎成了必然。看起来,先生的努力似乎得到了回报。

[姚维钧下。

[区域光起。

[蒋介石坐在躺椅上,脸上盖着手绢。

[王世杰上。

王世杰　委员长……

蒋介石　决议出来了?

王世杰　是。图书杂志出版物审查制度废止了。眼下,全国上下众口一声,敦促当局立即放弃敌对立场,与共产党进行和谈。

蒋介石　罢了。黄炎培想让我们谈,那就遂了他的愿吧。电告延安,请毛泽东来重庆,我要与他共商国是。

王世杰　是……

蒋介石　(起身)怎么? 看起来你很沮丧啊?

王世杰　委员长,恕我直言,这一次,无论从舆论上还是从政治上,我们又输了一筹。

蒋介石　哈哈! 雪艇啊,一时的失败没有关系,你的眼光还是要放得长远一些嘛! 我们是拼了命得来的,他们想凭着圆桌上的空话说了去,哪有那么便宜的事情。时乎,时乎,会当有变时!

王世杰　您的意思是……

蒋介石　(拿起一份文件)看看这个吧!

[王世杰接过文件,仔细阅读,喜形于色。

王世杰　委员长,这是——

蒋介石　(做了个噤声的手势)嘘! 此事绝密!

王世杰　属下明白!

[收光另起。

[一个会议桌坐满了人,黄炎培坐在正中。

黄炎培　今天,和各位一起来庆祝言论自由斗争的胜利,我有几句话想说。我们一群人,都有自己的工作岗位,并不需要玩弄政权以发展自己的抱负。实在是因为过去几十年的教训太残酷了! 为了国家,我们不但不能做自了汉,而且,也不能让自己汗血牺牲所争取的成果,被人糟蹋毁灭。

[众人附和。

甲　黄任老说得对,眼下,我们已经拥有了民主同盟,但中间力量还不够强大。

乙　所以说,我们作为工商和文教界的代表,也必须有一个自己的经常组织。

丙　没错! 我们可以积极地参与国家大事,这样才能壮大中间力量。

丁　而且,我们还可以在国共谈判的齿轮上做好润滑剂的作用,更好地促进民主的进程。

黄炎培　就是这个道理! 至于我们这个组织的名称,我思之再三,既然我们是为推进民主建国而服务的组织,我看,就叫民主建国会吧!

[众人热烈鼓掌。

[黄竞武上。

黄竞武　父亲! 好消息啊! 毛先生已经到了重庆,谈判进展非常顺利! 父亲,您成功了! 您成功地把中共两党拉回到谈判桌上了!

黄炎培　竞武,这可不是我的成功。各位,这是民主的成功啊! 毛先生说得对,民主足以对抗周期律! 哈哈!

群　杂　好啊! 太好了! /国共携手,中国有希望! /这样一来,和平建国有望啊……

[姚维钧拿着字帖上。

黄竞武　姚先生! 您怎么来了?

姚维钧　这是蒋委员长刚刚派人送来的,说是请先生仔细揣摩。

黄竞武　好,我交给父亲!

[姚维钧下。

黄竞武　(转入)父亲,您看,蒋委员长派人给您送来了一幅字。

黄炎培　(打开字帖)纸上得来终觉浅,绝知此事要躬行……蒋委员长这是什么意思?

[众人面面相觑。

[突然,一声爆炸声传来。

[众人不免一阵紧张。

群　杂　怎么回事? /不会又是日寇轰炸吧? /是不是哪里发生爆炸了……

[又是一声爆炸传来。

黄竞武　烟花! 父亲,是烟花!

黄炎培　今日又不是新年,怎么会有烟花呢? 快,打开收音机,听听到底是怎么回事!

[黄竞武打开收音机,一阵杂音后,传来了声音。

收音机　……余等兹布告,无论日本帝国大本营,及任何地方所有之日本国军队,与夫日本国所支配下一切军队,悉对联合国无条件投降……

[众人面面相觑。

黄竞武　父亲,您听到了吗? 日本投降了?

群　杂　什么意思? /是说日本投降了吗? /真的假的? /不会听错了吧……

[黄炎培控制着情绪,摆摆手,示意大伙稍安毋躁,想去拨动收音机的频率,却因太过激动而险些将收音机碰倒,几次努力后,终于成功地拨了台。

[一阵杂音后,舞台的一侧,一束追光亮起,那是毛泽东。

毛泽东　日本终于投降了,好啊,抗战八年总算胜利了! 同志们,让我们庆祝抗日胜利,中华民族解放万岁!

[在舞台的另一侧,又一束追光亮起,那是蒋介石。

蒋介石　全国军民同胞们,全世界爱好和平的人士们,我们的抗战,今天是胜利了!

[两束追光熄灭。

黄炎培　(目视众人)各位,抗战胜利了。抗战,胜利了!

[众人欢呼雀跃，彼此相拥。

群　声　胜利了！我们胜利了！

黄炎培　倭奴降服日，冲天喜泪流！

群　声　倭奴降服日，冲天喜泪流！

黄炎培　自“七七事变”以来，八年又三十二天；自“九一八”以来，十四年不足三十八天！我们终是胜利了！

群　声　胜利了！

我们终是胜利了！

我们终是胜利了！

黄炎培　诸位！活着的还在这里说话，死者还能复生么？几百万将士的血肉，几千万同胞的生命财产，终于，换来了这胜利两字！说到这里，只想和诸位抱头大哭一场！

群　声　天不亡中国！

天不亡中国！

黄炎培　从今以后，让我们一起，建立一个新的中国吧！一个和平、统一的中国，一个民主、富强的中国！

群　声　为和平，为统一，为民主，为富强！

奔走忙碌吧！

奔走忙碌吧！

[又一声爆炸传来。

黄竞武　父亲，您听，到处都在放爆竹啊！重庆，今天是一个欢乐的海洋啊！

黄炎培　好啊！尽情地庆祝吧！人间有正义，光华耀神州！哈哈！哈哈哈哈——

[一系列的爆炸声接踵而来，其中似乎还夹杂着一些惨叫声。

[黄炎培感觉到了有些不对。

黄炎培　各位！不对！你们听，这不是烟花爆竹的声音！这是炮声！听啊！在其中夹杂的，难道不是惨叫声吗？

[众人大惊失色。

黄竞武　（仔细辨别声音的来源）东北！父亲，是东北！

[黄炎培疾步走向收音机，打开电台。

收音机　(幕后)最新消息，蒋委员长下达戡乱总动员令，二十五万国军开进东北，与共军就山海关、锦州、四平等军事重镇展开争夺……

[黄炎培一阵眩晕，黄竞武急忙扶住。

黄竞武　父亲！

黄炎培　我明白了，我终于明白了……(挣开黄竞武，抄起字帖)纸上得来终觉浅，绝知此事要躬行！蒋介石这是在告诉我，协议上谈来的，不如真枪实弹打下来的！他早就想好了，他要打内战！我太天真了，什么重庆谈判，什么“双十协定”，都是障眼法！骗子，骗子！

[黄炎培把字帖撕了个粉碎。

[炮火愈加猛烈，惨叫声越来越响。

[黄炎培急忙冲到台口，一个踉跄，摔倒在地。

黄竞武　父亲小心！

黄炎培　别打了！求求你们，别打了！

[黄竞武搀起黄炎培。

黄炎培　(痛哭)谁能想到啊！抗战胜利的烟花，竟是中国内战的前奏！手足相残，兄弟相煎，从此，中华民族将陷于极不幸的状态；从此，我们一片痴情所发出的呼喊，也就陷于绝望了！翻云覆雨，阴差阳错！一切！一切都化作了傻婆子的一场春梦！

[黄炎培直直地栽倒在地。

黄竞武　父亲！

[收光。

# 第三幕

## 第一场

[一束追光，姚维钧正在整理着行李箱。

姚维钧　内战爆发以来，先生与同仁们极力调停。可是，一边是强兵在手、蛮横无理的国民党，一边是据理力争、寸步不让的共产党，调停根本没有任何作用。转过年来，先生辞去了政府参议员的职务，返回上海。脚踏着故乡的土地，眼望着久违的黄浦江，先生心如刀绞，他要为争取和平做最后的努力。

[姚维钧下。

[黄炎培独自一人，站在黄埔江边眺望着。

黄炎培　民谣千里草，国事一团糟。

战火南连北，江淮到吉辽！

[黄竞武拿着文件上，垂头丧气。

黄竞武　父亲……

黄炎培　竞武？你怎么来了？

黄竞武　唉，父亲，您看看吧。这是银行内部的一些文件。

[黄竞武将文件交给了黄炎培，黄炎培认真地读着。

黄竞武　为了打赢这场内战，蒋委员长已经不顾民众的死活了。中央银行的印钞机日夜不停地在加印钞票，以填补那天文数字般的军费开支。物价一日千里地飞涨，一麻袋的法币堪堪能买得起一个麻袋，老百姓辛苦半生攒下的血汗钱，全都变成了一堆废纸！父亲，民不聊生了啊！

黄炎培　苛政猛于虎！

黄竞武　现在，蒋介石谁的话也听不进去，谁挡他的路，他就要除掉谁，血案一个接着一个！就连闻一多和李公朴二公，也因宣传民主和平，惨遭特务暗杀，横死街头！父亲，我想不明白，民意汹汹，他老蒋还要一意孤行，难道就不怕千夫所指吗？

黄炎培　他当然怕！你看看，这是什么？

[黄炎培从怀里掏出一封信，交给黄竞武。

[黄竞武拆信阅读。

黄竞武　“……经中央一再商议，兹定于十一月十二日召开国民大会……”国民大会？

黄炎培　我知道他打的什么算盘！国民大会一旦召开，共产党就必须放弃一切抵抗,否则,就将被孤立于国民大会之外,成为不折不扣的逆贼,而挑起内战的帽子,也就可以名正言顺地扣到共产党的头上。

黄竞武　蒋委员长打得一手好算盘呐!

黄炎培　哼! 算盘打得响不响,不是他蒋某人一个人说了算的。我已经和民主同盟及民主建国会的同仁们商议好了,内战不停,民主同盟及民主建国会将拒绝出席国大! 我倒要看看,在民主滚滚前进的车轮下,谁敢螳臂当车!

[收光。

## 第二场

[起光。

[会议室内,蒋介石焦急的踱来踱去。

蒋介石　来人!

[王世杰上。

王世杰　委员长!

蒋介石　布置下去,民主同盟为非法之政团组织,政府当立即予以取缔! 民主建国会为政府不欢迎之组织,所有公开行动一律禁止! 从今日起,无论任何人,再有任何公开反对政府之主张,不必告我,直接以通共论罪!

王世杰　委员长,民盟与民建成员多是社会贤达,在民众之中声望颇高,若如此草率行事,一定会激起民众哗变的!

蒋介石　几个酸腐文人而已! 读了几本书,便自命不凡,以为天下之事,就非得依他们所言才是正道! 无稽之谈! 我绝不能允许在政府之外,还存在着任何自诩正义裁决之组织!

王世杰　可是,若他们倒向共党,如何是好啊?

蒋介石　中国的江山,自古以来就是枪杆子打出来的! 几张嘴,几支笔,不足挂齿! 若是他们愿意倒向共党,那就尽管去罢! 再过几个月,待我平了共党,看他们还能倒向何处!

王世杰　委员长! 还是再想想——

蒋介石　我意已决!

王世杰　……是!

蒋介石　回来!

王世杰　委员长还有何吩咐?

蒋介石　黄炎培不要动。我要留着他做个历史的见证,让他好好地看一看,我是如何一统天下,完成党国最高目标的!

王世杰　属下明白!

蒋介石　黄炎培,我要用你的笔,来为我青史留名!

[收光。

## 第三场

[一阵枪响。

[起光。

[姚维钧缓步地走上舞台。

[舞台上横七竖八地躺着很多尸体。

姚维钧　为了迫使第三方的民主人士出席国民大会,国民党无所不用其极,接二连三地制造事端。一夜之间,第三方力量土崩瓦解。眼看着十月一日要到了,这本该是先生七十大寿的好日子。(目示尸体)可这份“寿礼”,却让他着实高兴不起来。

[收光。

[一束追光,黄炎培正在话筒前发表公开讲话。

黄炎培　炎培夙以埋头服务自矢。国难猝来,勉效奔走,而七十之年,乎焉已至。念生我之大恩,图报国而无效。诸好友为余祝寿,愧不敢当,任何礼物概不领受。古语有言:一人向隅而泣,则满堂为之不欢。今亿万生灵都在求生不得之中,个人何忍言寿。

[黄炎培鞠躬,一声长叹,下。

[收光另起。

[街头,一书桌、一把椅子。

[街上人来人往。

[黄炎培上,将文房四宝放在书桌上,叹了口气,挂出了一张横幅:卖字。

[众人看在眼里,纷纷聚了过来。

[黄炎培忙得不可开交。

[姚维钧上,远远的目视着黄炎培。

姚维钧　先生辞去了参议员的职务,少了他的这份薪水,我们的生活上变得窘迫了起来。先生便风雨无阻,每日都到街上去卖字,以贴补家用。就在所有人都以为,中国的未来将永远陷在这江南的烟雨之中时,在那厚厚的云层里,却波谲云诡地起了变化。

[姚维钧下。

[群众们渐渐散去。

[黄炎培写好了字,起身活动腰腿,抬头看了看天。

黄炎培　雨,好像小了一些嘛。

[黄炎培四顾周围,舞台正中间,放着一幅棋盘。

黄炎培　这是谁下了一半的象棋啊?

[黄炎培踱步至棋盘前,仔细观瞧。

黄炎培　嗯,这黑棋,攻势凛冽,有点意思。

[黄炎培看了过去。

[在舞台一侧,一束追光亮起,是蒋介石和王世杰在下棋,背景是一张进军图。

黄炎培　哦! 我明白了。

[警卫甲上。

警卫甲　报告! 前线军报。

蒋介石　念。

警卫甲　我国军王牌之七十四师,已向共军陈毅、粟裕两部展开合围,不日将进行决战!

蒋介石　雷霆万钧之势,好!

警卫甲　是!

[警卫甲下。

黄炎培　原来如此！这红棋，看来所指向的也很明显了。

[黄炎培看向另一侧。

[在舞台另一侧，又一束追光亮起，是毛泽东和周恩来在下棋，背景也是一张进军图。

黄炎培　喃喃，果然如此。

[王世杰与周恩来面靠面，毛泽东和蒋介石背对背。

[警卫乙上。

警卫乙　主席，前线军报！

毛泽东　说吧。

警卫乙　我军陈毅、粟裕所部与敌七十四师短暂交火，因敌我实力悬殊，主力部队转向东进，避敌锋芒。

毛泽东　好哇，不打无准备之战！

警卫乙　是！

[警卫乙下。

黄炎培　这是一盘大棋啊！也罢，安心观棋便是！

[黄炎培搬了一把小凳子，坐在了棋盘侧面，仔细地看着。

王世杰　太好了，委员长，现在的军事形势一片大好啊！

蒋介石　意料之中。对了，听说，黄炎培在上海街头卖字，确有此事吗？

王世杰　(走棋)是的，如今这已经成了上海街头巷尾的一桩奇闻了。

蒋介石　哗众取宠！你说说，黄炎培为什么就如此地倔强呢？这么多人劝他，他就一句话都听不进去！

王世杰　(走棋)委员长，这种情况下，是不是要考虑推迟召开国大呢？

蒋介石　死了张屠户，也不能就吃带毛的猪！国大照旧，绝不推迟。看好，我要将军了！

[黄炎培不由得有些紧张，想要出言指点，终于欲言又止。

周恩来　将军！

毛泽东　恩来，你这棋下得急了些吧？倒像是老蒋不顾一切召开国大的架势啊！

周恩来　主席，我有优势，当然要乘胜追击了。

毛泽东　是不是真有优势，不能只看一隅，要看全盘。就拿蒋介石来说，军事上当然是有优势，可是他威逼各民主党派，失了民心，这点优势也就不足为虑了。看好了！

[黄炎培迟疑片刻，终于释然，重新安坐。

王世杰　支士！

蒋介石　雪艇，怎么学起了共产党，如此死缠烂打啊？

王世杰　委员长，我国军虽然占据优势，但共党长于蛊惑人心，还是小心为好。

蒋介石　无妨！我国军兵强马壮，再加上美国援助的最新武器装备，大可在全国战场上狂飙突进，分进合围，不怕他毛泽东上天入地！再将！

[黄炎培摇头叹息。

周恩来　主席，这一次，您可是插翅也难逃了！

毛泽东　恩来，你看看，这棋盘上写着什么？楚河汉界。想当年，霸王项羽困刘邦于荥阳，想那刘邦能飞天遁地嘛？最终还不是以弱胜强，击败了项羽！

周恩来　那是因为刘邦比项羽更得民心呐！

毛泽东　就是这个道理。民以载舟，民以覆舟。人民群众的支持，那可比什么枪炮都管用啊！出将。

[黄炎培默默点头，颇为赞许。

王世杰　属下以为，毛泽东就像刘邦，是个枭雄，委员长还是不能轻敌。

蒋介石　所以说，项羽当年所犯之最大错误，就是在鸿门宴的时候没有杀了刘邦！这样的错误我是不会犯的，斩草务必除根，剿共必须彻底，绝不能给共产党以任何喘息之机！跳马！

[黄炎培又是一阵紧张，欲向毛泽东进言。

周恩来　主席，我这马可要吃您的士了！

毛泽东　拿去便是！我这叫让开大路，占领两厢。就像对付蒋介石一样。我们不计较一城一地的得失，而是要尽可能团结一切力量，组成民族统一战线！人心所向，大势所趋，一切都会水到渠成，何必急于一时呢？落象。

黄炎培　好棋!

蒋介石　(走棋)再多的羊凑到一起,也不过是多给狼送些口粮罢了! 弱肉强食,优胜劣汰,天理如此。

毛泽东　(走棋)自古以来,唯有得民心者方可长久,这才是真正的天理!

蒋介石　(走棋)话谁都可以说得很漂亮,可于事无补,最终还是实力决定一切!

毛泽东　(走棋)所以,我们不止要在道义上取胜,更要在军事上予以坚决地打击!

蒋介石　(走棋)呵呵,我这车可是个王牌,横行天下,谁敢挡我?

毛泽东　(走棋)巧了,我这个炮,还就专门打你的车!

蒋介石　什么?

黄炎培　(拍案而起)妙! 绝妙!

[两名警卫分别从两侧上,一名穿着国民党的军服,一名穿着共产党的军服。

警卫甲、乙　(齐声)报告! 前方军报!

毛泽东　(起身)讲!

蒋介石　[黄炎培也不由得一阵紧张,站了起来,背过身去,认真倾听。

警卫甲　我国军之七十四师被共军围困于孟良崮,全军覆没。

蒋介石　什么?

[蒋介石一阵眩晕,险些晕倒,王世杰急忙搀住。

王世杰　委员长!

警卫乙　陈毅、粟裕所部全歼敌王牌军,并击毙其主将张灵甫。

毛泽东　好哇!

[周恩来走过来,与毛泽东击掌相庆。

周恩来　主席! 我们成功了!

[蒋介石挣开王世杰,踢翻了自己面前的棋盘,转身奔至黄炎培面前的棋盘旁,怒视毛泽东。

蒋介石　传令下去! 自今日始,凡我国军将士,当知耻而后勇,务必剿灭共匪,为张灵甫将军复仇!

警卫甲　是!

[警卫甲下。

[毛泽东拍拍周恩来的肩膀,闲庭信步地踱至黄炎培面前的棋盘旁,目视蒋介石。

毛泽东　电告全军,我们转守为攻的时候到了,我三军将士应当抓住时机,歼灭敌军的有生力量!

警卫乙　是!

[警卫乙下。

蒋介石　毛泽东! 你不要得意的太早了!

毛泽东　喃喃,蒋委员长,再来杀一盘吧?

[收光。

[舞台上只留下了黄炎培和一盘残棋。

黄炎培　喃喃! 知人知面不知心,画龙画虎难画骨。各位,棋局如时局,胜负已定了!

[黄炎培回身,灯亮,众人仰望着黄炎培。

群　声　楚河汉界,旁观者清;
谁是谁非,谁仁谁暴;
一目了然,一目了然!

黄炎培　还有什么可迷茫的呢? 还有什么可犹豫的呢? 国民党与共产党,分明是一阴一阳! 我们当然要摒弃那些阴暗的角落,而坚决地转向那明媚的太阳!

群　声　拥抱阳光! 奔向光明!
用我们的拳头,
粉碎最后一缕黑暗!
用我们的双眼,
见证第一缕阳光的诞生!

黄炎培　再也没有什么中间路线了,放弃所有的幻想吧,从今天开始,我们要"一边倒"了! 倒向共产党!

[报童跑上。

报　童　号外! 号外! 国民大会顺利召开,蒋介石当选大总统!

[报童从另一侧跑下。

[一束追光，蒋介石身着绶带，满面春风，向四方致意。

黄炎培　一着不慎，满盘皆输!

[黄炎培带着众人疾步而下。

[报童再度跑上。

报　童　号外! 共产党发布“五一劳动节口号”，号召打到南京，活捉蒋介石!

[报童撒着传单跑下。

蒋介石　岂有此理!

[蒋介石怒不可遏，抓起一张传单仔细地看起来。

[另起数个光区，毛泽东闲庭信步而上，走进其中的一个光区。

毛泽东　今年的五一劳动节，是中国人民走向全国胜利的日子。向中国人民的解放者，中国人民解放军全体将士致敬! 庆祝各路人民解放军的伟大胜利!

蒋介石　毛泽东!

[蒋介石冲向毛泽东所在的光区，毛泽东却信步而出，蒋介石扑了个空。

[毛泽东走到另一个光区之中。

毛泽东　今年的五一劳动节，是中国人民死敌蒋介石走向灭亡的日子! 蒋介石做伪总统，就是他快要上断头台的预兆。打到南京去，活捉伪总统蒋介石!

蒋介石　哼! 痴心妄想!

[蒋介石再次冲过去，依旧扑了个空。

[毛泽东出现在另一个光区中。

毛泽东　全国劳动人民团结起来，巩固与扩大统一战线! 为着打倒蒋介石，建立新中国而共同奋斗!

蒋介石　闭嘴! 你给我闭嘴!

[毛泽东游走在各个光区之间，蒋介石左支右绌，却始终无法抓到毛泽东。

毛泽东　各民主党派、各人民团体、各社会贤达，迅速召开政治协商会议，讨论并实现召集人民代表大会，成立民主联合政府!

[蒋介石将手杖扔了过去,却终于落空。

[毛泽东与更多人同时出现在各个光区之中。

群　声　中国劳动人民和一切被压迫人民的团结万岁!

中国人民解放战争的胜利万岁!

中华民族解放万岁!

中华民族解放万岁!

毛泽东　哈哈! 万岁!

[收光。

[舞台上只剩下一束追光,蒋介石气喘吁吁,咬牙切齿。

蒋介石　毛泽东! 我与你不共戴天!(喘匀了气,看看周围,发出了压抑的笑声)哼哼……,呵呵呵……哈哈!(大笑不止)毛泽东,你不过是在自说自话罢了,你以为你当真能够一呼百应吗? 做梦去吧! 我才是国民政府的大总统,我才是中华民族唯一的领袖! 你听听看,万籁俱静,一点声音都没有,哪有一个人响应你的号召? 哈哈! 哈哈哈哈——

黄炎培　(幕后)黄炎培在此!

[一束强光亮起,黄炎培手持文件,站立当中,显得十分高大。

蒋介石　黄炎培! 又是你这老匹夫!

黄炎培　南京反动政府,窃权卖国,史无先例。同人等日深焦虑,力图对策,乃读中国共产党"五一"劳动节号召,因其适合人民时势之要求,我辈深以为然,特此响应!

蒋介石　墙头草,无耻!

黄炎培　蒋先生! 你听听吧!

[又一束追光亮起,一名民主人士(下以民甲、民乙等指代)出现在追光中,每人手中都拿着一份文件。

民　甲　中国民主同盟响应共产党"五一劳动节口号"之号召,特此告全国同胞!

民　乙　中国国民党革命委员会响应共产党"五一劳动节口号"之号召,特此告全国同胞!

民　丙　中国民主促进会响应共产党"五一劳动节口号"之号召,特此告全国同胞!

民　丁　台湾民主自治同盟响应共产党“五一劳动节口号”之号召,特此告全国同胞!

黄竞武　中国民主建国会响应共产党“五一劳动节口号”之号召,特此告全国同胞!

[随着一束束的灯光亮起,声音越来越响亮。

[蒋介石起初还怒目以示,随着人数越来越多,渐而想要逃走,却终于发现无路可逃。

黄炎培　(环顾所有人)打到南京去,活捉蒋介石!

众　人　打到南京去,活捉蒋介石!

黄炎培　蒋先生,你大势去矣!

[黄炎培将自己手中的文件扔下。

[众人亦纷纷将自己手中的文件扔出。

[一时之间,舞台上无数白色的纸从天而降,像是纸钱一般,漫天飘洒,几乎将蒋介石埋没。

[收光,只留蒋介石一束追光。

蒋介石　来人!(声嘶力竭)快来人!

[王世杰跑上。

王世杰　委员长!

蒋介石　我要杀了黄炎培! 杀了黄炎培!

[灯光骤灭。

# 第四幕

## 第一场

[起光。

[背景浮现出天安门的影子。

[天安门下,毛泽东与周恩来信步而上。

毛泽东　恩来，你说这国民党怎么就这么不禁打呢？我本来预计要五年的时间才能战胜国民党，可这才三年，他就一败涂地了！

周恩来　国民党是重蹈了李自成的覆辙啊！

毛泽东　我们也要小心呐。恩来，你还记得，那年在延安，黄任老对我说的那番话吗？

周恩来　我当然记得。当时，黄任老提出了历史周期律之说，振聋发聩啊。言犹在耳，国民党已经被这个周期律击垮了。现在，考验落在我们头上了。

毛泽东　是啊！所以说，邀请各位民主人士参加政治协商会议，并请他们监督新政府，这是势在必行的。尤其是黄任老，我听说，国民党已经将黄任老列为了暗杀黑名单上的头一号，我们一定要设法保护他的安全！

周恩来　主席放心吧，这个时间，我们的地下组织应该已经把黄任老送到离开上海的轮船上了。

毛泽东　好哇！老先生不容易，七十多岁了，还在为国事奔走操劳。等黄任老到了北平，我要请他做我的第一个客人！

[收光另起。

[黄炎培独自一人，眺望着远方。

[黄竞武上。

黄竞武　父亲。

黄炎培　竞武，我听你姚先生说，你不打算跟我们一起离开上海？

黄竞武　没错。父亲，眼看解放军就要渡过长江了，等到解放上海的时候，势必有很多需要我们帮忙的地方。我作为民盟的盟员以及民建的会员，义不容辞啊。

黄炎培　可是你留下来，会十分凶险呐！那些特务们要是发现我失踪了，一定找你麻烦的。还是跟我们一起去北平吧！

黄竞武　父亲，您当年送我去哈佛留学，就是希望我能够学成归来，报效国家。可这些年来，我为国家、为百姓却什么都做不了，可以说是一事无成。现在是个好机会，上海解放在即，我终于能够做些实实在在的事情了，您说，我怎么能放弃这个机会呢？

黄炎培　好孩子！既然你拿定了主意，我也不劝你了，但你自己一定要多加小心，千万不要冒险！

黄竞武　我知道，您放心吧，我会照顾好自己的。

[黄炎培仔细打量着黄竞武，一把将他抱在怀里。

黄炎培　我的儿，千万千万小心！我在北平等你！

黄竞武　父亲，您也要小心身体。

[黄炎培擦了擦眼泪，松开黄竞武，又认真地看了看，狠了狠心，转身欲下。

黄竞武　父亲！等到上海解放的时候，如果我确实做了些实事的话，我想，就当做今年献给您的寿礼了！

黄炎培　好！我静候佳音，等着你的大礼！

[黄炎培一步三回头的走下。

[黄竞武眺望着黄炎培的背影。

黄竞武　父亲！保重！

[几声汽笛声传来。

[音乐声起。

黄竞武　船，终于是开了。

[另起追光，黄炎培站在船头。

黄炎培　船，终于是开了。

黄竞武　汽笛声渐渐地远去了。我依稀还能看到，父亲那站在船头的身姿。我能想象，他的心绪是何等的波涛激荡，就像这汹涌的海浪一般。

黄炎培　回过头，远远地，仿佛是竞武还在向我挥手告别。我无法想象，在接下来的日子里，他会面临什么样的考验。我的儿，你是我的骄傲！

黄竞武　父亲曾经两次被迫逃离上海。一次是因为满清，一次是因为日寇。那时的他前途茫茫，不知何处为家。而今天不同，因为父亲知道，他是奔向了光明，扑向了一轮火红的新太阳！

黄炎培　可我的儿，却还在那个沉沉雾罩的海岸线上。那是我们的家！好一片大陆，很雄壮地横躺着，从南到北。无情的暮色越来越黑，多么可怕啊！在这大陆上，还有无数和我儿一样的兄弟姊妹们，他们在翘首以盼，盼望着那撕碎阴霾的太阳，能够早日地到来。

黄竞武 这也是我留在这里的意义所在。你们看！一辆辆的卡车，正偷偷从银行的金库里开出来，里面满载的都是民脂民膏！一群无耻的强盗！他们是眼见失败难免，想着攥出这座城市最后一滴油水，榨干上海六百万市民的血汗！我一定要阻止他们，把人民的财富，留给人民！

[一道闪电划过。

黄炎培 海浪那么汹涌！一个离开了大群的海鸥，他无聊吗？不，不。他早下定决心了。他要把伟大的生命，贡献给天空，只有大仁才能鼓起大勇。他想把呼啸来代替吟咏，追随那些故去的英雄！他在憧憬了，张开着有力的翅膀，准备着迎接一轮新的太阳！红！红！

[又是一道闪电。

黄竞武 好一道闪电！多么耀眼的光芒，那隆隆的雷声，难道不是鼓舞我们的战鼓吗？兄弟姊妹们，没有什么值得惧怕的，站起来吧，我们一起拦住那些窃取财富的小偷！

[忽然，在黄竞武和黄炎培的身边都出现了很多影子。

黄炎培 影子！是影子！他们畏惧了，他们惧怕太阳的升起，会让他们烟消云散！他们试图故技重施，用黑暗去遮蔽光明，用恐惧去征服希望！

黄竞武 痴心妄想！光明从来都会驱逐黑暗，希望永远会战胜恐惧！

黄炎培 退去吧！跳梁的小丑！没有什么能够阻挡一轮太阳的光芒！

[影子们退却了。

黄竞武
黄炎培 (齐声)没有什么能够阻挡，一个新中国的诞生！

[父子二人隔空相视而笑。

[闪电再次亮起。

[突然，无数影子出现在黄竞武身旁，猛地将黄竞武吞没。

黄炎培 (大惊失色)竞武！我的儿！

[一声枪响。

[收光。

## 第二场

[起光。

[蒋介石坐在沙发里,看起来苍老了许多。他的手里拿着一本小册子,听着广播。

广　播　(幕后)……上海终于解放了! 为庆祝上海解放,一百二十万军民纷纷走上街头游行,到处张灯结彩——

[蒋介石猛地用手杖将广播打落在地上,一阵杂音后,终于没了声音。

[王世杰上。

王世杰　委员长,飞机已经准备好了,我们必须得撤退了。

蒋介石　(把手里的册子交给王世杰)这个,你看过吗?

王世杰　这是……黄炎培的《延安归来》?

蒋介石　他在这里面提到了一个历史周期律,他还提到,民主可以战胜周期律。可惜啊,黄炎培对我进过那么多忠言,我却一句也没听进去! 击败我们的不是共产党,是我们自己,是我们自己没能跳出这个周期律!

王世杰　委员长……

蒋介石　走吧。(欲下,回头张望)黄炎培,你是个得道的人呐!

[收光另起。

[黄炎培独自坐在一部电话旁。

黄炎培　上海终于解放了,一百二十万军民大游行,六百万市民欢喜的像发狂一样,龙华塔在飞舞,黄浦江一阵阵浪花在鼓荡,多么热烈,多么雄壮! 可是,竞武呢? 为什么? 为什么在那欢庆的队伍中,没看见我的儿呢?

[姚维钧上。

姚维钧　先生……

黄炎培　竞武的情况到底怎么样?

姚维钧　我们刚离开,竞武就发现,国民党正在设法将银行里储备的金银偷偷运走。他就利用自己的职务之便,将所有掌管金库钥匙的员工都调走,让国民党急切之间无法运走金银。而且,他还成功地策反了税警团,准备在解放军攻城的时候揭竿起义。

黄炎培　我的儿！你这是步步险棋啊！

姚维钧　本来，竞武有机会从上海撤出来的，但他担心自己一旦离开，所有的努力就会前功尽弃，因此一直坚持到最后。可谁也没想到，就在上海解放前八天，竞武突然被国民党特务抓走了，至今音讯皆无……

黄炎培　（猛起）音讯皆无？

姚维钧　您别着急，陈毅将军进驻上海后，已经发动一切力量，在设法解救竞武了。

黄炎培　好，好……（重新就座）

[电话铃声猛地响起。

[黄炎培扑过去，犹豫再三，还是放弃了，走到一边，背对着观众，示意姚维钧接电话。

[姚维钧定了定心神，接起电话。

姚维钧　喂？啊，陈毅将军好……哦……嗯嗯……我知道了，谢谢您……

[姚维钧挂掉了电话，看了看黄炎培的背影，努力的措辞。

姚维钧　先生……

黄炎培　怎么样？

姚维钧　呃，这……他……那个……

黄炎培　（猛回头）哎呀！快说吧！

姚维钧　竞武他……牺牲了。

[黄炎培说不出话来，半晌才回过神。

黄炎培　我知道了。我知道了……

[转回身去找椅子，摸索之间却险些跌倒。

姚维钧　先生！

[姚维钧急欲去扶，黄炎培摆了摆手，示意她别过来。

[黄炎培强支着起身，坐在了椅子上。

黄炎培　你去吧。我想一个人坐一会。

[姚维钧欲言又止，一步三回头地走下。

[黄炎培独自一人，掩面而泣。

黄炎培　竞武啊！我的儿！

[另起光，灵堂，黄竞武灵牌。

[黄炎培缓缓起身，走至灵堂之前，抚摸着灵牌。

[音乐起。

黄炎培　竞武，你死了！我的儿，想当年，那还是前清的时候呢，就在你出生的那一天，我却被判了斩立决，要被押赴刑场。可是四十多年都过去了，我这白头尚在，我的儿！你怎么死了呢？你是替我而死啊！

竞武啊，你死了。我的儿，这么多年来，我用泪水写成了一部诗史，写的是书生爱国，艰难悲苦的人生；可我的儿，你却用鲜血写成了一部史诗，写的是人民革命，雄奇灿烂的前程！

竞武，你虽然死了，可我的儿，你知道吗？就在你死后仅仅八天，上海六百万市民便得解放，全中国四万万人民将先后得到解放！这可是你梦寐以求的一天呐！可是，你再也看不到了。你知道吗？政治协商会议召开了，联合政府就要成立了，从此以后，中国共产党将与我们所有的民主党派一同，长期共存，互相监督，肝胆相照，荣辱与共。新的国名定了，叫中华人民共和，定都北京。《义勇军进行曲》将成为我们新的国歌，那一面五星红旗将是我们新的国旗！一个全新的中国，就要诞生了！天，是真的亮了，那红艳艳的太阳，升起来了！

(将灵牌捧在怀里)可是，我的儿，你死了……

[黄炎培泣不成声。

[音乐渐弱。

[收光。

## 尾声

[音乐渐起，干净而纯净的童声，《祝你生日快乐》。

[起光。

[广场上，黄炎培仍在仰望着天安门。

[姚维钧上,远远地注视着黄炎培。

姚维钧　先生就这样久久地伫立在这广场上,一幕幕的历史撞击着他的心扉,往事哪堪回首?从清廷到北洋,从民国到解放,每一年的生日,先生都会许下同一个愿望:愿中华复兴!可是一年一年的过去,希冀复希冀,无望又无望。七十三年了,先生熬白了头发,愁出了皱纹,终于等到了这一天,等到了愿望变成了现实,等到了一个崭新的中国诞生!这个生日,先生仿佛是获得新生了一般!

[姚维钧下。

[一段黑白的画面呈现在舞台上,那是天安门广场上沸腾的人群。

[而在画面周围,簇拥着许许多多欢庆的人。

群　声　归队五星旗下,齐唱义勇军歌!

归队五星旗下,齐唱义勇军歌!

归队五星旗下,齐唱义勇军歌!

黄炎培　哦,广场,我的广场!你是一个浩大的剧场吗?你是一个博大的心胸吗?你是一艘巨型航空母舰吗?不,在今天,你是承载着胜利,迎接着新生的舞台!

群　声　"华人与狗"的时代一去不复返!

一幢新的大厦,将在地球上拔地而起!

黄炎培　几十年来尘扑面,今日才得洗汗颜!

十月一日,这是一个值得纪念的日子,一个让我永生难忘的日子!

十月一日,这是我黄炎培的生日,但不仅仅是我黄炎培的生日。从今日起,它是共和国的生日,更是属于人民的永恒的日子!

群　声　这庄严而灿烂的一天,

将永远载入中华民族的史册,

永垂不朽!永垂不朽!

[音乐渐强。

黄炎培　三十万人聚集在这里,共同为着一个新中国的诞生而喝彩!他们的欢呼声掠过了广场的上空,他们的热情凝结了我四万万同胞的骨血神髓,汇成一股无与伦比的声浪，直冲云霄！终于，这声浪来到了最高潮！你们听，那划时代的最强音响起了！

毛泽东　(幕后)同胞们，中华人民共和国，中央人民政府，在今天，成立了！

[舞台上，一面巨大的五星红旗缓缓升起，几乎占满了整个舞台。

[黄炎培注视着红旗，抚摸着，感慨着，老泪纵横……

剧终

本剧获 2018 年度上海市文化发展基金会重大文艺创作项目资助

三幕话剧

# 金秋的三天

（2018. 07. 18 第十稿）

编剧：孙祖平

时　间：现在。重阳节前的三天。

地　点：大都市。地处城区的美丽园老年公寓。

人　物：

雷　励——40 多岁，老年公寓院长，海归，医生。

祥林嫂——80 岁，女，一个疑似阿尔茨海默氏症病人。

丁鑫康——40 多岁，某房地产公司总经理。

方　华——40 岁，女，雷励妻子，生活在美国，会计师。

杜林根——73 岁，退休工人，老年公寓业主。

高　翔——76 岁，老年公寓入住者，曾经的著名话剧演员。

何校长——75 岁左右，女，老年公寓入住者，原为小学校长。

赵　处——75 岁左右，老年公寓入住者，原为单位副处长。

李主任——70 多岁，女，老年公寓入住者，原为建工局办公室主任。

小　菊——23 岁，女，老年公寓服务主管，外来务工者。

大　明——26 岁，快递员，外来务工者。

祥　林——80 多岁，祥林嫂的丈夫，阿尔茨海默氏症患者。

志愿者们——三支不同的年轻志愿者团队。

——若演出条件许可，可安排若干老人和护理人员时不时地在舞台后侧过场，以增强老年公寓的人气氛围。

场　景：美丽园老年公寓。公寓楼底层宽敞、明亮的活动室：一套藤制沙发，一旁的茶几上置一电话，墙角有一台饮水机；左侧墙面是“晚霞园地”的壁报，壁报旁有一房门标有“101”的小房间；右侧也有一小房间，那是院长的办公室，全是旧式民用家具，小方桌上摆一台电脑，靠墙的旧式梳妆台上，一座老式台钟，旁站一背小书包的玩具娃娃，上方挂着一对年轻夫妇和一小男孩的全家福相框，梳妆台旁搁一张单人床；舞台后方是一排落地门窗，外有一条走廊，透过廊柱，可见院落中的几棵红枫树；活动室前沿是阳光房，摆着一张下象棋的小圆桌和两张圈椅。

# 第一天

[手机铃响。语音电话声:“这里是城市银行,本行友情提示尊敬的雷励先生,离您在本行办理的123807号房产贷款的还款日期,还有最后三天……”

[上午。美丽园老年公寓活动室。坐藤椅的何校长鼻架老花镜,聚精会神地审读茶几上的一叠文稿。一旁的画架前,李主任手握画笔专心作画。阳光房里,赵处手拄手杖打着太极拳。护理员小菊往壁报上贴一张有雷励照片的报纸。

[电话铃响。小菊去接电话。

小　菊　(通话)美丽园老人公寓……推荐股票?我们不炒股的!(挂断,回壁报前)

何校长　(念一篇文稿)“每个人的人生只有三天:昨天,今天和明天。三天中,最重要的是今天,因为今天就是昨天的明天,因为今天就是明天的昨天……”

赵　处　(有点耳背)对!三天,还有三天就是重阳节,餐厅大师傅说,重阳节吃重阳糕,喝菊花酒……

何校长　(念另一篇文稿)“青年人相信一切,中年人怀疑一切,老年人了解一切……”

赵　处　生气?何校长生气了?俗话说,校长肚里能撑船……

何校长　(气恼地)丢脸!真是丢脸!这些个都是世界名人的人生格言,不是我们美丽园老年公寓的人生感悟!老了老了,还抄袭剽窃!不予采用,退稿!(将文稿扔茶几上)

[电话铃响,

小　菊　(去接电话)美丽园老年公寓……推荐楼一手房?不限购?没钱!(挂断,铃声又响)美丽园老年公寓……金虫草保健丸,八折优惠?不要!(挂断)

[铃声响个不停,小菊捧起话机,拔去话线。

赵　处　(看壁报)《给老人一份尊严,给自己一份事业——记海归雷励和他的美丽园老年公寓》……咦,这不是过年时的报纸吗,怎么又给贴出来了?

小　菊　校长婆婆让贴的,专门贴给我们院长太太看的。

赵　处　院长太太?雷院长的太太不是在美国吗?

小　菊　明天，雷院长在美国的太太从美国回来，雷院长昨晚去他太太家了。

何校长　(高兴地拍一下手中的文稿)这个人生感悟有点意思！小菊，你给公公婆婆念念。

小　菊　哎，(接过，念)"《人生岁月四字经》：一岁一岁——人模狗样；十岁十岁——茁壮成长；二十二十——远大理想；三十三十——奋发图强；四十四十——势不可挡；五十五十——还有梦想；六十六十——告老还乡；七十七十——想也白想；八十八十——晒晒太阳；九十九十——床上吸氧；一百一百——挂在墙上。"

[突然，从 101 室传出两声高亢的惨叫声："啊——啊——"门被砰地推开，头发花白稀疏的杜林根逃也似地跑出，边走边系裤腰带。头戴红色贝雷帽的高翔追出。

高　翔　(手捧一紫砂壶)站住！你这个老滑头！站住！给我站住！

杜林根　站住就站住！哼，谁怕谁啊！

赵　处　(对高翔)老王子，你跟老杜师傅又怎么了？

高　翔　上卫生间撒尿，裤子不系手不洗，捧上我的紫砂壶就喝！恐怖啊！

杜林根　我就喝了一口！

高　翔　喝一口也是拿你这双没洗过手的手捧着我的紫砂壶喝我的茶啊！你怎么能用你这双没洗过手的手——跟你说过多少回了，上卫生间拉屎拉尿要把门拉上，把门拉上！可你回回不拉，你有病啊你！

杜林根　我不拉门，你可以不看呀！

高　翔　你不拉门，我就忍不住要看！

杜林根　(对众人)看！看！谁有病！你们不知道这个人有多吓人！晚上睡觉，上上下下脱个精光！半夜三更，你正好好地睡着，一条(苏北口音)雪白雪白的白影子，从卫生间里飘飘忽忽出来，真正吓得死人半条老命……

高　翔　你侵犯我的隐私……(解释)俺们这个东北人，打小习惯光屁股睡炕……

杜林根　头上倒戴一顶小红帽子！

李主任　Stop! stop! 小菊，你回避一下！

小　菊　哎。(急下)

李主任　我说老王子，还有老杜师傅，一个屋里住着，能不能不三天两头这么不着调地闹！

高　翔　闹不闹，问他呀！

杜林根　不就喝你一口茶吗！至于嘛！

高　翔　不是说你儿子女儿送你的好茶喝不完吗？你的好茶呢？好茶呢？

[杜林根气呼呼坐至电话机旁，抓起电话拨号。

杜林根　（打电话）军军吗，猜猜我是谁……对，爷爷，我是爷爷……啊，军军想爷爷了，爷爷也想军军……什么，又要爷爷唱小小小小鸟？爷爷会唱……会唱……（唱）“我是一只小小小小鸟……”军军，叫你阿爸听电话……

高　翔　（自顾自地吊嗓）啊——啊——

杜林根　是我，你前两天打电话说，给我买了好茶叶，大红袍啊，铁观音啊，龙井啊，普洱啊……抽空给我送来，对，都送来，好，好……不多说了，我忙，有空我会去看你们的，挂了。

（挂机，起身）

高　翔　啊——啊——

杜林根　（学样）啊——啊——不是鸡叫鸭叫，就是狼叫鬼叫！

高　翔　我这是吊嗓！

杜林根　吊着叫！哼！（昂头下）

高　翔　哎，什么人哪！

赵　处　老杜师傅和老王子，两个欢喜冤家！

高　翔　怎么说话呢！怎么说话呢！老公老婆或是男女恋人之间那才叫欢喜冤家，我跟他可不是老同志！

[小菊上，捧着雷励的牛津包。

小　菊　雷院长回来了！（进办公室，将包放桌上，从梳妆台一抽屉里取出听诊筒，复出）

[雷励搀扶着祥林嫂上，后面跟着怀捧几个快递箱的大明。

[祥林嫂东张西望，走向壁报，手指报纸上的照片，又指向雷励。

雷　励　（指壁报）怎么又贴出来了？

[小菊与雷励耳语,雷励笑着摇了摇头,接过听诊筒。

雷　励　阿婆眼光真好,给你认出来了,(指着报纸照片)这是我——美丽园老年公寓的院长雷励,现在可以告诉我,您老叫什么名字了吧?

[祥林嫂盯着他笑。

高　翔　新来的?

大　明　捡来的。

高　翔　捡来的?

大　明　雷院长在美丽园公交站捡来的老阿婆……

小　菊　阿婆,我们院长问您话呢! 您姓什么? 叫什么名字?

祥林嫂　祥林嫂。

小　菊　我们院长问阿婆,姓什么,叫什么……

祥林嫂　祥林嫂!

雷　励　(和颜悦色地)哦,阿婆叫祥林嫂,阿婆的家住在哪儿啊?

祥林嫂　家住……家住……

雷　励　阿婆家里还有什么人? 儿子? 女儿?

祥林嫂　儿子……

雷　励　哦,阿婆有一个儿子,阿婆的儿子叫什么名字?

祥林嫂　小毛……

高　翔　鲁迅先生笔下的祥林嫂,儿子叫阿毛,你也叫祥林嫂,儿子叫小毛……

祥林嫂　小毛……

雷　励　啊,阿婆的儿子叫小毛……阿婆,你坐。(扶她落坐藤椅,用听诊筒为她听诊)

祥林嫂　(突然)我要吃臭豆腐干! 我要吃臭豆腐干!

雷　励　餐厅有臭豆腐干吗?

小　菊　有臭豆腐,请餐厅大师傅给阿婆现炸臭豆腐干! 阿婆,有你吃的臭豆腐干!

祥林嫂　糖炒栗子! 我要吃糖炒栗子! 糖炒栗子!

小　菊　糖炒栗子? 厨房可没有糖炒栗子!

雷　励　叫人买去……

小　菊　上哪儿买糖炒栗子?

大　明　我知道! 马路对面就有一家卖糖炒栗子的……我去买!

雷　励　那就麻烦大明给跑一趟……(掏钱包,抽出一张百元钞票)有劳你了,大明!

大　明　(放下快递箱)没事!(接过钞票,下)

雷　励　小菊,你陪阿婆去餐厅。

小　菊　哎。阿婆,我们去餐厅……

雷　励　(拿起电话,拨号)怎么没声音?

小　菊　噢,我把电话线头拔了,都是推销电话……

高　翔　咦,刚才老杜还跟他儿子……

小　菊　好了,插上了……

雷　励　(听话筒)有了。(拨号)美丽园派出所吗? 我是美丽园老年公寓……对,对……是这样的,有一位迷路走失的老阿婆,在我们老年公寓……对……(通话)

[小菊搀扶祥林嫂下。

高　翔　雷院长,这个祥林嫂是不是……(指自己的脑袋,轻声地)老年痴呆?

李主任　不能叫老年痴呆,叫阿尔茨海默!

何校长　对! 阿尔茨海默——病!

赵　处　这个祥林嫂是不是阿尔茨海默了?

雷　励　只能说是疑似,疑似阿尔茨海默。

高　翔　雷院长能治阿尔茨海默病吗?

雷　励　我治不了。

高　翔　雷院长在美国不也是个医生吗?

雷　励　我只是个普通的全科医生,诊断治疗一些常见性疾病……

赵　处　是不是年纪老了,就会得这个阿尔茨海默?

雷　励　临床上只有 4%—8%的老年人患有阿尔茨海默病。

高　翔　也就是说,我们属于 92%—96%的那一拨。

雷　励　当然! 绝大多数老年朋友与阿尔茨海默病无缘。阿公阿婆只要做到睡好你的觉，服好你的药，管住你的嘴，迈开你的腿，就能健康长寿！

[大明手捧一纸袋奔上。

大　明　糖炒栗子来了！

雷　励　这么快！(接过)呵，还热乎乎的！谢谢你，大明！我这就给阿婆送去！(下)

[大明捧起快递盒箱朝另一方向下。

赵　处　(突然地)我要吃臭豆腐干！我要吃糖炒栗子！这个祥林嫂要吃什么，雷院长就她弄什么吃！我们吃过糖炒栗子吗？啊？吃过吗？

李主任　跟疑似阿尔茨海默争吃臭豆腐干糖炒栗子，有点出息好不好！

何校长　我们听雷院长的，睡好觉，服好药，管住嘴，迈开腿……(走动，做甩手动作)

[老人们认真地走动起来，转了一圈，朝走廊走去，下。

高　翔　(手掌托起紫砂壶)我再去沏一壶茶。(进 101 室)

[方华拖一旅行箱上，环顾四周，为壁报吸引，上前阅看。小菊上。

小　菊　(咳嗽两声)请问这位女士……

方　华　啊，我……(指指报纸上雷励的照片)

小　菊　哦，找我们雷院长，雷院长正在接待一位老阿婆……您是来联系家人入住我们美丽园老年公寓的吧？

方　华　(不置可否地)啊……

小　菊　我叫小菊，是美丽园老年公寓的护理主管，有什么需要为您服务的，可以先跟我说……

方　华　哦……(环顾活动室)

小　菊　您是不是很想了解我们美丽园老年公寓的有关情况？我可以为您作详细的介绍……

方　华　哦，我有点了解……

小　菊　(指着壁报上的报纸)除了报纸，电视、广播也对我们美丽园老年公寓做过一系列的专题报道，我们美丽园老年公寓是我们雷励院长参照国际最新养老理念创办的一所养老机构，我们雷院长是一位海归，曾是美国一家医院的医生……

方　华　你好像很了解你们的雷院长？

小　菊　那当然，按照现在流行的说法，我们院长就是一个五星级的好男儿！爷爷奶奶阿公阿婆没有不喜欢他的！

方　华　(看着她)你也喜欢他？

小　菊　那当然！我是我们院长的铁粉！

方　华　你们院长也是有一把年纪的人了吧。

小　菊　那一把，可是一个男人最有魅力的年纪！您见到我们院长你就知道了，什么叫那一把年纪男人的魅力……(见方华盯着自己)唔？

[方华突然走进办公室，翻检被褥、枕头……大明上。

小　菊　哎！哎！这位女士，你干什么！这是我们雷院长的办公室……

大　明　(跟进，嚷嚷)干什么呢？干什么呢！

[方华又来到梳妆台前，拉开抽屉检查。

小　菊　你怎么能乱翻我们院长的东西！我110报警了！(掏出手机)

大　明　看我的！出去！出去！听不懂我说的中国话是不是？(卷起右袖管)我叫你——

方　华　去！把你们院长叫来！

大　明　你什么人啊，你叫院长来，院长就来啊！我再说一遍——

方　华　去！告诉你们院长，他的太太来了！

大　明　太太！嗬！太太……

小　菊　太太！(大吃一惊)院长太太！

大　明　你敢说你是雷院长的……

小　菊　(急忙扯他袖口)啊！我这就去报告雷院长！(吐了吐舌头，拉着大明走出办公室)啊哟！可闯大祸了！丢死人了！(急下)

大　明　真是院长太太啊！(慌忙跟下)

[方华从抽屉里取出一个月饼铁盒，揭开盒盖，取出一扎信件，翻检。

[雷励快步走上，身后跟着小菊。方华把铁盒放回抽屉。

小　菊　院长，对不起啊，我真是不知道……

雷　励　没事，没事……你去照顾好阿婆。

小　菊　哎。(下)

雷　励　(进办公室)方华！真是你啊！他们说你来了,我还不相信!

方　华　你这儿的人,是不是都这么横!

雷　励　他们不知道是你,闹误会了……

方　华　那个浑小子还想跟我动粗!

雷　励　小伙子是送快递的……对不起啊,对不起……哎,不是说好明天到的吗,怎么提前了?

方　华　临时改签,碰巧,东方航空有个打折的红眼航班……

雷　励　也不打我手机,我好开车去机场接你。

方　华　Taxi 很方便的,我知道你忙。(目不转睛地看着他)

雷　励　唔?

方　华　一个男人最有魅力的年纪!

雷　励　说什么呢?

方　华　(环顾小屋)你睡这儿,你们家原来的小屋……

雷　励　是。

方　华　家具都是原来的,全家福……你妈妈的洋娃娃……(指小方桌上的电脑)你就在这儿跟我和儿子越洋视频连线?

雷　励　是。用过早餐了吗?

方　华　在机场用过了(坐至小床沿,留意地摸摸枕头被褥)盖这么条毛毯,晚上不冷啊?

雷　励　还好,天冷了,小菊会给我换一床厚被子。

方　华　小菊,就是刚才那个姑娘?

雷　励　是。

方　华　那个小菊对你挺关心的啊。

雷　励　她是我聘用的护理主管,挺能干的,老年公寓的爷爷奶奶阿公阿婆都挺喜欢她。

方　华　听说现在国内的女孩子比美国的女孩子还要开放,胆子贼大,想把青春献给谁就献给谁!

雷　励　谁说的!

方　华　(看了看他,走出办公室)记得这儿,原来是走廊过道……这儿是公用厨房,那儿是公用厕所……

雷　励　我把公用厨房公用厕所,还有走廊过道统统打通,做老年公寓的活动室,再打出去,盖了个阳光房。在每个房间安装了小卫生……

方　华　真不敢认了! 原先你爸妈机器厂的职工家属楼,一个又破又乱的大杂院,上上下下住着好多户人家……

雷　励　27户。

方　华　现在,这27户人家的房产权都归你了?

雷　励　只有使用权,所有权是国家的,还有一户人家,(指着101房间)101室杜伯伯家那间十一平米小屋的使用权暂不归我所有,不过,他和我签了一个协议。

方　华　什么协议?

雷　励　杜伯伯免费入住老年公寓,等他百年之后,这十一平米的使用权就归老年公寓所有。

方　华　杜伯伯可是有儿女的!

雷　励　为了这房子,杜伯伯的儿子和女儿吵得不可开交,都跟杜伯伯断绝了来往,杜伯伯就把房子投进了老年公寓,以房养老,条件是我为他老人家养老送终。

方　华　协议作过公证吗?

雷　励　公证了。

方　华　这就好。现在这栋楼能值多少钱?

雷　励　人民币——3 000万左右吧。

方　华　(吃惊地)3 000万! 我们只投了……啊呀! 真不敢相信! 只听说国内房价飙涨,没想到能涨成这个样!

雷　励　我可是向银行贷了600万的款!

方　华　(心里计算) 现在这栋楼值人民币……银行贷款……我们自己投入了……

雷　励　今天银行又是语音,又是短信,友情提醒我,还贷的日子还有最后三天!

方　华　如果到期还不上贷款，那么，银行就会上诉法院，要求强制没收这栋抵押贷款的房产……

雷　励　是。

方　华　铁面无私，冷酷无情！这就是游戏规则！所以，你就找我父母，要借我父母的住房向银行作抵押贷款，去还清这栋楼的抵押贷款！

雷　励　先救救急，把到期的贷款还了。

方　华　我爸妈同意了？

雷　励　爸妈同意了。昨晚我去你家，爸妈把相关的证件都交给我了。

方　华　是吗？

雷　励　（从拎包里取出一文件袋）房产证、身份证、户口本……今天下午，我接两位老人家去办理抵押贷款……

方　华　我看看。（接过文件袋，打开看了看，将文件袋塞进旅行箱，锁上）

雷　励　哎，你这是干什么？

方　华　物归原主。我没收了！

雷　励　哎！哎！把证件给我！

方　华　这么跟你说吧，我之所以是今天而不是明天飞回来，就是为了赶在你接我父母去抵押贷款之前，阻止你这种严重侵犯我父母生存权利、置老人生死于不顾的愚蠢行为！

雷　励　用爸妈的房子向银行抵押贷款是征得爸妈同意的！也是征得你的同意的！

方　华　我没同意！

雷　励　你同意了！（手指电脑）电脑里有我和你连线通话的记录……

方　华　我只说我知道了！我知道了并不代表我同意了！

雷　励　你也没说你不同意！

方　华　我能说我不同意吗！我说我不同意，你就会赶在我回国之前，把生米煮成熟饭！

雷　励　什么逻辑！

方　华　我爸妈已是风烛残年的老人，泥菩萨过河自身难保，你居然敢抵押我爸妈的房子！你想害死我爸妈啊！

雷　励　说什么呢！把证件给我吧，还贷只有最后三天时间了！

方　华　我不管！自己想办法！(欲下)

雷　励　(拉住她)把证件给我！

[丁鑫康手拎皮包，拖一红色大箱包上。

丁鑫康　不好意思，请问——啊，(认出，上前热情握手)雷院长！给老人一份尊严，给自己一份事业——(端详)我眼前的雷院长比报纸上电视里的雷院长年轻！精神！潇洒！雷院长如今可是社会名人，恭喜！祝贺啊！

雷　励　我不是什么社会名人，我只是社会上一个有名字的人……

丁鑫康　不对不对！雷院长是社会上有名气的人，而我等才是社会上有名字的人。自我介绍一下，我的名字——丁鑫康。(递上名片)

雷　励　(看名片)鑫佳房产公司总经理。丁总请坐。

丁鑫康　(落坐藤椅)谢谢。

[方华拖包进办公室。

雷　励　(从饮水机接了一杯水)丁总请喝水。

丁鑫康　谢谢。雷院长也请坐。

[雷励在一旁藤椅坐下。赵处撑着手杖，甩手上，沿走廊活动。

丁鑫康　(打开皮包，取出一瓶洋酒)人头马一开，好事自然来。(又取出两只用纸盒包装的高脚酒杯)我们先干一杯！

雷　励　等等，我不知道丁总为什么要和我干一杯？

丁鑫康　为一个能让我们两家双赢的合作项目。

雷　励　合作项目？我和丁总有什么合作项目？

丁鑫康　(拎起箱包摆放在茶几上，打开，里面是一个由三幢高楼组成的小型住宅模型)为这个干杯！这是我们鑫佳房产新开发的精品住宅楼盘——滨湖花园。我在报纸上电视里看到，雷院长要用五至十年的时间，把美丽园老年公寓现有的入住规模扩大三至五倍，我的滨湖花园正好能助雷院长的养老事业一臂之力！

雷　励　听丁总的意思，是要我购买滨湖花园办老年公寓？

丁鑫康　(点头)对！把雷院长的美丽园老年公寓办到滨湖花园去！为支持养老事业，我这滨湖花园房价七五折优惠，OK？

雷　励　那我们老年公寓的这栋楼呢？

丁鑫康　高价出售！

雷　励　高价出售？

丁鑫康　我们鑫佳房产全额收购，再助雷院长养老事业一臂之力！

雷　励　就是说，你把你的楼卖给我，我把我的楼卖给你。

丁鑫康　OK！ok？

雷　励　不不不，我不卖楼……

丁鑫康　投资，是为了回报，你这栋楼，我先开个价——3 300万！怎么样？远远高出这个地区现在的房产价位！

[办公室里的方华闻声一惊。走廊上的赵处侧转脑袋，手掌托着耳背，专注倾听。

雷　励　丁总没有明白我的意思……

丁鑫康　我明白！我是个商人，在商言商，如果雷院长觉得我的报价达不到你的心理价位，你可以跟我讨价还价！什么话都可以摆到桌面上来说……

雷　励　不，我不讨价也不还价，因为我没有心理价位。

丁鑫康　没有心理价位？

雷　励　没有。

丁鑫康　怎么可能！这个世界上的一切，无论是什么，只要它存在着，就会有价位！

雷　励　这栋楼真没有价位。非卖品。

丁鑫康　雷院长不会是说笑话吧。

雷　励　你看我像是在说笑话吗？

丁鑫康　(看着他)啊！(收起酒瓶、酒杯和箱包)告辞了。雷院长，我们后会有期，再见。(下)

方　华　(走出办公室)我都听见了，3 300万！3 300万啊！

雷　励　那又怎么样！

方　华　(顿了顿)雷励，跟你说件事，就前几天，我们家对面的那个高档住宅区出来一套别墅，三上三下，一个院子，带游泳池，才 120 万美元！我们拿这栋楼换那套别墅，绰绰有余！

雷　励　说什么呢！

方　华　我知道你也喜欢那个社区！我们商量商量……

雷　励　什么事都能商量，除了卖楼！

方　华　（顿了顿）你这个人！不可理喻！

雷　励　我怎么不可理喻了？

方　华　打你母亲过世，你回国奔丧，就不回来了！我给你打电话，发微信，伊妹儿，你听过我一句劝吗？

雷　励　你说来说去只有一句话，回美国！回美国……

方　华　我说错了吗？吃了那么多的苦！受了那么多的罪！多少年的打拼啊，好不容易站稳了脚跟，才过上几年安稳日子……雷励啊，你怎么就不听我一句劝呢？（盯着他）你不正常！不正常！

雷　励　我不正常？

方　华　女人四十豆腐渣，男人四十一朵花。雷励，跟我说老实话，你是不是在国内有小三了？

雷　励　（笑）你说呢？

方　华　（看他一会儿）行了，逗你玩呢！走了！（拖着箱包朝走廊走去）

雷　励　哎，哎，你怎么走了？你把爸妈的证件给我！

方　华　（停步，回头一笑）你说有这个可能吗？（下）

雷　励　哎……（追下）

［赵处狐疑地望着他们的背影，跟下。

［祥林嫂上，小菊追上，大明手拿一纸袋跟上。

小　菊　哎，阿婆，阿婆……（从祥林嫂衣兜里掏出几块臭豆腐干和糖炒栗子）阿婆，这臭豆腐干油腻吧唧的，不能往兜里放……（掏她的衣兜）

［小菊把掏出来的臭豆腐干、糖炒栗子放进大明手中的纸袋。

祥林嫂　（伸手夺纸袋）我要吃臭豆腐干！

小　菊　都脏了，不能吃了！

大　明　吃了拉肚子!(作肚痛状)哎哟,哎哟……

小　菊　你别吓着了阿婆! 走吧走吧你!

大　明　走了! 拜拜!(将一块臭豆腐干塞进嘴里,有滋有味地咀嚼着,下)

[小菊搀扶祥林嫂进办公室。

[高翔手捧一茶盘从 101 室出来,茶盘上有一紫砂壶和两个紫砂小杯。

高　翔　(寻找)老杜! 老杜!(进阳光房,在圆桌前坐下,摆棋谱)

小　菊　雷院长说了,在找到阿婆家人之前,阿婆先在院长办公室休息。坐这儿。(用干毛巾擦拭她的衣袋)

[杜林根上,手持一小纸袋茶叶,径直来到阳光房,将纸袋放在棋盘上。

杜林根　我请你喝茶!

高　翔　(拿起纸袋,揭开,闻了闻)铁观音! 清香型!

杜林根　我请你喝茶!

高　翔　嗬,还记仇啊!(起身,将他按坐在圈椅里) 你这个角色现在的心理动机我一清二楚——我告诉你,不是我舍不得你喝我的茶,我是要你不要不洗手就捧上我的紫砂壶喝我的茶,更不要用你的嘴直接对着我的紫砂壶的嘴喝我的茶——要倒在茶杯里,(为他斟茶)一口一口地喝……喝茶,喝茶……

杜林根　哼!(端杯喝茶)

高　翔　(坐下,摆棋子)我们俩,谁跟谁呀,我跟你说过的,我先走,你送我;你先走,我送你,外加一个大花圈……到了那儿,我俩还住一个房间……(指棋盘)你先走……

杜林根　(不悦)你先走!

高　翔　你先走!

杜林根　你先走!

高　翔　我先走就我先走!(下棋)

[电话铃响,小菊走出办公室。

小　菊　(接电话)你好……美丽园老年公寓……啊,电视台……在,在,高爷爷在,你等等,(叫唤)高爷爷! 高爷爷! 电话!

高　翔　我的电话？

小　菊　电视台打来的!

高　翔　电视台!(起身离座，去接电话)哪位……我是，我是高翔……啊，啊，什么老艺术家，我就是文艺战线一名普通的老兵……哦，你们是精彩老宝贝节目组，邀请我做重阳节特别节目的嘉宾……嗯……嗯……我行吗……哦，是导演特地点的将……还要我朗诵一首诗……好的，好的，我在，在，对，美丽园老年公寓……再见，再见。(兴奋，欲下)

杜林根　哎，你上哪儿去？下棋!

高　翔　(有点激动)我要上电视了！他们知道我！电视台的导演点名要我上重阳节特别节目，还要我朗诵一首诗！他们这就把要我朗诵的诗快递给我，我去大门口等快递!

杜林根　你就不能在这儿等吗？

[高翔兴奋地摆摆手，急下。杜林根独自喝茶，钻研棋局。响起对讲机的声音："三楼呼叫小菊，三楼呼叫小菊……"

小　菊　(取出对讲机)小菊收到。(进办公室)阿婆，三楼的爷爷奶奶阿公阿婆呼我，您老先在这儿歇着，我去照看一下，就回来。(拉上办公室门，下)

[办公室里，祥林嫂东张西望，看看墙上的全家福照片，捧起梳妆台上背小书包的玩具娃娃，让玩具娃娃站立小方桌上，为娃娃整理服饰。

[丁鑫康上，来到 101 室门口，侧耳倾听，看见阳光房里的杜林根，辨认——手机铃响。

丁鑫康　(接手机，压低声音)什么事？老太太又不见了……我说，我妈是不是又是你给气走的？我妈有病？你有病！我告诉你，我妈也是你妈……都给我添乱，是不是把我作死了，你才称心满意……行了行了，我让人去找！挂了!(挂机，叹气)唉……

[他调整好情绪，来到小圆桌前，坐下，走了一步棋。杜林根走棋，两人你来我往弈棋……

杜林根　(带劲地落子)将!

[丁鑫康防御，杜林根进攻，几步之后——

丁鑫康　将!

杜林根　(眼盯棋盘,惋惜地叹了口气,抬头)咦,你是谁?

丁鑫康　杜林根杜老师傅!

杜林根　你怎么知道我叫杜林根?

丁鑫康　我还知道,杜老师傅的老伴不在了,知道你有一儿一女,兄妹俩为了你那十一平米的房子大打出手……

杜林根　(连连摇头,叹气)丢人现眼! 面子夹里统统不要了……唉……等我走了,房子还不是他们的!

丁鑫康　他们可不想平分你的房子。儿子说,他是大儿子,房子得归他。女儿说,儿子结婚的房子是父母出资买的,所以,家里这间房子应该归她这个小女儿……

杜林根　我还没死呢!

丁鑫康　爹亲娘亲不如房子亲,他们居然下得了狠心,跟生养他们的父亲断绝了一切来往! 还不让老人家看望第三代!

杜林根　早知道他们白眼狼,当初就该把他们一个个都计划了!

丁鑫康　你的心死了! 你要教训这两个不孝的东西! 所以,你把这十一平米的房子投给了老年公寓,以房养老,不留一个子儿,让他们肠子都悔青了!

杜林根　(频频点头)是啊是啊……(突然醒悟)咦咦——我们家的事,你怎么知道的? 我问你话呢!

丁鑫康　(抓起一枚棋子)将! 将!

杜林根　(看棋,抓起一颗棋子,又放下)你到底想干什么?

丁鑫康　帮您老算一笔账。

杜林根　算账? 什么账?

丁鑫康　杜老师傅这间十一平米的使用权小屋,现在的市场价,到顶也就是个七八十万,就算它九十万。杜老师傅入住美丽园老人公寓,人均每月人民币 3 200,一年就是 38 400 元。杜老师傅今年高寿 73,以房养老 83 岁,寿比伟大领袖毛主席,10 年消费 384 000 元,您老亏 516 000 元;以房养老 93 岁,跟总设计邓小平师同寿,20 年消费 768 000 元,您老亏 132 000

元;以房养老 103 岁,您老进吉尼斯纪录,消费 1 152 000 元,您老稳赚 152 000 元……

杜林根　你什么意思你?

丁鑫康　我的意思是,以房养老,您老亏大了! 您老得追求您的利益最大化!

杜林根　你是谁呀?

丁鑫康　(掏出一张名片,递上)我的名片,杜老师傅。

杜林根　(伸直手臂,眯缝起眼睛看名片)鑫佳房产……丁鑫康……总经理! 丁总经理找我干什么?

丁鑫康　想请杜师傅把您老这间十一平米小屋的使用权转让给我! 我出价(顿了顿)160 万!

杜林根　(一惊) 160 万!

丁鑫康　(从内兜里掏出一张银行卡)这里有 160 万,卡背后写着密码。160 万买个理财产品,年息七八万,光利息就够杜老师傅您养老了! 冲着这 160 万,你儿子女儿都会争着抢着把您老爷子接回家去当菩萨供着! 您老点个头,这卡就归您老了。

杜林根　(有点慌乱)不不不……

丁鑫康　杜老师傅是嫌少?

杜林根　不不不……这房子现在不全是我的,我以房养老,我签过约的……

丁鑫康　我能看一看你签的约吗? 就看一看。

杜林根　(想了想) 行!

[两人起身,丁鑫康跟着杜林根进 101 室。

[办公室内,祥林嫂在玩具娃娃的小书包里摸出一折叠的纸片,她展开纸片。

[丁鑫康高兴地走出 101 室,杜林根手持一份协议书,跟出。

杜林根　怎么会没事呢? 是我违约啊!

丁鑫康　(指他手中的协议书)这协议只说了有问题双方友好协商解决,而没有说如果你违约,就要抽你筋扒你皮,零风险,不需承担任何责任!

杜林根　我杜林根说话算话!

丁鑫康　杜老师傅真是好人! 被人家卖了,还帮着人家数钱!

杜林根　被人家卖了? 谁? 谁卖我?

丁鑫康　杜师傅怕还不知道吧,美丽园老年公寓要出大事!

杜林根　出大事? 什么大事?

丁鑫康　(朝杜林根勾了勾手指,跟他低语)现在你明白了吧……

杜林根　雷励他——

丁鑫康　最后三天!(走向小圆桌,指棋盘)其实,杜师傅还有赢的机会。(代他弈棋)跳马……挺兵……飞相……抽炮……将! 您看,我被您将死了! 怎么样? 我们现在就把事办了?

杜林根　现在? 不不……

丁鑫康　机不可失,时不再来,您老想好了,打我手机,名片上有我的号。(下)

[办公室里,祥林嫂折叠起信纸,重又放回小书包。

[何校长和李主任上,边走边甩手,后面跟着赵处。

赵　处　我真听见了! 真听见了……

何校长　(停步)雷院长要卖掉这栋楼?

赵　处　(点头)好几千万呢……

何校长　(对李主任)你信吗?

[李主任摇摇头。

何校长　赵处,不是我们不相信你,实在是我们不敢相信你的耳朵……

赵　处　我听见了! 我真听见了! 你们想啊,他雷院长凭什么对我们这么好? 无亲无故的,凭什么! 还有他太太,早不来晚不来,偏偏这个时候来……

[高翔手持一份已拆封的快件上。

高　翔　(兴奋,声情并茂地朗诵)

孩子们不会想到衰老,

新鲜的生命连疾病也不会相信。

年轻人也不会想到衰老,

腾腾燃烧的火焰怎能理解炽热的灰烬。

年龄的吃水线让人战栗吃惊,

生命之舟在茫茫大海漂流浮沉……

可是，别怕！别怕！

这只是我们人生的又一次攀登！

这一次我们攀登的是——

一座宁静无语的山峰！

[五个青年男女志愿者上，头戴红色运动帽，身套红色背心，手里捧着拎着红色的塑料盆和桶。

领　队　（打着一面红色"志愿者"小旗）爷爷奶奶阿公阿婆们好！再过三天就是重阳节，我们——年轻的志愿者们，给爷爷奶奶阿公阿婆们洗脚来了！

[老人们兴高采烈、鼓掌叫好。他们搬椅子、脱鞋，准备洗脚。在他们身后，祥林嫂悄无声息地走出办公室，穿场而过，下。

[暗转。

## 第二天

[手机铃响，语音电话声："这里是城市银行，本行友情提示尊敬的雷励先生，您在本行办理的 123807 号房产贷款的还款日期，还有最后两天……"

[上午。美丽园老年公寓活动室。何校长鼻架老花镜审读文稿；李主任握笔作画；高翔手捧文件夹背读诗稿，来回走动，嘴里念念有词；杜林根独坐小圆桌前，手捏棋子敲击桌面，想着心事。

李主任　（停笔）不知道雷院长找到祥林嫂没有……

何校长　昨晚上我又梦见我老爸了……

李主任　又是你老爸踩着自行车送你上学，要你坐在前车杠，你老爸说坐前面能看清前进的方向……

何校长　老爸他是在教我——做什么事，前面都得有个方向！

李主任　所以，你是校长！哪像我，一辈子当秘书，都是别人指方向！

何校长　你可是办公室主任！

李主任　清清楚楚，就像是昨天的事……大学毕业，我进了建工局，在局长办公室当秘书……

何校长　我老爸 67 岁那年走的，印象中，那会儿我老爸已经很老了，现在我都 75 了！

李主任　49 年，刚解放那会儿，中国人平均寿命 45 岁，中国人基本没有老人……

[大明捧着几个快递箱上。

大　明　(递上一纸箱)校长婆婆，你的美国快递。

何校长　我女儿妞妞的快递！(喊)小菊！小菊！

[小菊奔上。大明到办公室前探视。

何校长　(指着纸箱)小菊，帮婆婆开箱！

小　菊　哎。(从兜里拔出圆珠笔，划开纸箱封条)

大　明　哎，昨天那个祥林嫂呢？

小　菊　不知道。

大　明　不知道？怎么会不知道？雷院长不是专门让你照看祥林嫂的吗？她人呢？

小　菊　滚！

李主任　(轻声地)那个祥林嫂跑丢了，雷院长批评小菊了……

大　明　(吐舌头)哎哟！(抱着快递箱下)

李主任　(感慨地)何校长的女儿妞妞在美国，赵处的儿子在南非，老王子的女儿在日本，儿子在深圳，老杜师傅就不说了……你们有儿有女的跟我这个没儿没女的一个样……

何校长　年轻人有年轻人的想法，他们要闯世界，让他们闯去……我这个女儿啊，在美国生了个儿子，我女儿她儿子成了美国人，我女儿她妈的我就成了美国人的姥姥！

李主任　姥姥！

小　菊　(翻检纸箱物品)羊绒衫一件，羊绒围巾一条……(取出四个瓶子)鱼油四瓶，(取出一圆形铁盒)曲奇一盒，全了……

何校长　(拿起羊绒衫)李主任，昨天听你说，天凉了，想买一件羊绒衫，不买了，给！

李主任　这是你女儿孝敬你母亲大人的!

何校长　我有,拿着!(拿起围巾)这条羊绒围巾给小菊。

小　菊　不不不,不可以的……这可是美国羊绒围巾……

何校长　美国羊绒?(看围巾商标)Made in China。(笑)

李主任　(看手中的羊毛内衣)也是 Made in China!(大笑)

何校长　这么跟你们说吧,如果校长婆婆不在了,送人羊绒围巾羊绒衫,那叫遗物;校长婆婆就是要在我还健健康康的时候,把我的好东西都送给我的亲人我的朋友,这是礼物!

李主任　到底是校长,境界就是不一样! 好,我收下! 小菊,校长婆婆的礼物,收下!

小　菊　谢谢校长婆婆!

何校长　这几瓶鱼油,我、赵处、老王子、杜师傅,一人一瓶……这盒曲奇给雷院长送去。

小　菊　哎!(拿起曲奇盒,走进办公室,放在小方桌上)

[赵处上,左眼皮上贴一白纸条。

何校长　赵处,(指他左眼皮)你这是——

赵　处　眼皮怦怦乱跳,男左女右,我贴张白纸,让它跳也白白跳!

何校长　一定是昨晚没睡好觉!

赵　处　失眠! 通宵达旦!

何校长　血压又上去了?

赵　处　不是血压,是电话!

何校长　电话? 什么电话?

赵　处　昨晚上,我接到一个电话,(学样,女声)“请问,是赵为民处长吗? 我是小杨啊……”

何校长　小杨? 那个女处长小杨?

赵　处　(点头)为这个电话! 我是整整一宿辗转反侧,夜不能眠……

何校长　(意味深长地)呵呵……

李主任　呵呵呵……

赵　处　呵呵——我就知道你们想歪了!

李主任　原本老处长退休，应该是你赵副处长转正处，谁知半路杀出一个有背景的小杨！

何校长　我们赵处就在这位小杨处长的领导下，副处一直副到退休！

李主任　胸闷啊——赵处，这都是你跟我们说的！

赵　处　知道小杨为什么要给我打电话？

何校长　为什么？

赵　处　（喘气）等等，我吃两粒保心丸……（服药）她说……她老伴走了两年了，儿子又不在身边，她感到非常非常地寂寞……

李主任　小菊，你回避一下！

小　菊　哎。（急下）

李主任　你说，赵处。

赵　处　她说她现在住在一个敬老院，每天吃了早饭吃午饭，吃了午饭吃晚饭，吃了晚饭睡一觉，早上起来再吃饭……

李主任　什么敬老院，饭店！

赵　处　她说她在电视里看到我们美丽园老年公寓，她说她听说我老赵就住在这么个优质的老年公寓，她说她也想跳槽入住我们美丽园老年公寓……

何校长　这不是很好吗，正处副处，最后都住在一处……

赵　处　（认真地）何校长，现在不是开这种玩笑的时候！

何校长　你说，你说……

赵　处　她说她要转院到我们美丽园，知道他们院长跟她说什么？

李主任　说什么？

赵　处　他们院长说，美丽园老年公寓要倒闭了！关门了！你还敢去那个美丽园！

李主任　狗屁！一定是他们那个狗屁院长见我们美丽园老年公寓登报上电视，火得不行，就心态不平衡，就说我们美丽园老年公寓坏话！

何校长　（阻止她）让赵处把话说完，赵处，你说。

赵　处　那个院长说，雷院长欠着银行好几百万贷款，眼看着美丽园老年公寓这栋楼就要被银行没收，法院拍卖了！

李主任　造谣！污蔑！毁谤！老王子、杜师傅，你们听听！听听！我们去告他这个狗屁院长!

[高翔头也不抬地朝他们摆摆手,杜林根关注地听着。

赵　处　昨天,我听见了！真听见了!

何校长　(点点头)赵处耳不聋眼不花！要出大事！要出大事啊!

赵　处　所以啊,我左眼皮怦怦跳!

何校长　(摸右眼皮)我眼皮也跳了!

李主任　我也跳……

杜林根　(突然扬手拍桌)不一个样!(又拍桌子)就是不一个样!

[他们惊讶地看着他。

高　翔　(被打扰背诵,不满地)干什么你!

杜林根　(掏出那张名片,起身,来到电话机前,抓起电话,刚想拨号,又放下,哼唱)"我是一只老老老老鸟,想要飞呀飞可总也飞不高,我寻寻觅觅寻寻觅觅……"(下)

高　翔　(烦躁地)你们有完没完！还让不让人活了！啊!

何校长　怎么了,老王子?

高　翔　(恼怒地挥舞手中的文件夹)我在工作！工作！可你们叫我怎么工作啊！我还能工作吗！啊！真是!(冲动地走进 101 室,砰地关上房门)

何校长　老王子今晚上电视台录节目,正背诗稿呢,不敢打扰他。大家伙去我房间……

[他们边说边下。

[小菊上,坐藤椅里,从包装袋里取出羊绒围巾,围脖颈上,掏出手机,为自己照相,照后检查,对发型稍作修饰,再自拍。

[大明上,悄无声息地走至小菊身后,凑近她的脸,作夸张肉麻的亲昵表情。

小　菊　(吃惊地大叫)啊!(跳起)你干什么!

大　明　谢谢你小菊,给了我一次和你亲密合影的机会。

小　菊　你这个人真是!(删除手机里的照片)

大　明　哎,别删！别删！发给我,发给我……

[雷励搀扶着挎包的祥林嫂上,祥林嫂手握一瓶矿泉水。

雷　励　阿婆,还认得这个地方吗?

小　菊　阿婆! 哎哟,我的老祖宗,可找到你了! 你跑哪儿去了?(扶祥林嫂落坐藤椅)院长,你在哪儿找到阿婆的?

[大明退至一旁,从上衣兜掏出一摞破损的纸张,对照着上面的照片,端详祥林嫂。

雷　励　哪儿都找不到! 刚才我回老年公寓,一看,阿婆她就在美丽园公交站的长凳上坐着!

小　菊　阿婆,你跟我们躲猫猫呢!

[101 室里发出高翔绝望的惨叫声:"啊——啊——" 众人震惊,不知发生了什么事。门开,高翔垂头丧气地走出。

高　翔　(仰天长叹)啊! 苍天啊! 我完了! 完了!

雷　励　高老师,你怎么了?

高　翔　(痛苦地)我还活不活啊!(捶击自己的脑袋)

雷　励　出什么事了,高老师?

高　翔　我——老年痴呆阿尔茨海默了!

雷　励　谁说高老师你阿尔茨海默了?

高　翔　(拍了拍手中的文件夹)从昨天到今天,背不出啊! 从前,哪怕就是一整本剧本,我都玩儿似的……完了! 我完了……

雷　励　高老师,你一定是太紧张了,没事的。

高　翔　千万不要安慰我! 想我高翔从前——(突然用食指按住自己的嘴唇)"嘘——轻声! 那边窗子里亮起来的是什么光? 那就是东方,朱丽叶就是太阳! 起来吧,美丽的太阳! 赶走那嫉妒的月亮……"

雷　励　罗密欧与朱丽叶!

高　翔　(突又转换情绪)"生存还是毁灭,这是一个值得思考的问题;默然忍受命运的暴虐的毒箭,或是挺身反抗人世的无涯的苦难,通过斗争把他们扫清,这两种行为,那一种更为高贵?"

雷　励　哈姆雷特! 高老师,你的记忆力好得很啊!

高　翔　完了！我完了！(神圣地)我高某人一辈子献身于艺术，今天，我与其老年痴呆阿尔茨海默，不如尊严地走向生命的终点！雷院长，我有一个最后的请求——我要安乐死！我要回归大自然……

雷　励　高老师，年纪大了，记忆力不如从前，这是很正常的事啊！

高　翔　可我今晚就要上电视台录节目了！

雷　励　昨天晚上，高老师肯定没睡好！

高　翔　(手拍文件夹)背不出，我能睡得着吗！

雷　励　这样，高老师先回屋补个觉，养精蓄锐，休息好了来再背，肯定能背出……

高　翔　要是还背不出来呢？

雷　励　那就不背啊，(从高翔手中接过文件夹，看着诗页作朗诵状)啊！啊！那就是东方，朱丽叶就是太阳！太阳！啊！啊……

高　翔　(开悟)是啊，我可以不全背，我可以看着——背！(如释重负，接回文件夹)啊！回去睡个好觉吧，你这个文艺战线的老兵！(行一个欧洲宫廷大礼，缓缓倒退几步，一个华丽的转身，走向101室房门，入内)

小　菊　(看呆了)啊，高爷爷不要太帅呵！

雷　励　当年的高老师，绝对迷倒一大片！

小　菊　我完全能想像……

大　明　(看见什么，指着地上的水迹)哎，水……哪来的水啊……(指着祥林嫂的裤子)阿婆的裤子……阿婆拉尿尿了！

小　菊　(伸手摸祥林嫂的裤子)真拉尿尿了！阿婆拉尿尿了！

雷　励　小菊，你帮阿婆洗个澡。等等，你来一下。(走进办公室，从小床下的箱子里取出一套花色女式睡衣裤包装，交给小菊)这套睡衣裤给阿婆换上。

小　菊　(接过)好，新的。(拿起铁盒)这曲奇，是校长婆婆给院长的，她女儿妞妞从美国邮来的……(走出办公室)阿婆，我们洗澡去！

[小菊和大明搀扶祥林嫂走出活动室，下。

[雷励这才感到有点睏累，用手掌搓脸驱乏，从盒里取出饼干，塞进嘴里，走出办公室，落坐藤椅，抓起电话拨号。方华上。

雷　励　(打电话)美丽园派出所吗，我美丽园老年公寓，那个叫祥林嫂的阿婆找

到了,对对……噢,没有家人找祥林嫂……好好,我们保持联系。(挂断,又拨号)

[方华的手机铃响。她掏出手机,堵在雷励面前。

雷　励　(回头)你……来了!(被呛住,搁下电话,咳嗽) 你上哪儿去了?

方　华　(轻轻拍他的背,倒来一杯水)喝口水,顺顺气。

雷　励　昨天,你出老年公寓,上了一辆 taxi,我以为你回家了,就跟着去了你家,爸妈说你没回……

方　华　而且一个晚上没有回家!(见雷励望着自己)想知道我去哪儿了? 昨天我跨出老年公寓大门,上了辆 taxi,直奔那个滨湖花园!

雷　励　你去滨湖花园了?

[赵处拄杖打太极拳,在走廊上走走停停,关注着室内的动静。

方　华　(从包里取出一份地图,摊开,指着中间某一位置)美丽园老年公寓,这儿。(手指画个圈,指着地图右下角)滨湖花园,这儿! 找半天才找到这个滨湖花园,两个小池塘,三栋楼,公交没开通,服务设施不配套,入住率三成左右,是一个滞销的楼盘! 我们怎么可能买他的滨湖花园!

雷　励　当然不买。

方　华　我们让他买我们的楼!

雷　励　说什么呢?

方　华　我们一次性地把银行贷款统统还清! 无债一身轻啊!

雷　励　又来了!

方　华　真不知道你是怎么想的,俗话说,七十不留夜,八十不留饭,九十不留茶,你倒好,把一群七老八十奔九的,还有阿尔茨海默老年痴呆,统统都集中在这儿,美丽园老年公寓(抬起手臂划了个圈)整个儿就是一个火药桶,想想都叫人头皮发麻! 胆战心惊!

雷　励　没这么夸张!

方　华　雷励,不冲动了,我们早过了激情燃烧的年纪,现在撤,还来得及,啊?

雷　励　我希望你能理解我! 我真不是一时心血来潮才办这么一所老年公寓的……

方　华　我理解! 完全理解! 你爸走得早,你妈的离世对你更是一种巨大沉重的打击,你留恋你的妈妈,在老年公寓那些老太太身上,你多少能看到一些你妈妈的影子,你的内心得到了某种补偿,你之所以那样尽心尽职地照料那个祥林嫂,就是因为你在你的潜意识中,你已把她看做是你的妈妈!

雷　励　你在给我做心理分析。

方　华　我是在重新认识你! 从前的雷励不是这样的! 你看看你现在这种多愁善感、黏黏糊糊的样子——听我把话说完——雷励,妈妈她不在了,我们怀念她老人家,可我们还活着,我们还要活下去,是不是? 你是个有家有妻子有儿子有责任的人,你在这儿办你的老年公寓,我,儿子,我们怎么办?

雷　励　你让我先把眼前的这件事对付过去,行不行? 我现在真是压力山大……

方　华　所以,我才回国,帮你排忧解难——雷励,你必须在老年公寓和我,我们的儿子之间作出选择!

雷　励　怎么选择?

方　华　要么老年公寓,要么我和儿子……

[丁鑫康手提公文包打着手机上。

丁鑫康　(打手机)你们是干什么吃的! 啊,我告诉你们,找不到老太太,一个个都给我走人! 哼!(挂断)

方　华　(压低声音)我现在不跟你理论——那个丁总来了!(收拾起茶几上的地图,塞进包里,平静地)要是没什么事,我就先回家去了……

丁鑫康　(彬彬有礼地 )雷太太!

方　华　啊,是丁总!

丁鑫康　我说过,我会再来拜访雷院长的! 雷院长! 我觉得我们有必要作一次深入的沟通,OK?

[静场。赵处头也不回地朝身后挥手发信号,下。

方　华　(见雷励不语,抢先地)丁总请说!

[何校长打着极其缓慢的太极拳上,警觉地观察着活动室的动静。

丁鑫康　(从公文包里取出酒瓶酒杯)这酒,还是得喝! 我给雷院长带来了一个新的惊喜——这栋楼我出价——3 600 万! OK?

[方华吃了一惊。

雷　励　(起身,手指阳光房)丁总请看——这幢楼的前面有个院子,(指身后)后面也有个院子。两个院子的总面积是这栋楼地皮面积的 2.5 倍! 我说得对不对,丁总?

丁鑫康　服贴! 现在国人的脑子里一门心思想的是什么? 一个字——钱! 两个字——赚钱! 三个字——赚大钱! 四个字——大大赚钱! 五个字——赚大大的钱! 我有个姓吴的朋友,生个儿子,叫吴美元! 生个女儿,叫吴英镑! 他说再生一个,叫吴比特币! 雷院长,你爽快,我也爽快,这栋楼,你开个价!

雷　励　无价。非卖品。

丁鑫康　看来我还是得给雷院长提个醒——据我所知,雷院长是向银行办了抵押贷款才买下的这栋楼——而明天,是这笔抵押贷款还贷的最后一天,如果明天雷院长不能按时还清这笔贷款,那么,明天,无异于就是美丽园老年公寓的末日!

雷　励　好在今天还不是明天。

丁鑫康　再给雷院长提个醒,据我所知,这栋楼的原住居民都是付房租的,楼的产权属于国家,也就是说,雷院长买下的只是这栋楼的使用权。如果就这么住着,那也没有什么区别,如果情况发生了变化,结果就大不一样了。

方　华　什么情况变化?

丁鑫康　最晚到明天晚上 24 点,这个地区国有产权房的市场交易将要被全部冻结,也就是说,如果过了明晚 24 点,雷院长即便要转让或出售这栋楼,也只能是转让或是出售给国家,国家将按照当时的市场价码收购这栋楼,比如,现在的收购价也就是 3 000 万左右。

方　华　(愣了愣)为什么要冻结这个地区公有产权房的市场交易?

丁鑫康　这要去问政府。而在冻结之前,我的开价是 3 600 万!

雷　励　你就是在 3 600 万后面再加一个 0,两个 0 三个 0,都是个 0!

丁鑫康　雷院长怎么就这么顽固呢! 过了这个村就没有这个店了!

方　华　丁总,这事,容我们再考虑考虑……

雷　励　考虑什么嘛!

方　华　明天上午……10点,10点之前,我们给丁总一个明确的答复,OK?

丁鑫康　(想了想)OK!(收回酒瓶)我们明天喝。雷院长雷太太,告辞了!(下)

雷　励　有什么可考虑的!

[走廊里的何校长朝身后摆摆手,活动着腿脚下。李主任做着健美操,倒退着上,她扭动腰肢,前后踢腿,眼睛的余光却扫向活动室。

方　华　这件事不对劲! 你想啊,开口就是3 600万,又是冻结什么的,这后面肯定有花头!

雷　励　方华,把爸妈的证件给我吧! 明天是还贷的最后一天,再不办,真要来不及了!

方　华　真着急了?

雷　励　真着急了!

方　华　(看着他,想了想)也行! 我考虑考虑,你也考虑考虑……走了。(收起挎包,下)

雷　励　哎,你怎么又走了? 哎……(追下)

[李主任跟下。

[小菊搀扶身着花色睡衣裤的祥林嫂上,进办公室。

小　菊　阿婆,热水澡澡洗得舒服吗? 阿婆笑了,阿婆坐……(掏出一把木梳为祥林嫂梳头)阿婆,你跑了,雷院长狠狠批评我了,只差没把我开除了……

[大明上,端着一盛有衣服的塑料盆。

大　明　小菊,阿婆尿湿的衣裤怎么处理?

小　菊　(接过)阿婆,我去给你老人家洗衣服,你先歇着,我洗好衣服再来陪你老人家说话,不敢再乱跑了!

大　明　我给你看着。

[小菊端盆下。大明又掏出那一摞破损的纸张,跟祥林嫂对照。

[祥林嫂起身,来到梳妆台前,取下玩具娃娃,抱在怀里。

大　明　阿婆,你儿子在找你呢!(掏出一摞破损纸张)你看,“寻人启事”,那是你吧!我学习雷锋好榜样,把你交给你儿子……你现在就跟我走……(朝办公

室门外张望，看见什么，忙跳出办公室)

[雷励上，进办公室，见状一愣，祥林嫂缓缓回过脸来，笑眯眯地看着他。大明溜下。

祥林嫂　(手扯衣襟)新衣服……

雷　励　阿婆身上的这套睡衣裤是我在美国寄给我妈的，她没穿，她总是舍不得穿新衣服……

祥林嫂　我想小毛……

雷　励　(手指墙上的照片)我们家的全家福，我爸，我妈，我……(指着玩具娃娃)你知道吗，这娃娃就是我……我从前就是个三天两头在外面捣蛋闯祸的熊孩子，从小没少挨我爸的揍，我妈只跟我讲道理，(学样)"我跟你讲道理呵！做人要讲道理……"她就这个道理，那个道理，跟你讲啊说啊……有时，祸闯大了，不敢回家，杜伯伯，还有老邻居们，就拉我到他们家吃饭、睡觉……其实，这都是我妈背着我爸求着杜师傅和老邻居们照应着我。她说，男孩子哪有不淘不闹的，长大就懂道理了；又说，男孩子哪有不挨他爸揍的，挨了揍就长大了。(笑)你说我妈这是护着谁呢……我读高中那年，父亲突发心脏病，没抢救过来，走了，都没到退休年龄，妈伤心得不行，晚上睡觉，梦里也会一抽一抽地把我哭醒……我很害怕，怕妈有一天会像我爸一样突然走了……就那个时候，我定了个志向，我要学医，做个医生……我学习成绩上不去，心里有点怨恨父母，他们没钱，没权，没人脉，没能耐，连个补课的家教都请不起，一家人窝在这么一间十一平米的小屋……我真想飞出这间小屋，飞得越远越好……终于有一次，我冲着我妈发了火："这个道理，那个道理，今天讲，明天讲，翻来覆去，没完没了，烦不烦啊！有意思吗？不要再把我当三岁小孩，跟我讲你的那些个道理！我不会听！也听不进！不要讲了，行不行！"妈被我冲得一愣一愣，半天才说："好，好，我不讲——我不讲也会有人跟你讲，有本事，你自己跟自己讲道理！"(停顿)妈再不跟我讲她的道理了，有时候，想说什么，也只是看看我，不说了。再以后，家里有了这个娃娃……妈给娃娃做了小衣服小鞋子，天冷了，换一套长袖厚衣服;天热了,换一套短袖短裤头,还总跟娃娃说话,都是妈从前跟我说过的话……后来,我考取了一所偏远省份的医科大学,真的离开了这间小屋……

[祥林嫂打哈欠,困乏地闭上眼睛。

雷　励　阿婆累了,阿婆要睡觉了……

[雷励搀扶祥林嫂斜靠在小床,为她盖上毯子。走出办公室,坐下,继续吃饼干,渐渐,他也困乏了,靠着藤椅睡去。

[大明上,警惕地四下观察,走进办公室,蹑手蹑脚来到祥林嫂跟前,将她摇醒,拉起。

大　明　(压低声音)阿婆,我们走,找你儿子去……

[大明拉着怀抱玩具娃娃的祥林嫂走出办公室,踏上走廊,他看见什么,赶紧退回。

[赵处、何校长和李主任说着话上。大明忙不迭地将祥林嫂推进 101 室,拉上房门,装没事地走至饮水机处接水喝。

何校长　危机四伏啊! 覆巢之下,岂有完卵! 如果雷院长迈不过眼前这道坎,我们将失去这辈子最后的家园!

赵　处　太恐怖了!

李主任　我们决不能坐以待毙!

何校长　我们必须立即行动起来!

赵　处　怎么行动?

何校长　(想了想)我们先召开一个各楼层小组长会议……

[五个青年男女志愿者上,头戴绿色运动帽,身套绿色背心,手里或捧或拎绿色的塑料盆和桶。

领　队　(打着一面绿色“志愿者”小旗)爷爷奶奶阿公阿婆们好! 再过两天就是重阳节,我们——年轻的志愿者们,给爷爷奶奶阿公阿婆们洗脚来了!

赵　处　昨天来一拨,今天又一拨……

[突然,从 101 室又传出高翔尖利的惨叫声:“啊——啊——”随之门“砰”地被推开,头戴红色小睡帽的高翔赤条条地身裹一条毛毯,仓皇逃

出。小菊闻声上。

高　翔　恐怖！太恐怖了，太……(冷不丁地看见满屋子的人都望着自己，又惨叫)啊——(逃进办公室)

雷　励　(惊醒)怎么了？怎么了？(进办公室)

高　翔　(惊魂未定)恐怖！恐怖……

[众人望着办公室，在他们身后，祥林嫂怀抱玩具娃娃，从 101 室走出，茫然地踏进走廊，下。大明赶忙跟下。

雷　励　出什么事了？高老师？

高　翔　那个老年痴呆阿尔茨海默……

雷　励　哪个老年……(想起什么，朝小床望去)阿婆，阿婆人呢？

小　菊　阿婆不见了！(寻找)阿婆！阿婆！你在哪儿？

高　翔　(手指 101 房间)她在我的的床上！(又大叫一声)啊———

[暗转。

## 第三天

[手机铃响。语音电话声："这里是城市银行，本行友情提示尊敬的雷励先生，您在本行办理的 123807 号房产贷款的还款日期，还有最后一天……"

[上午。美丽园老年公寓活动室。何校长、赵处和李主任围坐茶几前等候，神情严肃。

[头戴红色贝雷帽的高翔上，身披风衣，神采奕奕，手拎一个点心盒。

高　翔　(兴奋地)Ladies and gentlemen！我回来了！(朗诵)

岁月在脸上刻下一道又一道的皱纹，
思想却变得大海般深沉，
哪怕躯壳已如斑驳的古庙，
而灵魂犹如铜铸的巨钟！
感谢你！生我养我的大自然！

祝福你！我绵延不绝的后代子孙！

这深厚悠远的钟声啊，

声声发自我们的内心……

当……当……当……这里配有悠远的钟声和背景音乐——一字不落！一气呵成！(抑制不住的兴奋)我把他们全都给镇住了！(把点心盒放在茶几上)电视台发的高级点心！大伙尝尝！给雷院长留一份……

赵　处　我尝尝……

[何校长不满地咳嗽两声，赵处回过神来。

高　翔　对我如此出色的表现，大家伙好像没有什么反应？

赵　处　(突然鼓掌大叫)好！好……(声音微弱)好……

高　翔　怎么了？(敏感地)出事了？

赵　处　大事！

高　翔　什么大事？

何校长　老王子，昨晚上，我们开了个美丽园老年公寓各楼层的小组长会议，(递上一份文稿)我们草拟了一个文件……

高　湘　我看看……(接过，戴上老花镜)《告美丽园老年公寓全体同胞书》(深沉地)生存，还是毁灭，永远是一个值得思考的问题……

何校长　老王子，(握拳敲他肩头)等你呢！

高　翔　我责无旁贷！义不容辞！(紧张地思索)我建议，立即召开美丽园老年公寓全体同胞紧急会议！

何校长　好！开会！我们上楼……

高　翔　叫上老杜……(走去开 101 室门)老杜！老杜……

赵　处　老杜师傅去他儿子家了，昨晚没回来。

高　翔　(颇觉意外)去他儿子家了？

[杜林根上，穿一件略显肥大的西装，拖着一只黑色箱包，咳嗽。

高　翔　老杜！(欣赏他身上的西装)呵！呵！

杜林根　大家都在啊……昨晚我在我儿子家住，我儿子他非留我不可……(看办公室)雷院长在吗？

赵　处　不在。雷院长找那个祥林嫂去了。

杜林根　又跑了？(摇头)添乱。(开启箱盖，取出几罐茶叶)何校长，这是给你的……

何校长　老杜师傅，你这是……

杜林根　拿着。赵处，这是给你的普洱，还有李主任……(分送茶叶)

赵　处　这可是上好的普洱，杜师傅，你自己留着，慢慢喝。

杜林根　大家喝。老王子，给！你喜欢的铁观音！(给他茶叶)平时，没少给大家伙添麻烦，算是一点点心意……

高　翔　哎，你今天究竟怎么了？

杜林根　我要去儿子家住了……

高　翔　去儿子家住？好事！住一阵子再回来……

杜林根　不回来了……

高　翔　不回来了？

杜林根　我儿子非要我跟他住，他下班就接我去他家……老了，聚一天少一天……(拉上箱盖)我杜林根没什么文化，平时哪儿哪儿对不住大家的，大家多包涵，多包涵……(向大家作揖)

赵　处　都相处挺好的，大家包涵，大家包涵。

杜林根　我这就去整理整理，等儿子来了，我再跟大家告个别。(拖着箱包进 101 房间)

高　翔　怎么说走就走了呢？

赵　处　好事，跟家人团聚是好事。

何校长　父子和好，不计前嫌，怎么说也是件值得高兴的事，是不是？

高　翔　不对，这角色转换太突然，缺乏合乎逻辑心理依据……

何校长　开会，开会！

[他们拉着高翔下。

[大明匆匆上，走去办公室张望。

大　明　见过会跑的老太太，没见过你这么会跑的老太太！那个儿子说，你不是他那走丢的老妈，说什么也不给我他们答应的辛苦费，叫大明我狗咬尿泡，空欢喜一场！(掏出那摞“寻人启事”，看)这天下的老太太怎么都长一个样!(将“寻人启事”捏成一团)不是！就不是吧，半道上，我就去撒了泡尿，刺溜——你跑了！连个人影也不见……告诉你，老太太，我王大明也是个有担当负责任的好男人，我怎么把你勾引出去，就怎么把你勾引回来……(下)

[方华上。

方　华　雷励……(直奔办公室)雷励……(拿起电话，拨号)雷励，是我……你现在哪儿……

[雷励打着手机上。

雷　励　我刚回老年公寓……

方　华　(挂机)雷励，真相大白！真相大白啊！

雷　励　什么真相大白？

方　华　我告诉你什么真相大白。(把他摁在藤椅里)昨天，我跨出老年公寓的大门，直奔我一个高中老同学的工作单位，他的先生是市政府某部门的一位公务员，他约我今天去他办公室——我刚从他的办公室出来——真相终于大白!(从包里取出地图，铺在茶几上)三年之后，一条新的地铁将横穿美丽园地区，在离美丽园老年公寓不到一千米的街口，将设置一个地铁站。连同地铁站，将开发一个涵盖时尚百货、精品餐饮、甲级办公、五星酒店的商业中心……等等等等……

雷　励　我知道。

方　华　你知道？

雷　励　知道。

方　华　哎哟，你怎么能这样你！你……

[杜林根从小房间出来，手持一个信封，佯装咳嗽。

雷　励　(闻声回脸)杜伯伯。

杜林根　雷励，我找你说个事。(看看方华)

[方华知趣地走进办公室，留心倾听外面的谈话。

雷　励　杜伯伯，什么事？

杜林根　雷励啊，这个给你……(递给他手中的信封)

雷　励　(拆信封看)钱！给我钱干什么？杜伯伯？

杜林根　我的公寓入住费。我在老年公寓住了 8 个月，一共 25 600 元……

雷　励　杜伯伯，你是不需要付入住费的。

杜林根　从前不要付，现在一定要付。

雷　励　为什么从前不要付，现在一定要付呢？

杜林根　雷励，杜伯伯说话不算数，我，我把我的 101 室——给卖了！

[雷励和在办公室的方华都吃了一惊。

雷　励　杜伯伯你把你的 101 室房子卖了？

杜林根　卖了。

雷　励　不是……杜伯伯，我们是签过协议的。

杜林根　签过，我签过……可是，有人出了个好价钱，我这条老狗就咬住这根骨头不放，把房子卖了！

方　华　(忍不住冲出办公室)杜老伯，你怎么能说话不算数，言而无信呢！

杜林根　(不答理她) 雷励啊，杜伯伯给你赔不是。

方　华　做人还有没有底线？讲不讲道德？要不要诚信？杜老伯，雷励可是答应给你养老送终的！

杜林根　说过，雷励说过，可我是有儿子的，我要我的儿子为我养老送终，我要我的孙子孙女为我披麻戴孝，我不想给人戳脊梁骨，我不想死不瞑目！我……(老泪纵横)我……

[静场。

雷　励　(叹了口气，安慰地)杜伯伯，没事，你不是金口，我也不是皇帝……

方　华　怎么没事！杜老伯，你得告诉我们，你把房子卖给谁了？

杜林根　我……(稍一犹豫，从上衣袋里摸出一张名片，递向雷励)

方　华　(拿过名片)丁鑫康！这是什么时候的事情？

杜林根　昨天。

雷　励　昨天！办房产过户手续了？

杜林根　办了。

雷　励　这么快？

杜林根　他跟房产交易中心的人熟得很……

方　华　杜老伯,你怎么能把房子卖给这个姓丁的!

杜林根　雷励,对不住呵,杜伯伯这就跟你告辞了!(回 101 室)

方　华　这姓丁的居然神不知鬼不觉就把房子买走了! 他这是想干什么!

[丁鑫康上,手提一公文包。

丁鑫康　他就是想要这栋楼! 我知道,雷太太和雷院长一定正期待着我的再次光临。

方　华　丁总的自我感觉是不是总是这么自欺欺人?

丁鑫康　怎么说呢,通常我比较自信,当然,也有自愧不如人的时候,比如,在雷院长的面前——雷院长是我在生意场上难得一见的智商出众财商超群的投资高手!

雷　励　无稽之谈!

丁鑫康　我们这座城市开发这么些年,可做地产项目的地皮所剩无几,雷院长居然已于不动声色之中捷足先登,拿下了一块钻石级的地块! 真叫人佩服得五体投地!(从包里取出酒瓶)雷院长,我们合作一把吧——你开个价!

雷　励　我已经把话说得这么明明白白的了,你怎么就听不明白呢!

丁鑫康　我就是不明白,这栋楼怎么可能没有价! 这个世界上的一切——哪怕就是身份、地位、名誉、知识、信仰,什么不能买不能卖? 搬个地方挪个窝,你雷院长不照样办你的老年公寓,照样继续你伟大而崇高的养老事业!

雷　励　那可不一样,老年公寓办在美丽园多好啊,地下通地铁,地上有商业中心、文化设施,还有医院、公园……(将画架上的画转向观众)我要建的是一座美丽的花园啊!

丁鑫康　雷院长真是与众不同啊! 现在,还有像雷院长这样境界崇高情怀浪漫的人吗? 有吗? 恕我直言,院长先生,你这样做,你图什么?

雷　励　图什么?

丁鑫康　问你呢。别跟我装——说你内心最最最最最深处那个藏着掖着的,你图什么?

雷　励　你说我图什么?

丁鑫康　跟我打哈哈了是吧。有劲吗?你要多少钱,我们打开天窗说亮话嘛!

方　华　丁总,你先歇歇,喝口水,我跟雷院长说几句话。(推着雷励进办公室)

雷　励　干什么呀你!

丁鑫康　我还不信了!(喝水)

方　华　大家冷静冷静……

雷　励　我冷静得很!

方　华　现在不是赌气的时候……

雷　励　我没有赌气!

方　华　丁总都把话说到这个份上了,我们就接着他的话往下走!

雷　励　怎么走?

方　华　让他出一个我们满意而他也可以接受的楼价!

雷　励　方华,你怎么也不明白,这件事,没有商量的余地!

方　华　我不是跟你商量,我是要你做决定!

雷　励　决定什么?要老年公寓,还是要儿子和你?有意义吗!

方　华　(顿了顿)你不作决定,我作决定!

雷　励　什么决定?

方　华　(走出办公室,斟酒,举酒)丁总,干!

丁鑫康　雷太太?

方　华　我作我雷太太的主!

丁鑫康　雷太太豪气!巾帼不让须眉!(举起酒杯)干!

雷　励　(走出办公室)你干什么你!(夺下她手中的酒杯)

方　华　雷励院长,我才不在乎你这栋楼会不会被拍卖,拍卖好啊,我至少可以收回我那一块投入资金!至于拿我爸妈的住房抵押贷款,你就死了这条心吧!

丁鑫康　说得好!

方　华　还有你,丁总,你嘴上说是合作,可你根本没有跟我们说老实话——你的那个滨湖花园是个滞销楼盘,你投资楼盘的资金也是从银行贷来的,也到了还贷的期限。丁总一而再、再而三地出现在我们面前,那是因为用我们这栋楼能向银行贷到更多的款,以维持你公司的资金链不被中断!

丁鑫康　(拍两下巴掌)深刻! 到位! 一针见血! 请问雷太太的学业背景和职业?

方　华　在国内就读财经大学,在美国攻读国际金融投资专业硕士学位,现任职于美国一家会计事务所。

丁鑫康　我就说嘛! 既然如此,大家都不兜圈子,我们开诚布公,坦诚相见,赤诚相待,OK?

雷　励　可以了——演出到此结束!

方　华　你! 整一个就是弗洛伊德恋母情结! 你变态! 变态!

雷　励　我觉得我很正常,至少比从前的我正常!(扬手送客)丁总,请!

[高翔、何校长、赵处和李主任说着话上。

丁鑫康　雷院长,今天我演的可是连续剧。(从公文包里取出一只大信封,从里面抽出一本红硬封证件)请看,这是什么? 看看!

[小菊闻声赶来,走进活动室。

丁鑫康　大家看看! 看看!《房屋使用权证》! 具有法律效应的《房屋使用权证》!(翻开证件)"权利人:丁鑫康,就是本人! 房屋所在地 :美丽园西路 357 号。底层,101 室。"(走向 101 房间)就是这间 101! 我,丁鑫康就是 101 室的户主!

[门开,杜林根拉着箱包从小房间出来。

高　翔　(惊讶地)怎么回事?(拦住杜林根)老杜,这 101 室房子不是你的吗?

丁鑫康　这房子昨天是杜林根先生的,今天就是我的了。杜林根先生把 101 室房屋的使用权转让给我丁某人了!(啪地合上证件)

高　翔　老杜,你不是跟雷院长签有协议……

丁鑫康　(拍拍证件)注意了! 请方方面面的人士注意了! 房屋使用权协议生效之后,之前的一切协议统统失效! 作废! 101 室房屋的户主——也就是本人,要清场了!(见他们愣愣地望着自己)怎么,听不懂本主人说的话?

高　翔　(恨恨地盯着杜林根)我走了,不要你送! 你走了,我也不送你!

杜林根　(深怀歉意)对不住大家伙了……(拖着箱包欲下)

丁鑫康　等等等等,(拦住他)老杜师傅,你跟他们说对不住?你对不住谁了?

杜林根　(深叹一口气)唉……

丁鑫康　(怜悯地)老杜师傅,这房子是你的!你的房子!你的!跟他们没有半毛钱关系!你的!

杜林根　(开悟)是啊,我的!我的房子!我想怎么处置就怎么处置!

丁鑫康　你有儿子!你有孙子!你走了,你儿子孙子送你!

杜林根　是啊,我有儿子我有孙子!(有点兴奋)呵!我儿子送我,我孙子孙女给我披麻戴孝!(精神抖擞)呵!呵!

高　翔　你呀,你真就是一个——老!滑!头!

丁鑫康　哎,你怎么骂人呢!

杜林根　让他说!说!我听着!说,说……

丁鑫康　对,谁个人前不说人,谁个人后没人说!说!(看到手中的证件)我还没说完呢,(打开证件)根据房屋使用权证的房屋平面图,本人享有公用厨房的使用权,公用厕所的使用权,公用院子的使用权……(对照着证件平面图,在屋内目测、走动,比划着)这儿是公用厨房……这儿是公用厕所……这儿是过道……是谁,改变了房屋的建筑结构!是谁,改变了房屋的使用功能!是谁,这么目无王法,狗胆包天!

雷　励　这栋楼的房屋结构和使用功能的改变都是经过房管部门审核批准的。

丁鑫康　我是户主!请问雷院长,你经过我这位户主的审核和批准吗?

雷　励　那时还没有你呢。

丁鑫康　问题是现在有我了!我,作为户主,我强烈要求立即恢复这栋楼的原有建筑结构和使用功能!恢复!全部恢复!立即恢复!

高　翔　我说,你就是个混蛋!

丁鑫康　老先生说对了!我就是个混蛋!姓雷的,你玩不过我!

雷　励　不就是玩玩么。

丁鑫康　(不无威胁地)我真的是个混蛋!不骗你!

雷　励　我怕你还不知道吧,从前,我也是个混蛋!

方　华　雷励!

雷　励　现在没你的事!

丁鑫康　玩玩?

雷　励　(换了个人似的)玩玩!(兴奋地拍几下巴掌)玩玩!玩玩!(透出一股狠劲)你以为你是谁呀!

[老人们惊讶地看着眼前的院长,这是一个他们不曾见到过的雷励。

丁鑫康　我——(指着脚底的地)我要你在这儿给我盖一个厨房!

雷　励　我给你盖!

丁鑫康　通上水电煤气!

雷　励　我给你通!

丁鑫康　安上煤气灶!

雷　励　我给你安!

丁鑫康　(至另一处)我要在这儿砌一个厕所!

雷　励　我给你砌!

丁鑫康　装上抽水马桶、大浴缸!

雷　励　我给你装!

丁鑫康　我要你把这个阳光屋统统给拆了!

雷　励　我给你拆!

丁鑫康　我要……我要……(一时不知该说什么,有点尴尬)

雷　励　要什么?要什么?有话快说,有屁快放!(拍巴掌催促)快!快!

丁鑫康　我要……我要……我要在这儿炒菜做饭!

雷　励　好,炒菜做饭!

丁鑫康　我炖一只西洋参虫草老母鸡……

雷　励　就炖只老母鸡啊!

丁鑫康　用一个大汽锅……

高　翔　我就揭开你炖老母鸡的汽锅锅盖,再加点佐料——(作往里吐痰状)呸!

赵　处　(学样)我也——呸!

李主任　(学样)呸!呸!

雷　励　(兴奋鼓掌)好!

丁鑫康　我——(走至砌厕所的地位)我在这儿拉屎拉尿!(作半蹲状)

高　翔　只要你脱下裤子,嘿嘿,我就盯着你的——(伸手作使劲拧捏他下身的动作)哎咿!

赵　处　(学样使劲拧捏)哎咿——

[李主任刚作了个动作,又收手。

丁鑫康　哎! 哎! 你们这些个老不正经的! 干什么! 干什么!

何校长　这个人是谁啊?

赵　处　(对丁鑫康)说你呢!

李主任　说你呢!

何校长　哪个学校的? 校长是谁? 班主任是谁?

老人们　哪个学校的? 校长是谁? 班主任是谁?

丁鑫康　干什么? 干什么?

赵　处　这是何校长!

何校长　开口奶没吃好啊! 学校的脸都给你丢尽了!

老人们　丢尽了!

高　翔　姓丁的,你听好了,别以为我们院长他心地善良好欺负,你要跟他使坏,没你好果子吃!

赵　处　没得吃!

李主任　没得吃!

丁鑫康　呵! 呵! 我就不明白了,一群七老八十的,给谁当枪使呢! 他姓雷的是你们什么人? 啊?

高　翔　我告诉你他是我什么人? 我现在身边没一个亲人,就他罩着我护着我,他——是我至亲至爱的亲人!

赵　处　他像我哥哥姐姐管着我让着我,他——是我今生今世的兄长!

何校长　他——是我这生这世的父亲!

李主任　他——是我梦中永远的情人!

丁鑫康　打住! 打住!(对何校长)这生这世的父亲——你都这把年纪了,好意思说这种话？

何校长　从小到大，我老爸就让我认准前进的方向，可是，孩子他爸不在了，我女儿出国了，我活得没有方向了，雷院长让我编一本美丽园老年公寓的人生格言，我的前方又出现了新的目标！他，就是给我指方向的老爸！

丁鑫康　（语塞，转向李主任）你说什么？你梦中永远的情人？

李主任　我这辈子没嫁过人，没办法，眼光高，能看上的也就是雷院长他了！我告诉你，我能为这个男人去死！

丁鑫康　你，为这个男人——去死？

李主任　想知道为什么是不是？我告诉你，我学的是建筑专业，大学毕业进了建工局，给领导做了一辈子的秘书，从来没做过什么正经的建筑设计，是雷院长给了我一个机会，（取下画架上的画作）要我把美丽园老年公寓设计成一个美丽的花园，这是我这辈子第一个、最后一个、唯一一个建筑设计，谁要毁了它，我会跟他拼命！

丁鑫康　拼命！一群老不正经的！我怕你们跟我拼命？知道我是谁？我会怕你们！（指着高翔）我怕你了？

高　翔　我怕你——（演舞台剧般地顺两下袖管，突然抽筋似地缩起身体，跌跌撞撞冲向丁鑫康）

丁鑫康　（惊恐地跳开）你，你想干什么？碰瓷啊！

高　翔　对喽！我这个老不正经的碰你这个混蛋的瓷来了！（又跌跌撞撞冲他而去）

丁鑫康　（避让）讹人是不！耍无赖是不！我告诉你，你们这号人我见得多了！你再过来，（举起拳头）我就自卫反击，绝对不客气！

小　菊　不许对高爷爷无礼！

丁鑫康　他耍无赖！我就对他不客气！（扬了扬拳头）

高　翔　（握起拳头）干嘛用这个！你只消——（伸出小手指，往前轻轻一点）我立马就——（作翻白眼状）

赵　处　我也……（作咽气状）啊——

高　翔　你就直接把我拉到你家去，吃喝拉撒睡，老祖宗供着！啊——啊——

（跌跌撞撞向丁鑫康冲去）小子，爷爷我今天吃死你！

赵　处　二爷爷我也吃一口你！（学样，跟着冲去）

［丁鑫康唯恐避之不及，东躲西避，狼狈不堪。雷励、小菊和老人们鼓掌起哄。

杜林根　丁总，这房子我不卖了！（掏出一张银行卡）我把钱还给你，你的钱都在里面……

丁鑫康　我的钱？你的钱！

杜林根　我不卖房了……

丁鑫康　想反悔啊？卖出去的房子，泼出去的水，晚啦！

杜林根　我怎么知道会有这么多事情！（对雷励）雷励啊，这个人不地道……杜伯伯我对不住你了！

雷　励　没事，杜伯伯，我们就跟他玩玩！丁总，欢迎你入住101室，我们天天陪你玩玩！

高　翔　（意犹未尽）玩玩！

老人们　（兴高采烈）玩玩！

雷　励　对了，丁总，至于你能不能当上101室的户主，我得跟你较个真讲个道理。

丁鑫康　什么道理？

雷　励　想必你一定知道，101室的归宿，杜伯伯和我的协议在先，和丁总的协议在后，道理就是——我的这个协议管着你的那个协议，你手中的这张《房屋使用权证》，悬了！

丁鑫康　（一愣）这个……

老人们　悬了！悬了！

丁鑫康　起什么哄啊，心地善良的爷爷奶奶阿公阿婆们，你们都上当了！你们真以为你们眼前这个姓雷的是你们什么什么的，是为了你们养老才什么什么的——你们真是太天真太幼稚了！姓雷的，你摸着自己的良心，当着这些为我们这个社会辛苦操劳了一辈子的爷爷奶奶阿公阿婆的面，说，你究竟图的是什么？你图什么！

雷　励　图什么？我就是想办一所老年公寓。

丁鑫康　你办老年公寓又是图什么！我买你这栋楼，图的就是钱！你图什么！图什么！你说呀！

雷　励　你这个人真是不讲道理！

丁鑫康　你要不说，就证明你心中有鬼！天理不容！天要诛了你！地要灭了你！天诛地灭！

雷　励　好，我告诉你，我图什么！我当然是为了我自己……

丁鑫康　好，为自己！这才是掏心窝子的话！说！接着说！

雷　励　(沉默有顷)是前年年初，一个很冷很冷的夜晚，窗外下着大雪，我正在热被窝里做着梦，手机铃声一阵阵响个不停，是国内舅舅打来的，舅舅告诉我说，我妈妈她——走了！(停顿)我迷迷糊糊的，妈妈走了，妈妈走到哪儿去了？突然，眼前像劈过一道闪电——妈妈她——走了！我赶紧起床，订机票，收拾行李，赶往机场……坐在飞机上，眼前浮现的全是妈妈的面容……当我清醒地意识到我已经很久很久没有回国，很久很久没有问候妈妈，我的心一阵阵痛楚地抽搐……我没有忘记她老人家，没有，时不时地，我会想起她，可总觉得妈不会老，不会生病，不会……(停顿)我在医院见到了我妈妈……(长长的停顿)妈妈紧蹙着眉头，闭着眼睛……我抓住妈妈的手，妈妈的手冰凉冰凉的；我亲妈妈的脸，妈妈的脸冰凉冰凉的……妈妈的头发雪白雪白的，我都不知道妈妈的头发是什么时候变得这么白的……舅舅告诉我，妈妈几年前得了阿尔茨海默病，发病时糊里糊涂往外面跑，杜伯伯和邻居们就到处去找她……我问舅舅，我妈病了，为什么不早跟我说？舅舅说，妈知道自己得病时关照过他们，无论她怎么样，都不准告诉雷励。她说，就是告诉了他，他又能怎么样！(停顿)妈真的走了……是郊县的一个农民发现的，妈坐在农田旁的一条水沟里，我妈她是给冻死的啊……(泪水夺眶而出)

[众人唏嘘。

丁鑫康　伟大！老人家伟大啊！了不起！宁可牺牲自己，也决不拖累子女！这就是妈妈！你妈是要你走出去，闯荡你自己的世界，可是，你却自己把自己给拖回来了！你实在是辜负了你妈的一片苦心啊！你不孝！你是个不肖子孙！不肖！

雷　励　是的，我是个不肖的儿子！(停顿)大学毕业时，不少同学选择出国深造，我也动了心，跟妈说，我要去美国留学！妈很为难，家里的条件摆在那儿，可是我铁了心要出国，我知道，家里有一笔整钱：我爸过世时，厂子给了一笔抚恤金，还有亲朋好友悼念父亲时送的白包。妈说，这笔钱是给我将来结婚准备的。我说，我只要留学，从今往后我再不用家里一份钱！再也不会！妈到底还是拗不过我，给了我家里这笔压箱底的钱！真是一大笔钱啊，基本能满足我留学第一年最起码的需求，我如愿以偿，飞到了美国，我一边读书，一边打工，生活的重压叫人喘不过气来，那时，我满脑子想的只有钱！钱！钱！多亏舅舅帮衬救急，从国内给我汇个 30、50 美元，让我的日子过得不至于太狼狈……

丁鑫康　知道钱的好处了吧，钱，就是上帝！谁也别跟上帝过不去！

雷　励　处理完妈的后事，那天，我一个人在空荡荡的家中整理妈的遗物……梳妆台的抽屉里有一只旧的月饼铁盒，我写给妈的信，整整齐齐一扎收放在铁盒里……(走进办公室，从抽屉里取出那只月饼铁盒，走出，揭开盒盖，翻检铁盒里的物品)我写的信、银行存折、银行卡……还有几册记账本……(取出两本旧式练习本，把铁盒交给小菊)在账本上我看到了我爸的抚恤金，(翻到一页)按工厂月工资标准一次性发放的 10 个月的工资，总共不到两万元。(又翻账本)亲朋好友送的白包慰问金，拢拢总总一万多，全部加起来，都不够我留学第一年费用的零头！妈是把家里所有的积蓄给了我，把家里值钱的东西换了钱给了我，把跟亲朋好友借的钱给了我，一笔一笔都记在账本上——我就像是一个劫匪，把这个家抢劫一空，扬长而去，然后，让妈妈去饭店当服务员，到人家里做钟点工，挣点钱，一家一家地还借款…… 就连舅舅不时汇给我的钱，都是妈打工挣来，请舅舅换成美元，汇到美国，汇款凭证都一张一张贴在账本上……看着这账本，我脑子一片空白……(停顿)我跟我自己说，雷励，你就是个混蛋！如果，你没有看到这两本账本，你又会心安理得地扬长而去，而不知道自己是这样一个混蛋！现在，妈不在了，你得自己跟自己讲讲道理了！就在这儿，在妈住了大半辈子的老屋，我真是想了很久很久，我一定得做点什么，找回了我做儿子的本分，所以我就这样做了……(抬起双臂，朝四周扬了扬)

[久久地静场，没人说话。

丁鑫康　(被感动了)不说了，不说了，我也是做儿子的，我能理解，完全能理解……可我还是要说，雷院长要是还不上银行的抵押贷款，那么今天，也就是你的美丽园老年公寓寿终正寝的最后一天！

[高翔跟何校长他们交流眼神，何校长点点头。

高　翔　雷院长，我们刚召开了一个美丽园老年公寓全体同胞的紧急会议，全会通过了一项重要的决定，号召美丽园老年公寓全体同胞，为保卫我们最后的家园，立即紧急行动起来，有钱出钱，有力出力，(递上一份清单)这是我们大家自报的名单和向雷院长认购贷款的金额……

赵　处　将来雷院长只须还我们本金，不要利息……

雷　励　(感动地)谢谢！谢谢……只是，这是你们养老的本钱，我不能接受你们的贷款……

高　翔　雷院长，保住了我们的家园，我们才养得了老啊！

老人们　(纷纷地)对！收下吧，雷院长！

丁鑫康　(看清单)等等，等等，慷慨解囊的爷爷奶奶阿公阿婆，雷院长贷的可是一大笔款项，这不够！远远不够，是吧，雷院长！

雷　励　是。

丁鑫康　面对现实吧，雷励院长，不要再作无谓的垂死挣扎！你别无选择！

[五个青年男女志愿者上，头戴橙色运动帽，身套橙色背心，手里捧着拎着橙色的塑料盆和桶。

领　队　(打着一面橙色“志愿者”小旗)亲爱的爷爷奶奶阿公阿婆们好！明天就是重阳节，我们——年轻的志愿者们——

[大明兴奋地奔上。

大　明　来了！来了！他们来了！大家看，谁来了！

[他们让出一条路来，祥林嫂穿戴整洁，推着坐在轮椅上昏睡的老伴祥林上，祥林头戴一顶绒线帽，怀抱着那个玩具娃娃。

高　翔　(认出)祥林嫂！这不是祥林嫂吗！

小　菊　真是阿婆哎！

雷　励　阿婆，真是你啊！

小　菊　阿婆，你跑哪儿去了！叫我们好找！

祥林嫂　我回家去了……

高　翔　我说——你不是阿尔茨海默吗？

祥林嫂　我不是，我不是阿尔茨海默……

小　菊　你不是，怎么尿裤裤呢！

祥林嫂　那是我故意把我喝的矿泉水洒在裤子上的！

小　菊　故意的？那臭豆腐干、糖炒栗子呢？(作往衣兜塞东西状)

祥　林　(突然地)我要吃臭豆腐干！我要吃糖炒栗子！

[大家惊异地望着闭着眼睛坐在轮椅上的祥林。

雷　励　阿婆，你能告诉我们这是怎么一回事吗？

祥林嫂　雷院长，我不是阿尔茨海默，我孩子他爸是阿尔茨海默病人！

雷　励　阿婆……

祥林嫂　孩子他爸叫祥林，所以，街坊邻居都叫我祥林嫂。五年前，孩子他爸查出了阿尔茨海默病，只一年，他就不认人了，连我也不认，可他心里有儿子，嘴里老是说儿子儿子的。我儿子是个消防兵，40多年前，一家化工厂爆炸起火，消防队去扑火，厂房倒塌，把我们儿子压在下面……孩子他爸忘不了儿子啊，儿子爱吃臭豆腐干、糖炒栗子，他总跟儿子藏着臭豆腐干、糖炒栗子……这么多年过去了，我们真的真的老了，我得给孩子他爸和我找一个能落脚的地方，我就去找养老院，找了一家又一家……我也鬼得很，我装扮成阿尔茨海默，跑进养老院，没人理我，更不用提臭豆腐干、糖炒栗子了；我跑了，根本不会有人来找我……一天，在家里看电视，孩子他爸指着电视里那个说话的人，说："儿子！儿子！"那说话的人是雷院长！我就找到美丽园老年公寓来了……我眼睛看着，我耳朵听着,我什么都知道……我跑一次,雷院长找我一次,其实,我是跑回家去了,我还得照顾孩子他爸,第二天,我把孩子他爸交给帮工的阿姨,又跑回来,坐在公交站头,我盼着等着雷院长能来找我……

[轮椅上的祥林突然睁开浑浊的眼睛,左右张望,看见雷励,他的眼神定住。

祥　林　(抬手指着雷励)儿子! 儿子——(抖抖索索地从衣兜里摸出一盛有臭豆腐干和糖炒栗子的塑料袋)儿子儿子……臭,臭豆腐干……糖炒栗子!

[雷励接过祥林递给他的塑料袋。

祥　林　(心满意足地笑了,低下脑袋,抱怀娃娃,喃喃地)儿子儿子……

祥林嫂　(递上一只信封)这是孩子他爸和我一辈子的积蓄,还有我们儿子的烈士抚恤金,雷院长,美丽园老年公寓能收留孩子他爸和我吗?

雷　励　(噙着泪水,点头)哎! 美丽园老年公寓欢迎阿公和阿婆!

[祥林嫂顿时号啕大哭!

高　翔　雷院长!(递上清单)加上我们的! 不够,我们跟我们的儿子女儿要!

[老人们期待地望着他。

雷　励　(转向方华)我对爸爸妈妈说,我雷励的爸爸妈妈不在了,可我还来得及孝敬方华的爸爸妈妈,美丽园老年公寓也是爸爸妈妈的家……等我们老了,我们不拖累儿子,我和方华也在这花园里住着,多好!

方　华　其实,这两天,爸妈一直催着我把证件给你,是我脑子转不过弯,现在我……(从挎包里掏出那只文件袋)给!

雷　励　(举起文件袋)我们用我老丈人家的房产做抵押贷款,没有问题了。

[老人们喜形于色,握拳庆贺。

雷　励　(对丁鑫康)如果丁总感兴趣,欢迎丁总加盟我们美丽园老年公寓!

丁鑫康　(不无歉意地)以后再聊,再聊……

祥林嫂　(想起什么)雷院长,有一封信……

雷　励　什么信?

祥林嫂　在玩具娃娃的书包里……

[她拿起祥林怀中的玩具娃娃,交给雷励,雷励从小书包里翻出那张折

叠的纸，展开，看，禁不住热泪盈眶。

祥林嫂　信上没有一个字，只画着一个太阳，太阳底下，一个妈妈正跟一个孩子说着话……

雷　励　是妈妈在跟我讲她的道理！妈，你说过的，总会有人跟我讲道理的，现在，你的儿子——我，自己跟我自己讲道理！讲做人的道理！

[雷励推着坐轮椅的祥林，和祥林嫂走进阳光屋，秋日金灿灿的阳光洒落在他们身上。

[剧终。

2013.09.01 第一稿

2018.07.18 第十稿

本剧获 2014 年度上海市文化发展基金会重大文艺创作项目资助

列 2016 年度文化和旅游部剧本扶持工程

# 谭嗣同

编剧：钱　珏

# 第一场

[舞台上一片漆黑。黑得令人心惊。死寂。

[突然,一个高亢的嗓音划破寂静。

画外音:皇上有旨,颁《明定国是诏》,变法维新!

[远处有一处闪电亮了一下。

皇上有旨,宣南海康有为御前觐见——!

[闪电近了一些也亮了一些。

皇上有旨,授谭嗣同四品军机章京,协办新政——!"

[一道闪电凌空劈下,撕开漆黑天幕。

[一记炸耳响雷。

[舞台中央一株枝叶繁茂的参天老梧桐正被雷电劈到。

[光束打向谭嗣同,他挺拔俊朗,英气逼人,仰头大笑。

谭嗣同:哈哈哈! 好,好啊!

[光束打向李闰,她温婉沉静,眉目间却又不失坚毅。

李　闰　复生,护宅古树遭雷击乃是大大的不吉,为何还叫好呢?

谭嗣同　夫人,你没有听到梧桐在说话么?

李　闰　梧桐在说话?

谭嗣同　是啊,它说得好,说得好啊!

李　闰　它说什么?

谭嗣同　它说,天要变了!

李　闰　是要变了。天昏黑了那么久,这场暴雨下得透,该是会亮起来了。

谭嗣同　(摇头)不,我们头顶这片天,是要人伸手撕开个口子才能透出光亮的。

李　闰　(担忧地)复生!

谭嗣同　这棵梧桐扎根在浏阳几十年,今日被雷劈倒,是老天要成全它啊!

(唱)

定国是诏就是惊天雷,

雷鸣电闪唤醒报国心,

劈焦了百年古树，

劈开了天眼民心。

我要用这焦黑梧桐，

制一把铿锵古琴，

给它取个名，

取个名就叫“崩霆”！

这琴不鸣则已，一鸣心惊，

（帮腔）：

一声声山崩地裂，

一声声万钧雷霆，

[舞台幻化。梧桐隐去。一把雅致无华的古琴出现。

[谭嗣同持琴。

（唱）：崩霆琴啊崩霆琴，

随我明日同进京，

奏一曲撼天动地的变法维新。

谭嗣同　庚叔，收拾行装。

[李闰深深地望着谭嗣同，欲言，又止。

谭老庚　是，老爷。（转身欲下，却忍不住回头）老爷，您外出游历这些年，今日刚回家，这又要走，留下夫人她一个人，太苦了——

谭嗣同　（深感歉疚）夫人。这些年我走遍了大江南北，为的是综览世事，考察民情。但看到的却是山河破碎，民不聊生。列强虎视眈眈，朝廷昏庸不堪，我辈读书人徒有报国之心却束手无策，真真是痛彻心扉啊。

李　闰　我懂。

谭嗣同　如今皇上宣我进京襄赞新政，我，我这颗心，等不及了啊！

李　闰　（望着谭嗣同，许久，轻声地温柔地）京城天冷，多带件棉衣。

谭嗣同　你不怨我？

[李闰摇摇头。

谭嗣同　你不拦我？

[李闰摇摇头。

李　闰　懂你的人会牵挂你,不会牵绊你。

(为谭嗣同披上外衣)

(唱)

轻轻为你把新衣披上,

一针一线里贴心话藏,

官场险恶你莫太倔强,

人心叵测你要收锋芒,

记得吃饭,多喝热汤,

下雨要带伞,

刮风别开窗,

不要夜夜熬到天光亮,

切莫事事承担自己扛。

若有难处,无需彷徨,

脱下蟒袍,收拾行装,

你看这,

桐油灯,微微光,

你听那,

牛铃声,响铛铛,

等你回转来团聚,

为你指路归故乡。

谭嗣同　夫人。

李　闰　我等你回家。

[谭嗣同紧紧握住李闰的双手。

[帮腔(唱):

琴名崩霆,

曲为变法,

英雄男儿,

一页冰心。

[远处，再次响起隆隆雷声。

[众人隐去。谭嗣同独自站在舞台中央，眺望远方。

## 第二场

[舞台高处。宫殿一角。那里有昏暗的灯光亮起。

[慈禧端坐闭目养神。身后李莲英在为她梳着长发。

[慈禧身前，光绪跪着请安。

[一点声响也没有，静得让人压抑，只有自鸣钟的钟摆声“滴答滴答”，许久。

慈　禧　(睁开眼睛)哟，皇帝还跪着哪？快起来吧。

光　绪　(站起身)谢亲爸爸。

慈　禧　这变法了，朝上的事儿多，明儿皇帝不用来请安了。

光　绪　(赶紧复跪下)事再多，儿臣也得天天来向亲爸爸请安。

[慈禧倾下身子，把光绪扶起。

慈　禧　你记着，无论是祖宗家法，还是维新变法，都是要让国家富强，这才是我们娘儿俩能坐在这里的根本，明白么？

光　绪　儿臣明白。

慈　禧　初一、十五要拜祖宗，辫子不能剪，不能穿洋人的衣服，剩下的，皇帝放开手脚去做吧。

光　绪　(激动地)谢亲爸爸慈恩。

[光绪兴奋地下。

慈　禧　小李子，你这给我梳的是什么头？

李莲英　回老佛爷，这是如意髻。

慈　禧　这都梳了多少年了，看都看腻了，今儿换个新式样。

李莲英　嗻。

# 第三场

[北京。紫禁城。军机处。

[门边高悬木牌上书“误入军机者斩”。

[屋内谭嗣同正在认真地批阅公文,审看奏折。

[刚毅打哈欠慢腾腾上。王大人,满大人嬉笑着随上。

刚　毅　(故作严肃)王大人,你看太阳升起好高了,你才来值班,是不是对皇上的训饬不满?

王大人　我哪里敢不满,实在是老了,腿脚不便咯,那——刚大人,你呢?

满大人　听说刚大人新纳了一个如花似玉的小妾,夜夜风流,身子骨早被淘空了,早上怎么起得来哟。

[众人哈哈大笑,慢条斯理地走进军机处,然而一进屋却愣住了。

刚　毅　(第一个回过神,厉声)你是什么人?竟敢闯入军机处?

[谭嗣同依然专注在公文奏折中,当他不存在。

[刚毅将“误入军机者斩”的木牌扔到谭嗣同面前。

刚　毅　认识字吗?

[“啪”,谭嗣同将木牌往旁边一拍,继续看公文,根本没有理睬他。

刚　毅　(火冒三丈)来人哪!把这个不知死活的家伙拉出去斩了。

[这时,杨锐,刘光第,林旭手捧各种文书上。一看到这种情况,杨锐赶紧上前。

杨　锐　各位大人,请别误会,我们四人是皇上新任命的军机章京。

刚　毅　什么?!

王大人　这是什么时候的事?我们怎么都不知道?

刘光第　圣谕是昨晚三更颁发的。

[几个军机大臣面面相觑,刚毅铁青着脸。

杨　锐　在下杨锐。

刘光第　刘光第。

林　旭　林旭。

[刚毅傲慢地昂着头根本看都不看他们,更不应答,径直走到谭嗣同面前。

刚　毅　你,叫什么?

[谭嗣同缓缓地站起身来,直视着刚毅。

谭嗣同　浏阳谭嗣同。

刚　毅　谭、嗣、同。

[两人对视,谭嗣同毫不示弱。

刚　毅　你,坐的是我的位子。(指着谭嗣同身后的那张红木椅)

谭嗣同　哦? 我倒没听说过,军机处的位子是可以独占的。

刚　毅　哼哼,从光绪二十年开始,每日四更入值,我坐的就是这个位子。

(唱)

军机房朝南向第一交椅,

谭嗣同　(唱)

黑漆漆渗透着多少心机,

刚　毅　(无理地把谭嗣同一推,一屁股坐上椅子)

(唱)

坐稳这把椅,要烧多少香要受多少气,

谭嗣同　(唱)

坐上这把椅,要为民请命要为国效力,

刚　毅　(唱)

政经军机,煌煌大清难道靠的是你?

谭嗣同　(抱起一大叠奏折,堆到刚毅面前)

(唱)

新政变法,奏折成堆为何拖延压积,

刚毅(冷笑)

(唱)

一品大臣何需要亲为亲历,

(又把奏折全部扔回给谭嗣同)

命令你四品章京速速办齐!

[谭嗣同捧着一堆奏折一愣。

军机大臣　(合唱)

乳臭未干莫得意,

军机章京　(合唱)

血气方刚碰了壁,

[帮腔:

好一出刀光剑影的大戏。

[谭嗣同定一定神,翻开一封折子,一看,顿时有了主意,自信满满。

谭嗣同　既然大人要我来办,那卑职从命了。这份训饬两广总督谭仲麟的折子,皇上已批示好多天了,就此——发送下去!(他拿起笔,在折子上打了大大一勾)

刚　毅　(大惊失色)什么!?

满大人　(冲口而出)谭仲麟可是太后的人!

杨锐、林旭、刘光第　军机处的职责是奉皇上的旨意办事。

[军机大臣被噎住了。

谭嗣同　发下去。

刚　毅　(急了)不能发!

谭嗣同　为何不能发?

刚　毅　这……这折子未盖军机大印。

杨　锐　大印在哪里?

王大人　锁在柜子里。

林　旭　(一步上前,却发现柜子上扣着明晃晃的大锁)开柜的钥匙呢?

满大人　由礼亲王掌管。

刘光第　礼亲王呢?

一品军机同声　病了。

谭嗣同　(冷笑)哼哼,哼哼!亏大人们找了个好由头。倘若是发生了战争,你们也能以此推脱吗?

王大人　这是什么话?这能和战争相比吗?

谭嗣同　这就是一场战争!

刚　毅　好啊,你说这是一场战争,我来问你,敌人是谁?

众军机　(气势汹汹一齐逼问)敌人是谁?

谭嗣同　(逼近刚毅)谁要阳奉阴违、顽固守旧、反对新政,谁就是敌人!

刚　毅　(猛地将桌子掀翻)放肆! 爷就阳奉阴违了! 顽固了! 守旧了! 谭嗣同你敢咬下爷一根述毛?!

谭嗣同　(一把上前死死卡住刚毅手腕)刚毅!

(唱)

谭嗣同上承圣意推新政,

心只想振兴国是慰苍生。

不畏你权大势大逞凶狠,

军机处亦是皇家一衙门。

拼将一腔头颅血,

也要抽你筋敲你骨,

[帮腔:(唱)

松一松那旧势力的老树根!

[刚毅"哇"地喷出一口鲜血。

众军机　(惊呼)刚大人被谭嗣同气得吐血了——

[灯暗。

## 第四场

[帮腔:

(唱)　明知天边旧云堆,

奋力前行又为谁?

英雄本色时常在,

只盼乾坤能挽回。

[中南海。西花厅。

[天气闷热，不时有聒噪的蝉鸣响起。

[荣禄、刚毅、徐桐正在等待。

刚　毅　(焦躁地走来走去)未时早就到了，他们怎么还不来？

[荣禄和徐桐都端坐不语。

刚　毅　(转来转去，终究忍不住)这么闷热是不是会有雨？

[荣禄、徐桐依旧不语。

刚　毅　(忿忿地坐下)这帮小子自以为有皇上撑腰，简直无法无天。

[内声：康有为、梁启超、谭嗣同到——

[康、梁、谭从容不迫上。

[帮腔：

(唱)　帷幕起角儿到齐把场登，

殊不知黄雀暗坐边厢中——

[两侧灯亮，光绪和慈禧分别出现。

光　绪

(唱)　多关切偷偷来看新旧斗，

慈　禧

(唱)实操心悄悄要听隔墙音。

康、梁、谭　见过诸位大人。

[没有人回应。三个大臣高高在上，眼睛都不看他们。

刚　毅　我们奉旨询问，尔等奉旨应答，既是奉旨，怎敢随意迟到？

(唱)奉旨询问我早到西华厅，

一品高官等小员出奇闻。

难道说——

不尊旨不守时就是变法？

无大小无尊卑也算维新？

[帮腔：

(唱)骤然间节外生枝说时辰，

下马威势如响雷来势凶——

[康、梁、谭略略一愣。

谭嗣同　(一笑)呵呵。

(唱)圣谕是西洋时制三点整，

却不是天支地支未时分。

改一改子丑寅卯老皇历，

如今是一八九八六月中。

(掏出一只西洋怀表)各位大人看仔细了，现在是下午三时，我们是尊旨准时到达。

[三个大臣吃了哑巴亏，不再言语。

光　绪　(欣喜地点头)

(唱)新时旧历是一番战前叫阵，

慈　禧　(不以为然)

(唱)花拳绣腿琐碎事不见真功。

康有为　既是奉旨问答，各位大人就请对变法事宜发问，我们言无不尽。

荣　禄　祖宗之法不能变!

(唱)山千年，河千年，

祖宗成法数百年。

山可变，河可变，

三大臣

(唱)祖宗成法不能变。

康有为

(唱)山千年，河千年，

期盼国运万万年。

祖宗成法若不变，

康梁谭

(唱)山河社稷难保全。

刚　毅

(唱)火车铁路进西苑，

通商开矿已多年，

皇宫夜晚电灯点，

变法有何是新鲜。

梁启超

(唱)以上所言为变事，

变法维新非简单。

徐　桐

(唱)变法莫把空话喊，

从何入手从何谈？

谭嗣同

(唱)重整法制和律典，

改变官制首当先。

[话音刚落，光绪和慈禧都一惊。

光　绪　(极赞赏)

(唱)官制乃是最要害，

慈　禧　(紧锁眉头打量谭嗣同)

(唱)这谭嗣同一针见血不一般。

刚　毅

(唱)难道是机要六部都裁撤，

莫非要军机内阁全推翻？

康有为　(胸有成竹)

(唱)设立制度局。

推举一总裁，

工务矿政与铁路，

法律税计与农商，

邮政造币共武备，

社会学报共游历，

十二分局把六部代，

皇上督政新局开。

刚　毅

(唱)这总裁莫不是你康南海？

梁启超

(唱)看谁学贯中西谁有才。

荣　禄　哼!

(唱)撤除兵部是把国卖，

外敌入侵谁当差？

谭嗣同

(唱)效法日本参谋部，

皇上掌兵当统帅，

[此言一出，场上三大臣、光绪、慈禧反应不一。

光　绪　(喜不自禁)

(唱)辩得好，把老朽们统统击败，

慈　禧　(眼光犀利)

(唱)说到底，是小皇帝要把头抬，

[帮腔：

(唱)关乎到帽子位子红顶戴，

岂能容乳臭未干小毛孩。

[窗外蝉鸣大躁。

徐　桐

(唱)兵马未动，粮草先行，

推行新政，国库空空。

康有为

(唱)印花税法国曾制定，

发纸币日本已实行，

拙著“日本变政考”，

条条项项论述清。

徐　桐　休提你那些妖书——

(唱)妖言惑众居心叵，

野狐禅道篡六经，

说什么言论自由议朝政，

岂能让市井贱民乱开声？

说什么申张民权倡平等，

赤裸裸无视父子君与臣，

照此变法办新政，

九州定会大乱生。

[康、梁、谭面露忧愤。

[光绪和慈禧听得更加入神。

康有为　可笑!

梁启超　可悲!

谭嗣同　可叹!

(唱)看科学民主大潮浪重重，

倡民权追求平等蔚然风；

大清朝积重难返暮沉沉，

四海内万马齐喑盼重生，

倘若不改弦易辙速变法，

上误国下误苍生成罪人。

荣　禄　一二百年的祖宗成法，能一下子说变就变吗？

康有为　(斩钉截铁)能！杀几个一品大员，法就变了！

[蝉鸣声骤停。

康有为

(唱)重剂起沉疴!

谭嗣同　(担忧地目视康有为)

(唱)“杀”字令人惊!

[光绪与慈禧神色各异。

# 第五场

[莽苍苍斋。

[谭嗣同端坐抚琴。他的神色凝重,似在深思熟虑。

[舞台另一角灯光微微亮起。那是一盏火苗如豆的桐油灯。

[桐油灯旁,一架老旧纺车,李闰静静地坐在纺车边,纺着纱。白色的线条旋转着,在幽暗中划出一个朦胧的圆。

[谭嗣同的琴声铿锵,纺车嗡嗡,似在应和。琴声越来越急促,纺车的圆也转得越来越快。

["嘣",弦断。纺锤落地,线也乱了。

[沉默。

李　闰　夜深了。

谭嗣同　夜深了。

李　闰　你睡了么?

谭嗣同　你睡了么?

李　闰　我睡不着。

谭嗣同　我睡不着。

李　闰　复生。

谭嗣同　夫人。

李　闰

(唱)心中暗牵念,

夜深不成眠。

京城有谁知冷暖,

清晨醒来可孤单。

谭嗣同

(唱)心中暗牵念,

夜深不成眠,

问询是否达圣意,

石沉大海无音传。

李　闰

(唱)棉线如麻心亦乱,

期盼亲见君容颜,

官场险恶知深浅,

性高气傲你却不求全。

谭嗣同

(唱)无端崩霆琴弦断,

当日情形复眼前。

一个杀字广树敌,

变法前路更艰难。

李　闰

(唱)多少担忧从不问,

不问是恐再给你加重担,

谭嗣同

(唱)多少心事无处吐,

不说是怕又让你添负担,

李　闰

(唱)默默守,

谭嗣同

(唱)遥遥盼,

李　闰

(唱)似听到琴声如诉,

谭嗣同

(唱)似看到纺车旋转,

李　闰

(唱)心与琴相伴,

谭嗣同

(唱)琴与君相伴，

合

(唱)不离不弃情义坚。

[舞台深处，长长一串如萤火的桐油灯亮起，长长一队清丽的少妇，长长一溜纺车，在幽暗中划出一个个白色、朦胧的圆。

[帮腔：

(唱)默默守，

遥遥盼，

不离不弃情义坚。

[纺车嗡嗡，如在幽幽伴唱。

## 第六场

[颐和园。

[一长案上摆着许多盆子，盆内蟋蟀乱叫。

[李莲英和刚毅各自手捧一个蟋蟀盆上，他们身后还跟着几个大臣。

李莲英(探头揭开刚毅的盆看)　哟，刚大人，您的虫子不错啊。

刚　毅　咳，这玩虫子我不是行家，这不，应了太后老佛爷的旨，满世界寻来的。唉，您说这都什么时候了，老佛爷还有心思斗蛐蛐玩儿……

李莲英　什么时候？未时啊。

刚　毅　公公您是真不明白还是装糊涂？这些天康党他们……

李莲英　(打断)出水才看两腿泥，我看哪，还没到时候呢。

[慈禧被簇拥上。

慈　禧　说什么呢？

众　人　老佛爷吉祥。

慈　禧　刚毅，我看你一脸的官司，怎么啦？

刚　毅　奴才正说这些天康党他们……

慈　禧　刚毅，

(唱)颐和园鸟儿啼啭花鲜艳，
　　昆明湖波光潋滟映蓝天，
　　观美景斗蛐蛐来把心散，
　　休再谈朝政事惹我心烦。
[刚毅垂手低头，一声不吭。

慈　禧　你丧着个脸和我赌气是不是？

刚　毅　奴才万万不敢。

[内声：皇上驾到——

[光绪急匆匆上。

光　绪　儿臣叩见亲爸爸。亲爸爸吉祥！

慈　禧　皇上你辛苦了好些个日子，我看今儿天好，叫你到园子里来松散松散，斗斗蛐蛐。

[太监们放好一排排的蟋蟀盆。

光　绪　(没想到)斗蛐蛐？

慈　禧　这个可有意思了，怎么，皇帝不喜欢么？

光　绪　儿臣愿意侍奉亲爸爸。

慈　禧　刚毅，听说你得了只好蛐蛐，叫什么名儿？

刚　毅　禀老佛爷，奴才的蛐蛐叫“大将军”。

慈　禧　这名头倒还响亮。就让你的大将军先上吧。

[太监捧上大瓷盆，刚毅将自己的蟋蟀倒入大瓷盆中。

[众人激动观战，光绪一脸漠然。

众　人　上，快上呀！好，咬……咬呀……

[帮腔：

(唱)大将军叫得响，龇牙又咧嘴，
　　小个子抖触须，躲闪又迂回，
　　一大一小不相让，

众　人　哎呀！

[帮腔：

(唱)大将军丢了一条腿!

众　人　刚大人哪,这大将军徒有虚名,败啦。

[刚毅尴尬赔笑。

慈　禧　这打败大将军的蛐蛐个头虽小,却这样蛮勇斗狠,是哪里产的?有名儿吗?

李莲英　禀老佛爷,还没有起名儿,只知道是从南边浏阳进贡来的。

慈　禧　还没起名儿?……皇上赐它个名字吧。

光　绪　(老半天才醒过神来)这个……既然是南边来的,就叫它"南客子"吧。

慈　禧　"南客子"?这名儿文绉绉的,不好。你看它多厉害,哪像个做客的样子?哦,有了,它是从浏阳进贡来的,我看就叫"谭嗣同"吧!

[光绪一惊!

[众人皆愕然,表情各异。

[一束灯光打下,谭嗣同出现在舞台一角。

慈　禧　小李子,把咱们的"护法金刚"拿过来,和"谭嗣同"斗斗。

李莲英　喳。

[锣鼓声伴着蟋蟀的鸣叫,一场恶斗。

慈　禧　(唱)

探一探小皇帝有无他意,

护法金刚是我一着妙棋,

光　绪　(唱)

手发抖心发颤悲愤不已,

没料想斗蟋蟀暗藏玄机,

谭嗣同　(唱)

朝堂上后宫里遍布陷阱,

亦步亦趋皇上你要小心,

刚　毅　(唱)

老佛爷一出手翻云覆雨,

跟随您心甘愿肝脑涂地。

李莲英　(唱)

不让你再有蹦达的力气，

偷偷地掐了“谭嗣同”的胡须。

慈　禧　(唱)

绝不是一场儿戏，

光　绪　(唱)

闹哄哄一盘乱局，

谭嗣同　(唱)

不见血的腥风血雨，

刚　毅　(唱)

只能赢你输不起，

李莲英　(唱)

变什么法维什么新，

得罪了老佛爷，

[帮腔：(唱)

就是一个屁!

[众人发出一阵惊呼。

众　人　“护法金刚”咬住了“谭嗣同”……咬，咬死它!

刚毅(手舞足蹈)“谭嗣同”你厉害呀？怎么不厉害了？……

光　绪　(忍无可忍)行了!

[静场，只闻蟋蟀断续的鸣叫。

慈　禧　(慢悠悠地)怎么啦？

光　绪　谭嗣同是我大清的臣子。儿臣以为，像这样让草虫冠以其名而泄私愤的做法，是对臣子的轻贱，也是对大清朝廷的轻贱。

谭嗣同　(在另一时空，感激地)皇上。

慈　禧　皇帝说得很好，对臣子的轻贱，就是对大清朝廷的轻贱。那么我要问皇帝，同样做为臣子，难道那些老臣们就可以轻贱吗？是不是要杀一两个，腾出点地方啊?!

[光绪直挺挺地跪下。

[谭嗣同在另一时空也同时跪下。

光　绪　亲爸爸说过，初一、十五要拜祖宗，不剪辫子，不穿洋人的衣服，其他国事皆由儿臣作主。儿臣自问并没有违背亲爸爸的旨意！

慈　禧　（颇感意外）我今天是想好好劝你。你是皇帝，听不听我的劝不要紧。但是，九列重臣，没有大的错误，不可以抛弃他们。今天你以外人疏远亲人，以新人疏远旧人，乱了祖宗家法，祖宗将怎么说我们？

[光绪"嗵嗵"给慈禧叩了两个响头。

光　绪　（哽咽地）儿臣宁肯破坏祖宗的法度，也不忍抛弃祖宗的臣民，丢失祖宗的土地，留下千古恨事！一片肺腑，请亲爸爸谅鉴。（泣不成声）

谭嗣同　（在另一时空匍匐在地）皇上！

[死寂无声。只听蟋蟀突然叫起来。

慈　禧　（端详光绪良久）既然这样，我也没有什么可说的了。（回头没事似的）还有谁的蛐蛐儿厉害，拿来斗哇……

[蟋蟀声大作。灯暗。

[舞台上只剩下跪地的谭嗣同。

[太监尖利的声音响起："太后口谕，凡授任二品以上大臣，须到皇太后面前谢恩；着荣禄署直隶总督，统帅北洋三军！"

[谭嗣同猛然抬起匍匐在地的身体，紧张而又惊恐。

谭嗣同

（唱）

慈禧太后下口谕，
人事军权全揽齐，
撤帘归政成空话，
原只是傀儡皇帝。

颐和园里撒大网，
新党就是网中鱼，
形势危在旦夕，

变法危急，

皇上危急，

南海危急，

帮　腔　(唱)你独独忘了自己，

谭嗣同(站起身焦虑地踱着步子)

(唱)：

平日里，

挥斥方遒通古今，

却只是书生意气，

勤王事，救新政，

手中竟无半个兵。

谭嗣同　(唱)缓缓步子深呼吸，

帮　腔　(唱)切勿病急乱投医，

谭嗣同　(唱)脑中浮现一个名，

帮　腔　(唱)天津小站袁慰庭，

谭嗣同　(唱)有勇有谋大志气，

帮　腔　(唱)狡猾奸诈无信义，

谭嗣同　(唱)能否信任举棋不定，

帮　腔　(唱)别无选择冒险一击，

[画外传来光绪哽咽的声音：朕惟时局维艰，非变法不能救中国……而皇太后不以为然。朕屡次几谏，太后更怒。今朕位几不保……

谭嗣同　皇上!

(唱)：不成功便成仁，

就在这招险棋。

## 第七场

[紧接前场。

[谭嗣同疾步前行,直到来到法华寺袁世凯客房那扇虚拟的门前。

[谭嗣同伸手敲门,“当当当——!”

谭嗣同　袁大人,皇上有难,如今能救皇上的,只有你一人！袁大人,大帅——!

[急促的脚步声响起,袁世凯跑上前来,刚到门前,画外突然传来荣禄一声怒叱。

荣　禄　(画外)袁世凯!

[谭嗣同骤隐。

[一束光打向舞台中央僵立着的袁世凯。

袁世凯　荣中堂。

荣　禄　(画外)你与谭嗣同定的好计谋!

袁世凯　不不不,我从未曾与他合谋,是他,是谭嗣同——

(唱)谭嗣同深夜来把门敲响,

我这里避之不及要躲藏,

他一句天子有难需求救,

我只能开门迎客听端详。

他说——

荣　禄　(画外)他说什么?

袁世凯　他说——

荣　禄　(画外)你如实说来。

袁世凯　他说,

(唱)荣中堂献策佛爷老太后,

企图想摧毁新政废吾皇,

我岂能无凭无据信雌黄,

他掏出一封密旨将我降。

[灯光打向谭嗣同。

谭嗣同　袁世凯接密旨。

[袁世凯跪地接旨,手指颤抖打开看。

谭嗣同

(唱)诛杀荣禄撤旧党，
直隶总督你承当，
率兵围困颐和园，
除掉慈禧国安康。

袁世凯　(大惊)不不不!
(唱)老太后执政多年天威荡，
荣中堂权大势大耳目广，
圣旨应是朱笔写，
却为何黑墨未干字迹狂?

谭嗣同
(唱)这本是密旨抄件纸一张，
因此刻形势危急需提防。

袁世凯
(唱)袁世凯常以忠义训部下，
又岂能犯上作乱反贼当。

谭嗣同
(唱)你畏首畏尾不坦荡，
你前怕猛虎后怕狼，
你忘了皇上的信任恩义重，
你忘了康先生的举荐情谊长，
你忘了八尺男儿凌云志，
你忘了深受国恩你该报君王。
报君恩，救君难，
奇功大业就在你手上，
倘若你犹豫摇摆欠胆量，
这把枪可否让你不彷徨!

[谭嗣同从腰间拔出一把手枪，直指袁世凯脑门，神情孤注一掷。
(唱)你的性命在我枪下，

我的命亦交你手中，

倘若大帅不奉诏，

帮　腔

(唱)玉石俱焚两俱伤。

[袁世凯先是一慌，但很快便冷静下来，他审视着谭嗣同。

袁世凯

(唱)谭嗣同用性命来下赌注，

双眼里却何来一丝悲凉，

袁世凯亦不是区区草莽，

一同把当前势早看明朗，

当今天子是个小皇上，

风雨中国无力扛，

言高手低是康党，

急功近利太匆忙，

谭嗣同啊谭嗣同，

叹一声你少年英雄，

面临绝境仍敢担当，

帮　腔

(唱)一个旷世奇绝男儿郎。

袁世凯　谭大人，袁某三代深受国恩，万死不足以回报，今上有难，袁某愿奉诏勤王。

谭嗣同　荣禄呢？

袁世凯　杀荣禄，如杀一条狗尔。

谭嗣同　好，痛快！

袁世凯　谭大人，袁世凯生死以之，请候袁某佳音。

[谭嗣同收起手枪，郑重一揖。隐去。

[舞台上猛然响起慈禧的画外音：袁世凯，你好大的胆！

袁世凯　(双膝一软，跪地叩头)太后，老佛爷！臣万死不敢犯上作乱，我用计稳住谭嗣同,推说本军粮械子弹都在天津军火仓库内,必须先将粮弹运筹足用,方可用兵,半月之后,等太后皇上巡幸天津之时,届时再行大事。老佛爷,荣中堂——

(唱)国家羸弱需自强,

臣下是拥护变法盼改良,

却奈何康党幼稚且狂妄,

无以把强国重任来担当,

积怨深重要缓步行,

急火猛药那是自毁庙堂,

此番乃是袁世凯掏心话,

跪求太后灭康党正朝纲。

[舞台上深处高处,灯光骤亮。慈禧端坐正中,一旁站着荣禄,身后伺立李莲英,光绪跪在另一边。

[前台,袁世凯匍匐在地。

[死寂令人窒息。只听得自鸣钟滴答滴答。

[许久。

慈　禧　(阴阴柔柔地)小李子,你陪皇帝去瀛台上走走吧。

李莲英　嗻。

慈　禧　(正色)撞钟传谕,我要临朝训政!

[舞台上响起一声又一声沉闷迫人的钟声。

## 第八场

[钟声中,不断传来兵士集结的声音,疾驰的马蹄声,人群的呼喊声……

[浏阳会馆。莽苍苍斋。

[黎明时分,雾霭青青。

[谭嗣同一袭长衣,仔细地擦拭着崩霆琴,又将文稿书信放好扎进一个蓝印花布的小包裹,一切是那么镇定,淡然。

[谭老庚慌里慌张从后跑上。

谭老庚　老爷,我看过了,后门还没有人。

谭嗣同　没有人怎样?

谭老庚　从后门逃命去啊!

[谭嗣同摇摇头。

谭老庚　老爷啊,做人要学乌龟法,得缩头时且缩头。你犟着不躲不藏,莫不是糊涂了,不清白了?

谭嗣同　不浊为清,不迷为明。人在清明中便自在坦然。

谭老庚　还清明、坦然,咯是要砍脑壳的事啊,老爷你就不害怕?

谭嗣同　什么叫怕?总想留着后路你就怕。其实后头有什么呢?什么也没有。

谭老庚　不不不,后头有的是一条命啊。

(唱)向前死路是一条,

向后能把命来保,

进山划算出山路,

留得青山有柴烧。

读书人的大道理我听不懂,我只晓得,留下条命,才能娶堂客,抱娃娃,敬老娘,拜祖宗哪。

谭嗣同　我今日选择死,正是为了他日,千千万万中国人能高高兴兴娶堂客,安安心心抱娃娃,体体面面敬老娘,堂堂正正拜祖宗。

谭老庚　老爷,你这份心哪个晓得哦?

谭嗣同　(笑了)人不晓得天晓得。

谭老庚　(感慨)老爷,你真真是迂啊,难怪当不稳大官,倒当了枉死鬼。

[此时,后院门被推开,梁启超匆匆闪身进来。

梁启超　复生!

谭嗣同　卓如——

[两人的手紧紧握在一起。

谭嗣同　老师怎么样?

梁启超　老师在英国领事馆的安排下乘英国军舰脱险了。

谭嗣同　好,这我就放心了。

梁启超　你的行装呢?我已联系了日本公使助我们离开中国,清兵说话间就会到这里。

谭嗣同　(淡淡的)我不打算离开。

梁启超　什么?

谭嗣同　我决定留下。

梁启超　不行,你不能白白去送死!复生,我们一同东渡扶桑,再图大计!

谭嗣同　卓如,我不是去白白送死。不有行者,无以图将来;不有死者,无以唤后人!

(唱)

程婴与杵臼,你我来分任,

保全与牺牲,高低不可分,

各国之变法,无不需流血,

请自嗣同始,生命换法成。

(将小包裹交给梁启超)这里边是我的文稿和家书,文稿托兄保存,家书烦兄寄达内人。

梁启超　复生——

[谭嗣同举起手,止住梁启超的话头。

谭嗣同　时间紧迫,你快走吧。

[梁启超望着谭嗣同,又悲,百感交集,终于咬牙扭头离开。

[谭嗣同盘坐,手指一振,琴声扬起,铿锵有力,久久绕梁。

[梁启超站立,回身,向着谭嗣同郑重屈膝,跪下。

[谭嗣同坦然受之,依旧倾情弹奏。

帮腔:

(唱)世间万物抵春愁,

合向苍冥一哭休;

四万万人齐下泪,

天涯何处是神州?

# 第九场

[狱中。阴暗,压抑。

[谭嗣同披发,长衫,端坐。

[谭老庚提着饭菜佝偻着腰上。

谭老庚　(哽咽)老爷。

谭嗣同　庚叔。你如何进得狱来?

谭老庚　使了那些银子,只让我一个进来,为您送一餐。

[谭老庚抹着眼泪,颤抖双手递上饭菜。

[谭嗣同却把饭菜放在一边,急切地把谭老庚拉近身旁。

谭嗣同　庚叔,你来,这些天有浏阳的消息么?

[谭老庚点点头。

谭嗣同　快,快把形势说与我听听。

谭老庚　形势,什么形势?

谭嗣同　就是发生的大事。

谭老庚　哦,上月中连下了十几日大雨,浏阳河都淹了——

谭嗣同　我问的是关乎民生的政事。

谭老庚　民生?对了,月初有山贼攻进了县衙,最后还是乡绅和民兵把他们打退咯。

谭嗣同　(急切地)那新政呢?有没有新修学堂?有没有开办报纸,有没有造船制械建工厂?

谭老庚　(想了又想)好似有一处关帝庙,把道士们赶出去要办新学堂,后来收不到学生,道士们又搬回去了。

谭嗣同　还有呢?

谭老庚　没有了。

谭嗣同　真的什么都没有了?

[谭老庚茫然地摇摇头。

谭嗣同　(颓然)维新前阵湖南尚且如此,其他各地可想而知。上扼于西后,下扼于顽臣，变法之难竟至如此啊。

谭老庚　老爷，别再想那些个大事咯，你就吃一口吧。

谭嗣同　家里一切还好么？

谭老庚　好，都好。就是天在下雨，人在流泪。

谭嗣同　(哽咽)嗯——

(唱)

谭嗣同，步从容，

走向死亡，义无反顾，

回首此生，感慨无穷。

回想起浏阳河畔大夫第，

院里有棵老梧桐，

参天大树来为我遮风雨，

香甜河水哺育我人长成。

年方五岁来开蒙，

忠孝仁义记心中，

一十九岁离故乡，

游历四方志纵横。

走遍了华夏神州，

看尽了柳绿花红，

抛却了功名利禄，

参透了百味人生。

却放不下破碎山河家国恨，

却忘不了百姓哀哭彻骨疼。

一腔爱国热血终未冷，

一颗赤诚之心盼国兴。

终盼到，

《定国是诏》上谕出，

响彻九霄四海惊，

谭嗣同，
遵旨走进军机处，
推行新政报国恩。
无惧那刚毅骄纵且蛮横，
无惧那荣禄位高权又重，
老徐桐老奸巨猾城府深，
众大臣骑墙摇摆腹内空。
劈开荆棘路，
叩响皇权门，
遍寻变革路，
撞击民主钟。
一百一十道上谕朝野震，
一百零三天新政世界惊。
眼看梦想几成真，
不料平地起狂风，
翻云覆雨旧势力，
中华命运复沉沦。
康南海变法大旗招嫉恨，
袁世凯背信弃义是小人，
西太后实权在握难撼动，
光绪帝空有大志太年轻。
变法夭折难为继，
新党四散陷囚囹，
风声鹤唳尘嚣上，
满街虎狼咆哮声。
向前一步是死，
往后一步是生，
生死抉择为实现强国梦，

以死向生成就我谭嗣同。

[帮腔：

(唱)风摧劲草天仍怒，

　　血溅冰天雪亦红。

　　生要长夜添曙色，

　　死愿千秋侠烈风。

[画外传来狱卒的厉呼：

["带人犯杨秀深一名……"

["带人犯杨锐一名……"

["带人犯林旭一名……"

["带人犯刘光弟一名……"

["带人犯康广仁一名……"

["带人犯谭嗣同一名……"

[谭嗣同坦然整装。

(唱)望门投止思张俭，

　　忍死须臾待杜根。

　　我自横刀向天笑，

　　去留肝胆两昆仑。

[帮腔：

(唱)我自横刀向天笑，

　　去留肝胆两昆仑。

谭老庚　(已经泣不成声)老爷——

[谭嗣同抱起崩霆琴，郑重地交到谭老庚手上。

谭嗣同　庚叔，请把崩霆琴带回家去。

谭老庚　放心。

谭嗣同　好，我在天国也会听到浏阳河的琴声。

谭嗣同　(泰然)走咯！

[谭嗣同转身，昂首阔步走向舞台的深处远处。

[整个舞台飘荡出谭嗣同惊天动地的笑声与喊声:“哈哈哈……有心杀贼,无力回天。死得其所,快哉快哉!”

## 尾声

[湖南。浏阳河畔。

[天刚蒙蒙亮。青色雾霭悠悠。

[一排清丽的少妇的侧影,依着河湾迤逦,她们手中每人擎着一盏桐油灯。

[火苗幽幽,似指点出一条归家的路。

[最前端,李闰手捧崩霆琴,静静远眺。

[悠扬的歌声起。微风吹拂。

[歌唱:浏阳河啊九道弯,
　　　青青草地雾岚岚。
　　　河水牵纱随君走,
　　　明月何时伴君还?
　　　天苍苍啊水涟涟,
　　　琴声铮铮颂河山……

[歌声中,谭嗣同一袭长衣涉水而来,神色安详,走向李闰。

[李闰微笑着把崩霆琴递上,为他背在身后。

[天光亮起。少妇们的剪影隐没。

[蓝天。白云。满目青草地和小野花。清澈的河水潺潺流淌。耳边似还有孩童的嬉戏声,牛铃叮当。

[两人并肩携手而行,隐没在家乡的山水之中。

[琴声和着歌声回荡。

剧终

2011 年 5 月 28 日　上海

## 剧情简介：

清光绪24年4月23日(公元1898年6月11日)，岁在戊戌。光绪皇帝颁布《明定国是诏》，开始变法维新，以顺应世界潮流，挽救垂死的清王朝……

湖南浏阳谭嗣同，告别妻子，奉诏进京，义无反顾地投入到这场变法维新与顽固守旧的残酷决战之中！军机处勇挫刚毅，西花厅舌战敌顽；"莽苍苍斋"见识了他的剑胆琴心，法华寺内留下他倔犟的身影……"不有行者，无以图将来；不有死者，无以唤后人!"谭嗣同横刀大笑着走向死亡，他是那样的热烈而坚定……

戊戌变法只经历了短短103天，便以失败告终；而谭嗣同这个名字，如同一颗灿烂的星斗，永远闪耀在中华民族历史的天空……

文化部第十四届文华奖"文华剧作奖"<br>
中宣部第十三届"五个一工程奖"<br>
第五届曹禺戏剧文学奖提名奖<br>
2012湖南省委宣传部"五个一工程"奖<br>
湖南省第四届艺术节金奖第一名<br>
参加2012全国优秀剧目展演<br>
2012年田汉剧作奖<br>
第十一届中国艺术节优秀剧目奖

# 嵇康之死

编剧：肖　留

时　间：魏晋

人　物：

阮　籍——中年

山　涛——中年

钟　会——中年

司马昭——中年

何　曾——老年

阮　妻——阮籍之妻，约 40 岁，看上去稍稍苍老些

山　妻——山涛之妻，约 40 岁

阿　珠——阮籍之女，约 16 岁

# 序幕

[光起，山涛和阮籍。山涛穿红色官服，阮籍穿青灰色短衣着裤。两人均不戴帽子，山涛以簪束发，阮籍仅以布巾裹发。

山　涛　太阳从东面升起，又从西方落下。

阮　籍　当星光吞噬白日，黑暗便接踵而至。

山　涛　梦是我们的马匹，我们用它，去窥探黑暗的边缘。

阮　籍　梦是我们的想象，我们用它，去模拟光亮的模样。

山　涛　你梦见他了？

阮　籍　(愣)他，谁？

山　涛　他，还有谁？

阮　籍　你说得是他？

山　涛　你知道的。

阮　籍　不，不，我不知道！

山　涛　你说说，你有没有梦见他，梦里头有没有我。

[片刻。

阮　籍　不，你先说，你梦见他了么？你的梦里头有没有我。

山　涛　我？我没有梦见他。

阮　籍　(笑)呵……那好，我也没有梦见他。

[沉默。

山　涛　我们都没有梦见他。

阮　籍　他有什么特殊的！我为什么要梦见他！

山　涛　那些年死的人多了，前有曹爽，后有何晏、丁谧、诸葛玄……他们在当时，威望比他大，官职也比他高！

阮　籍　太多了，我们根本记不得，到底死了谁。

山　涛　我早就不记得他了。我们有过一个名叫嵇康的朋友吗？

[纱幕内。现代人装束的男人和女人并肩而立。

义愤的男声　魏景元三年，中散大夫嵇康，“竹林七贤”的行为领袖，魏晋士人的精神脊梁，司马氏集团最痛恨的人，被处决于洛阳东市的刑场上。

高亢的女声　在他之前，曹爽、何晏等人也曾被处死，这些人虽曾势倾四海，声震天下，但同日就戮、百姓安之无人致哀，因为曹爽作威作福、任人唯亲，因为何晏道貌岸然却心如蛇蝎，对落难的朋友翻脸无情，磨刀霍霍。他们的所作所为令人不齿。

义愤的男声　嵇康同他们不一样，他死时洛阳城降下倾盆大雨，成千上万的太学生在泥泞里长跪不起，他们向当时的统治者司马氏集团请愿、请求以身相代——

[幕内，太学生们的集体剪影或声音：

若嵇康死，则天下读书种子完矣!

我等愿以身相代!

彼苍者天，歼我良人。如可赎兮，人百其身!

留下嵇康吧!

[嵇康弹着琴，悠然地似无所闻。然而这仅是一个模糊的身影，隐隐绰绰，看不清面容和表情。

义愤的男声　这群二十出头的年轻人，表现出无私诚挚的情谊和令人感慨奋发的精神。但是，与嵇康相熟的朋友，同为"竹林中人"、在知识分子当中享有盛誉的朋友们，如山涛、阮籍，却一个个明哲保身、销声匿迹，做起了缩头乌龟。

[随着他的话锋一转，相继出现山涛、阮籍等徘徊畏缩的身影，他们木偶般被加官晋爵的身影。

高亢的女声　在嵇康死后一年不到，山涛升任大鸿胪，号称口不臧否人物的阮籍，在嵇康血迹未干之时，写了请求司马昭取代魏帝早日登极的《劝进表》。

义愤的男声　可耻啊可耻，朋友的鲜血没有激起他们的愧疚。

高亢的女声　懦弱啊懦弱，朋友的鲜血没有让他们挺起脊梁。

女声和男声同　他们升官的升官，劝进的劝进……

[阮籍和山涛听不下去了。

山　涛　一派胡言，他就刑那天，何曾有倾盆大雨！

阮　籍　是年大旱，天干地渴，太学生们痛哭号陶、声嘶力竭，也仅仅是润湿了脚下的地皮！

山　涛　可笑！

阮　籍　无知！

山　涛　当日与嵇康同时为友者，著名的竹林七贤有七个人。

阮　籍　七个！

山　涛　再说，我们并非袖手旁观，我们为了救他殚思竭虑！

阮　籍　甚至，铤而走险，不顾一切……

山　涛　我拿自己的前程作赌！

阮　籍　我差点牺牲了我的女儿！

山　涛　（稍顿）得知嵇康系狱的那天，司马昭正心情很好地大宴君臣，庆贺他平定了诸葛诞之叛……

阮　籍　从公元254年到公元258年，短短几年期间，因看不惯司马氏父子欺凌幼主、滥杀无辜，王凌和毌丘俭、夏侯玄、诸葛诞相继起兵，但他们有勇无谋、互相猜忌，他们的反抗有始无终，只是给了司马氏父子又一个大开杀戒的机会……

[切光。

## 第一幕

### 1

[光起。笙箫齐鸣，一片众臣恭祝司马昭的声音。钟会、司马昭、何曾等身影依次显现。

山　涛　（换大红官服，走近司马昭）当时在场的不只有我和阮籍，还有钟会和何曾。

[阮籍一手执壶，一手执杯，一只脚赤足，踉踉跄跄。

钟　会　（谄媚地）恭喜大将军！那毌丘俭兵败逃亡，被人射杀，首级已经送到洛阳了;而那诸葛诞众叛亲离,被自己的士兵击杀,也已确死无疑了! 数月之间平定淮南之叛,大将军英明威武,更胜父兄啊!

山　涛　这是钟会,形容俊秀又文采风流。他是司马昭一等一的鹰犬。他善于揣摩主上的意图,只有司马昭想象不到的叛徒,没有他发现不了的证据。他也绝不居功自傲,总是很谦逊地将主上挂在嘴边。这次伪造诈降书信离间叛军,本是他的计谋,但你们看他,多么得体地将功劳归之于主上啊!

何　曾　大将军德配天地,功盖日月。大将军真乃是我魏国之周公啊!

阮　籍　这是何曾,著名的道学家。德高望重的慈祥老者,口不离仁义道德的谦谦君子。在审讯拷打谋逆一案的人犯中,他独树一帜地发明了许多罪人们大开眼界的刑罚,异想天开地发现了许多犯人们闻所未闻的同党——人们宁可认叛乱之罪,也不敢到他的大堂上去过刑。

司马昭　哈哈,二卿过奖了。平定叛乱,乃先父、先兄之德,众位卿家之力尔,孤岂敢居功!

阮　籍　这是司马昭,司马懿的儿子,司马师的兄弟。他继承了司马家特有的狼顾之相——一种据说狼才有的、在肩膀不动的情况下脑袋能转动180度的异相。就在昨天,他亲自下令,处死了叛乱者及他们的同党全家老小一千余口。在不绝于耳的哀求声、哭嚎声、咒骂声中,他那突然来了个180度的大转弯的脑袋叫人们害了怕,不再哀求而乖乖引颈就戮……可是,我不怕他!(哆嗦着给自己倒酒)

司马昭　(对山涛)山卿,孤此次出征,你受命守城,不负重托,辛苦了!

山　涛　(看阮籍,随后对司马昭恭敬地)将军言之过矣! 涛蒙将军重托,岂敢居功、岂敢言苦! 只是……

司马昭　只是什么?

山　涛　只是……属下以为,不战乃屈人之兵,兵之上者也。

司马昭　如何能不战?

山　涛　多行仁政,薄赋敛,少劳役,百姓自然来归……

司马昭　(轻描淡写地)哦。

钟　会　(自言自语地)陈词滥调!

何　曾　大将军在上,属下以为,今日是庆功之宴,政事经济,留待朝堂之上再议吧!

山　涛　只是……

阮　籍　(突然地)哈哈……

[众人注视着阮籍。

钟　会　今日大将军大宴群臣,大家皆端袍束带举止庄重,唯有你,坦胸露腹衣不蔽体,还有这些蚤虱,你的衣履哪里去了,你的冠带呢？真真是不成体统、不成体统!

阮　籍　(看了眼山涛,饮酒,慢条斯理地)汝问我衣履冠带么？我方以天地为栋宇,以居室为衣裤,汝是哪里来的一只虱子,为什么要钻到我的裤子里来呢？

钟　会　(看看司马昭)以天地为栋宇,以居室为衣裤,你好大的口气! 只可惜,这是大将军的府上所在,要说裤子也是大将军的裤子! 再说,你为何也一同钻到裤子里来呢？

[司马昭略颔首。

阮　籍　(长叹)是啊,你我不过同是大人裤子里的一只虱子罢了!(随着以下说话,他依次看向钟会、何曾等)黑头发的虱子,白胡子的虱子,穿靴子的虱子,爱辩论的虱子。你是裤裆里的虱子,而我是鞋子里的虱子。既然同为虱子,何必因为出自裤裆而不可一世、骄态横生呢？倘若季节交替,寒暑变易,大人喜新厌旧、脱故服新,将他爬满虱子的旧衣付之一焚,你我还不同归火燎？钻得越深就越无处可逃,就死得越快啊!

钟　会　简直是胡言乱语!

阮　籍　(捉出一只虱子)给,尝尝味道。

钟　会　什么？

阮　籍　虱子。

钟　会　走开。

阮　籍　来一口。

钟　会　疯子!

阮　籍　来呀!

钟　会　大将军,大将军!

司马昭　哈哈,哈哈!(以目示意何曾)

何　曾　大将军,下官有话要说!

司马昭　讲来。

何　曾　下官听说,阮籍新逢母丧,有热孝在身。却公然饮酒吃肉、口发狂言,实乃有悖人伦,死有余辜!

司马昭　啊?

何　曾　臣还听说,那阮籍母孝期间,公然坐卧于酒家女之旁,这孤男寡女、瓜田李下,毫不避嫌!

司马昭　哦?

何　曾　(趋前,以更加隐秘的口吻)臣还听说,那阮籍母丧不哭,有户当兵的家里死了女儿,他却赶着去哭,这简直是目无礼法,公然违背殿下奖励的教道啊!

[阮籍倒酒的手停止摇晃。山涛为之不安,他偷步欲下,却被司马昭叫住。

司马昭　山卿,你说呢?

山　涛　(略一思忖)涛近日公务缠身,与阮籍来往不多,对其家中之事不甚了了,是以不敢妄言。

司马昭　但说无妨。

山　涛　孔圣有云:“子生三年,然后免于父母之怀。夫三年之丧,天下之通丧也。”若籍之母病亡,籍热孝在身而不避荤酒,确属大逆不道,理应严惩。

[阮籍一惊。

何　曾　大逆不道!

钟　会　严惩不贷!

司马昭　(不置可否地)哦?

山　涛　(看阮籍一眼)可是,涛也曾闻,阮籍之母出殡之时,他却放声痛哭,泣血数升。

司马昭　(意外)哦?

山　涛　哀哀父母,生我劬劳! 孝子泣血稽颡,固人之常情;可临诀泣血数升,除阮籍之外,涛不曾听闻过。将军方以孝治天下,依涛愚见,正应旌表步兵这样天性至淳的真孝子啊!

司马昭　哦。

何　曾　天性至淳? 真孝子?

钟　会　山公果然旧情未忘啊! 在下听说,足下与嵇康、阮籍亲如一家,出入不必通报,甚至妻子都不回避,同坐谈笑……

何　曾　(摇头)伤风败俗、伤风败俗!

山　涛　大将军! 这是下官尚未出山时的情景,而今下官与竹林中人,已经多年不来往了!

何　曾　藕断丝连必瓜田李下! 不然,足下怎知那阮籍贪杯?

山　涛　这……

阮　籍　(突笑)哈哈……

[众人闻之变色。

钟　会　他还笑!

阮　籍　(对观众)我听嵇康讲过,何曾一年之内跟妻子见不到三面,每次见面均在大庭广众之中,绝无私室亲昵之举。他的不近女色,可谓有目共睹。然而,就是这样一个人,吃饭却要上几百道菜,花费一万两金子,还说没有下箸可吃之菜。(笑)何中郎,今日在将军府上,可有适口的饭菜吗?我看您数次举箸,数次又停下啊! 孔子说过:“食色,性也。”吃饭和好色是人的天性,(笑)大约一个人在某方面不行,便会把兴趣全转移到另一方面。(更近)您对男女之事,未免关注得过分了!

何　曾　(怒)大将军,阮籍钓名沽誉,眩世骇俗,臣请大将军将其逐出中原,不要让他污染华夏!

司马昭　够啦够啦,不是说今日只是欢宴,不谈政事经济的吗? 钟卿,收押嵇康一事,办得如何了?

阮　籍　收押?

山　涛　嵇康?

钟　会　这……(看山、阮二人)

司马昭　不妨事。这些都是孤信得过的臣子,但言无妨。刚刚山卿还说,他与竹林中人久不来往了。

钟　会　臣下奉大将军之命,已派兵到将举止悖慢的嵇康收押在狱。据臣的手下所报,他们赶到嵇家时,嵇康正在树下锻铁哩!

[阮籍和山涛一惊。

何　曾　恭喜大将军、贺喜大将军!

司马昭　那嵇康毕竟是名士,虽然收押,亦不可怠慢。

钟　会　(会意地)在下会好生照看的。

司马昭　(点点头)对,是要优待他。些许小事,不要扰了我们的兴致。阮卿,山卿,来,我们继续到室中饮宴去吧!

[司马昭下,何曾、钟会随下。

[阮籍和山涛面面相觑。

[山涛欲下,被阮籍叫住。

阮　籍　山公留步! 他们为什么收捕嵇康?

山　涛　山某不知。

阮　籍　你是大将军宠信的人!

山　涛　(沉吟)山某也是刚刚得知此事,并不比足下早一丝一毫。(又欲下)

阮　籍　(拦住)他们抓他,是不是想杀他?

山　涛　杀他? 山某以为,中散并无违逆大将军之处,这只是一场误会。(再次举步欲下)……大将军已经进去得太久了,该死,我们不该待在这儿! 我们不应该议论这件事。(欲下)

阮　籍　山公!

山　涛　这里到处是眼线,不是谈话所在!(欲下)

阮　籍　(冲其背影)如果我们对嵇康被抓装聋作哑,不闻不问,士林会怎么看我们呢?

[山涛站住。

山　涛　这群人的眼光是厉害的,他们的嘴巴也是不饶人的。如果被记在史书里——

阮　籍　他们抓他,只是为了杀他,还是有别的意图?

山　涛　意图?

阮　籍　嵇康恰恰在钟会手上。

山　涛　钟会?

阮　籍　阮某反正绝意仕途,做不做官都无所谓;山公您,正想着周公吐哺呢,而在这府上,想做周公的不止您一个。

山　涛　那怎么办?

阮　籍　(停顿)我不知道。

山　涛　阮公!

[幕内祝酒声声:

大将军圣明!

大将军威武!

大将军乃是我魏国的福气祥瑞,众望所归啊!

阮　籍　大将军已经进去太久了,我们也该进去了。好酒,好酒!(手持酒杯,在山涛的注视中,悠然而下)

[山涛愣,快步追下。

## 2

[光起,山涛。

山　涛　在我朝,只有一条罪是死罪,那就是叛逆。我不认为嵇康有叛逆的想法。我除了喝酒佯狂做不出什么来,嵇康也一样,除了打铁、发牢骚,也做不出什么来。我想,去探探监,尽一份朋友的情谊,不算是死罪吧?

[光起,阮籍。

阮　籍　我和山涛虽然同在朝为官,但其实已形同陌路。我和他都放下麈尾拿起了笏板,只是,我没有志向去做股肱之臣,做不到侃侃而谈如何征收赋税,如何增加老百姓的人口、让骡马更好地繁殖……

[二人圆场,碰面。

山　涛　当我们在牢门口不期而遇的时候,我确实惊讶、意外,我甚至后悔,我应该派心腹先来打探一下,然后悄悄前来。

阮　籍　跟他一样,我也不想让我的探监走露一点风声。

山　涛　你总是说,你从来做不到。

阮　籍　我做得到! 我“口不臧否人物”,从不议论人的是非。史书当中写着呢。

山　涛　可你又会做“青白眼”,用黑眼珠和白眼珠看人,你的眼睛珠子,泄露了你的好恶。

阮　籍　我想要隐藏我的好恶时,我是能够做到的! 我做不到,是因为我不想! 是因为我想让一些人知道,我讨厌他们,讨厌他们!

山　涛　我们要在牢门口争辩吗?

阮　籍　这样会招致更多的注目。

山　涛　阮公请!

阮　籍　不,山大人公务繁忙,山大人先进。

山　涛　哦……(沉吟)山某只是路过,并不需要进去。

阮　籍　是么?

[司马昭、钟会和何曾的声音。

司马昭　收捕嵇康一事,卿做得机密,孤要好好嘉奖你啊!

钟　会　主上将难办的差使交给属下,便是对属下的嘉奖了!

何　曾　依老臣所见,满朝文武之中,没有像钟大人这般忠心耿耿的了!

司马昭　孤难以想象,似嵇康这般聪明的人,怎么会牵扯到桃色事件中来!

钟　会　这叫聪明反被聪明误,他太自信也为自己的愚蠢懊悔不迭呢。

何　曾　依老臣所见,这是那嵇康为人不正,结交下流所致。那吕向,本来就不该娶那么漂亮的老婆,才引得兄弟反目成仇,让外人说三论四。这丑妻自是家中福,老朽是深有体会……

[阮籍和山涛闻讯吃惊。

山　涛　怎么,他们也在?

阮　籍　嵇康是关押在钟会的官衙内。

山　涛　(一惊)我们同时到来,像约好了一样——这不好、不好。(转身想走)

阮　籍　走已经来不及了! 他们——大将军和钟会——他们看到我们了!

[司马昭和钟会等上。

司马昭　你们?

钟　会　他们——(指指山、阮二人,又指指嵇康所处的狱室)

山　涛　这……这……我们不是……我和他……(拭汗)

阮　籍　(看山涛)哈哈……

钟　会　他还笑!

山　涛　步兵!

[阮籍笑至兴起之处,索性把衣服也脱了。

钟　会　阮籍,你这是做什么?

阮　籍　有虱子,捉虱子。你这牢中,虱子太多了。

何　曾　大将军,阮籍钓名沽誉,眩世骇俗,臣请大将军将其逐出中原,不要让他污染华夏!

阮　籍　我听人讲过,何曾一年之内跟妻子见不到三面,每次见面均在大庭广众之中,绝无私室亲昵之举。他的不近女色,可谓有目共睹。然而,就是这样一个人,吃饭却要上几百道菜,花费一万两金子,还说没有下箸可吃之菜。(笑)何中郎,孔子说过:“食色,性也。”吃饭和好色是人的天性,(笑)大约一个人在某方面不行,便会把兴趣全转移到另一方面。(慢条斯理地捉虱子)来来来,何中郎,尝尝这牢里的虱子怎么样。(往何曾身边凑)

何　曾　(躲,怒)大将军!

山　涛　(乞求地)步兵!

司马昭　何卿,阮公如此瘦弱多病,卿不能看在我面上容忍他吗?

何　曾　这……老臣遵命。

司马昭　我们走吧!

[三人下。

山　涛　步兵,你是不是疯了? 你……你这是干什么!

阮　籍　(慢条斯理穿衣服)没有我这么一脱,他们会走吗?

山　涛　你原来是……

阮　籍　他们不是已经走了吗?

山　涛　那是大将军平定叛乱,正在兴头上! 足下刚才的行为,触怒了他,你还想活着出这个牢狱吗?

阮　籍　死在这牢狱之中,又焉知不是我的心意!

山　涛　(不安地)他们走了,可他们留下了眼线……

阮　籍　(向四周看)这儿,或者那儿,一双双偷窥的眼睛。

山　涛　进去,还是不进去?

阮　籍　犹豫不决,举棋不定,更叫人添疑!

山　涛　你……

阮　籍　记得你没做官时,说过一句话,"我今可以为友者,独此二生耳。"这两个人,就是我和嵇康。

山　涛　你以为我不敢探监?

阮　籍　你不敢。

山　涛　山某居心坦荡,一心为公。有何不敢?(迈步)

阮　籍　阮某奉陪!

山　涛　我刚举步,扑面而来是一只肥壮老鼠,嘴里正撕咬着一块死人的头皮!

阮　籍　这边上是浸透人血而闪着黑光的铁枷,那边是一堆白得耀眼的骷髅。

山　公　一群蚂蚁在骷髅的眼眶中进进出出,它们把肉都搬光了。

阮　籍　也许不久的将来,这里就是我的居所……

山　涛　不,不,大将军明察秋毫,赏罚分明!

阮　籍　一团破布包裹的模糊血肉……那大概是个人? 那是嵇康?

山　涛　(叫)中散,中散!

阮　籍　那不是中散!(指另一侧)中散正戴着刑具,好好地坐在那里呢。

山　涛　(扑过去,激动地)中散,你好吗? 他们为什么把你抓起来? 你犯了什么错? 他们有没有拷打你? 你有没有对他们说什么?

[两人恢复常态动作。

阮　籍　山涛焦急地询问他，摇晃他。

山　涛　他却一如往常地平静地微笑着。

阮　籍　是啊，他没什么好说的。他们抓他，自然是不需要理由的；他对他们，自然也是无话可说的。

山　涛　他人虽然消瘦，精神风貌却还好。仿佛他不是在阴森恐怖的监狱里，而是在风生云起的山野里，枝叶披拂的竹林里，俯仰自由的书房里。他抓住我们，兴奋地说——

阮　籍　“我刚刚得到一个有趣的故事，你们要不要听？”

山　涛　在监狱里，他竟然有心说故事！

阮　籍　（模拟嵇康的声音）“我刚刚在读《山海经》！这世界上，不止我们一个世界，还有层层叠叠像山峦一般互相遮掩的世界。有的世界是铁与青铜的图景，有的世界芳香四溢色彩绚烂。”

山　涛　（模拟嵇康的声音）“有的世界西王母的三足乌成群地飞起，有的世界野蛮的山峦尚未雕刻成型，新出生的大海正在练习涌动它的潮水……我们所处的世界，只是通向另一个世界的起点、一道大门，每一个世界的终结都会开启另一个世界——”我简直听不懂，他在说什么？

阮　籍　“世界那么大，我想去看看。”他说。

山　涛　他还说：“在这样的世界里，有许许多多的奇人。”

阮　籍　有一种人，他们以脑袋坐凳，又以双手走路；还有一种海人，他们叫的声音像小孩子哭，眼里流出的泪都能成为珍珠。还有一种巨人，他们日复一日昏睡，总也不醒。他们梦中的眼皮略略动上一动，我们脚下的地面便要海沸山摇了。”

山　涛　他又说：“这样的奇人有很多种，传说中的神仙也是奇人之一种。只是，成为神仙是奇人最害怕的事。因为，想从一种奇人变化成另一种奇人，你必须得死。而神仙是不死的，所以一个神仙每天急急忙忙做的事情是——”

阮　籍　“——找死。可是，一个神仙活得越久，便越难死。”

山　涛　中散啊中散，再让你在这地方待上几天，你就不会谈论《山海经》了。（激动地对假想中的嵇康)必须马上救你出去! 这不是你待的地方,你不应该待在这里! 你……

阮　籍　说完了这两句话,你突然无话可说了。是的,“必须”;是的,“应该”。这只是一些假设的词汇。想象中的事物。如何能变成现实呢?

山　涛　这……

阮　籍　中散被抓是因为吕安。吕安在我们眼中,是一个异类。我们,我、山涛和嵇康均是竹林中人,而吕安不是。凡是加入我们的,或者家世不凡但出身贫困,比如说我阮籍;或者家世平凡但才学出众,比如说山涛和向秀;或者虽出身士族但对桀骜不驯,对他所属的阶层表示了充分的不屑,比如王戎。但吕安家世豪富,他的哥哥吕巽是司马昭的相国掾,吕安还有一个美丽的妻子,兄弟和睦、家庭美满,是一个标准的公子哥儿。

山　涛　嵇康和吕巽、吕安兄弟的关系都很好。在不跟我们一起的时候,嵇康就常和吕安约着。我想,桀骜的嵇康结交吕安,或者是因为吕安经常向嵇康购买铁器。毕竟吕安家是个大家族,用到的铁器多。嵇康辞官不做以来,锻造铁器是他唯一的生计。

阮　籍　吕安的妻子被吕巽灌醉侮辱,愤怒的吕安将此事告诉了嵇康,嵇康写了封信,义正辞严地骂了吕巽一通……

山　涛　嵇康的文风,我是知道的,那是会让人惶恐无地、汗流浃背的啊!

阮　籍　吕巽是一个老谋深算、睚眦必报的人,他恼羞成怒,决定斩草除根的啊!

山　涛　没过多久,吕家便有仆人指证,吕安殴打母亲不孝,因为哥哥教训他,便诬蔑哥哥侮辱自己的妻子。

阮　籍　(摇头)指证吕安的人一大把,却无人替吕安作证,除了嵇康。

山　涛　案件的主告者吕巽是司马昭的宠臣。(对嵇康)中散,怎么会牵扯到一桩桃色案件中来?

阮　籍　风化案件是不会置人于死地的。

山　涛　可偏偏大将军宠信的人,都想让你死!

阮　籍　中散,对于美丽的女子,我们远远地看一看,顶多写篇文章哀叹一下,就够了! 何必陷自己于麻烦中呢?

山　涛　中散，您所得罪的人，都是这世间最有权势的人了！

［二人对视，着急搓手。

山　涛　天之丧予，天之丧予！

阮　籍　若之奈何，若之奈何！

［阮籍盯着山涛，打量他的官服。

阮　籍　山公！司马昭很是器重足下，也许足下可以——

山　涛　阮籍在看我，我不由自主脸红了。是的，在我们三个中，甚至在我们七个中，我是最有权势的人物。可是他们不知道，在司马昭的身边，我并不是受器重的人。大将军信任钟会、何曾，甚至阮籍都比我更容易得到宽赦。(对阮籍)嗣宗……大将军很欣赏你的才气和不羁，也许你可以在大将军面前……

阮　籍　(避开)不……

山　涛　阮公不妨假借酒醉替嵇康求情，你一向纵酒任性，即使说了不合适的话，大将军也会一笑了之……

阮　籍　(谦恭地)山公一言九鼎！

山　涛　(谦恭地)阮公进退从容！

［二人恢复正常叙事。

阮　籍　我们在他面前热烈讨论着。

山　涛　我们表现得十分关心和同情他。

阮　籍　嵇康却很平静，一种没有期待的平静。

山　涛　一种类似绝望的平静。

阮　籍　除了那段想入非非的“海人”、“鹿人”外，他什么也没有说。

山　涛　他没有向我们求助。如同他罢官之后，没有了俸禄，甘以打铁的贱役养活自己，而从不向我们求告。

阮　籍　似乎他知道，他乞求别人哀告别人，只是白白给其他人增加烦恼。

山　涛　他这种平静让我们羞愧。

阮　籍　或者他看到，在我们演技浮夸的慰问下，是担心受牵连的不安和紧张吗？

山　涛　我们愤慨，我们惋惜，我们绝望。

阮　籍　嵇康还是一如既往地平静。

山　涛　他等着和吕安一块儿死。

阮　籍　仿佛他知道，没有人可以救他们，事情没有转机。我们让他失望。

山　涛　但给他盲目的希望，那是一种欺瞒。

阮　籍　你……

山　涛　你……

[两人望向彼此，收光。看上去，这两个人像老鼠一样，在洞中隐去了。

# 第二幕

## 3

[光起。

阮　籍　我在万分悲痛又无可奈何中回到家。我回到家的时候，我的妻子已经倚门而候很久。

阮　妻　郎君郎君！

阮　籍　(转身)我想避开她，假装我没有回来！

阮　妻　郎君，你听我说呀！

阮　籍　不，我不想听你说。我知道你要说什么！是不是北阮又占了你的晾衣竿，还是他们晾晒的衣物占用了你的阳光，打湿了你的地面？

阮　妻　你说什么？

阮　籍　在同一条道路的南面和北面，都住着姓阮的人家。那是我和我的同族。只是，住在南面的是没有钱的阮姓，住在北面的是有钱的阮姓。很不幸，我就住在南面。我的妻子是个能够安贫乐道的女人，但是，每当住在北面的姓阮的人家的女仆，把他们家贵重的貂裘狐皮高高挂在晾竿上的时候，我的妻子总是忍不住要气愤，要抱怨……我想，她候着我，也是为了跟我抱怨这件事。我想马上转过身，头也不回地到路尽头的小酒馆去。那里的女主人很漂亮，除了漂亮，她还允许我喝醉了躺在她身边。在这世界上，能有一个女人，让你喝醉了躺在她身边，又不向你提任何要求，不会每隔一个时辰来探探你的鼻息，看你有没有死去；也不会不耐烦地催促你出门去衙门里办事……那是一个多么好的女人啊，她是不会为了晒衣服的事情烦恼的！

阮　妻　晒衣服？

阮　籍　随便找些什么去晒吧，只是别来烦我！

阮　妻　随便找些什么？郎君，不会的，我不会随随便便晒的，要晒就晒绫罗绸缎，晒得他们眼花缭乱！我们很快也会有贵重的绫罗绸缎，貂皮狐裘的！

阮　籍　你把我剥了皮，拿出去晒吧！

阮　妻　喜事，大喜事！那钟会来替大将军之子提亲了！

阮　籍　什么？

阮　妻　大将军想讨阿珠做儿媳妇儿，许配给他的儿子司马炎。

阮　籍　不行。

阮　妻　日后司马炎袭封大将军，阿珠就是将军夫人，咱们家还能缺得了绫罗绸缎？我专门花了一天的时间想聘礼，各样各色我都想周全了！

阮　籍　不能嫁。

阮　妻　为什么不嫁？

阮　籍　为什么要嫁？

阮　妻　那是大将军！

阮　籍　你就知道那是大将军。可你不知道，他还是个杀人的魔王。

阮　妻　你别吓唬我，

阮　籍　这亲不能结。

阮　妻　这亲要结。

阮　籍　不能结。

阮　妻　要结，我说要结就要结！这是唯一让北阮们停止晾晒貂皮大衣的机会。

阮　籍　什么？

阮　妻　从今天开始，巷子中间的晾衣竿，就被我给包了。

阮　籍　我不懂你说什么。

阮　妻　我要在上面晾晒大将军家给阿珠送来的聘礼。从今往后,他们碰也别想碰那根杆子。

阮　籍　目光短浅! 妇人之见! 你会毁掉阿珠一生的! 司马家个个阴险无比,你这是把阿珠推向火坑。

阮　妻　我看,你才是葬送她一生的人! 你知道有多少提亲的人,知道她的父亲是个疯疯癫癫的酒鬼,随时会掉脑袋,而吓得望门却步吗?

阮　籍　司马昭刚把嵇康抓进监狱,转而向我提亲,他不是要结亲,他是要威胁我,看我是不是听话!

阮　妻　我正怕你那个嵇康牵连我们。与大将军结亲,我们一家人的性命,不就算锁进了保险箱吗?

阮　籍　天下人会怎么说我?

阮　妻　哪个敢说? 大将军会让他们统统闭嘴!

阮　籍　阿珠的亲事,还要从长计议。

阮　妻　阿珠的事,我再也不要让北阮在我面前耀武扬威!

阮　籍　你……(片刻,狠心)你去取把剑来。

阮　妻　做什么?

阮　籍　你且取来!

[阮妻从墙上摘下剑,递给丈夫。

阮　籍　(举剑)如果阿珠不是我的女儿,司马昭就不会打她的主意了。让我自裁了吧!

阮　妻　夫君,不可呀!

[二人争抢。

阮　籍　我宁可死,我也不让阿珠嫁入司马家。

[阿珠上。

阿　珠　爹,娘!

[阮籍夫妻停止争抢。

阿　珠　爹娘不必烦恼。若是女儿嫁给司马炎,能免却二老烦恼,那孩儿自当欢欢喜喜前去。

阮　籍　那司马氏诡计多端。高平陵之变，司马懿父子三人起兵诛杀曹爽之际，为防走漏消息，先杀了司马师的妻子夏侯徽——

阿　珠　为何？

阮　籍　只因她是征南大将军夏侯尚的女儿，而夏侯尚是支持曹魏的。

阿　珠　啊？

阮　籍　如今，司马昭篡位，是迟早的事。他起兵篡位之时，你便是第二个夏侯徽啊！

阮　妻　你这是杞人忧天！

阮　籍　不能嫁！

阮　妻　他是大将军，皇上都听他的，他想要娶你，你躲得过吗？

阿　珠　（拿到宝剑，决绝地）既然孩儿嫁又嫁不得，躲又躲不过，横竖是一条死路，待女儿自裁了吧！（举剑自刺）

阮　妻　（大惊）阿珠！

［阮妻前去夺剑。

阮　妻　还好，只是划破了前额。（与阿珠包扎）儿啊，人人求生，你何必求死呢！

阮　籍　（吃惊地）你竟然不怕死？

阿　珠　那《列女传》中缇萦救父，赵娥复仇，都是万世流芳的节烈女子。倘若女儿一死，能免去父母灾难，女儿死又何惧？

阮　籍　那倘若不是为了父母呢？

阿　珠　阿珠的性命是父母给的，父母让阿珠去死，阿珠怎敢推辞。

阮　籍　好了，嵇康有救了，嵇康有救了！

阿　珠　爹爹，您说什么？

阮　籍　阿珠，事若成功，你将同缇萦、赵娥一样青史留名，天下人都将称颂你的行为！

阿　珠　爹爹，你说什么？

阮　籍　娘子，那钟会去了多久？

阮　妻　什么？

阮　籍　（略显激动地）我问你，那钟会何时再来？

[钟会出现在舞台上。

[切光。

## 4

[光起，山涛府上。

山　涛　那天，我到家之时，室内笑语喧哗，窗纸上映出一个男人的身影。这是非常不同寻常的。我的娘子是个贤惠的女人，在我没有发达的时候，她督促我苦读经书日夜不辍。在我做了官之后，她常常寻访前代的旧人，讲述东汉末年那些官宦大臣败亡的故事，以为我的借鉴。她从不与外人交谈，也无暇嬉戏。这个人是谁呢？

[山妻自内迎出。

山　妻　郎君，司马大将军来了！

山　涛　谁？

山　妻　就是当今的一人之下、众人之上的大将军啊！

[司马昭笑着从台后走上。

司马昭　山卿，孤是你的不速之客啊！

山　涛　(行跪拜之礼)涛有失远迎，望恕死罪！

司马昭　(扶起)何必行此大礼！孤只身到此，也是为了免却繁琐的礼仪。如今成了大将军，又加封了高都公，诸事加身，反倒不如闲散官职时行事方便了。那时，山卿与父王同殿为臣，父王曾对孤讲，山卿有人臣之望，当时孤就不胜倾慕！

山　涛　惶恐，惶恐！

司马昭　只是当时山卿在曹爽帐下为官，欲亲近而不得啊。

山　涛　那曹爽才卑识浅。凭借父兄之势忝居高位，涛之出仕，迫于时势而并非本意。

司马昭　是啊。想当初，那曹爽帐下也人才济济，可他唯亲是用，天下有识之士，皆沉沦下僚，怀明珠而不遇，抱长恨以郁终。

山　涛　幸而尊公挥戈一击，驱散凶邪，登崇善良，天下士子才有了出头之日。

司马昭　不敢当，不敢当！山卿乃当世的吕望，辅佐周文王的姜子牙，若能为我所用，那是我司马氏的幸运啊！

[听到“当世吕望”四个字，山涛和山妻不由自主对望一眼。

山　涛　“当世吕望”？姜子牙，那是辅佐周文王开疆辟土的股肱良相啊！君主的臣子何止万千，而姜子牙却只有一个，我在他心目中的地位，只怕已经超过钟会了！

司马昭　孤拟将山卿由尚书吏部郎调任大将军从事中郎。从朝廷的官到我将军府的官，委屈山卿了！

山　涛　啊？

山　妻　啊呀！做大将军府的官，能侍奉大将军左右，外人求之不得呢！郎君，还不快谢过大将军？

[山涛伫立不动，似有所思。

司马昭　不过，孤想，这吏部侍郎是个要职，究竟何人担任为当，还需山卿细加寻访，多多费心。(出一纸)这是一份名单，山卿可于中选取。

山　涛　遵命！

司马昭　(点头)孤告辞了！

山　涛　大将军请留步！

[司马昭转过身来。

司马昭　卿有何话？

山　涛　我突然很想对他说，人外还有人，天外还有天，世界之外还有世界。这个世界的终结，只是通往另一个世界的起点。在这个世界里你是人，在另一个世界里你就是鹿。在这个世界里你狩猎，在另一个世界里你被捕。(欲说欲兴奋)一个世界套着一个世界的空间里，你甚至无法真正杀死一个人。脑袋坐凳的人死掉后，会变成海人；海人死掉后，会变成陆地巨人；陆地巨人死掉，会变成穴人；穴人死掉，会变成鹿人——

司马昭　(不耐烦地)卿有何话？

山　涛　属下以为，嵇康卷入吕安风化一案，实属冤枉。

司马昭　这就是你探望嵇康的结论？

山　涛　(跪倒)大将军,属下探访嵇康,乃是为了将军啊! 若能赦嵇康死罪,将他收于麾下——

司马昭　有人出首,说他参与了“淮南之叛”。

山　涛　大将军明鉴! 那淮南距此路途遥远,难通消息。嵇康又不在朝中任职,他焉能与之共同起兵?

司马昭　天下景仰嵇康的士子颇多,有人替他们互通消息,也未可知。

山　涛　他手无寸铁,起兵岂不是笑谈。

司马昭　可他会锻铁,难道不会锻几件兵刃?

山　涛　他锻造的都是农具、炊具之类……

司马昭　你如此清楚,莫非你与他形影不离?

[山妻拉山涛。

司马昭　说起嵇康参预了“淮南之叛”,孤也不信。只是,他写文著说,尽皆与孤对着干。孤提倡礼教孝道,他就说“礼教岂为吾辈而设”,把古时的圣人明君说得一文不值十分不堪。如此公然违背孤之意旨,孤若不惩罚他,如何号令天下?　(起身要走)

山　涛　明公……

[司马昭突然身子不动,脑袋转过来。

山　涛　(吓了一跳)狼顾之相……

司马昭　(狰狞地)收嵇康于麾下,孤何尝不想? 嵇康是曹魏的女婿,出身不可谓不高贵,然而他能辞官不做,从事最下贱的锻铁粗役,而丝毫不以为耻。要么他肯应付,要么他彻底隐居,浪迹江海,远离我的视线。否则,活在我的势力圈里,又不靠我生活,自服贱役养活自己,还活得优游自在,能谈玄能论道,天子不以为臣,诸侯不以为友,天下的人都像他这样,那主上还有臣下吗? 没人做官,哪里还有什么皇帝?

山涛妻　大将军说得极是,这嵇康是有点过分了。

司马昭　吏部侍郎的事,卿再好好琢磨。天色已晚,孤该走了。(下)

山　妻　恭送大将军!(拉山涛)大将军走了!

[山涛正愣愣地。

山　妻　恭喜相公。贺喜相公!

山　涛　我何喜之有?

山　妻　大将军让你做将军府的从事中郎,分明是把你当亲信了,这不是喜是什么?

山　涛　同为竹林中人,嵇康入狱受刑,而我却弹冠相庆,天下士子会怎样看待我?

山　妻　那夫君辞官不做,违抗大将军的命令,是步那嵇康后尘吗?

山　涛　我不能置朋友于不顾。

山　妻　夫君莫非要舍弃这大好的前程?

山　涛　我是怕司马昭大兴牢狱。

山　妻　大兴牢狱?

山　涛　说嵇康谋逆,那是要夷灭三族的!

山　妻　三族是嵇康的妻族父族母族,又杀不到你我头上。

山　涛　娘子如何能说出这等话来?娘子难道忘了,当初你仰慕他的风采,特命我将中散邀到府上来饮酒谈玄,你隔着墙偷看,聚精会神不知不觉看了一整个晚上吗?

山　妻　(不悦地)郎君何必旧事重提?钟会今日杀了嵇康,此事便再无人知晓。于你于我,也是一桩好事。

山　涛　真真是最毒妇人心。娘子不惜那嵇康夷灭三族,难道也不怕“党锢之祸”?

山　妻　“党锢之祸”?

山　涛　那是在刚刚过去不久的汉末,距离现在顶多也五六十年的功夫。一批宦官和外戚作乱,一群读书人起来反对,他们之间势不两立。无权无势的读书人,怎能同天天见得到皇帝的外戚抗衡?于是,他们发动舆论激励百姓都参与到谴责外戚中来。可是,坏就坏在发动了舆论,皇帝为之震恐。外戚趁机指责士人们结党营私,图谋叛逆。

山　妻　(不寒而栗)叛逆……

山　涛　皇帝自然紧张,他下令捕杀天下读书人,对他们加以严刑拷打,让他们供出更多的同谋。有些人宁死也不招,有些人则胡乱攀扯,凡是被他们供出的人，都以“党人“的借口一网打尽、格杀勿论了！

山　妻　啊！

山　涛　“党锢之祸”可不需要什么血缘亲族，甚至都无需一面之缘，便皆可以惹祸上身！你也知道，钟会与我向来不睦，他最擅长撬开人的嘴巴……

山　妻　你与嵇康的交往，是很久以前的事。不，自受大将军赏识以来，郎君不曾与他来往过。不，“党锢之祸”已经过去了，今天不会再有了。大将军是信任你的！

山　涛　纵然主上信任，可我与嵇康交好天下皆知。若有人从中播弄是非，主上生疑，到时如之奈何？

山　妻　郎君想怎样？

山　涛　我必须救嵇康。

山　妻　大将军杀机已动，郎君切莫惹火烧身。

山　涛　山某此举更是为了大将军！连年杀戮，连年平叛，一叛刚平，一叛又起。是时候让天下人安心，不再提心吊胆了！不能再大开杀戒了！

[切光。

## 5

[光起，阮籍。

阮　籍　说服我的妻子，不是件容易的事。她整天叫喊着：“放着荣华富贵不要，偏偏要断送女儿的性命！”我真怕走露了风声。我也担心，我的女儿在她的影响下，犹犹豫豫，改变心志。

[《广陵散》的乐曲声。

阮　籍　它名叫《广陵散》，听起来像婉转悠扬、皆大欢喜的歌功颂德之曲，甚至有人把它当成《寒食散》一样的中药药剂。其实，此曲原有一个名字叫《聂政刺韩王》，表现聂政为父复仇、刺杀韩王的一段故事。它的旋律慷慨、激昂，寄托着聂政不畏强暴、宁死不屈的复仇意志……世上的人，只有嵇康会弹。我应该学会这首曲子，弹给我的女儿听，弹给我的妻子听，让她们知道，这世界上有些事情，是值得你不顾性命去做的。

[乐声消失，阮籍圆场。

[光圈里出现山涛，他挺身长跪，像在与嵇康恳谈。

山　涛　中散，若想保全性命，切不可再为吕安作证。

阮　籍　“康从不想苟全性命。”

山　涛　装聋作哑、不声不响，山某也好从中行事啊！

阮　籍　“我做不到。”嵇康回答。

山　涛　那，让吕安自杀身亡，让此案成为无头悬案。

阮　籍　“我做不到！”嵇康的神色已经有些怒了。

山　涛　（击掌）好！涛也知中散不是卖友之人。不过，如果既想保全吕安，又想保全中散的性命，恐怕只有一条路。

阮　籍　什么路？

山　涛　写些文字呈递给大将军，代表你已经有悔意。

阮　籍　“足下莫非为司马昭做说客吗？”

山　涛　我是实实为了阁下！

阮　籍　“为了活命而违背心志，我是做不来的。”

山　涛　其实，大将军并没有杀你之心。

阮　籍　你是从何得知？

山　涛　他昨天晚上到我家中来过。

阮　籍　你的家中？司马昭到你家里来过？

山　涛　他亲口对我说，有人告发你卷入淮南的叛乱。

阮　籍　“欲加之罪，何患无辞！”

山　涛　可他也很为难。他并不想杀你，但需要你有一点表示……

阮　籍　就是认罪的文字？《认罪表》或者《认罪书》？

山　涛　我知道这种东西，中散是断然不会写的。我的意思是说，只要一首诗，一首你在狱中时写的诗，诗中稍稍有些懊悔之意，他也就不再追问下去，大事化小、小事化了了。（双手捧上）这首诗，我已经写好了。

阮　籍　（接过，念）“嗟余薄祜，不训不师。爰及冠带，凭宠自放。曰余不敏，好善暗人。”（冷笑）这还叫一点点表示，这简直是把自己全盘否定了！

山　涛　字句还可以改。

阮　籍　(冷笑,拱手)中散,可否弹奏一曲《广陵散》?阮某想学会这首曲子。

山　涛　不,在这个时刻,弹奏这首复仇的曲子是极为不明智的。如果大将军在这里,听到了嵇康的琴声,他会以为他在向他示威……(喊叫)不,不,停下!

阮　籍　我看你是被吓破了胆。

山　涛　中散,只需花上半柱香的工夫,把这百余字抄上一抄。

阮　籍　万一中散低头只是白受屈辱、自毁声名呢?

山　涛　不会的!

阮　籍　为什么?

山　涛　因为司马昭是英明之主,他赏识我、称我是"人中吕望"……

阮　籍　他如此赏识你?所以你才为他做说客吗?

山　涛　大将军视我如吕尚,那对待嵇康更不可知了!

阮　籍　(嘲讽)说服嵇康低头,这就是你担任吕尚的第一步?

山　涛　(对阮籍)自己袖手做壁上观,却处处攻击别人。不知足下的用心,究竟是要救人,还是要展示自己的舌辩之才!

阮　籍　我却没有想过毁掉朋友的名声以逢迎主上!

山　涛　(被阮籍激怒)那你呢?让他像你一样,装疯卖傻,像个跳梁小丑一样,犯了过错就归到醉酒上吗?

阮　籍　他的话一出口,我觉得我的脸色变了。(下了决心)事已如此,我不能不把自己的打算说出来了。司马昭向我的女儿提亲了。

山　涛　听到阮籍的话,我吓了一跳。(对阮籍)那你——

阮　籍　我打算答应他。

山　涛　不可!

阮　籍　我要以此作为赦免嵇康的条件。

山　涛　司马一家反复无常!万一阿珠嫁过去,嵇康又受刑而死,天下士人会说——

阮　籍　我知道,天下士人会说,我阮某贪图富贵,而在好友入狱之时,忙不迭地把女儿嫁给了朋友的仇人。所以,我会叮嘱我的女儿,无论嵇康救不救得出,她都得在新婚当晚自杀。

山　涛　不可! 我几乎和嵇康一同喊了出来。那司马昭焉能放过足下?

阮　籍　只要中散远走高飞,死又有何惧! 汩泥扬波、韬光养晦,我阮籍这一辈子做够了!

山　涛　与其牺牲阿珠一生换取中散的性命,还不如写首悔过诗。

阮　籍　嵇康是天下士人的榜样! 我担心,这样的诗恰成为他的认罪状!(举起山涛代拟的诗句)黑纸白字清清楚楚,他就不是死一次,而是死千次万次、千秋万代了!

山　涛　我山涛是不会让朋友冒这样的风险的。我考虑周全了,我来模拟中散的笔迹,先代中散上诗。若司马昭不宽恕中散,我将挺身而出,讲明真相,绝不令中散声誉受辱。诸位信不过司马昭,难道,连我也信不过了吗?

阮　籍　绝对不能写任何东西,那会是一辈子的污点!

山　涛　中散乃是士人领袖,焉能求生于女流之辈?

阮　籍　让嵇康写《认罪表》是下下之策!

山　涛　阿珠嫁入司马家,无异羊入虎口,阮公必将一门无存! 不如写一首认罪的小诗!

阮　籍　中散,山涛不可信任,他是司马氏的说客!

山　涛　中散,阮籍不可信任,他是个酒徒,他成不了大事!

阮　籍　(怒)我不是任性使气、贪生怕死之徒;我也不是志大才疏,只会口出狂言,然而却没有谋画的人;我更不是贪杯恋酒,一闻到司马昭府中的美酒香气,就魂不守舍、忘了本分的酒徒!

[片刻。

阮　籍　就是这样,不知怎么地,我们两个争吵了起来。

山　涛　嵇康没有劝阻我们,他只是静静看着我们,仿佛我们是在竹林论道,争论的不是他的生死而只是一个玄而又玄的玄学问题。

阮　籍　我突然觉得,我太闹了。

山　涛　我也突然觉得，我太吵了。

阮　籍　我们一定要通过争论，来解决问题吗？

山　涛　我们一定要在朋友面前，把拯救他的动作，表现得如此大张旗鼓吗？

阮　籍　我们突然安静了。

山　涛　后来，我们的朋友打破了沉默。他说——

阮　籍　我想好要去哪个世界了。我要去鹿人的世界。

山　涛　他的眼睛闪闪发光，望进去深不见底。

阮　籍　鹿人有着纵横交错的鹿角和健美轻盈的四肢。当他们将身子一斜，四肢一伸展，便构成了奔跑的姿态。这种狂奔会打乱整个鹿群的步伐，会给旁边的鹿人带来不便，也许会造成伤害。但没办法，他想奔跑时必须奔跑，连累其他鹿人不得不跟着一同奔跑。所以，整个鹿群奔跑时，总是先从一头鹿开始的。

山　涛　我们盯着他的眼睛，在那团跳跃着的火后面，我们瞧见了一头鹿，盘在它头上的鹿角，像一把暗红色的巨剑，一次又一次划破铁蓝色的天空。

阮　籍　我们看到有一些鹿群开始奔跑，我们更看到慌乱作一团、不知所措的鹿群。但当鹿群开始奔跑时，他却停了下来，他静静地观望，一动不动……

[山涛和阮籍语气突然变得凌厉。

山　涛　他是不是吓傻了？

阮　籍　竟然在幻想死后的世界以自欺欺人。

山　涛　在我们孤注一掷、绞尽脑汁想救他的时候？

阮　籍　他却在讲虚妄怪诞的鹿人！

山　涛　我们不再浪费时间。虽然他还在说："你们看，你们瞧！"

阮　籍　有什么可看的，有什么可瞧的？谁见到过鹿人？

山　涛　我从来没有见到过。

阮　籍　这是一种偏执，这是一种病！

山　涛　他凭什么跟我们不一样？

阮　籍　他必须得跟我们一样，我们的朋友，必须得跟我们一样！

[《广陵散》不知何时，由隐至显，响了起来。

山　涛　(捂耳)停下,停下!

阮　籍　(捂耳)停下,停下!

[切光。

6

[光起,钟会和山涛。

钟　会　你是说,嵇康他看过钟某的《四本论》?

山　涛　不错。那嵇康在狱中甚是无聊,镇日读书以资消遣。我曾嘱人抄录一份书单,其中,钟公的著作赫然在列。

钟　会　那他对钟某的书,作何评价?

山　涛　恕我直言,他……他一言不发。

钟　会　一言不发?

山　涛　只是读完之后,便去拂琴。

钟　会　弹《广陵散》?

山　涛　正是。

钟　会　这作何解?

山　涛　想必大人也知道。那嵇康酷爱此曲又不轻弹,仅在心潮澎湃、激昂难抑之时,才偶一为之。

钟　会　读钟某之书,读出澎湃、激昂来了?

山　涛　大人的《四本论》自然是辩才无碍,气势磅礴,必须要德才兼备才叫"人才",有才无德是小人,嵇康岂能不服?只是他遗憾的是,这样的书,偏偏出自于您之手,而您,恰恰又与他——

钟　会　(面露得色)哈哈,我对他也常有此叹。

山　涛　涛听人说,嵇康在狱中夜夜读此书,又每于读完弹琴——

钟　会　不错,确常有《广陵散》的乐声从狱中传出。这么说,都是他在读我的书喽?

山　涛　钟公明鉴!就是山某的著作,嵇康也未曾再三拜读!

钟　会　(自负地)想当初此书写成,朝廷内外一片褒扬,我好心请嵇康雅正,又担心他成见在胸而闭门不纳，于是隔着院墙掷进他户内。我刚转身要走，只觉背部受到重重一击，我扭头一看，这不是我刚刚掷进去的《四本论》吗？嵇康他竟然原封不动掷了回来！什么名士，这哪有名士风度？

山　涛　此一时彼一时也！生死之际，人的精神意志便会改变，高傲的心也会变得谦逊。山某以为，若嵇康有幸不死，他与大人，倒是可以高山流水，传做一段佳话呢！

钟　会　(大笑)哈哈……(变色)山大人为了营救朋友，可谓煞费苦心。

山　涛　钟大人！

钟　会　要嵇康命的是大将军，我何苦为了嵇康，而去得罪于大将军？

山　涛　嵇康是士人的楷模、百姓心中的圣人，他如同高山顶上的孤松，美玉雕成的山峰，想要追随他，成为其友，甚至超越他、凌驾于他之上的士人不计其数，然而他们只是镜花水月空自嗟叹。不过今日，上天把机会赐予了大人，大人只要一举手一投足，救嵇康于濒死之际，我想那嵇康断然是没有勇气拒绝大人的恩德的。让天姿超纵的嵇康惶愧无地、感激涕零，这难道，(放慢语气)不是件令人快意的事吗？

钟　会　快意是快意。不过，我对救嵇康这样的名士却没有兴趣。(冷冷地)他要死，就让他去死好了。

山　涛　钟大人……

钟　会　不过，我听说，大将军有意让山大人代拟吏部尚书郎的名单？吏部郎是主管官吏任命的，这是个举足轻重的职位啊。

山　涛　(从袖中取出)涛不敢专擅。请钟大人定夺。

钟　会　(变色)山大人，这就是你的不对了。大将军信任你，让你来定夺，你为何私相授予、假公济私？

山　涛　这……(强做镇定)山某也只为表示对大人的赤诚罢了。

钟　会　(笑)若此语叫大将军得知，不仅是山大人，钟某都有大大的不是了。山大人不要连累钟某。(掷还)山大人应当输赤胆忠心于大将军。

山　涛　(愕然)钟大人！(掩饰地)钟大人果然对大将军别无二心，山某适才所言，只是玩笑罢了。

钟　会　玩笑？哈哈……钟某刚才所说，亦是玩笑。

山　涛　钟公？

钟　会　钟某深知足下所虑。那嵇康若被指为谋逆，势必得供出些同党。足下与嵇康交好天下皆知，眼看这就要引火烧身了啊！

山　涛　这个……

钟　会　钟某倒有一计给山公。

山　涛　请讲。

钟　会　钟某可以上书，请求山公代替钟某来审理嵇康。到时候，山公对那嵇康重重地打，朝死里打，将谋逆一罪坐实，主上不但不怀疑你参与嵇康谋逆，反而会褒奖你忠心耿耿，护主有功呢！

山　涛　(一惊)啊！

钟　会　又或者，足下可以上书，揭发嵇康阴私——他说过什么、做过什么不可告人的话和事，你们是好友，应该有丰富的第一手证据——你还可以揭发其谋逆的罪行，以示与之决绝之意，大将军便再不怀疑你了。

山　涛　这万万不可！嵇康确无谋逆之意，若山某为苟全性命而指鹿为马，那是对主上大大的不忠，大大的不敬啊！山某死不足惜，不敢欺瞒主上！(跪下)

钟　会　山大人，起来吧。钟某只是测试一下大人。钟某也恨那种反复无常的小人。(笑)山公舍己救友，钟某敬佩。钟某就缺少像山公这样的生死之交。说实话，我很羡慕你们竹林中人的情意……

山　涛　(激动)山某愿为大人……

钟　会　不必说了。山公的事，钟某必不袖手旁观。不过，钟某也有一事相求。

山　涛　山某愿为大人肝脑涂地！

钟　会　此事有些难以开口。

山　涛　钟公但言无妨！

钟　会　钟某只愿……山公不要在大将军面前表现得赤胆忠心尔。

山　涛　这是何意？

钟　会　简单。就是要你在大将军面前，表现得自己不是如此足智多谋，不是姜子牙再世，不是周公附体。

山　涛　啊？

钟　会　怎么样？(盯着山涛)

[幕内：

步兵校卫阮嗣宗大人求见！

钟　会　阮嗣宗来了？稀客，稀客！

[切光。

[光起，阮籍和钟会。

钟　会　怎么？阮公答应大将军求亲一事？奇怪。我本以为，你是不愿意的。

阮　籍　大将军是当今的重臣，一人之下万人之上，能结成这样的亲事，谁能不愿意呢？

钟　会　你不会是为了救嵇康吧？

阮　籍　(吓了一跳)非也！

钟　会　为救嵇康而答应亲事，有些不妥。你们共同的朋友山涛，正想办法说服大将军，不但赦免嵇康的罪行，还要任命他做吏部侍郎。

阮　籍　啊？万万不可！

钟　会　为什么？如果他能同意，大将军得到人才，你们也救了朋友。岂不是两全其美？

阮　籍　大将军固然得到了人才，只是不利于阁下。

钟　会　又不利于我？

阮　籍　阁下想，那嵇康之才华举世罕匹，若他立于朝堂之上，忠心耿耿辅佐大将军，那么，岂不是要分阁下之宠？

钟　会　那我就杀了他！

阮　籍　不可！

钟　会　为何？

阮　籍　世人皆知嵇康鄙视阁下的《四本论》，若恰恰此时杀他，岂不贻人口实？

钟　会　他鄙视我的《四本论》？

阮　籍　然也。

钟　会　也许他表面上鄙视，内心佩服呢。

阮　籍　绝无此意。山涛送书前去,他吩咐仆人拿去烧火,一眼也不曾看。

钟　会　(震怒)啊?

山　涛　(上前)不可听信阮籍的话!

阮　籍　不可听信山涛的话!

山　涛　(对钟会)足下莫非忘记大人虱子之喻了吗?阮嗣宗外表荏弱而愤世嫉俗。钟公尽忠大将军,做了不少得罪他的事,如果他一旦与大将军结成秦晋之好,那足下岂不危矣?

阮　籍　(对钟会)山涛与嵇康情谊非比寻常,若嵇康名列朝班,山涛引以为奥援,足下势必危矣!

钟　会　(对山涛)哈哈,看来,山大人又是为钟某着想?

山　涛　我们是对手,也是朋友。大将军是个疑心很重的人,他不愿意看到手下一枝独大。所以,我们互相攻击一下……仅仅是攻击,不是要害之处。

[钟会看着山涛,山涛汗下。

阮　籍　(拉住钟会)钟公,其实,我们一直配合得很默契。

钟　会　默契?

阮　籍　比如在平定三乱的庆功宴上,你指责我不衫不帻,而我讲的那个"虱子"的段子,大将军事后笑了很久呢。杀戮毕竟是让人神经紧张的事,暂时放松一下,也是需要的。我们以后,还会配合得很好!

[钟会冷冷地看着阮籍。

[钟会下。

[山涛走近阮籍。

山　涛　你不应该在钟会面前攻击我。

阮　籍　你也不应该在钟会面前攻击我。

山　涛　我不明白,你既然能做司马昭的官,为什么却不让嵇康做?

阮　籍　因为那是嵇康,他是天下士人的榜样、楷模!

[二人均激动起来。

山　涛　收起你冠冕堂皇的理由吧!你是怕如果我的计策成功,你就失去了顺水推舟把女儿嫁给司马昭之子的机会!

阮　籍　你一心一意劝说嵇康屈服、做官，你是不是盼望着拉他下水，这样你就不会为吃用司马家的俸禄而害臊了？

山　涛　你……哼!

阮　籍　哼!

[片刻。

山　涛　钟会很快给我带回了消息，他要我去面见大将军。

阮　籍　钟会也很快给我带回了消息，他要我去商量嫁女的吉期。

二人同　(拱手)我们等着!

[切光。

# 第三幕

## 7

[光起，阮籍和山涛。山涛一边踱步，一面念念有词。

山　涛　(施礼)大将军，(从袖中取出奏章)这是吏郎尚书郎的拟任人选。(装作是司马昭)七份？你疯了么，吏部尚书的实缺只有一名，而符合条件的，也不过七个。(山涛)请将军恕罪!(装作司马昭)就赦你无罪。(山涛)下官昨天晚上，把所有符合条件的官员的履历、声望、特长统统撰写了一遍，原指望今日观将军之喜好，加以检选奉上，以显示下官的忠心和精干。(司马昭)你竟然这样做？(山涛)涛所做皆是为了取容于主上，远不及钟大人对将军之忠心耿耿!(司马昭)你说你不如钟会？(山涛)然也。钟公才是真正的吕望、姜子牙啊！臣虽难望钟公项背，但仍愿意做一个像钟大人那样的臣子。臣闻之，敢犯主之颜，言主之过失，不辞其诛，不悔其行，直臣也。若有才不荐，有负主上深恩，死有余责矣!(司马昭不耐烦地)别背书了，你打算怎样做？(山涛下跪)下官以为，最合适的吏部尚书人选不在别处，正在钟大人的监狱里。(司马昭)你是说，嵇康？(山涛)嵇康为人梗直，在士林中拥有极高声望。嵇康之父也曾做过弹劾监察众官的治书御史。(司马昭)可他屡教不改顽固不化，我已经决定杀死他了。(山涛)

这样一个人，杀死他会引起士林的动荡、人心的不安，人们嘴上虽然不说，心里难免对将军不满。大将军此时赦免他，不仅赦免他，还给他做吏部郎，这是一件极好的收服人心的事。坦白讲，这比杀死嵇康来压制人心，要来得巧妙。(司马昭)若是他不呢？嵇康可是嵇康。(山涛)若那嵇康悖逆无理，下官愿辞职谢罪！

[幕内：

山　妻　夫君，不可啊！

山　涛　可我山涛不是背信弃义之人，更不可能卖友求荣。

山　妻　可你曾经答应过我，你忘记了吗？当你贫贱之时，你担心我成为抛弃丈夫朱买臣的崔氏，便敲打我说："我当做三公，不知卿堪做公夫人否？"方今天下，魏主年幼，吴国蜀国的君主皆是好色荒淫之徒，除了司马昭，谁还能给郎君三公？

[在山妻的质问中，山涛一揖到地。

山　涛　如果大将军执意要杀他，那么，请将山涛和他一起杀了吧！

[幕内：

山　妻　你疯了！

[片刻。山涛结束表演，拭汗。

[阮籍走回来。

阮　籍　我在回想昨天晚上发生的事。

[阮籍府上，阮籍与女儿。

阿　珠　(意外地)让女儿杀了他们？

阮　籍　人在喝醉酒的情况下，是最没有防备的——(举起剑)

阿　珠　父亲，阿珠嫁入司马家，理应孝敬姑嫜，相夫教子。

阮　籍　就我本心而言，我不愿意你嫁入这样的人家，但我没有办法。你不是在杀人，你是在自卫，在替你父亲复仇！

阿　珠　容孩儿再想想……

阮　籍　既然死意已决，何不做个英雄呢？

阿　珠　父亲，您在开玩笑？女儿不懂。

阮　籍　(笑，抚起女儿)你有没有听说过，你有没有听说过，世界上有一种人，他们以脑袋坐凳，以鼻观天，以手为脚。

阿　珠　(不明白父亲的意思)父亲……

阮　籍　有一种人，他们住在地穴里，他们以暗为明，以明为暗。他们吃土块而喝石头，无手无脚却长着很大的翅膀。凭借这翅膀，他们一下子能飞到天上去。然而他们到天上时，却把眼睛留在洞穴里，因为他们的眼睛在光亮之中看不清东西，带着也没有用。

阿　珠　父亲，您在说什么？

阮　籍　还有一种人，他们鹿头人身，静静地立着，东向而望。它们每天如此，从不间断，不吃不喝，不眠不休。谁也不知道它们在等什么，也不知道它们看到了什么。

阿　珠　哪里有这种人？怎样才能见到他们？

阮　籍　他们不是我们世界里的人，他们是别的世界的人。

阿　珠　别的世界？

阮　籍　世界之外还有世界，人生之外还有人生。那是一个流光溢彩、比我们这个世界妙得多的世界。那里优美的音乐响个不停，石头、砖块也散发出好闻的味道。那里的人不需要房子，风是他们的床，天是他们的被，他们的梦里流淌着蜜糖的芬芳。

阿　珠　怎样才能去呢——从一个世界到另一个世界？

阮　籍　你想去吗？

阿　珠　如何能去？

[阮籍执剑，做刺杀状。

阿　珠　啊！父亲，父亲！(以首顿地)

阮　籍　阿珠，方生方死，方死方生，死了好，死了就没有恐惧，只有逍遥。阿珠！

[切光。

## 8

[光起，山涛和阮籍。他们焦灼不安地踱步，时不时互看一眼。

阮　籍　等待令人心焦。

山　涛　令人不安。

[阮籍走近山涛。

山　涛　(拿酒壶)要不要喝上一杯?

阮　籍　不!

[追魂鼓的声音突然响起。在这惊心动魄的声音中,另有一种声音压抑却又不屈地响着。那是《广陵散》的声音。

山　涛　(惊讶地)这是什么声音?

阮　籍　(惊恐地)这是要杀人的声音!

山　涛　《广陵散》,这是只有嵇康才会弹的曲子。这声音来自东市,中散不是应该在狱中吗?

阮　籍　是嵇康,嵇康被押往刑场!

山　涛　他们要杀他?

阮　籍　钟会骗了我们!

山　涛　卑鄙!

阮　籍　我们要找他!

[二人乱走。

[钟会上。

阮　籍　钟会,这是怎么回事?

山　涛　你说!

钟　会　你们二位走后,嵇康上表只求速死。

山　涛　怎么,他上表求死?

阮　籍　还越快越好?

山　涛　我们冒着生命危险救他,他却上表求速死。

阮　籍　我们为了救他,弃亲人性命于锋刃之端,而他,要让我们的苦心都付之流水吗?

钟　会　大将军震怒异常,所以要煞煞他的锐气。

山　涛　只是假装把他押往刑场,其实并不会杀死他?

阮　籍　只是折辱他、降服他？

钟　会　(笑)嗣宗，我们借一步说话。

[钟会拉阮籍走向一边，山涛疑惑地看着他们。

钟　会　我把你允婚的事告诉大将军了，他很是喜悦。

阮　籍　那我们商定一下娶亲的吉期，还有嫁妆。

钟　会　嫁妆？大将军还稀罕你一点嫁妆？

阮　籍　无论怎么说，这是同大将军结亲，要郑重其事啊。

钟　会　可我还以为，你会以此同大将军结交为耻，不愿意大张旗鼓呢。再说，你阮籍是没有什么钱的，要不是为了蹭酒喝，你恐怕连官都不做了。

阮　籍　我是没有钱，可我的同族，住在巷子北面的阮氏有钱。

钟　会　可你同他们是不大来往的，更别说开口去借钱。

阮　籍　他们知道我要跟大将军结亲的事，只怕他们会主动借贷给我的，根本无须我开口。

钟　会　哎，这我要批评你了，阮公。你一向清高孤傲，何必行此庸俗之事？再说，大将军在乎的也不是嫁妆，而是你的态度。

阮　籍　态度？

钟　会　你的忠心……

阮　籍　忠心？

钟　会　大将军是一个忠臣。今上认定他是天下第一贤人，要禅位于他，大将军却执意不肯。

阮　籍　啊!

钟　会　因此，要是有人上封《劝进表》，那是极好的。

阮　籍　《劝进表》？

钟　会　恭喜阮公，大将军要是即了皇位，阿珠就是明日的太子妃了。

阮　籍　这……

钟　会　这天下哪有比嗣宗更合适的人呢？文才又好，名望又高。《劝进表》分明是上天给你的机会呀!

阮　籍　我？不，不!

钟　会　嵇康的性命，就在你的笔下了……

阮　籍　（颤抖着）啊！

[钟会又走近山涛。

山　涛　钟公！

钟　会　晋王一会儿就要召见您，说辞可曾演练得极熟？

山　涛　炉火纯青！

钟　会　为了这件事，钟某可是担着天大的干系。

山　涛　多谢钟公玉成。

钟　会　我向殿下禀报，说山涛山大人有要事求见，要大王摒退左右。

山　涛　摒退左右？

钟　会　是的，一切人。难道，山大人想的不是如此吗？

山　涛　这也未必，这也不是偷偷摸摸的事，钟大人自可在旁。

钟　会　不、不，只有山大人和晋王相对，一些话讲起来，方可没有顾忌啊！

山　涛　顾忌？

钟　会　比如，山大人想下跪就下跪……

山　涛　下跪？

钟　会　他是君你是臣，臣跪君并无不可。还有，山大人想流泪就流泪——

山　涛　流泪？

钟　会　以示搭救朋友的切切情意啊！

山　涛　情意……

钟　会　记住，一个男人乞求一个男人的时候，要像一个女人对待男人一样。

山　涛　女人对待男人？

钟　会　贱妾对待大王。

山　涛　贱妾？

钟　会　这是自屈原就流传下来的作派，唯有这样，才能打消君主的疑虑。男人是不会同女人过不去的。

山　涛　哦？

钟　会　还是为保万无一失，我们最好演练演练。

山　涛　演练？

钟　会　山大人做惯了男人，做惯了大人，我怕您做不出女子的身段来。

山　涛　这……

钟　会　如果我就是晋王，我看您要怎么说。

山　涛　我……

钟　会　您要讨好我，哀求我，谄媚我，颂扬我，崇拜我。

山　涛　钟大人说得对。如果他不答应，我就求与嵇康同死。

钟　会　同死？

山　涛　是的。

钟　会　您还是不要去了。我去禀告晋王，您的求见取消了。

山　涛　这是为什么？

钟　会　您能这么跟王上讲话吗？

山　涛　我……那我该怎样讲话呢？

钟　会　语气不够诚恳，态度有些倨傲。我不免怀疑，您根本不想让事情成功，您想激怒殿下让他杀死嵇康，您只是为了出出风头、做做姿态！

山　涛　我……

钟　会　您拿死来胁迫王上吗？您的朋友眼看就身首异处了，您还在为一个弯腰的姿态而犹豫？

山　涛　我……

钟　会　哪怕您像狗一样，只要能拯救嵇康的性命，您还要什么风度啊！你们竹林中人互相欣赏的放浪形骸，不正在于为了朋友……

山　涛　为了朋友，我可以不惜性命。

钟　会　性命都不要，又何必吝惜一点脸面呢？

[山涛愣，钟会下。

[山涛与阮籍。

山　涛　他跟你说了什么？

阮　籍　他跟你说了什么？

[二人尴尬。

山　涛　好吧!(避开)

阮　籍　(恨恨地)我写,我写! 哼,只怕不等“劝进”成为事实,司马昭,你的头颅就滚落在尘埃里了。魏国,我要叫你天翻地覆,海沸山摇!

[追魂鼓的声音。

山　涛　听,刽子手的脚步! 他的刀,风把他脑袋上的独翎吹得铮响!

[幕内,众人的议论:

他们要杀死他!

他的朋友,昔日谈玄论道的朋友,没有一个来为他送行。

平日里你来我往,互相称许,一到关键时刻,便躲得无影无踪了。

还不如我们这些普通百姓。看他的嘴唇干裂得流血了,中散大人,喝一口茶吧,可别嫌我的茶叶是散叶碎梗,又苦又涩。

看他的头发,被风和车辆的颠簸弄散了,我来帮你理一理吧,可别嫌我扶过锄犁的黑手,又粗又笨。

众鸟还在喧嚣的时候,凤凰已经去了。

月亮还没有升起,天上的太阳,却因承受不住自身的份量而要坠落了。

凤凰啊,高飞吧,远离一切祸害吧!

野火啊,你烧吧,烧掉碍事的杂草吧!

……

山　涛　这些庸人们知道什么!

阮　籍　他们只是些看客!

山　涛　这是大将军的计策。

阮　籍　死,并非一刀下去,“喀嚓”断头了事。如果死如此简单,我早就去死了。在死之前,你没办法不前思后想:面对未知世界的恐惧,父母妻子无衣无食、颠沛流离,狱卒如狼似虎、趾高气昂……还不等那些前思后想摧垮你的意志,你的膝盖就先软下来了。

[《广陵散》的声音。

[幕内:愔愔琴德,不可测兮,体清心远,邈难极兮。良质美手,遇今世兮;纷纶翕响,冠众艺兮。识青者希,孰能珍兮;能尽雅琴,惟至人兮。

山　涛　(担心地)不,他不能再弹这曲子,他要向谁示威?

阮　籍　(赞叹地)好,好,他到底还保持了风度。

[幕内:

何曾:今皇道开明,四海风靡,边鄙无诡随之民,街巷无异口之议,而康上不臣天子,下不事王侯,轻时傲世,不为物用,无益于今,有败于俗。昔太公诛华士,孔子诛少正卯,以其负才乱群惑众也。今不诛康,无以清洁王道!

[幕内,追魂鼓的声音。

[两人心有所动,但他们不愿相信听到的看到的,而愿相信这只是一个计谋。

阮　籍　这是何曾,他负责宣读处死嵇康的布告。

山　涛　为了吓唬人,他们的戏做得好逼真!

阮　籍　《劝进表》……我要赶快写!(手忙脚乱)写……我怎样写?

山　涛　写什么?

阮　籍　不……不……我不能慌。我想想……我要故意遮掩我的才华,写一些常识错误的句子,让它完全不像我的文笔。后人自会怀疑的,会有人说:"你看,他写这篇文章时才思如此干涩,说明他内心极度痛苦,他根本不想写这样的文章。"我要把《劝进表》写得扑朔迷离,叫后世人看来难断真伪。总有不甘心的家伙会替我说话的,说:"不,这不是他写的。"

[阮籍奋笔疾书。

[刀举起和落下的呼啸声,红光像一颗人头滚过天幕。

山　涛　他们把他杀了!

阮　籍　不可能。

山　涛　真的死了?

阮　籍　就这样死了?

山　涛　你不是说,你答应亲事,大将军就饶过他了吗?

阮　籍　你不是说,在你面见司马昭之前,他们不会杀他吗?

山　涛　糟糕! 难道我们打草惊蛇?

阮　籍　他们是不是察觉了我们的计谋？

山　涛　我的计划只有天知地知，你知我知！

阮　籍　我的也是！

山　涛　他死了，他们杀了他！

阮　籍　你！（愤怒地对山涛）都怪你！

山　涛　为什么怪我？

阮　籍　当初司马昭起兵讨伐淮南，把守卫京城的事交给了你，你若是当时起兵，还会有今天的事吗？

山　涛　司马昭只是假装把兵权交给我，其实却在我的四周埋伏下心腹，只要我有轻举妄动，我就死无葬身之地！

阮　籍　现在好了，如果我们的计谋被察觉，我们就是株连九族，一门老小都死无噍类了！不，我要回家、回家，起码让一家老小死在一处吧！

[令人肝肠寸断的哭声：女儿，阿珠！

[纱幕后，一动不动的阿珠。

阮妻的哭声：阿珠，女儿，我的女儿！

阮　籍　阿珠？

[切光，阿珠鬼魂上。

阿　珠　爹爹。

阮　籍　阿珠！你怎么来了？你快走，爹带你走。

阿　珠　（躲开阮籍的手）走到哪里去？

阮　籍　走到吴国，哦不，吴国已经被灭了。走到蜀国去，我们去蜀国！

阿　珠　蜀国迟早也是司马家的。

阮　籍　我不能送你入火坑。之前的计划，都不存在了。

阿　珠　不，父亲，女儿已经找到更安全的所在。

阮　籍　更安全？（拉阿珠）阿珠，为什么你的手这么凉？为什么你的脸这么白？（注意到颈上的白练）你的颈上，又是什么？

阿　珠　因为女儿已经投环自尽，身处极乐世界了。这里有会说话的镜子，会走来走去的椅子，还有鹿人、海人……

阮　籍　(震惊)啊！阿珠，你若不愿出嫁就告诉我，何必去死呢？

阿　珠　阿珠不孝。我和司马炎并无仇恨，按照《列女传》上说的，出嫁女子要孝顺姑嫜、和睦邻里，要与丈夫相敬如宾白头到老，可父亲却说，我应该一剑宰杀他。女儿也怕临难贪生、有辱父亲的令名。父亲交给女儿的题目好难，女儿解不开，女儿先去了。

阮　籍　阿珠！

阿　珠　父亲说的方死方生，女儿感受到了。女儿现在不怕了，父亲若是怕的话，就随女儿来吧！

阮　籍　(打掉她的手)不！

[阿珠隐去。

[幕内：

阮妻的嚎哭声：阿珠，阿珠……你的父亲对你说了什么？你不要信他，他是个懦夫，懦夫！

[阮籍汗如雨下、面色惨白，摇摇欲坠。

[司马昭暗上。

司马昭　(突然地)卿既有意杀我，何不自任？何必假于女子之手？

阮　籍　我……

司马昭　孤待你不错呀，你要当步兵校尉就让你当，你到底为什么？

阮　籍　我只想啸咏山水、老死林泉，请……饶我回归山林吧！

司马昭　(冷酷地)不！

钟　会　(得意地)现在，谁是那只虱子？

司马昭　(逼视山涛)还有你！

山　涛　(吓得跪下)陛下！

司马昭　孤对你如此器重，而你，却是如何对待孤的？那嵇康至死也没有一句软话，他不断地弹奏《广陵散》，他想刺杀谁？他又要向谁复仇？单凭这乐曲，我就应该夷灭他的三族！你们要明白孤的苦衷！

钟　会　依卑职所见，嵇康、阮籍、山涛这三人可谓同气连枝、相与比周。卑职以为，对于嵇康之死，他们心中必有怨言。刀已经祭起来了，杀一个也是杀,杀两个也是杀。

[阮籍和山涛战栗不已。

司马昭　你是让我杀了他们?

钟　会　主上明鉴。

司马昭　我不想杀人了,我不喜欢杀人。没有别的办法吗?

钟　会　主上是想怀柔之策,来感化他们吗? 不,主上,阮籍与山涛态度摇摆、不堪信任,他们只是假装柔顺,而内心里包藏祸心罢了。

司马昭　(厉声地)钟卿,你不必讲这些话!

钟　会　怎么,主上有悔意?

司马昭　杀了嵇康,国家已经损失了一名栋梁,我怎能再杀?

钟　会　主上打算?

司马昭　孤要向天下人表明,孤并非好杀,孤是不得已而杀。孤其实是好善向德。

钟　会　您要?

司马昭　杀了嵇康,我要升阮籍和山涛的官。

钟　会　(始而诧异)升官?(继而明白)哦,哈哈,妙,高! 属下明白……

司马昭　(慢条斯理地)哦,你明白?(逼问)你明白什么?

钟　会　(惧怕,躬身)不,属下不明白! 这是阮籍写就的《劝进表》,请主上过目。

司马昭　又是《劝进表》? 怎么,阮籍也劝我?(倦怠地)可我真不想做大将军,不想做晋王,(眼前一亮)就是给我皇帝,(又用倦怠掩饰)我也不想做。我累了。不过,阮籍的父亲阮瑀就擅长作诗。待会儿我想比较一下这父子俩的文笔,看看是不是青出于蓝而胜于蓝。阮籍身上流着阮瑀的血,他的文章一定也差不了。

钟　会　哈哈,主上明鉴。

山　涛　(上前)可是……

司马昭　可是什么?

山　涛　您那天屈尊到我家里去,我们讨论到了嵇康,您不是想饶过他的吗?

司马昭　山卿是在怪孤出尔反尔吗?

山　涛　不敢!

司马昭　此人是自作孽,不可活! 是他不给我机会,是他主动求死。

钟　会　殿下,嵇康一死,天下大震。抗节忤旨、哗众取宠者,土崩瓦解、抱头鼠窜。天下清净多了!

司马昭　这是嵇康临死前的绝命辞。里面仍然没有一句后悔的话! 山卿。

山　涛　(颤抖着)在。

司马昭　但孤念山卿忠心耿耿,只杀嵇康一人,不株连其他。

山　涛　主上圣明!

司马昭　听说,你替他拟过一首诗,朕看意思很不错。你就给嵇康改一改,模仿他的笔迹,再抄一下吧。朕要布告天下。让大家看看,嵇康怕不怕死,他后不后悔。

山　涛　(颤抖)遵命……

司马昭　何必要杀人呢? 孤不喜欢杀人,孤要升他们的官。

钟　会　臣下明白了,主上英明!

阮　籍　(仆上)杀了我吧!

司马昭　(残酷地)给他一把刀。

[钟会拔出刀给他。

阮　籍　(托住刀)我没有勇气自杀。请让刀砍下来吧!

钟　会　(傲慢地)不。

[司马昭的笑声。

[山涛发抖。

[收光。

## 尾声

[光起,阮籍和山涛。

阮　籍　这就是我们讲的故事,它听起来破绽百出。

山　涛　可它却无比真实。

阮　籍　我们没有袖手旁观，我们为了救朋友不惜一切。

山　涛　我违心地结交钟会。

阮　籍　我则牺牲了自己的女儿。

山　涛　我替他代拟了自我忏悔的文字。

阮　籍　我则不得已写下《劝进表》。

[幕内，几个着现代装的男女并排而立：

唉，你们也算用心良苦！那司马氏甚是不义，你们为何不学鲁仲连义不帝秦？你们为何不学伯夷叔齐采薇山中呢？

阮　籍　我贪杯，我怕祸及妻儿老小……

山　涛　若个个都是鲁仲连义不帝秦，个个都采薇山中，那《春秋》、《左传》、《国语》、《史记》上将是一片空白。我要学晏子不死君难，我想学管仲弃旧图新，辅佐齐恒公成就霸业。就是阮籍，他也曾说出"时无英雄"的壮语，他的贪杯佯狂，是不得已而为之啊！

[幕内：

你们皆是生不逢时啊！

遇到一个清平的年代，你们将会做出何等的功绩呢？这些都不可知了！现在我们明白了，嵇康临刑前的绝命诗是伪造的。至死不渝志向的人，怎会在诗里自责"不训不师"、"藏垢怀耻"，为朋友不惜一死的人，又岂会有"万古周慎，安亲保荣"的心思。这颠三倒四的满纸追悔，写的是你山涛啊。

[山涛点头。

[幕内：

原来阮籍作《劝进表》，是为了救嵇康于一死。我曾经为此事怨恨了你你的软弱，现在，我也可以释然了！嗣宗果然大事不糊涂，有气节真性情，好！

[阮籍点头。

[幕内：

你们高估，哦，不，是低估了嵇康。他怎么能接受朋友做出如此牺牲呢？

你们到底是些文人,你们把主意满心欢喜地告诉朋友,却不知道,这是朋友根本无法接受的屈辱。你们的举动,恰恰促成了他早日求死!

[阮籍和山涛对望。

阮　籍　事起仓卒,无法容我们思量万全之策啊!

[幕内:

你们还在钟会面前互相攻击,唉,真是令人……难以为情!

[此语显然令二人震动。

山　涛　我们说了些攻击的话。

阮　籍　我们绝不是为了攻击对方。

山　涛　也许我们还说了一些糊涂话。

阮　籍　(痛苦地)叫人无地自容的话!

山　涛　我们是为了得到那个人的信任。

阮　籍　在当时的情境下,你一紧张,自己都不知道会说出什么,仿佛那不是你的嘴,而是别人的嘴。

山　涛　我们都是为了对方,不想让对方做出牺牲!

阮　籍　我们都认为,帮助朋友,是我们义不容辞的责任!

[幕内:

算了,你们也算两肋插刀,不枉与嵇康相识一场。

够朋友!

[稀稀落落的掌声。

阮　籍　(激动)惶恐惶恐!

山　涛　(激动)惭愧惭愧!

[但掌声落处响起质疑的笑声,二人不由一惊。

[幕内:

精心编织的谎言!

一唱一和的骗子!

虚张声势的懦夫!

你们演了一场精心结构的戏剧,你们分配了角色、台词,红脸与白脸。

你们绞尽脑汁故意露出破绽以避重就轻，可你们还是留下了蛛丝马迹。

[幕内：

阮籍，史书记载，你所说的“诸君何为处我裤”中的话，其实是你们的朋友刘伶的话，根本不是你的话。

阮　籍　我何曾说过是我的话？

山　涛　刘伶也是“竹林七贤”之一，作为志同道合的朋友，我们知道这句话，不应该比你们早吗？

[幕内：

史书记载，嵇康死于景元三年，而你阿谀奉承的《劝进表》写于景元四年，其间间隔整整一年。这些证据表明，你是被嵇康的死吓破了胆，才写的《劝进表》！

山　涛　阮籍的《劝进表》写在嵇康被杀之前，此事千真万确。是司马昭指使写史的人更改了日期，才导致人们对阮籍的误解！

[幕内：

山涛，史书记载，钟会与裴秀争权夺势，而你能同时获得两个人的好感。可见，你山涛与钟会的关系并不差。

阮　籍　史书如何可信！钟会表面交好山涛，内心却十分忌恨，我可以为证！

[幕内：

你作证？哈哈哈……

不要争辩了！在你们的诗集中，竟然没有只字片语是悼念嵇康的！

山　涛　我写了，是司马昭指使人删去了它们！

[幕内：

山涛，司马昭死在你的后头，他恐怕没有机会指使人删书吧！

阮　籍　我写了，我写了两首！

[幕内：

呵呵，朋友死了，你那近百首的诗集中，只有两首是悼念朋友的？

阮　籍　（无言以对）我……

[幕内：

你们还不如向秀，向秀还写了《思旧赋》！

山　涛　你们是说向秀？嵇康死后，作为嵇康最好的朋友，他亲自匍匐在司马昭面前讨官做，他亲口说"巢许狷介之士，不足多慕"，全盘否定了他的朋友！

[阮籍看着山涛。

山　涛　嵇康临终，将其子嵇绍相托于我。二十载后，我举荐于武帝使之官居秘书丞。后惠帝有难，嵇绍挺身当之，虽身死阶下，名垂青史！其父傲上身首异处，其子舍身护主青史有名，这不是山某的教化之力吗？我没有辜负他的相托，我不是他最好的、值得信任的朋友吗？

阮　籍　（忍无可忍似的）住口！

山　涛　（愕然）你怎么了？

阮　籍　你在嵇康身上没有实现的愿望，你还是在他的儿子身上实现了！

山　涛　你疯了！你是不是又喝酒了？我是为了帮助他！再说，杀人的是司马昭，又不是我们！

阮　籍　（平复）算了，我不争辩了。当生命之火熄灭，坟墓吞噬我的时候，我希望，不要有墓志铭。与其让偏见和无知诋毁我，倒不如什么也没有。记住我是一个酒徒，我嗜酒如命，就行了。（喝酒）

山　涛　嗣宗……

[幕内，中年人的声音：

坦白讲，如果你们不编造这样一个破绽百出的故事，而是老老实实地承认，你们自打知道嵇康被逮，为避牵连，自始至终没有去探监，对嵇康的死置若罔闻，也没有替他四处奔走；老老实实承认这个，我倒是更尊重你们一些。这件事是不存在的，你们没有救过朋友。

山　涛　我们营救他的行动，史书上不见记载，是因为司马昭的阴谋！如同他篡改了《劝进表》的时间一样，他也授意史官，刻意不去记载这件事！

[幕内，刺耳的嘲笑声。

[幕内，年轻人的声音：

不要激动嘛，前辈！讲真，我们并不介意你们当时的行为。嵇康舍生取义、杀身成仁让我们觉得安慰，其他人，杨修、孔融、何晏、丁谧、诸葛玄、毋丘俭的血，让这个朝代变得诗意和光彩了！啊，我向往这个轰轰烈烈的朝代！我期盼着它能重来！(附和声)

山　涛　(悲哀地)何必道出肺腑之言给他们！他们毫无心肝，他们不同情我的处境，也不对嵇康的死感到悲伤……你们这些庸人、俗子、伧夫……帮凶，帮凶！

[但哄笑声愈响。山涛攘臂揎拳，但面对无物之阵，他像个盲人一般不知道该向谁报复。

[幕内，老者的声音：

谁没有亲身经历过，谁就没有资格嘲笑别人！

[笑声暂歇。老者的声音：

都散了吧！“竹林”本就是子虚乌有。去考察“竹林七贤”的生卒年份、交游籍贯，你们便会得出这样的结论：从来没有过竹林之游。嵇康世居山阳，阮籍是陈留人，而山涛是河内人。他们没有机会“全家福”，你们看到的画像是臆造的。“竹林七贤”顶多只是个松散的组织，或者说，这个组织的领导人，从来没有想把这个组织统一在一个严格思想之下。他们当中有为人鄙吝的王戎，有与猪同饮的阮咸，也有汲汲功名的山涛，胆小怕事的阮籍……他们求同存异，没有一种思想凌驾于其他思想之上。嵇康不想强迫阮籍山涛们退隐山林，他们也不要强迫他出仕，或者强迫他活着。他不想让朋友为了他去改变心志，去成为他们原本不想成为的人。总之，当他置身于洛阳的刑场上时，他最需要的，不是朋友学豫让漆身吞炭，不是学荆轲刺秦，也不是让朋友跟他一同引颈就戮。

[幕内：

那是什么？

[幕内，老者：是在刑场上坐下来，听他从从容容弹完《广陵散》，然后把酒为他送行。(稍顿)犹如嘉时吉日，良朋毕集，日影溶溶，鸣琴铮铮……这是竹林中再普通不过的一次聚会。

[幕内：

你相信？

你们真的相信？

可想而知，讲这种话的人，异日也会成为卖友求荣之人，他已经为出卖朋友背信弃义准备好说辞了！

看他的年纪，也许他已经出卖过朋友了。

这种人不可以为友！

哈哈哈……

[幕内，老者(心平气和)：

你们相信故事的前半段，就应该相信后半段。就算整段故事都是虚构的，可至少有一件事情是真的。他们编造并讲述这个故事。他们为什么要编造和讲述呢？你们觉得，这里头有没有悔恨和自责呢？打碎一切，破坏一切，世界就变好了吗？

[笑声停顿。

[《广陵散》悠然响起。

[在他们的后方，现出专心致志弹琴的嵇康和他的琴。血红的断头台和雪亮的铡刀就在他旁边。

山　涛　从前，有一个人，他和他的朋友住在同一座村庄里。有一天，他去探望朋友，朋友给他讲了一个故事。

阮　籍　从前，有一只鹿和一只龟，它们住在两个世界里。鹿的世界里有巍峨的高山，龟的世界里则有浩瀚的大海。白天龟到鹿的世界里去游览，晚上鹿到龟的世界里去嬉戏。有一天，龟无意中得罪了神灵，神灵要把龟的世界收掉，把龟也消灭得干干净净。龟请求神灵道："请等一等，让我的朋友离开吧，它不属于这个世界。"而鹿却说："不，我愿意留下来，陪着我的朋友一起毁灭。"神灵被它们两个诚挚的友谊感动，不仅没有毁掉龟的世界，还把两个世界合二为一，既有巍峨的高山，也有浩瀚的大海，让两个好朋友无论白天和黑夜都生活在一起。

山　涛　他和朋友正在为这个故事感叹鼓掌时，突然感到脚下一阵摇晃，天地发出一声怒吼。从来没有见过的天空和地面压成一线,海浪般拍打着朝他们逼近。“这是怎么了?”朋友惊慌地问。

阮　籍　“是我的世界要毁灭了,天地合拢是世界消失的征兆。你赶快离开吧!”朋友从容地说。

山　涛　他笑了:“不,我要学故事里的鹿,留下来跟你一起。”

阮　籍　“这可不是故事。”朋友很认真地说。“你快走吧,现在走,还来得及。”在朋友说话时,他感到天越来越黑,无数飞沙走石砸得四周砰砰作响。

山　涛　他急了:“怎么,咱们俩所处的不是一个世界?我们不是住在同一所村庄里吗?”

阮　籍　“不是。”朋友回答。

山　涛　“那逃到我的世界里去吧!”他请求道。

阮　籍　“不!”朋友拒绝。但他不由分说,抓着朋友的手,慌不择路地想要逃跑。他感觉到,骇人的砂石是奔朋友而去的,只要同他保持距离,漫天的砂石便不会为难他。

山　涛　是继续抓紧朋友,继续充当朋友的盾牌和甲胄,带着朋友逃出去呢?

山　涛　还是松开朋友的手,先自己逃命要紧呢?

阮　籍　在天地的震荡中,他们连在一起的手变得摇摇晃晃……他不安地思索着——

山　涛　“这只是一个故事,一个考察我和朋友友谊的故事!”

阮　籍　而他的朋友,则后悔讲了这么一个故事。

山　涛　让它是个故事吧,我们可以有许多圆满的结局。

阮　籍　神灵不再发怒,他宽恕了他们,并且赐给他们一个更好的世界。

山　涛　也有可能,他们并肩携手,离开芥菜子似的旧世界,齐心协力逃到了一个他们可以安好的世界。

阮　籍　“游心六合、驰骛八荒。”

山　涛　(念)“讲书论道、游戏平林,逍遥一世之上,睥睨天地之间。”

阮　籍　(接念)“不受当时之责,永保生命于之期。”

山　涛　(接念)“凌霄汉、出宇宙,岂羡乎入帝王之门哉!”

[琴声从昂扬变得低沉。

阮　籍　当然，故事也可以朝另一个方向反转。

山　涛　事实上，在天崩地陷、乱石当空之际，他感到自己的手脆弱得像根稻草，一点点风浪就能把它折断，他感到朋友的手让他无法承受地沉重；当然，这可能只是他的错觉。

阮　籍　而四周越来越天昏地暗，他分明感到，砂石的攻击愈加猛烈，唯一的出路也要被堵塞了。

山　涛　他的手越来越不坚定，它屡次想甩脱朋友的手，独自去逃生。

阮　籍　朋友似乎也感觉到了他的犹豫，朋友固执地想要抽回手。他们都看清了对方，他们做不成朋友了。

山　涛　让风暴永永远远持续下去吧！宁可犹犹豫豫地手拖着手，也不愿意劫后无颜相见！

阮　籍　时间已经不多了，他看到末日变形的脸，闻到了死亡的气息。

山　涛　于是他在心里说，如果我救得了朋友，就让噩梦早此结束吧！

阮　籍　如果我救不了他，就让攻击来得更猛烈些，让世界早些毁灭吧！

山　涛　仿佛听到他的祈祷似的，一块飞石袭来，“砰”，朋友死了。

阮　籍　朋友死了。

山　涛　死了。

阮　籍　死了。

[停顿。

山　涛　如果风暴不是那么铺天盖日。

阮　籍　如果它的势头不是那么凶猛，或者它持续的时间短一点。

山　涛　如果他不是那么固执……

阮　籍　他不固执……

山　涛　他肯随波逐流一点点……

阮　籍　他不肯……

山　涛　他是自己杀死的自己。他恰到其处地帮助了司马昭，杀死了自己！

阮　籍　可他的名声保住了。

山　涛　他毁掉了我们的名声！他应该向我道歉，严重道歉！

[琴声戛然而止。

阮　籍　(泪下)嵇康，你应该、应该，向我们道歉……

[二人潸然泪下。

[琴声复响。

[剧终。

本剧获2016年度上海市文化发展基金会文艺创作资助

话剧

# 陆机

（一名《双鹤吟》）

编剧：肖　留　陆　军

时　间：晋代

人　物：（按出场顺序）

白　鹤——青年

黑　鹤——青年

陆　机——中年，四十二岁

太　子——青年，约二十岁，惠帝之子，武帝司马炎之孙

张　华——老年，六十余岁，西晋大臣

贾　谧——青年，约二十岁，惠帝皇后贾后之内侄

陆　蔚——青年，陆机之子，约二十岁

陆　夏——少年，陆机之子，约十四岁

司马颖——青年，约二十岁，司马炎第十六子，被封成都王

司马乂——青年，二十多岁，司马炎第六子，被封长沙王

卢　志——老年，五十余岁，司马颖的谋士

王　粹——中年，四十余岁，司马颖的武将

牵　秀——中年，四十余岁，司马颖的武将

孟　玖——青年，三十余岁，司马颖的内侍

# 第一场

[幕启，两只仙鹤翩跹而上。

白　鹤　日月星辰、春夏秋冬的运行，周而复始没有终点。

黑　鹤　它们如同技艺高超的工匠，锻打着人类这烧红的铁炭。

白　鹤　生成的七情六欲，侵噬着他们的心肝。

黑　鹤　盛衰的景物交替，刺激着他们的伤感。

白　鹤　天地本来就不仁啊，

黑　鹤　对待万事万物毫不留情。

白　鹤　人的容颜和肉体消失得多么快啊。

黑　鹤　唯有美好的声名，才是无愧后世的保证。

白　鹤　是贤臣就应该位列朝班，

黑　鹤　是良将就应该保定江山。

白　鹤　是隐士就该爱惜羽毛、隐姓埋名，

黑　鹤　是志士就该舍生取义，绝不能委屈求全。

白　鹤　要依着圣贤的教训去安身立命，

黑　鹤　切不可被眼前尊荣迷惑而心存侥幸。

白　鹤　让我们化作吴淞江里的一尾金鳞，

黑　鹤　让我们化作泖河一缕闪动的波影。

白　鹤　让它像我一样扇起清风阵阵，

黑　鹤　也像我一样的笑意吟吟。

白　鹤　但愿他还能认得出我们啊，

黑　鹤　但愿尘世的污浊还没有糊住他的心。

白　鹤　让我们到他的梦里去，

黑　鹤　去把梦中的人儿点醒。

白　鹤　希望我们回去的时候，壶中的茶水还没有凉透。

黑　鹤　希望我们回去的时候，锅里的黄粱米饭也刚好熟。

[二鹤翩跹下。

[切光。

## 第二场

[光起，陆机独立四顾的身影。

[太子上。

太　子　士衡，士衡！

陆　机　太子殿下！

太　子　你可是稀客啊，怎么不在贾谧的金谷园中，来到我这冷落的东宫？

陆　机　特来侍奉太子殿下。

太　子　哦？既如此，那孤就不客气了。前几日城中暴雨，我宫里西园的池中，游来一只大王八，我命你去写篇赋，以歌咏此事，数日过去了，你怎么一点动静也没有？

陆　机　臣是才尽了，委实写不出这《王八赋》来。

太　子　可你以前不是写过《龟赋》和《羽扇赋》吗？

陆　机　这……

太　子　就在不久前，你还在贾谧的金谷园里，跟他唱和呢。你写给他的诗，有人抄了一份给我——

陆　机　殿下！

太　子　"游跨三春，情固二秋"，看来，你们暗中交往已经很久了。

陆　机　殿下，殿下恕罪，那只是应酬之作！

太　子　哼，依我看，不是才尽，是另攀上贾谧这高枝儿，便不把我这失势的太子放在眼里了！

陆　机　殿下冤枉臣了！

太　子　冤枉你？那你说，在你心中，我和贾谧孰轻孰重？若是我跟贾谧同时有难，你会去救哪个？

陆　机　殿下何必为难臣呢？

太　子　我已经知道了，我这个招人嫉恨、有名无实的太子，怎能比得上炙手可热的贾谧？他可是贾后的亲外甥！

陆　机　殿下……臣对殿下一片忠心啊！

太　子　别提你们的忠心，你和潘岳是一路货色，他巴结贾谧到了不顾脸面的地步，你不过是还顾忌些议论。

陆　机　殿下，臣与贾谧交好，正是为了殿下啊！

太　子　为了我？

陆　机　臣在贾谧面前，讲的全是您的好话。臣也盼着从贾公那里打探到宫内的消息，好让殿下有转圜的余地啊。

太　子　你是为了我打探消息？

陆　机　正是。太子有所不知，您的父亲，惠帝病了。

太　子　他病了？啊，哈哈，这可真是好消息。他病得重不重，还有几日归西？

陆　机　殿下！

太　子　看来，我应该告诉太子妃，准备演练孤登基的仪礼了。

陆　机　殿下，隔墙有耳！

太　子　他是个傻子，这个皇位，本来是我祖父武帝要传给我的。等孤做了皇帝，我做的第一件事，就是杀了贾谧，还有他的姨妈贾后！

陆　机　(顿足)太子，这样的话倘若让贾后得知，只怕殿下现在就有性命之忧！

太　子　啊？

陆　机　殿下嘴上说着恨贾后，您的做法，恰恰是在帮助贾后。她巴不得殿下不孝，巴不得让天下看到殿下不孝！这样，她才有借口废掉太子……

太　子　那我怎么办？哭丧着脸，装出如丧考妣的样子？

陆　机　臣这几日殚精竭虑，替殿下写了一篇祭天的祷文，殿下要在园中焚香祷告，乞求上苍保佑圣上早日龙体康泰啊！

太　子　让我替他祈福长寿？我看你是丧心病狂！

陆　机　唯有此举，才能堵住贾后之口，向天下展示殿下的孝心！

太　子　(看祷文)里面还说愿以身相代，我代他去死，不行，我说不出这样的话。

陆　机　那殿下眼下就有性命之忧！

太　子　孤怕什么？死就死！

陆　机　太子纵然不怕,那太子妃呢?还有您的两个儿子……

太　子　这……

陆　机　他们可是无辜的啊!

太　子　唉!

陆　机　虎毒尚不食子,殿下爱自己的儿子,惠帝虽然驽钝,他也是爱您的啊!

太　子　他?

陆　机　惠帝常常在人提起太子时落泪。只是太子一些桀骜不驯举动,给了贾后把柄,圣上莫能助!

太　子　他是个怕老婆的皇上!

陆　机　正因如此,太子在祷文中,不光要替惠帝祈福,还要替贾后祈福。

太　子　你是不是在蒙骗我?孤恨不得现在杀了那个女人!

陆　机　殿下听臣说啊!这一则显示您的仁慈和宽厚,二则让贾后安心……

太　子　让她安心?

陆　机　依臣看,贾后想阻止您即位无异于螳臂挡车,自不量力。但是,她孤注一掷,是怕太子即位后加害于他,如果太子向她表示好感,臣以为贾后绝非不明事理之人。放着好好的太后不做,何必一定要冒天下之大不韪,硬要跟未来的皇上过不去呢?

太　子　她果真如此?

陆　机　不仅她如此,连贾谧也是这样想的。殿下想,他结交为臣,其实恰恰说明他想交好您啊!

太　子　这……

陆　机　哦,武帝已经归天,没有人再能庇护太子了。太子要学会委曲求全,将来即了皇位——

太　子　要报仇也不在这一天两天!好,孤就听你的!(停顿)你要是敢骗我,我饶不了你!

陆　机　臣不敢!

太　子　还有,我要的那篇赋,那篇歌咏王八的赋,你一定要写来给我。

陆　机　这……

太　子　我知道,你是一等一的写文章高手,不应该为这种事情浪费笔墨。但是,陆卿,你为了孤,如果这种不入流的事都肯做,才正好说明,你对孤的一片忠心。(下)

[张华急上。

张　华　士衡,听说,你让太子抄写一篇祷文?

陆　机　是的。

张　华　这祷文是何人所写?

陆　机　虽然我对太子说是我写的,但实际上,是贾谧拿来的。

张　华　哎呀!

陆　机　他说贾后担心惠帝的病疾,想让太子替惠帝祈祷一下。

张　华　贾后向来视太子为眼中钉,巴不得除之而后快,她这祷文中,必然另有文章! 士衡,你上当了!

陆　机　上当?

张　华　必须快去找太子,万万不能上了圈套。

陆　机　可惠帝有恙,太子写一篇祷文,是做儿子的本分啊! 他若是不写,贾后岂不是有了中伤太子的借口?

张　华　写又写不得,不写又不行,这可怎么办? 也罢,我要进宫向惠帝上本,让他休得听信贾后谗言中伤。

陆　机　讲贾后的坏话? 只怕话未说完,人头就先掉了。

张　华　何惜一死!

陆　机　怎么,茂先曾经交代不才,说人要死得其所,怎么自己……

张　华　人死不能复生,但生和义不能两全时,还是要舍生而取义。

陆　机　茂先留步!

张　华　怎么?

陆　机　其实,贾谧来找陆某之时,我就已经猜到他的用意。

张　华　你知道他不怀好意,还拿祷文给太子? 你这是……

陆　机　明知山有虎,偏向虎山行。太子和贾谧之间,终究要有个了结。

张　华　怎么说?

陆　机　这些天来，我与贾谧诗赋唱和、甚是投缘，也许我能说动他。

张　华　不要打草惊蛇！

贾　谧　(内声)士衡、士衡！

陆　机　贾谧来了！他和太子相安无事，握手言和，也许正在此时！茂先不妨暂避一旁，让陆某一试！

张　华　你……(被陆机推下)

[贾谧匆上。

贾　谧　士衡，怎么样，那篇祷文，太子去抄写了吗？

陆　机　按照您的吩咐，已经去抄写了。

贾　谧　好，好极了。这祷文里有些文字暗伏机关，只需加上几笔，一横一钩一撇一捺，它就完全变成相反的意思。

陆　机　相反的意思！

贾　谧　从一篇祈福之文，变成了篇恶毒的诅咒之文！我的姨母，正好以此为借口，除掉太子。

陆　机　哦，原来如此。只是这样的事，为什么挑选我？

贾　谧　因为你是太子的老师，太子信任你啊！当然，说服太子抄写祷文和修改文字是件机密大事，谁能够做到，谁便立下不世之功。

陆　机　您选中了我？

贾　谧　在你和潘岳之间，我犹豫了很久。对于这件事，潘岳比你要热忱，但他热情得过头了。看见我的真身表示忠心就算了，连我所经之路上的尘土都要膜拜——如果是有意为之，这种行为令人不齿，如果是发自内心，这种狂热情绪里有一种让我觉得很不健康、很不安心的气味，这让我恶心。

陆　机　啊？

贾　谧　此外，他还过分吹捧我的文章，说我的文字堪比《离骚》的瑰丽但又没有它的粘滞，比《过秦论》雄辩又比它典雅……我还没有糊涂到认为我的文字能够碾压屈原和贾谊的地步，虽然我也姓贾。这种谄媚，会让我和他都沦为后世笑柄的。我做了皇上，需要的是持重的人，这样的轻浮之辈，我从现在就要保持距离。所以，士衡——

陆　机　我？

贾　谧　你是太子的老师，很熟悉他的笔迹，模仿起来，不是一件难事吧？

陆　机　蒙贾公器重，卑职敢不从命。

贾　谧　你愿意？那太好了！我马上回绝潘岳。

陆　机　只是，贾公为何要这样做呢？

贾　谧　为何？这难道不是显而易见的事吗？我和太子之间势不两立！

陆　机　就在刚才，太子问，这篇祷文是谁的手笔，文字写得如此华美丰赡。我告诉他，这是您写的。

贾　谧　你跟他说是我写的？

陆　机　他非常意外，佩服得五体投地。

贾　谧　是吗？那他还敢去抄写，不疑有诈？

陆　机　其实太子对贾公向来没有恶意，也不相信贾公会有恶意。

贾　谧　这……

陆　机　在臣看来，殿下与您年龄相仿、脾性也相投，只是——

贾　谧　只是不幸"既生瑜，何生亮"，如果我们生在不同年代，或者都生在普通人家，会彼此仰慕，成为莫逆之交——

陆　机　能同太子、今日的储君为友，贾公的前程还可限量吗？但臣不知，是谁给贾公出下这等的主意，要去谋害太子。

贾　谧　我的姨母贾后她对我有更高期望。

陆　机　贾后？

贾　谧　让太子写祷文这件事，就是她安排下的。

陆　机　他想让你做未来的储君？

贾　谧　隔墙有耳！

陆　机　恕陆某直言，就算如愿以偿除掉太子，贾公就能当上储君吗？

贾　谧　你是说——

陆　机　司马家人多势众。这天下姓司马的，不止太子一个。其他的司马，楚王、赵王、成都王、长沙王他们，一个个兵多将广、虎视眈眈，贾后除掉太子，只是为他们作嫁衣罢了。

贾　谧　啊!

陆　机　世上最盼着贾公害死太子的人，就是这些司马诸王了。他们正愁没有兴兵作乱，争夺皇位的借口呢! 阁下听过"螳螂捕蝉，黄雀在后"的俗语吧？司马诸王，就是黄雀啊!

贾　谧　啊!

陆　机　只怕今日死的是太子，到明天……

贾　谧　明天怎样？

陆　机　假若太子不死，贾公便是未来的丞相和太傅。您想想高贵乡公曹髦与晋文帝的事，再往前推，想想汉献帝和曹操的事……丞相和皇帝，哪个更尊贵些呢？

贾　谧　这……

陆　机　况且，人与人才具不一，有人擅长于此，有人志向在彼。贾公最称心快意的是何事？

贾　谧　自然是在金谷园中与诸位才士吟诗作赋!

陆　机　是啊! 文章者，经国之大业，不朽之盛事。贾公为何不做进退从容的丞相，而要做众矢之的的皇上呢？

贾　谧　我明白了，我这就找贾后去说!

[贾谧下，陆机望着贾谧的背影点头。

[张华上。

陆　机　(得意地)茂先，如何？您把他们当太子和王公看待，而我，只把他们当孩子看待。

张　华　孩子？

陆　机　他们都还二十岁不到，正是互相倾慕、呼朋引伴的时候，什么王位，什么你死我活，那是大人感兴趣的问题。

张　华　老朽确实佩服。贾谧这一去，也许能打动贾后。只是——

陆　机　只是什么？茂先不妨明言。

张　华　士衡在刚才劝太子和贾谧的话中，只是诱之以利，而没有晓之以义。眼下的灾祸可以缓解，但将来他们考虑凡事，是不是也尽从利字着眼，而不顾及道义？

陆　机　啊！

张　华　用利益打动他们，而不告诉他们做人的准则，老夫担心，士衡心中，是否也把眼前浮利看得重过圣贤的道义？

陆　机　茂先……

张　华　老朽想知道，在太子和贾谧之间，士衡究竟偏向哪个？

陆　机　这……

张　华　我看士衡对太子忠心耿耿，对贾谧也一片赤诚——

陆　机　这不对吗？他们都是我的主上，我不应该对他们一视同仁吗？

张　华　太子和贾谧之间，贤愚不同，尊卑有别。太子是国之储君，贾谧是贾后一党，士衡岂能没有差别？

陆　机　我……

张　华　别人会认为士衡是甘言媚主，左右逢迎。

陆　机　只要君主能体会我的苦心，何必在乎别人。

张　华　君主若是以为你怀有二心呢？

陆　机　啊！

张　华　天无二日，不抬头看天，就等于盲人骑瞎马。

陆　机　我——

张　华　到底怎样选，往哪里走，士衡，你要拿得定主意啊！

陆　机　我……

张　华　士衡，举棋不定，是非不明，这是为人处世的大忌啊！

[张华隐去。

[光转，一间牢房，陆机和陆夏、陆蔚。影原来是面容丑陋的畸零人。他手里捧着一个放着笔墨纸砚的托盘。他放下托盘又退下，整个过程中没有跟在场的人说话，也没有看他们，仿佛后者根本不存在。

陆　夏　这个怪人，他进来时吓了我一跳！他叫什么？他为什么会变成这个样子？

陆　机　他叫畸零人。

陆　夏　畸零人？

陆　机　没有人知道他的真实名姓，也没有人知道他打哪儿来。大概也不会有人想知道，毕竟，他是个毫无用处的残废。

陆　夏　父亲，您这样说他，他听到心里会不会难过？

陆　机　我猜，他大概早身如槁木、心如死灰，听到什么也无动于衷了。

陆　夏　他真可怜。我如果处在他的境地，我一秒钟也活不下去。

陆　机　庄子的《人间世》里讲过一个名叫支离疏的人，他形容丑陋，四肢不全，人们都不屑与之为伍。但他反因天生的残缺无用，逃过了人世的伤害。

陆　蔚　四肢健全的百姓，都被抓去从军打仗，落个死无全尸。他在这里性命得到保全，还能来去自由，不像我们被关在牢里。父亲想说的，是不是这个？

陆　机　但像他这样活一辈子，又有什么意思呢？

陆　蔚　但像父亲这样，上一秒还是将军，下一秒就成了囚犯，又有什么意思呢？

[难堪的沉默。

陆　蔚　像父亲刚才所说，太子起初不听劝告，后来出于爱子之心，才答应委曲求全；惠帝虽然愚痴，也知道疼惜自己的儿子。可是天下有的父亲，却把儿子喊来坐牢。

陆　机　蔚儿，为父并无此意。只是你们来得不巧，你们若早来几日，或是晚来几日——

陆　蔚　早来几日，便能看到父亲的八面威风？还是晚来几日，父亲就会从牢中出去？

陆　机　这……唉！

陆　夏　哥哥……对了，父亲，贾谧后来去见贾后了吗？他有没有阻止贾后杀害太子？

陆　机　阻止了。

陆　夏　那再后来呢？

陆　机　贾谧同太子情同手足，亲密无间。再加上张华辅佐，朝政一片太平啊！

陆　夏　可太子好像并没有继承王位？当今圣上还是惠帝。

陆　机　(停顿)太子死了，他死了。

陆　夏　怎么死的？

陆　机　生病，病死的。

陆　夏　病死的？没有太医，不请医生吗？

陆　机　病起得很急，来不及救治。

陆　蔚　急病通常很可疑，会不会是谋杀？

陆　夏　是的，我记得，司马懿就惯会毒人，还有曹丕，他毒死了自己的兄弟！

陆　蔚　如此来说，太子之死也很可疑，是不是吃了什么东西？是什么人？会不会是贾后？

陆　机　不，不，你们不能往好处去想吗？为什么总是阴谋、阴谋？人就不能有三灾六病吗？

陆　夏　父亲——

陆　机　我希望你们，我的儿子们，能用善意去打量这个世界！太子之死与贾谧无关，太子死后，贾谧也伤心而死。

陆　夏　那张华呢？

陆　机　至于张华，如果活到现在，得有八十多岁了。

陆　蔚　他因何而死？

陆　机　因为……因为……

陆　蔚　伤心而死？病死？

陆　机　都不是。他是……他是……他是笑死的。

陆　夏　笑死的？

陆　机　我忘记告诉你们了，张华相貌堂堂，身材魁伟，更生了一部堪于关羽媲美的美髯。

陆　夏　美髯？

陆　机　他也像关羽那样，把自己漂亮的胡子，放在一个华美的锦囊中。

陆　夏　果有此事？

陆　机　有一天，他乘船经过一条河的时候，不小心瞥到了自己在水中的倒影，他觉得很可笑，就笑个不停，后来，就血管破裂而死了。

陆 夏 这听起来难以置信!

陆 机 是啊，谁都以为是个玩笑。以为他在装死，他随时能活过来。

[片刻沉默。

陆 蔚 那张华与父亲的关系颇为亲密?

陆 机 他是我的伯乐，也是我的知己。我和你们的叔叔首次到洛阳来，他激动地说："伐吴之役，利在二俊"，也就是说，我们是晋国攻打吴国的重要收获。我也极其敬重他，你们俩的名字，一个名"蔚"，一个名"夏"，"蔚"和"夏"，跟他名字中的"华"字同义，都有草木茂盛的意思!

陆 夏 那是为了纪念他?

陆 蔚 那您怎么去看待他对您讲的一番话?

陆 机 什么话?

陆 蔚 利，还是义。

陆 机 为人处世当然要有基本的原则，不过，可以根据实际情况，小小地改变一下行事的方法。这就是圣人讲的"经"和"权"，既要遵守基本的原则，又要权衡利弊，随机应变。不这样，在这朝廷之上就寸步难行。

陆 蔚 那父亲，什么时候"经"，又什么时候"权"呢? 什么时候"守"，又什么时候"变"呢?

陆 机 这……

陆 蔚 您到底选了太子，还是选了贾谧?

陆 机 我……

陆 蔚 父亲，三个月前，我们在家乡接到您的来信，说您担任了大将军，要我们到洛阳来长长见识。可我们来了之后，发现您现在追随的是成都王司马颖。

陆 机 这个说来话长。张华的死，对晋国是一大损失。太子死的时候，天下没乱，可张华一死，天下就大乱了。司马诸王纷纷起兵——

陆 蔚 那么，这个成都王司马颖，也是争抢王位中的一个了?

陆 机 不，他不是，他是要平息战乱，正是为了这个，他才任命我为大将军。

陆　蔚　可是，他为什么把您关了起来？还派了这么多守卫？

陆　机　这是因为，他和太子、贾谧一样，比你们大不了几岁是个孩子。

陆　蔚　孩子？

陆　机　你们幼时，我要出去上朝，你们不想让我去，不是曾经将门锁上，把我关在家里吗？

陆　夏　是的，我们那时听母亲说，许多人的父亲上了朝便没有回来，我们害怕。

陆　机　傻瓜，你们怕我不回来，所以不让我走。成都王，他是怕我丢下他跑了。

陆　蔚　丢下他？

陆　机　这是他和他兄弟司马乂的战争，是一场一旦开始就无法停下的战争。他不可以半途而废、逃之夭夭，但我可以随时撤退、溜号。你们想想，战争中间，将军不翼而飞，这是一件多令人手足无措的事情。所以他说："我要把您抓起来，直到攻下洛阳。"

陆　蔚　这简直荒唐!

陆　机　他对我说："这也有助于您保持清醒，以及缓解其他将领对您的嫉恨。毕竟，您有将军的名份，享受的却是囚徒待遇。"

陆　蔚　我不相信!

陆　机　哈哈，事情的真相是，成都王把我抓起来，是因为他正在生我的气。

陆　夏　生您的气？

陆　机　在是否处罚一名违纪的军官上，我和他产生分歧。这个人还是他宠信的一名内侍。

陆　蔚　派内侍到军中来？这不像贤明的主上做出的事。

陆　机　这是表示对我的器重。

陆　蔚　也许是在监视父亲，不相信父亲。

陆　机　这是一种测试，想看我在狱中是怨天尤人，还是宠辱不惊。

陆　夏　这里阴森森的，还有那个畸零人的怪人。

陆　机　不，如果你们见过别的地牢，你们就会知道，这里舒服多了。

陆　蔚　别的地牢？父亲你还坐过牢？从来没跟我们提起过。

陆　机　在洛阳坐牢没什么稀奇，这就像你在泖河里游了趟泳。你看，我不是出来了吗?

陆　夏　是谁把您关进牢中?

陆　蔚　您犯了什么错误?

陆　机　也是一个叫司马的王。司马冏。他把我打入死牢,是因为误会了我。

陆　夏　什么误会?

陆　机　他以为,太子、贾谧的死,与我有关。他以为我能阻止这件事的发生。

陆　蔚　他们不是生病死的吗?您能阻止他们生病?

陆　机　是啊,我能阻止吗?他们身边的人又不止我一个。哦,这件事,我们以后再说吧。

陆　蔚　那成都王打算如何处置您?

陆　机　我不知道。

陆　夏　那怎么办?

[片刻。

[陆机将目光移向桌案上的纸笔。

陆　蔚　您想向他上书?

陆　机　不,我上得够多了。(走去,拿起放在托盘上的笔)还是等他自己想清楚吧! 利用这段时间,我可以做点别的,比如,修改一下自己的文章。

陆　夏　文章?

陆　机　我一直想做但没时间做。我写了太多,也写得太快,我需要一些读者。如果有可能,我想先从《文赋》开始,请你们指出在意思和用词上的毛病。

陆　夏　父亲……

陆　机　其实我知道,原因就在于写得太快、太多,不够深思熟虑。也许我应该先找一些好文章来看看,比如左思的《三都赋》,“兰渚莓莓,石濑汤汤”,这两句写得别出心裁,有声有色!“汤汤”来形容水,能听到流水的声响,看到水波的荡漾。“莓”本是植物的果实,两字连用,水中小洲交错的藤蔓上,遍布着星星点点的红色果实……这写得别致又形象,而我的文章中,没有这样的美景,总是“悲风”“虎啸”“衰草”……是我袭用了太多现成的字面，还是别的原因？

陆　蔚　父亲，因为您的生活里没有美好的事物。您的四周全是“悲风”“衰草”。

陆　机　可是，没有哪一个春天是单独丢下我的，这太可笑了，我也一般度过四季的啊！

陆　蔚　左思的妹妹是皇上的贵嫔，我想这大概是关键原因。

陆　机　但左思并不受重用，跟我一样啊！为什么他的诗中都是愉悦，而我……

陆　蔚　父亲，您现在还有心情讨论文章？

陆　机　为什么不能？

陆　蔚　如果您只是想获得声名，您呆在华亭写写文章就足够了。可您却到这里来，到这里来！监狱，牢房，战争，这难道不是我们该讨论的？

陆　机　我……我想让你们知道，你们的祖父和曾祖，都是儒将，他们既能带兵打仗，也写得一手好文章。

陆　蔚　那么，一个诗人的最高理想是做一名将军，还是一名将军的最低理想是做一名诗人？

[陆机不知如何作答。

[光暗。

## 第三场

[二鹤翩翩上。

白　鹤　吴淞江的河水一去不返啊，

黑　鹤　人的一生，到岸了便不能再次翻盘。

白　鹤　成败输赢、是非对错皆历历在案啊，

黑　鹤　桩桩件件，由不得你去替换删减。

白　鹤　想当年，三十岁的诗人翻山越岭，从华亭来到洛阳。

黑　鹤　猛虎的咆哮和飞鸟的哀鸣，都在向他发出警告。

白　鹤　他心惊肉跳，他的马儿频频回头，还顾再也回不去的华亭。

黑　鹤　但他还是坚定地进发，因为他年近三十，他的人生已经快近尾声。

白　鹤　他已经落在人的后头，唯有快马加鞭，朝着洛阳不言而厉的宫城。

黑　鹤　他的头脑里净是多彩的绮梦，在梦里，他是横刀立马的英雄。

白　鹤　他会在晋国的朝廷上赢得名声，替吴地的人赢得尊敬。

黑　鹤　当他再回来时，华亭将会以他为荣。

白　鹤　他要尽心尽力辅佐太子，哪怕牺牲自己的性命。

黑　鹤　他要亲近贤能之士，远离奸佞的小人。

白　鹤　他想要活得堂堂正正，他没有想到去拍马奉承。

黑　鹤　他想要活得清清白白，他没有想到去卷入皇位之争。

白　鹤　墨子悲叹被染污的素丝啊，

黑　鹤　阮藉为末路穷途而号啕。

白　鹤　人生的三岔路口，到底该选择哪一条？

黑　鹤　宽广无边的大道啊，看似坦荡却少有人行。

白　鹤　那一眼看得到头的狭径，倒是留下络绎的足印。

黑　鹤　看到太多是种负累啊！

白　鹤　看到不说，又会憋得心里难受。

黑　鹤　希望我们回去的时候，壶中的茶水还没有凉透。

白　鹤　希望我们回去的时候，锅里的黄粱米饭也刚好熟。

[二鹤下。

[切光。

## 第四场

[牢房内。陆蔚和陆夏伏案而卧。

陆　夏　(突然惊醒)父亲，父亲！

陆　蔚　夏弟！你怎么了？那只是一只老鼠。

陆　夏　监狱里什么时候都少不了它们。

陆　蔚　昨天晚上，你听到了什么声音？

陆　夏　我？

陆　蔚　我整晚都睡得很不安宁，我听到有人在惨叫，还有皮鞭抽打在人身上。

陆　夏　他们究竟为什么喊父亲出去？一去一整个晚上。

陆　蔚　父亲说是去处理军务。

陆　夏　有必须要晚上处理的军务吗？

[陆蔚愣。

[畸零人上。

陆　蔚　他来做什么？

陆　夏　他带来了些夹子，应该是为了除掉这些老鼠。

陆　蔚　我宁愿看到这些老鼠。起码说明，除了我们之外，这牢是跟外面相通的。

陆　夏　我有点怕这个人。这是什么样的监狱，才需要一个又聋又哑的看守？

陆　蔚　绝对不会走漏风声，也不用担心他和犯人们内外勾结。

陆　夏　是谁把他弄成这个样子的？我是说，他的脸，像挨过炮烙之刑。

陆　蔚　为什么对他下这样的狠手？他犯了什么过错？

陆　夏　你知道吗？哥哥，我可怜这些老鼠，我怕他会用酷刑对待这些老鼠。

陆　蔚　他不会的，如果是这样，他早就虐待我们了，他对我们还是客气的。

陆　夏　哥哥，拦住他，别让他带走这些老鼠。

陆　蔚　为什么？

陆　夏　看在至少它们能从牢里跑到外面的缘故。

陆　蔚　(拦住畸零人)喂，你站住！

[畸零人似无所闻。

陆　蔚　蛇，有蛇！

[畸零人一愣。

陆　蔚　他听得到！

陆　夏　什么？

陆　蔚　有人派他在监视我们，他不是普通的看守。他在窃听我们，说不定会把父亲的话都泄露出去。

陆　夏　是谁派他来的？

陆　蔚　说不定是司马颖。

陆　夏　难道不是司马颖把他弄在这样？如果是司马颖指派他，他不会心甘情愿。

陆　蔚　他可能被打怕了。

陆　夏　我们怎么办？

陆　蔚　他会把听到的一切报告给司马颖。把一个正常人弄成残废，迷惑犯人加以监视，这样的司马颖，你认为能好到哪里去？

陆　夏　父亲对他充满了希望。父亲说，他年龄跟我们差不多。

陆　蔚　可他已经同他的兄弟们斗争了很多年。他跟我们不一样。

陆　夏　不一样？

陆　蔚　夏弟，我们，我和你，我们想的是互相帮助，一起逃出去。他们想的是互相提防。我为父亲的命运担心。

陆　夏　怎么？

陆　蔚　我好像理出一些线索，司马伦，司马冏，司马乂，司马颖，他们都姓司马。他们彼此之间应该是兄弟和手足。

陆　夏　那能说明什么？

陆　蔚　我们父亲服侍完这个又服侍另一个，按照常识，这是不可能的！

陆　夏　啊！

陆　蔚　他不能够在这些人之间跳来跳去。看起来像他在挑选他们，这绝对不可能的！

陆　夏　我们的父亲有危险了？

陆　蔚　这是非常危险的游戏。就像畸零人放下的捕鼠器，一只装满水的木桶，仅用一点搁在木板上的肉屑作为诱饵，老鼠们就会争先恐后地跳上去，砰，木板翻倒，嗵，掉进水中。我们的父亲在玩这种危险的游戏。

陆　夏　那我们怎么办？

陆　蔚　但愿是我想多了。我们必须找些证据。

陆　夏　证据？

陆　蔚　他在写的东西呢？我们来看看！

陆　夏　他锁起来了。

陆　蔚　他不想给我们瞧。

陆　夏　也许他离开的时候带了出去。

陆　蔚　他一定有什么事瞒着我们。

陆　夏　他说只是在修改自己从前的文章。

陆　蔚　这事没那么简单。

陆　夏　他看上去一点也不着急。

陆　蔚　可我看着他,觉得他很着急。他只是努力在克制自己。(抓住畸零人)喂,你不要装聋作哑,说,你知道什么!

陆　夏　快告诉我们,快说!

陆　蔚　我们的父亲到底在做什么?他是将军还是囚犯?

陆　夏　你不说,我们就不会放你走!

陆　蔚　他还会回来吗?他会不会一去不回了?

陆　夏　是谁把他叫走的?

[陆机上。

陆　机　蔚儿,夏儿!你们在干什么?

[陆夏松开畸零人。

[畸零人赶快溜下。

陆　夏　父亲!您回来了?

陆　蔚　在大营中发生了什么?他们对您说了什么?

陆　机　你们好像很紧张?

陆　蔚　您看上去好像累坏了。

陆　机　我是累坏了,我恨不得倒头就睡。

陆　夏　父亲,到底怎么了?

陆　机　(微笑)洛阳已经被攻下了。

陆　夏　怎么?可我没有听到打仗的声音,一点也没有听到!

陆　机　你们当然不会听到。谁说攻下洛阳就一定要打仗?

陆　夏　我不明白,攻城不要打仗吗?

陆　蔚　没有打仗?

陆　夏　这到底是怎么发生的？

陆　机　(看着二子，微笑)你们不要着急，听我慢慢说。昨天晚上，我到了大营里，发现成都王殿下已经在了，他处在盛怒之中。不光是他，还有其他一些人。

陆　蔚　什么人？

陆　机　卢志、牵秀和王粹。

[光转，大营中，卢志、牵秀、王粹躬身而立。司马颖威严地坐着。

三　人　(同)参见殿下！

司马颖　平身。你三人一齐前来，不知何事？

卢　志　臣等是为了孟超的事。

司马颖　恐怕也是为了陆机的事吧？

牵　秀　殿下圣明！

王　粹　殿下圣明，那孟超是您的内侍，对您忠心无二，绝不可杀。

司马颖　可他违反了军令，劫掠百姓，按律当斩啊。

牵　秀　这只是陆机一面之辞，这个陆机，不堪信任啊！

王　粹　他是吴人，臣等是担心，这陆机心怀不轨，怕孟超妨碍他，故而杀人灭口！

牵　秀　就不该重用陆机为大将军！

司马颖　你们慢慢说，一个一个说，为什么不该重用他？

卢　志　陆机乃是吴人。按照晋朝的规矩，吴人，也就是“远人”，是不能重用的。

司马颖　哦？

卢　志　他们可以在中原作官，但只是陪衬点缀。比如顾荣、贺循治理地方很有政绩，但多年不能升迁。太康年间，江左有户口数十万，荆州江南没有一个人在京城任职，至于天下豪富的扬州，连郎以上的官员也是没有。

王　粹　控制使用，这是我朝的国策。

牵　秀　毕竟吴国曾是敌国，对于吴人，不得不防。

司马颖　陆机在我朝为官，已有近二十年，我看，他们穿衣吃饭说话，都已经北方化了，也要防吗？

卢　志　其实未必，知人知面难知心啊！

司马颖　怎么？

王　粹　陆机外表上看，已经是晋人了，查其内心，仍为吴人。

司马颖　卿何以知晓？

卢　志　我们晋人服饰以宽为主，讲究飘逸之感，陆机虽然外表穿着中原的宽袍大带，但他的里面，是穿中衣的！

司马颖　卿这都知道！

卢　志　我是问了他府中的下人，才知道的。

司马颖　卿也用心良苦！

牵　秀　一个人的真实内心，会从他的日常谈吐中带出来，他作诗常押吴韵而不是中原语音。

司马颖　一首诗就能造反？

牵　秀　殿下，自任用陆机为大将军以来，已经三月有余，这洛阳城破了吗？

卢　志　陆机说用他什么先祖的策略围而不攻，等到洛阳食尽，可以兵不血刃，不战而取，这听起来头头是道——

王　粹　但是，洛阳城中的粮食是不会尽的！因为，陆机已经悄悄命人撤围，留了一些口子。

司马颖　这是干什么？

王　粹　以供洛阳城中的百姓出来。

卢　志　他不仅允许他们外出，还允许城内百姓同城外百姓贸易粮食蔬菜，再带回城内去。如此围城，城何时可破？

牵　秀　这样的行为，分明就是“明修栈道、暗度陈仓”，是别有所图。

司马颖　他图什么？

王　粹　他举棋不定，想同洛阳城中的司马乂交好，出卖殿下。

司马颖　啊？

牵　秀　殿下，那陆机是个反复无常的小人！

王　粹　他不堪信任！

司马颖　你们的意思是——

卢　志　殿下，重用一个吴人为最高军事将领过于冒险，大将军一职应该由北人来担当为防万一，至少要有一些北人参加议事，以互为牵制。

牵　秀　殿下，不要再犹豫不决了！

[光转，陆机、陆蔚和陆夏。

陆　夏　这些要置您于死地的人是谁？

陆　机　卢志，是追随司马颖多年的心腹，这里的名门望族。牵秀的父祖都是名将，而王粹的祖父，正是攻下我们东吴的王濬。

陆　夏　父亲，他们攻击您是因为您挡了他们的晋身之路，辞了这个大将军，我们回华亭去。

陆　机　您能想到的，为父也都想到了。不能总是"回华亭"，在华亭能做出什么事业呢？

陆　蔚　那成都王怎样看待他们的言语？

陆　机　成都王？成都王就让我待在屏风后面。

陆　蔚　什么？

陆　机　所以，他们对我的中伤我听得一清二楚。

陆　蔚　可是，您是什么时候到的？

陆　机　我比这些人先到，是在我和殿下议事的时候，内侍禀报他们到来的。殿下说："陆卿，你就坐在这里，听听他们说了些什么。"

陆　蔚　啊！

陆　机　不光如此，他还让我当面跟他们对质。

陆　蔚　对质？

[光转，大营之中。司马颖和众人。

司马颖　兼听则明，偏听则暗。我本来是想等你们退下，再问问陆机的意思。既然你们要我当场做出答复，那么，我也只好当场召见陆机——

王　粹　殿下不可！

司马颖　怎么？

牵　秀　还是等臣等退下，再召见为宜。

司马颖　既然敢来告状，就不敢当面辩论？

卢　志　这……这……

牵　秀　殿下、殿下……

王　粹　我、我们……

司马颖　来呀，请陆卿上殿。

[陆机上，三人惊愕。

司马颖　陆卿，刚才他们说的话，你都一一听到了。

陆　机　听到了。

司马颖　那你可有话讲？

陆　机　他们无非是担心，臣是一介吴人，对主上会怀有二心，不能尽忠尽责。他们所虑甚有道理，臣这就辞官而去。

司马颖　陆卿！

陆　机　其实这些大人们所说的，臣在几日前就晓得了，殿下也是知道的。

司马颖　不，孤也是头一次听别人这样提。

陆　机　殿下忘记了孟超吗？他劫掠百姓，臣要约束他时，他派人直闯入我中军大账，抢到罪首扬长而去，他不肯受我约束的理由，也是因为我是个吴人，不是北人。

司马颖　啊！

陆　机　他说我首鼠两端，是比吕布都不如的三姓家奴，这和众位大人说的，有什么两样呢？

司马颖　陆卿，孟超是个阉人，他懂什么呢？休要跟他计较。

陆　机　是啊，臣不能跟一个阉人计较，更不能降罪于他。只是这些位大人，他们是见多识广的君子，为何见识也同一个阉人一样？

司马颖　这……

陆　机　以孟超的见识是不足以说出这样的话的，背后必然有人指使。

司马颖　有人指使？

陆　机　这是一条毒计：臣若杀了孟超，必然会让殿下不悦，让我们君臣不和；臣若不杀孟超，又会导致军纪涣散，致使有令不行，打起仗来一败涂地。

司马颖　啊！

陆　机　（稍顿）施计者只想逞自己的私欲，却置殿下数十万大军性命于不顾。

牵　秀　你不必指桑骂槐!

王　粹　你想要血口喷人吗?

卢　志　殿下,陆将军多心了。臣等无非就事论事,并非因人而发。

牵　秀　我军有 20 万,司马乂只有区区 2 万,敌寡我众,为何不直接攻打,而要围城?

陆　机　洛阳城历来是军事要地,城池坚固、易守难攻,所以采用围城之计。

卢　志　既然围城,为何又允许百姓自由进出?

陆　机　洛阳城内的百姓,出来就是我们的人,在城内就是司马乂的人。我让他们出城,正是为了让司马乂变成孤家寡人。

牵　秀　那你为何又允许他们进城?还允许他们贸易粮食?

陆　机　允许他们进城,正是为了鼓励他们出城。若是只许出不许进,城内百姓必然有所顾虑而不敢出城,司马乂为求自保而限制百姓出城。贸易粮食,那是体现殿下的仁慈,为的是收服民心。

牵　秀　那若是他们假扮良民,暗中将其余物资带回城内呢?

陆　机　并非如此。粮食可以有,但军备我是牢牢控制的,他们买不到一点可以用来作箭镞的金属,也买不到马鞍。

王　粹　可你不让士兵盘查,如何能确保他们不暗度陈仓?

卢　志　那如有探子进出呢?如果司马乂借机溜之大吉呢?

陆　机　不让士兵盘查,正是怕孟超这样的人狐假虎威,借机勒索百姓,败坏殿下的名声;控制了买卖源头,盘查是多此一举。为防万一,本帅也外松内紧,已经派心腹严密看守城门,若有形迹可疑的人出入,会第一时间飞马报到我的帐中。

卢　志　照陆大人所说,倘若司马乂敢私自出城,您的眼线早把他绳捆索绑,押在帐后了?

陆　机　(微微一笑)完全有这种可能。

王　粹　真是大言不惭!

卢　志　果真如此,我们还打什么仗?在陆大人营外守株待兔便是了!

陆　机　各位将军若能各司其职,少来这大帐中几趟,长沙王或许还早现身几日。

牵　秀　依臣看，陆机徒有虚名，并无真才，所以不敢打仗。

陆　机　诸位盼着两位王上早日兵戈相见，自相残杀？又想得到什么呢？

[众愣。

陆　机　自然，两军交兵，冲锋陷阵、出生入死的是普通士兵，因为胜败而有性命之忧的，是两位主上。所以你们才跃跃欲试、迫不及待！

陆　机　陆某虽是吴人，对主上的忠心天地可证，倒是你们，表里不一……殿下，孟超先前为自己的父亲讨要过邯郸令。

司马颖　竟有此事？

陆　机　臣拒绝了他，可孟超后来还是如愿以偿。

司马颖　啊，这是为何？

陆　机　卢志、王粹顺水推舟，同意了他的请求。

司马颖　啊！

陆　机　在他们眼里，朝廷公器算什么？不过是他们相互勾结、私相赠予、蒙蔽主上的工具。

卢　志　这是血口喷人！

牵　秀　栽赃陷害！

司马颖　够了，夺去孟超父亲的官职，打发他去皇陵守墓，永不许进宫！

陆　机　殿下圣明！臣早就看出，殿下杀伐决断，刚毅果敢，是唯一的中兴之主！

司马颖　大敌当前，假若谁不勠力同心，而谗言惑众、不安于位，有如此案！(拔剑斩断桌案)你们都退下吧，陆卿，你留下！

[切光，牢中，陆机正对二子讲故事，欣然有得色。

陆　机　这就是今天发生的事。

陆　蔚　成都王为何在他们进谗言的时候，让父亲坐于一旁偷听呢？

陆　机　你觉得呢？

陆　蔚　也许他是在观察父亲的反应？

陆　机　蔚儿，你总是把人想得太坏。

陆　夏　可是，您为什么要说，不再依恋吴国的事呢？我也不喜欢您咄咄逼人。我一直以为父亲是谦谦君子。

陆　机　我只能这么做。有时候，你不能一味唯唯诺诺，你必须拍案而起，有时候还得拔剑……

陆　夏　父亲……

陆　机　听我讲下去，我正要讲这洛阳是怎么攻下来的。

[光转，大营之中。

司马颖　陆卿，今天是什么日子了？

陆　机　回殿下，草木摇落，白露为霜，已近中秋了。

司马颖　中秋、中秋！记得先皇在的时候，每逢中秋佳节，宫中总要拜月燃灯。我们兄弟团团而坐，虽然不是十分的亲热，倒也是融洽的。

陆　机　怎么，殿下有思亲之意？

司马颖　思亲又有何用！如今为了一个皇位，一家人反目成仇、你死我活！譬如现在，我邀请我的兄弟们前来作客，他们会慨然前来吗？他们不会。即使来了，我们也是虎视眈眈，桌上的手举着酒杯，桌下的手却按着剑柄。我们的心里，更是风起云涌、波谲云诡……什么时候，我们能够像普通人一样，和和气气地坐到一起。

陆　机　殿下！

司马颖　你为何跪下了？

陆　机　当此月圆之夜，也许望月思亲的，不只是殿下自己。

司马颖　什么？

陆　机　（双膝跪地）臣请殿下恕罪。

司马颖　卿何罪之有？

陆　机　殿下！孟子说过，君之视臣如犬马，则臣视君如国人；君之视臣如手足，则臣视君如腹心。臣敢不为殿下死而后已！

司马颖　那你怎样为孤灭敌呢？

陆　机　（跪下）殿下还记得，方才的话吗？卢志说，如果照我的围城之计，司马乂微服出城，就早被我抓来了。

司马颖　怎么？

陆　机　臣回答说，未必没有这种可能。

司马颖　卿的意思难道是说——

陆　机　请殿下恕臣死罪!

司马颖　怎么?

陆　机　成都王司马乂就在帐中!

司马颖　啊!

[司马乂上。

司马乂　阿弟!

司马颖　你——(注视陆机)这是怎么回事?

陆　机　求殿下恕臣死罪! 今日是中秋佳节,团圆之际,长沙王是来探望您的。

[司马乂从袖中取出物。

司马颖　(以为对方要拔剑,后退,拔剑)你这是要做什么?

[司马乂愣住。

陆　机　(从司马乂手中接过一个食盒,高高举起)殿下,长沙王殿下是睹物思人,特来同殿下一叙手足之情的。这是一些糕点,乃是长沙王妃亲手所做,记得殿下年幼之时,每逢中秋,宫中总要制作这些糕点。

司马颖　哼,夺了我的洛阳城,拿这些徒有其表糕点来糊弄,阿兄的算盘打……

司马乂　(望向陆机)陆大人……

陆　机　殿下,误会长沙王了。(对司马乂)殿下,既然兄弟二人见面了,有什么心腹之言,尽可快快讲来。

司马乂　弟弟的声望比我要高,我怎么敢觊觎王位? 我拥兵不过是为了自卫。宫里的府库,我全命人落锁清点,就等着弟弟前去查看。

司马颖　说得好听!

司马乂　阿弟若不信,(从腰带上取下一物)这块玉佩只管拿去,凭此物便可叫开城门,长驱直入。

司马颖　(欲接又起疑心)不敢当。若阿兄果有诚心,为弟想借一物。

陆　机　殿下只管讲来。

司马颖　我要借你项上人头!

司马乂　(大怒)司马颖,你的话太过分了!

司马颖　陆卿果然神机妙算，你今天既然来到我大营之中，难道还想活着出去吗？

司马乂　司马颖，你以为本王没有防备，敢到你大营之中吗？

陆　机　二位殿下！

司马颖　来人，来人！

司马乂　只怕你的人没有到，你的脑袋就先掉了。

司马颖　陆卿，快来护驾！

司马乂　陆机，惠帝现在洛阳城中，你要分清楚，哪个是君王，哪个是乱臣贼子！

陆　机　（跪下）二位殿下，且慢动手！ 二位殿下是兄弟手足，血缘至亲！ 臣记得一首民谣中："一尺布，尚可缝；一斗粟，尚可舂。兄弟二人不能相容。"二位殿下切莫亲者痛而仇者快，请三思啊！

司马颖　（踢开陆机）还不快助孤杀掉司马乂，讲这些酸诗做什么？

司马乂　陆机，若能平叛有功，孤保惠帝加封你的官职！

司马颖　快来助孤！

司马乂　快助孤平乱！

［陆机缓缓站起身，拂去身上的土，一动不动。

司马颖　陆卿，快喊人来！

司马乂　陆卿，亡羊补牢，时犹未晚！

司马颖　陆卿，你敢不听本王的话？

司马乂　陆卿，你敢不听本王的话？

陆　机　实不相瞒，二位殿下的随从和护卫，已经被我派人给看住了。就是喊破喉咙，也叫不出一个人来。

司马颖　大胆陆机，你竟然敢欺诓主上？

司马乂　陆机，你这是大逆不道！

陆　机　（冷冷地）你们司马家一定是受到上天的诅咒，虽然富有四海，却亲戚反目，兄弟成仇。只是，你们兄弟自相残杀就残杀，不要连累天下的无辜百姓。

司马颖　什么？

司马乂　大胆！

陆　机　这里有的是刀，有的是剑，还有弓弩、长枪，想用什么就用什么，可以刺，可以砍。而我，绝对不会为虎作伥。

司马颖　你……

司马乂　你……

[二人欲刺对方，又停下。

陆　机　你们也不要想能够逃出去，你们不是一直想分出个胜负吗？机会就在眼下，动手吧！

[二人被他的话震住。

陆　机　这才是你们不共戴天的仇人，也是朝思暮想的兄弟。你们是同一个父亲生出的两个兄弟，你们面对面站着时，为臣都分不清哪个是哪个，你们就像人和他镜中的自己。你们杀啊，砍啊，只要你们下得去手，就把上天赐给你的兄弟一个个杀掉！

司马颖　这……

司马乂　这……

陆　机　指挥千军万马杀人时，你们从不犹豫。现在你们要用自己的手杀人，亲身去感受杀人是怎么一回事。你们亲手去结果兄弟的性命，看着血从他们的身体里涌出来，溅到你们的手上、脸上，打湿你们的脚底……

司马颖　(发抖，后退)不……

司马乂　(同样发抖，后退)不……

司马颖　(不甘地，对陆机)你是不是疯了？

司马乂　(不甘地，对陆机)我看你怎么收场！

陆　机　(慢慢拾起一把剑)收什么场？

司马颖　(防备地)你要干什么？

司马乂　(防备地)莫非你敢弑杀孤？

[两个人同时拿剑对着陆机。

陆　机　“兄弟阋于墙，外御其侮。”这句话的意思是说，兄弟二人虽然有分歧，对待外敌时能够同舟共济。老臣今日看到了。

司马颖　你在说什么？

陆　机　二位殿下能同时拿起剑对我,说明血还是浓于水的。

司马乂　说,谁指使你这么做的?

司马颖　对,是不是司马睿他们?

司马乂　说实话,孤赦你无罪!

司马颖　孤也赦你无罪!

陆　机　这把剑,是我的祖父传给我的父亲的,他们带兵出征、冲锋陷阵时用的正是这把剑,不知有多少人死于这把剑下。

司马颖　陆卿……

司马乂　陆卿……

陆　机　今日,为臣要用这把剑自我了断,以向二位殿下谢罪! 只是我死后,请二位殿下想想老臣的话,血浓于水,切莫听了外人的挑拨就手足相残……

[陆机横剑。

司马颖　不可!

司马乂　不可!

司马颖　你也是一片好意。

司马乂　你也是为了我们。

司马颖　我们也不是铁石心肠的人。

司马乂　这件事你本是无辜的。

陆　机　老臣早就看出,二位殿下是至仁至善之人。一个不相干的异姓臣子都舍不得杀,又怎么忍心对兄弟动手呢?

司马颖　唉!(丢下剑)

司马乂　唉!(丢下剑)

[二人颓然地坐下,看看对方。

[陆机从食盒中取出一块糕点,将其一分为二。

陆　机　如果你们下不了手,那还是吃糕点吧。

[陆机把糕点分给二人一人一半。

陆　机　今夜,此间没有两个想要争夺皇位的王,只有两个想要感受天伦之乐的少年。

[二人看了一眼陆机，手慢慢向糕点伸去。

[光转，牢房。

陆　夏　父亲，这太惊心动魄了！

陆　蔚　这是真的？

陆　夏　父亲，您为什么不跟我们说一声？这太冒险了！

陆　机　你看我还不是活得好好的？

陆　夏　如果他们仍然不肯和解，父亲怎么办？

陆　机　怎么办？

陆　夏　您的剑已经横在了脖子上，而他们又不肯让步——

陆　机　那就唯有一死了。

陆　夏　父亲！

陆　机　如果我的死，能够换得兵士们解甲归田，百姓安居乐业，二位殿下手足和睦，我甘之如饴。

陆　夏　父亲！

陆　机　他们还是孩子，他们大概没有亲眼目睹一个人的死，当他们看到血漫过地面，慢慢流到他们脚下时，他们会醒悟的。

陆　夏　可是您，您就再也见不到我们了……

陆　机　死，是我一直想做的事。我一直在寻找一个恰当的时机……如果等到了，我是不会错过的。

陆　夏　父亲……我们一直不知道，您生活在惊心动魄之中……

陆　机　还好，这些都过去了。

陆　蔚　父亲，昨天晚上您是在哪儿？您自己的营中，还是成都王的宫中？

陆　机　是我的大帐之中。

陆　蔚　那卢志、王粹为何到得此地？

陆　机　他们听说殿下在此，而特意赶到的。

陆　蔚　他们想要中伤父亲的意愿如此强烈，所以他们明明知道殿下就在父亲这里，明明知道会被父亲发现，还是义无反顾地来了？

陆　机　没错。

陆　蔚　可父亲到的时候，成都王已经在了。按照您的描述，司马乂到得还要早，父亲是怎么知道司马乂到了的？

陆　机　这我自有办法，那司马乂也不是马虎的人。

陆　蔚　那照父亲所说，司马颖与司马乂握手言欢，我们应该撤围，不打仗了。

陆　机　是的。

陆　蔚　那我们可以回家了？

陆　机　是的。

陆　蔚　那这些兵还在这里做什么？为什么他们不赶紧撤走？

陆　机　你又在怀疑，是吗？(从怀中取出一物)你们看，这是什么？

陆　夏　糕点？长沙王带来的糕点？

陆　机　以此为证，你们不用怀疑，为父所说的话了吧？是我跟他提要求，想在牢里再住一晚。想到充满希望的明天，今晚的牢狱不再令人难熬。

陆　蔚　您为什么带回来了它们？

陆　机　傻瓜，中秋佳节就在眼前，二位殿下赏赐给我们的啊！

陆　夏　我可以尝尝吗？

陆　机　(阻拦)且慢！

陆　夏　为什么？

[陆机正要回答，畸零人人慢慢捧着收拾好的文稿递给陆机。

陆　蔚　父亲同我们讲话的时候，这个畸零人一直都在！

陆　夏　他一定一句不漏地全听进去了，父亲，这……

陆　蔚　他不会是暗探，去司马颖那里告密？

陆　机　我相信他不会的。

陆　蔚　为什么？

陆　机　如果他是会告密邀宠的人，他就不会被上刑、砍去手指和脚，变成现在的样子了。

[父子三人的目光投向畸零人。陆机接过畸零人手中的稿子。

陆　夏　他真可怜，这糕点，父亲，我们送一块给他尝尝，他会高兴的！

[但畸零人人仿佛看见毒蛇一样扔掉了糕点。

陆　蔚　这是殿下的赏赐，你竟然扔掉？

[畸零人跪在地上，流着泪，不住地磕头。

陆　机　(将他搀扶起来)起来吧，他们没有恶意。

[畸零人惊恐地望着他们。

陆　夏　他怎么了？

陆　机　他是害怕，从来没有人对他这么好过。

陆　夏　他以为我要害他？

陆　机　不是，他是从自己的生活经验中明白，他是个天生的倒霉蛋，要是有什么大幸运降临到他头上，那后面准是要倒大霉了。他不想倒大霉，所以也不想要大幸运。

陆　蔚　人们都像他这般明智就好了。

陆　夏　这是我们给你的，你可以收下。

陆　机　不，夏儿，不要惊扰他了。

[畸零人感激地望着陆机。

陆　机　(对畸零人)你先下去吧！

[畸零人下。

陆　夏　父亲……

陆　机　这糕点来之不易，看到它，我就想到刚刚过去的惊心动魄的夜晚。我们还是留作纪念为好。

陆　夏　(兴奋地)等到回到华亭，与母亲他们一起品尝！

陆　机　天不早了，你们睡吧，这是你们在洛阳的最后一个夜晚。

[切光。

## 第五场

[两声鹤唳，二鹤翩翩上。

白　鹤　你看这吴淞江面的水浪滔天啊。

黑　鹤　江风从西到东刮个不停。

白　鹤　小船像棋子一样密密麻麻，又像星星一样布满天空。

黑　鹤　帆儿高悬啊风势又正，

白　鹤　船儿逍遥啊，像箭脱离了弓。

白　鹤　像闪电飞驰过天际争先恐后啊。

黑　鹤　只有一艘不摇不动。

白　鹤　是建造它的木材不能浮水，

黑　鹤　还是繁复的雕饰让它下沉？

白　鹤　划船的人儿一筹莫展，

黑　鹤　却原来心慌忙没解开缆绳。

白　鹤　有所挂牵，风再大有什么用？

黑　鹤　浪再大也显不了奇能。

白　鹤　但愿他能认得出我们啊。

黑　鹤　但愿尘世还没有堵塞他的心。

白　鹤　乱世之中美玉和石头同时遭殃啊，

黑　鹤　谁说一个人才华满腹就可以无忧高枕？

白　鹤　险象环生的富贵啊，但凡有点头脑的人都不会贪恋。

黑　鹤　及早抽身啊，秋风起时那鲈鱼正肥。

白　鹤　看不透是一种悲哀啊，

黑　鹤　看透了不说，又让人心里难受。

白　鹤　希望我们回去的时候，壶中的茶水还没有凉透。

黑　鹤　希望我们回去的时候，锅里的黄粱米饭也刚好熟。

[两只鹤边舞边下。

[收光。

## 第六场

[牢房内，陆蔚和陆夏在一旁和衣而卧，陆机在一旁写着什么。鸡鸣。稍顷，他放下笔，拿起写好的文字审阅，又放下。他走到两个孩子身边，

打量着他们睡着的样子，替他们盖好衣服。

[畸零人捧着一个放了酒和一碟菜的托盘上。

陆　机　(迎上去)是你。这是他们让你送来的？

[畸零人摇摇头，放下托盘，用手指指酒，又指指自己。

陆　机　你是说，这酒和菜是你送给我的？

[畸零人点头，倒酒，举起酒杯一饮而尽，给陆机看杯底。

陆　机　你是想告诉我，这酒没有毒，可以喝？

[畸零人连连点头。

陆　机　我拿什么酬谢你呢？(畸零人连连摇头)对了，我送你一首诗吧！(畸零人继续摇头)怎么，你不肯要，怕受连累？(畸零人摇头)你听我说，虽然眼下殿下要杀我，但他只要杀了我便会后悔，到那个时候，你把这首诗呈上去，说这是我在临终前写的。他见到必定大喜，会重重地赏你……

[虽然畸零人还努力摇头，陆机已经将诗取来、卷好，放入他的怀中。畸零人向陆机表示感谢。

陆　机　到那个时候，你就跟他说，你想恢复自由，离开这监牢回老家去。他一定会答应的。那时，你一分一秒也不要停留，什么东西也不要留恋，赶快回老家去，越快越好……

[畸零人摇摇头。

陆　机　你不愿意回去？为什么？

[畸零人指指自己的耳朵，又指指自己的嘴巴，做出割耳、割舌的动作，又双手合起，做睡觉的动作，又竖起大拇指。

陆　机　哦，你是说，像你这样又聋又哑的人，到了外面没有用武之地，留在这里，反倒是安全的？你既不聋也不哑，你比正常人的头脑还要清醒。

[畸零人着急摇头，他指指陆机，又指指自己，重复了一下睡觉的动作。

陆　机　难道你是说，让我像你一样，装聋作哑？

[畸零人点头，乞求地看着陆机。

陆　机　我不放心把天下交给卢志他们。

[畸零人悲哀地看着陆机，失望地摇头。

陆　机　你下去吧，不必悲哀。还没到最后的时辰，不是吗？

[畸零人收拾东西下。

[陆夏突然从梦中惊醒。

陆　夏　父亲，父亲！

陆　机　夏儿！

陆　夏　哥哥，我又做那个梦了！

陆　机　梦？什么梦？

陆　夏　我先是梦见自己在华亭老宅前徘徊，后来不知怎么的，就来到秀野桥头，我正望着水中的游鱼发呆，就看见一条鱼长出了仙鹤的嘴。

陆　蔚　仙鹤的嘴？

陆　夏　我以为自己花了眼，就把视线转移到水中的莼菜上，你猜怎么着？

陆　蔚　怎么了？

陆　夏　我看见了一只仙鹤的脸。

陆　蔚　仙鹤的脸？

陆　夏　它还在冲我笑！

陆　蔚　仙鹤会笑？

陆　夏　我也吓了一跳，又一看，哪里是鱼和莼菜，这不是我们在华亭老宅豢养的两只鹤嘛！

陆　蔚　它们说什么？

陆　夏　它们说——我不记得了。

陆　机　夏儿，你这是思家心切所致。不必担心，今日你们便可启程还乡了。

陆　夏　这是真的吗？

陆　机　畸零人马上就带你们出去。

陆　蔚　父亲跟我们一起走吗？

陆　机　不，你们先走，我不跟你们一起。

陆　蔚　为什么？

陆　机　大难始夷，百废俱兴，成都王离不开我。

陆　蔚　可是……

[一语未了,陆夏惊叫起来。

陆　夏　父亲、哥哥,这里有一只死掉的老鼠!

陆　蔚　一只老鼠有什么大惊小怪的?

陆　夏　可它是被毒死的,它的嘴角,还留着一点糕点……

陆　蔚　糕点?

陆　夏　是父亲昨天带回来的糕点,是成都王和长沙王赏赐给他的。

陆　蔚　父亲,这糕点有毒?

陆　机　哦,你们误会了,糕点怎么会有毒呢?是畸零人问我讨些食物去药老鼠,我便给了他一些。是吧,畸零人?

[畸零人迟疑地点头。

陆　机　好了,时辰不早了,畸零人该带你们走了。

陆　蔚　在把话说清楚之前,我们不走。

陆　夏　到底发生了什么?我们是在哪里?现在又要去哪里?

陆　机　你们现在要回华亭去。

陆　蔚　别把我们当小孩子。

陆　机　蔚儿……

陆　蔚　上次我们来洛阳,父亲带我们到北人的家里去,您说这是一些连皇帝也懒得接待的家庭。

陆　夏　我记得。

陆　蔚　他们常说父亲第一次来洛阳的时节,说父亲愣得像个乡下人——

陆　机　北人自己以为门第高贵,喜欢嘲笑别人。

陆　蔚　您也带我们去一些吴人的家中,像顾荣、张瀚,还有孙惠。

陆　夏　那是吴人,是我们的同乡。

陆　蔚　他们议论正欢的时候,父亲突然走进,人们就变得沉默了。

陆　机　是这样吗?

陆　蔚　他们穿着束腰的吴地服装,父亲的宽袍大袖显得笨拙滑稽。您说:“我已经给惠帝上了书,请他对吴地的士人一视同仁,唯才是举。”

陆　夏　可那群人愤怒地说:“谁让你上书的?因为你上书,他们怀疑我们结党营私、妄议朝政，我们一举一动都受到监视，这就是你上书的结果！”

陆　机　他们是嫉妒，他们整天在家里闷着，连出去走动走动的人家都没有，而你们的父亲是个很有办法的人。

陆　蔚　不，我看到的是，无论北人、吴人，都不喜欢您。吴人以您为耻，而北人看不起您。

陆　机　你……

陆　蔚　我宁愿您一点办法也没有，宁愿您跟这些吴人一样，一天到晚在家里闷着。

陆　机　你们根本不懂自己在说什么。

陆　蔚　您到底在写什么？(走到桌案前)

陆　机　这是军事机密，你不能知道。

陆　夏　我们不是回家，我们要被杀头。

陆　蔚　这是您编的故事，一切都是假的，除了我们在监狱里，等待不可知的命运。

陆　机　你们开始质疑自己的父亲吗？别人怀疑我就罢了，你们也敢怀疑我？

[孟超捧一壶上。

陆　机　孟公公……

孟　超　这是殿下赐给你的。

陆　机　我写给殿下的奏章，殿下看过了吗？

孟　超　一切都在这壶里了。

陆　机　那是我写得还不够好，道理讲得还不够清晰。我再写。

孟　超　陆士衡，我如果是你，我就会懂事一些。

陆　机　请公公赐教。

孟　超　这壶酒喝下去，你就明白殿下的意思了。如果喝了你没有死，那你就活着。如果你死了，也用不着写什么奏章了。

陆　机　啊！

孟　超　殿下想要的是你的命。

陆　蔚　让司马乂和司马颖握手言和是个故事。

陆　夏　让太子和贾谧讲和,也是个故事?

陆　机　这不仅仅是个故事。有些事,我确实努力了,但没有成功;比如太子和贾谧的事。有些事,我事后才知道怎么做,(指孟超)比如他的事。

孟　超　咱家还要感谢你的不杀之恩。所以,这壶酒是我向殿下求来的,赏你个全尸。

陆　夏　那司马颖和司马乂和谈的事呢?

陆　机　它正在进行当中。

陆　蔚　你在说笑话!

陆　夏　您险些把我们蒙过去了。

陆　蔚　父亲,您到底是什么样的人?我怎么样才能相信你?

陆　机　我已经着手在做,我精心筹划、反复推敲,我已经将司马乂的行程摸得一清二楚。想要抓到他,只需一声号令。但是,这盒糕点,司马乂出现的时辰,月亮偏斜的角度,它的光彩和圆缺的程度……我在焦急地等待,只要给我一个机会!

陆　蔚　有任何一个人知道吗?

陆　机　我不能让任何一个人知道!在它成功前我要牢牢把守秘密。曾经发生多少次了,一件我精打细算、胜券在握的事,一旦说出去就满盘皆输。这晋国的兵营中,我无法相信任何一个人。都是他们的人,我必须要小心!如果在司马颖和司马乂见面之前走漏了风声,导致和谈失败,世人会以为,我是为了一点虚名浮利就铤而走险的短见之徒,以为我首鼠两端,唯利是图、为人唾弃,我是投机者、野心家……

陆　蔚　那你还能打算怎么做?

陆　机　我冒了今生最大的一个险。可能就在须发之际,就在几分钟之间,我和你们的命运都能得到改变。

陆　蔚　父亲,你还在做梦!

陆　机　现在还不到图穷匕见的时候,不是吗?命运还没有最终下结论,再等待片刻又有何不可?

陆　夏　毒酒已经拿来了。我已经闻到,它和昨天拿回来的糕点散发着同样的味道。

陆　机　也许是他拿错了酒壶。

陆　夏　什么？

陆　机　这些是用来药老鼠的。

孟　超　陆机，我真佩服您的心大。是不是除非有人勒住您的脖子，往您嘴里硬灌，您才肯喝？

陆　夏　啊！

孟　超　就像曾经的太子一样，贾谧派人送毒酒给他，他硬是不喝。结果呢？两个武士生生掰断了他的脖子。最后也弄不清楚，哪样才是他真正的死因——被掰断的脖子，还是装在银瓶里的毒酒。不过，有一点我可以明确告诉您，举行葬礼的时候，贾后为太子打造了一个纯金的脖套。陆机，如果你也抗旨不喝，可不一定保证能享受同样的待遇。

陆　蔚　您还不承认吗？

孟　超　我要是您，就会配合一点。殿下对你是何等的宽厚，心地又是多么的仁慈。把你从死牢中救出来，不顾众人反对，让你当大将军。殿下对你是仁至义尽了，你就不能替殿下考虑考虑吗？

陆　机　我？

孟　超　这败兵之过，你都不肯认领吗？你最后的尽忠就是自裁。陆机，你是聪明人。

陆　机　我如果要死，不知道死多少次了。

孟　超　随你吧。咱家覆旨去了。

[孟超下。

陆　夏　成都王根本没有驱逐孟超。

陆　蔚　我非常怀疑，您和成都王的对话到底有没有发生。

陆　机　我没有坚持，是不想让成都王为难。

陆　蔚　父亲，你到底是什么样的人！

[卢志、牵秀和王粹上。

卢　志　你们的父亲是什么人，我只消告诉你们一件事实，这些人，他服侍过的主子，太子，贾谧，司马伦，一个接着一个都死了。只有他，还活着。

牵　秀　他不仅活着，而且官还越做越大。

王　粹　每个主子面前，他都能成为红人儿。

卢　志　他在每个主子上都押了赌注。所以，你们说他是什么人。

王　粹　太子叫贾谧杀死的时候，你的父亲一句话也没有讲！

牵　秀　贾谧还升了你父亲的官。

陆　夏　不、不！

王　粹　不管谁死，你父亲都把自己保护得好好的。现在，终于轮到他了。

卢　志　你看，他写给贾谧的诗。这够多么谄媚，他说贾谧侍奉太子忠心耿耿。但大家都知道，贾谧对太子恨之入骨。

牵　秀　他自己在诗里也说："守一不足矜，歧路良可遵"。你们也应该听过"日暮途远"、"倒行逆施"的话，你们的父亲，就是同样的货色。

王　粹　他会跟你们说，那是应酬，应酬！其实，这是不择手段。

卢　志　听说，太子、贾谧、司马伦败亡之后，他做的第一件事，就是把写给他们的诗文想方设法收回。

王　粹　说真的，倘若他从司马冏的大牢中出来，马不停蹄地滚回华亭去，还能留下自个儿的性命。

牵　秀　可他想当大将军，他怎肯放弃尝尝权力的滋味呢？哪怕死就在眼前。

卢　志　哪怕现在，他都想再换个主子。

陆　机　太子是名正言顺的继位之主，难道我不该尽忠于他？

牵　秀　那贾谧呢？

陆　机　贾谧对我恩重如山。当年金谷园中的众人，非富即贵，只有陆某，是从吴地而来的一袭布衣。他不以我微践而不屑一顾，我能不感激吗？

王　粹　那司马伦呢？

陆　机　他佩服我的文章。

[三人笑。

卢　志　这就是你，陆机。不知道你是装傻还是真傻。

王　粹　太子死的时候，你没有死。

牵　秀　贾谧死的时候,你没有死。

卢　志　司马伦死的时候,你没有死。

王　粹　甚至司马冏要杀你的时候,你也逃过一死。

卢　志　你觉得自己永远如此幸运,永远有仙人相助吗?

[内声:是谁在此喧哗?

[司马颖上。

众　　殿下!

司马颖　你们三个到外面候着吧!

[卢志三人下。

陆　机　(跪倒)殿下千岁、千岁、千千岁!(唤二子)快跪下啊!

司马颖　你还把你儿子也叫来了。

陆　机　是来助臣一臂之力的。

司马颖　你还未对和谈死心?

陆　机　殿下……

司马颖　我像你所说的,命人给司马乂写了信。

[卢志等愣。

陆　机　殿下……殿下英明啊!

司马颖　你猜他给我回了什么?

陆　机　一定是感激涕零,称赞殿下的宽厚仁慈。

司马颖　你自己看吧!

陆　机　这……

司马颖　这上面的字迹,你不会说不认识吧?

陆　机　殿下……

司马颖　这是你曾经写给他的信。在信中,你说他虽年幼但声望比我高,如果和谈成功,我必然会奉他为主,而我来辅佐他。

陆　机　这只是一种说辞,为了打动他的议和之心,为了让他到我们军中来啊!

司马颖　别人说你两面三刀、反复无常,孤起初以为是中伤你,直到我看到这些,还有这些,(走到书案前)我才信了。

陆　机　殿下……

司马颖　孤给你笔墨纸砚，是让你悔罪，可你在写什么？你几乎给每一个姓司马的王都写了信。

陆　机　殿下，我是在尽最后的努力……

司马颖　最后的努力？什么努力？

陆　机　我是希望他们不要袖手旁观——

司马颖　你是希望他们不要袖手旁观，也快快召集人马，锻造武器，加入这场争夺王位的混战。像贾谧杀死太子，司马伦杀死贾谧，司马冏杀死司马伦，孤杀死司马冏一样，再有人来杀死孤？然后再度把你从牢里解救出去，成为你的新主子？

陆　机　殿下，臣绝无此心！臣只是不想让生灵涂炭。

司马颖　这是一种幼稚。你懂吗？孤给你二十万大军不是让你议和的。你这种给每个人写信的行为，看起来像在试探，在挑选，在物色新的主子。

陆　机　殿下……

司马颖　如果谁和谈谁就是你理想的主子，对不起，这样的主子不存在。而且，我们也不允许被挑选。

陆　机　殿下……

司马颖　所以，处死你不是孤一个人的决定，是整个司马家族的决定。

[司马颖下。

陆　机　你们听到他说什么？

陆　蔚　父亲……

陆　机　蔚儿，夏儿，我的祖父陆逊十二岁的时候，孙策把他的全家逼得走投无路。他想过死，刀都横到了脖子上，他突然闪过一个念头，如果今天没有死，明天会怎么样呢？

陆　蔚　第二天怎么样了？

陆　机　第二天，孙策中了箭伤死掉了，没有人逼着他们去死了。你们的祖父，后来做到大司马。而我，被司马冏下到监狱里时，我也以为必死，可是，殿下提拔我做了大将军……

陆　蔚　父亲……

陆　机　天将降大任于斯人也，难道不是苦其心志，饿其体肤的吗？我一样样忍了过来，给我的大任还没完成呢！

陆　蔚　您还想做什么？

陆　机　我不能就此灰心丧气。

陆　蔚　您想怎么样？

陆　机　让我想想，也许我可以给什么人写封信……

陆　蔚　够了！

陆　机　什么？

陆　蔚　您幼年的时候，养过两只鹤，因为羡慕它们高飞远举的风度和潇洒出尘的仪态。吴灭的那年，它们不翼而飞。您有没有想，这是为什么？

陆　机　它们是死在战火之中了。

陆　蔚　不，当您走向晋国，选择奔走乞食、苟且偷生的时候，它们就离开您了。

陆　机　我不是苟且偷生！我是在等待时机！

陆　蔚　您写过讨好贾谧的诗，写过《龟赋》、《鳖赋》，可你没有写过《鹤赋》！

陆　夏　在你的文章里，连个"鹤"字都没有出现过。

陆　蔚　你不敢提到它们！

陆　机　我……

[两声鹤唳。

陆　蔚　这是什么？

陆　夏　我好像在梦里听到过这个声音。

陆　机　那是鹤，鹤叫的声音！它们没有抛弃我！你们看，它们的翅膀张开像车轮，它们背宽得像一条大船！它们降落了！它们在顾盼四望，像是在期待着什么。它们是在等我！

陆　蔚　啊！

陆　夏　哥哥——

[陆机朝鹤的方向望去。

陆　机　是的，当我有难的时候，它们就会来搭救我。这就是我一直大难不死的原因!

[太子、贾谧一左一右出现在舞台上。

太　子　陆机,本王让你写的《鳖赋》,你可曾写好?

贾　谧　陆机,我命你修改太子的祷文,你为何还不曾写好?

太　子　陆机,奸佞小人,为何勾结贾谧,阴谋残害于我?

贾　谧　陆机,你要看清时势,再与太子藕断丝连,小心你的人头落地!

太　子　陆机,你举棋不定,莫非怀有二心?

贾　谧　陆机,你犹豫不决,是不是另有所图?

太　子　陆机……

贾　谧　陆机……

陆　机　殿下,殿下……

[张华出现在舞台上。

陆　机　藏先!

张　华　士衡! 在太子和贾谧当中选谁,你想清楚了吗?

陆　机　我……

张　华　他们都死了,你还活着。

陆　机　我……

张　华　士衡,你名字为士衡,其实却不知道如何权衡,何时权衡啊!

陆　机　茂先……

张　华　他们不是您想要的主上,你也不是他们想要的臣子。

陆　夏　父亲,您跟鹤走啊,跟他们走啊!

张　华　士衡,你回去能做什么呢?

陆　机　我……

张　华　我们一直在盼着一位贤明的主上,一位不那么狭隘的君王,他会是动乱的终结者,一个像禅文里描述的那么好的皇位继承人。他能接受别人的意见,不凡事只拣自己喜欢的听……他仁慈、充满同情,真的将天下百姓的利益放在首位,而不是先想着满足自己的亲戚和宠臣,他能把整个国家拉回正轨,实现他在诏令许诺的正大光明……

陆　机　可是,我们不能挑选自己所处的时代,无法对时间发号施令,让它暂时中止,等明君出世,再让我们的生命继续。

张　华　所以,你还是想挑选,在你同时代的人当中尽可能地挑选。

陆　机　我不是坏人,我对每一个人都忠心耿耿!

张　华　只要这个人有发号施令的正当手续,是吗?对太子如此,对贾谧亦是如此,成都王并没有享受什么特殊待遇。或者,这是你的一种病。

陆　机　病?

张　华　贤臣病。无论把你摆放在什么年代,你都属于那种巴巴结结,想给主上和历史留下好印象的人。这种人最后的下场,要么是伪君子,要么是背锅侠。

陆　机　我一定要介意成为什么人吗?

张　华　士衡,你还抱有这样的想法吗?

陆　机　我……

张　华　不介意成为什么人,充其量你能得到自己的荣华富贵。但若是想给后世留下点什么,想让后世的人也向往什么,我们不得不介意成为什么样的人。

[白鹤、黑鹤上。

白　鹤　天道正长啊,人生苦短。

黑　鹤　殊途同归啊,黄泉路上分什么早晚。

白　鹤　远离罗网的飞鸟令人艳羡啊,

黑　鹤　掉入陷阱的兔子都知道把后腿咬断。

白　鹤　险象环生的富贵啊,但凡有点头脑的人都不会贪恋。

黑　鹤　及早抽身啊,秋风起时那鲈鱼正肥。

[陆机大惊。

白　鹤　这西域的灵鸟的翅膀要折断了,它那自然的奇姿将要凋零。

黑　鹤　谁让你不在高山险峰上栖息啊,

白　鹤　谁让你不挑选藏身的树林?

黑　鹤　谁让你为争宠卖弄自己的歌声,谁让你将羽毛过度的卖弄?

白　鹤　被人剪掉翅羽锁进了笼中啊，

黑　鹤　纵然思念故土的甘露，可你又怎么飞腾！

白　鹤　它打起精神，用歌声让自己镇定啊，

黑　鹤　它竭力想忘记，它也许活不过天明！

白　鹤　这西域的灵鸟的翅膀要折断了，

黑　鹤　它那自然的奇姿将要凋零……

[二鹤徘徊。

陆　夏　父亲，你快走！

陆　蔚　父亲！

[陆机没有动。

陆　蔚　父亲，我该怎么认识你？我怎么对人描述你？

陆　机　就当我没有来过。

陆　夏　父亲——

陆　机　就当你们没有过这样的父亲。如果有人问起，你们就说……

陆　蔚　说什么？

陆　机　杜撰一个父亲，一个人人喜闻乐见的父亲。

陆　夏　我不明白您的意思。

陆　机　一个后世津津乐道，你们的母亲也愿意回忆的父亲。

[陆机手执酒壶，一步步朝舞台深处走去。

陆　夏　父亲……哥哥，也许我们的父亲讲的一切都是真的，只要你从不同的角度去看，他没有撒谎。

陆　蔚　他先后侍奉太子、贾谧、司马伦，对他们一视同仁——

陆　夏　是希望他们都能改过自新，成为一个好的皇帝。

陆　蔚　写给贾谧的诗，写给所有人的谄媚的诗，那些他后悔的诗——

陆　夏　他希望能感动、打动、影响到他们。

陆　蔚　他的诗句里讨好好多人——

陆　夏　但那不是他真实的内心，你们看他手稿的笔迹，它们并不像诗句里表现那样兴高采烈，它们枯涩、沉滞，代表他下笔时百般纠结和痛苦！

陆　蔚　他像一匹驾辕的老马，只要看到笼头，不问来由，便将脖子套进去。

陆　夏　将沉重的马鞍背负在身上，不用马鞭催促，他就开始不停地奔走。这是一种习惯，没有这种难以承受的负担，反倒让他觉得不自然！

陆　蔚　他写过“守一不足矜，歧路良可遵”的诗句——

陆　夏　他不是真的这样想，他只是表达愤慨！

陆　蔚　他等待着，焦急地等待着，他已经四十岁，走完超过一半的人生！

陆　夏　他想到我们的曾祖陆逊，还有我们的祖父陆抗。

陆　蔚　他们建立的功业和获得的声名，在和他同样的年龄。

陆　夏　他怎么能辱没先祖的名声，灰溜溜地回到华亭？

陆　蔚　他不得不为每一个机会，掷下赌注，天知道那机会还是陷阱！

陆　夏　鹤没有忘记我们的父亲，我们的父亲所有的文章里都有它们，唯有细心的人才能注意得到。他的《文赋》，如果你们仔细瞧，其实就是篇《鹤赋》！

陆　蔚　“精骛八极，心游万仞”这是一只大鹤在天空翱翔；“仰逼先条，俯浸后章”，这是鹤在水边饮啄徜徉。

陆　夏　“俯寂寞而无友，仰寥廓而莫承”——

陆　蔚　这是鹤在孤独徘徊，渴求知音。

陆　夏　“浮藻联翩，若翰鸟缨缴，而坠曾云之峻”——

陆　蔚　这是它们从天而降，它们的翅膀终于支撑不住自身的分量而垂落了……

陆　夏　（含泪）不，不，父亲！我愿意让他还活着！

陆　蔚　（亦含泪）让他去，让他去！

［两声鹤唳，白鹤、黑鹤翩跹上。

白　鹤　吴淞江的河水一去不返啊，

黑　鹤　人的一生，到岸了便不能再次翻盘。

白　鹤　成败输赢、是非对错皆历历在案啊，

黑　鹤　桩桩件件，由不得你去替换删减。

白　鹤　这只西域的灵鸟即将死去，

黑　鹤　它那自然的奇姿将要凋零……

黑　鹤　谁让你不在高山险峰上栖息啊，

白　鹤　谁让你不挑选藏身的树林?

黑　鹤　谁让你为争宠卖弄自己的歌声,谁让你将羽毛过度的卖弄?

[陆机屹立在舞台后部,两只鹤在他身后盘旋。

[一声沉闷的惊雷。

陆　蔚　他死了!

陆　夏　我们的父亲,他死了!

陆　夏　(朝着鹤鸣的方向)父亲!

陆　蔚　(朝着鹤鸣的方向)父亲!

[收光。

2018 年 12 月 15 日

本剧获 2018 年度上海市文化发展基金会文艺创作资助

# 孔子

（多场次史诗话剧）2017年修改稿

编剧：陈加林

人　物：

孔　子——(又名孔丘)鲁国大夫，儒学创始人。生于鲁襄公二十二年，公元前551年。幕启时为19岁。卒于鲁哀公十六年，公元前479年，享年73岁

亓官氏——女，孔子之妻

子　路——孔子弟子

子　贡——孔子弟子

颜　渊——(颜回)孔子弟子

冉　求——孔子弟子

闵子骞——孔子弟子

子　夏——孔子弟子

孔　鲤——孔子之子

孔　琴——孔子女儿

子　思——孔子孙儿(五岁)

鲁昭公——鲁国国君

鲁定公——昭公之弟，鲁国国君

齐景公——齐国国君

黎　弥——齐国大夫

姬　黄——齐国司马

姚　魁——齐国武士

公冶长——孔门弟子

卫灵公——卫国国君

南　子——女，卫灵公夫人

蒯　聩——卫国太子

戏阳速——蒯聩的家臣

季平子——鲁国国相，大司徒，三桓之首

季桓子——鲁国国相，大司徒(季平子之子)

季康子——续任国相(桓子之子)

叔孙氏——鲁国大夫,三桓之一

孟孙氏——鲁国大夫(孟懿子,三桓之一,曾是孔子弟子)

接　舆——在乱世中赖耕隐遁之人

秀　娃——女,卫国特使

高　柴——后续孔门弟子

三　渔——投靠孔门之庶民

宫伯寮——孔门弟子

少正卯——鲁国大夫

阳　虎——季桓子家臣

将士、兵丁、美女、莱人、民众等若干

# 序

[天幕上呈现出一幅巨大的鲁国的山河水墨画。古朴而优雅。

叙述者　孔子,又名孔丘。生于公元前 551 年,是殷商王族的后裔,但家庭破败沦为一介平民。三岁逝父,十七岁丧母。虽十五而志于学。但因身处乱世,命运多舛,少年时代是非常艰辛的,只好到三桓大夫门下去做乘田,也就是管理马匹的人。他与同属来自宋国的亓官氏结为夫妇并铭志要做传播人间正道的木铎。

# 第一场

时　间　鲁昭公九年(公元前 533 年,孔子年十九岁)

地　点　孔子的新房

[虽说比较简朴,但也有几分雅致。大红剪纸的横批:“麟趾呈祥”及古体“囍”字,贴在窗牖上。

[夜。月光如水,琴瑟悠扬。一阵喜气洋洋的音乐之后,内喊:“一拜天地,二拜高堂,夫妻对拜,进入洞房。”

[几个孩童,嬉笑着过场。把床上撒着的红枣、花生捡起,边吃边戏耍。

一男孩　孔丘、孔丘,头上有沟,娶个媳妇亓氏爱丘! 早生贵子,偕老白头,哈哈哈哈……

[几个孩子,重合着,说笑着,下。音乐声继续。

[少顷。少年孔丘背着亓官氏上场。亓氏头上蒙着一个红盖头,虽然看不见她的面颊,但二人均显得腼腆、紧张。孔丘忙将坐凳摆在舞台中央,前面设一木质小方桌。桌上设有俎豆礼器。然后孔丘引亓官氏坐于凳上。亓官氏不知所措地听任他的安排。

[箫声舒缓地吹着。

[孔丘拿出香火来点燃，插入礼器之内；走到桌前，匍匐跪地，向亓官氏作揖、跪拜。在他一本正经地跪拜之时，亓官氏突然哭了起来……

孔　丘　(戛然停止了行礼)唉？……你怎么哭了？

亓　氏　……我要回家，我想妈妈……

孔　丘　今天是你我大喜的日子，从今天起我们两个就是夫妻了，这儿就是你的家了。

亓　氏　哦，我妈也这么说过。不过，你让我坐在这儿，又是作揖又是磕头的，这是干什么呀？我们家里除了敬神、祭祖先才这样行礼的，你这样要折死我了。

孔　丘　你虽不是神仙，可你从今天起就是我的妻子了，我知道君子非礼而勿视，非礼而勿听，非礼而勿言，非礼而勿动。今天对我们是个不平常的日子，所以，我要以礼相拜；请你和我配合再坐上去吧。过一会儿行礼完毕就好了。

亓　氏　(有点迟疑地)哦，原来是这样，那我？……听你的吧。

[在她逡巡之时，孔丘拉着她的衣袖想将她引上座位，亓官氏仍犹豫不决。

孔　丘　你再坐上去，一会儿就好了。

[亓官氏不得已又坐了上去，孔丘又开始了跪拜。这时，亓官氏将面纱掀起一角偷偷看他，但见孔丘一板一眼认真地作揖磕头，并重新点起香火，忙得满头大汗。亓官氏突然忍俊不禁地笑了起来……

孔　丘　(尚在行礼之中，突然惊讶地停顿)你，……你怎么又笑了？

亓　氏　看你忙得满头大汗，实在太好玩了。唉，咱们俩换个位置我来拜你如何？

孔　丘　你是嫁到我家，岂有拜我之礼？还是请你上坐，稍待片刻，行礼完毕再作道理吧……

[孔丘又将亓官氏扶上高位。又开始跪拜并口中念念有词——“关关雎鸠，在河之洲，窈窕淑女，君子好逑……”

亓　氏　你在念叨什么呀?

孔　丘　这是《诗经》。不学诗无以立言,不学礼无以立行啊!

[亓官氏见他没完没了,早已失去了耐心,偷偷地离开了座位,跑到孔丘内室去了。孔丘仍在跪拜,抬头不见了亓官氏,开始寻找……这时亓官氏逗他,与他捉起迷藏。

孔　丘　唉? 你跑哪儿去了? 你怎么又离开了座位啊?

[这时亓官氏从帐子后面丢出了红枣、花生。

孔　丘　唉哟,唉哟,我这头上本就有坑,你这一砸坑就更大了。

亓　氏　哈哈哈哈哈……你来呀!

[孔丘上前扑了个空。亓官氏躲到一边……

孔　丘　(自言自语地)……唯女子与小人难养也。

亓　氏　你说我难养? 我还是回家吧!

[说着,丢下盖头就要出门,孔丘忙上前拦住。

孔　丘　我说过了,这儿就是你的家,你已经没有别的家了。

亓　氏　那么我一辈子就跟着你吗?

孔　丘　嗯,跟着我,以后还有我们的孩子,小家会变成大家,还有孩子的孩子。

亓　氏　那我以后不变成老妪了?

孔　丘　那时候我也是个白头老翁了,可你现在还是个小娘子。——以后我们不仅要有孩子,还要教育好他们,让他们懂得修身、齐家、治国、平天下。

亓　氏　什么叫修身、齐家、治国平天下呀?

孔　丘　孩子在家要懂得孝悌、要孝敬父母,一家人和和气气,团团圆圆,要让他们知书明理,长大了成为报效国家的仁人君子。

亓　氏　现在天下大乱。你是宋国人跑到了鲁国。我也是宋国人,因战乱搞得家破人亡,由舅父和母亲带到了鲁国。在这里暂时安顿下来,可何时才能过安定的日子呀?

孔　丘　是啊! 现在诸侯称霸,使得一个文明统一的周朝变得支离破碎。我立志要做一个治理社会的人;要那些乱臣贼子没有立足之地。

亓　氏　呵! 你好大的口气啊! 凭着你一个人的力量吗?

孔　丘　哪能凭我一己之力呢？我想做一个传播正道的木铎，开一条理想之路。

亓　氏　木铎是什么？

孔　丘　就是那铜质木舌的铜铃啊。

亓　氏　哦，我知道了，就是那个当官的骑在马上一摇，大家都聚拢来听大夫号令的铜铃吧？哎，你等一等……

[她从内室取出一木铎。摇晃着，发出铛铛铛地响声……

孔　丘　正是，正是它，但我要传的是仁爱之道。

亓　氏　你想做这个铜铃，倒是挺好玩儿的。

[她继续摇着铜铃。这时，孔丘从她手中拿过铜铃，便摇晃着说。

孔　丘　到底好玩不好玩儿，你以后自会知道的。我要宣扬正道，教化人群，改变社会风气，恢复礼治，建立一个文明大一统的中华。在周天子时，天下太平，百姓安居乐业。不像现在诸侯称霸，社会动乱，礼崩乐坏，民不聊生。我们要建立一个比周天子时更好的社会，让老者安之，朋友信之，少者怀之。

亓　氏　照你这么说我们以后还能回宋国去吗？

孔　丘　我想是可以的。中华本来就是一个大一统的国家嘛……你愿意永远和我在一起吗？

亓　氏　(激动地)我愿意伺候你一辈子。

孔　丘　让我们长相厮守，永远在一起。

[两人亲密相拥良久，音乐继续。

叙述者　一年之后他在季平子门下，喜遇鲁昭公，因他十五而志于学，虽年少才学出众，得到鲁昭公的赏识，将一金色鲤鱼赠予他。

## 第二场

[孔子驾车在大道上奔驰，后面有多乘战车追赶。孔子的战车独领风骚，把那些车远远地甩在后面。

[孔子的马车停在一片绿草如茵的地方。极目望去，山清水秀，这里风景甚佳。

[在另一边河堤转弯处，一群侍者，伺候鲁昭公在垂钓。在陪臣中有季平子，季平子发现了远处的孔丘，命一侍者将他唤来。季平子停止垂钓走向孔丘。孔丘向前行礼。

孔　丘　(匍匐在地)孔丘拜见季平子大人。

季平子　今天的驾驭训练还顺利吗?

孔　丘　回大人，御车十乘，烈马四十都过了百里大关，顺利地演练完毕了。阳虎大人十分高兴，他说今天晚上还要赏大家喝酒呢。

季平子　好啊。哎，你今年多大了?

孔　丘　二十岁了。

季平子　正是风华少年时，听说你很爱学习，说你礼、乐、射、御、书、数六艺皆能啊?

孔　丘　蒙大人夸奖，不敢当。只是好学而已，还望大人多多赐教。

季平子　好啊。可本人自幼习武，不爱书、数；指点射、御尚可，指点书、数不甚知晓啊。(抬头见昭公正在垂钓，心血来潮地)看来你今天时运不错，碰到大贵人了。今天国君昭公在此垂钓，我来引你拜见他吧，他可是诗、书、礼、乐全通，若能得到他的指点那便是你莫大的幸运了。

孔　丘　谢季平子大人。

[季平子走进昭公钓台，孔丘随后。

季平子　君上，今天鱼不上钩，稍事小憩吧。

昭　公　正合我意。这里风景甚佳，令我想起了诗经绝句："蒹葭苍苍，白露为霜。所谓伊人，在水一方……"

季平子　喏，就是这位后生——孔丘。他是殷商后裔，因父母早丧，现为一介布衣，在我家任乘田。他克己好学，虽只有二十岁，但六艺皆通，是一个有慧根的后生。

昭　公　礼、乐、射、御、书、数六艺皆通? 这倒是难得的人才啊!

季平子　孔丘，还不上前拜见君王。

[这时孔子行跪拜之礼。

昭　公　罢了。

孔　丘　谢君上。

昭　公　既然你六艺皆通，那我和你和一首诗怎么样？

孔　丘　请君上示下。

昭　公　维鹊有巢，

孔　丘　维鸠居之，

昭　公　之子于归，

孔　丘　百两御之，

昭　公　维鹊有巢，维鸠事之。

孔　丘　之子于归，百两将之。

昭　公　维鹊有巢，微鸠盈之，之子于归。

孔　丘　百两成之。

昭　公　（非常兴奋地）你能说说这首诗的含义吗？

孔　丘　鸠占鹊巢乃一般自然现象。然而诗中说的，有位姑娘马上就要出嫁，有百乘礼车迎娶她，这说的是诸侯家的婚礼。“鹊巢”是夫人之德也。诸侯积行累公以致爵位，夫人起家而居有之，德如鹊鸠乃可以配焉。这是描写了诸侯或国君的婚礼。

季平子　这么说，营建家室是男人的事，居家理事是女人的事咯？

孔　丘　我认为这正是这首诗的含义。

昭　公　（欣然笑曰）你真是对答如流啊。那么我再问你，礼、乐、书、数的“礼”是指什么？

孔　丘　“礼”则是治理社会的规范，管理社会的礼仪与人们的社会身份、分工，职责等等，我认为礼是文明社会的行为准则。

昭　公　果然答之有理，我鲁国少年中有你这类才俊，鲁国有望了。

孔　丘　多谢君上夸奖。

[这时，鲁君见空中有飞鸟盘旋。

昭　公　平子大夫，你是射猎能手啊，射一飞鸟如何？

季平子　好。

[侍者递箭给他，他仰望天空的飞鸟，拉弓向天空飞鸟射去，但并未射中，然后再拉弓向天空的飞鸟射去。连射三箭均未射中飞鸟。

季平子　唉，我老眼昏花不中用了。

昭　公　你怎么算老啊。只能说是未老先衰吧。(转向孔丘)你来射飞鸟吧。

孔　丘　(有些迟疑)小人不敢在君上面前显示，再说季平子大人乃射猎高手，非小人所能比翼。

昭　公　唉。平子大人也很想看看你的射技啊，但射无妨。

孔　丘　那我就试试。

[孔丘从侍者手中拿过弓箭，向飞鸟射去，一飞鸟跌落在河滩中，一侍者忙将飞鸟取来，让鲁昭公观看。

昭　公　(喜形于色)孔丘兼有文武之才，实乃不可多得之麟趾也。

孔　丘　听君上夸奖实不敢当。孔丘年少，乃尊崇诗经所言："战战兢兢，如临深渊，如履薄冰，乃是我立身行事之所从。"

昭　公　很好，有大智者，谨言而慎行嘛。

季平子　君上所言你可要铭记啊。

孔　丘　我会铭记不忘。

[这时，一侍者在旁边，喊着："君王，鱼儿吞钩了。"

[这时鲁昭公用力去拎钓竿，甩上岸一条金色大鲤鱼，众人惊喜不已，侍者将鲤鱼从地上捧起，但见那条大鱼金光闪闪，十分喜人，侍者把它放入一个大木桶中。

季平子　君上今日垂钓，喜得金色鲤鱼，为臣深表庆贺。

[这时孔子在旁吟唱。

孔　丘　南方有鱼味道香，清伴群游水中央。君子设宴饮佳酿……

昭　公　(接唱——)宾客举杯齐欢畅。哈哈哈哈哈，今日有喜事，碰到了孔丘，为了记住今天，我把这条鲤鱼送给你吧。

孔　丘　这怎么敢当。

季平子　君上赏你鲤鱼，是你的福分，你就拜谢君上吧。

孔　丘　孔丘拜谢君王赏鲤之恩。

叙述者　孔子为了纪念鲁昭公赏鲤之恩，将儿子取名孔鲤。两年之后，他去参加季平子家祭，引起一场风波险些危及生命，遂离开三桓门下，自己设坛办学。

## 第三场

季孙氏家族太庙。高处供奉着季氏家族的祖宗牌位及塑像。长案前香火缭绕，在鼓乐声中，季平子、季桓子、季康子与他们的夫人及家臣阳虎、公山不狃和门人、寺人若干行祭祀之礼。

[侍者献上半熟的猪、羊，在礼器中托举着供奉在香案上。行礼完毕，由少正卯讲祝酒词。

少正卯　今日，大司徒太庙举行祖祭，实乃天赐之福，不仅风和日丽且百花盛开，春意盎然。千百年风水轮流转，看来鲁国的王权要依赖季氏家族来支撑和掌控了。

季平子　少大夫言过了。鲁国尚有鲁昭公君上，而周朝仍然存在。我季孙氏家虽也是周朝王族之后，但我并无僭越王权之意。

少正卯　大司徒为鲁国宰相，大权在握。昭公只不过是一个空壳，早晚由您取而代之。

阳　虎　少正卯大夫言之有理。来，请季平子大人带领家人向祖先敬献礼酒。

[众人各自取杯，由季平子大人引领众人跪拜后，举杯饮酒。场面上有鼓乐声与欢呼声。人们开始准备歌舞(下场。)

[孔子及一寺人从另一边上场。

孔　子　(初进太庙，一切新鲜，遇事必问)请问寺者，这座大鼎是何时使用？

寺　人　等整个祭祀到了尾声，把各种牲畜祭品均投入鼎中烹煮，那时你就能看到它的威风了。

孔　子　那么它还有什么别的用处？

寺　人　这鼎的用处可大了。它可以记录战争的胜败，也可以记录家族的兴亡以及大夫的功过是非。它可以警示今人，启迪后代。最可显示它的威风的就是用它……

孔　子　这大鼎乃是记录历史人文的，它不仅是记录者，而且是历史的见证者，历史的善恶都会铭刻在它上面。一些历史的罪人虽然不会在它上面镌刻自己的罪行，但他们也逃脱不了历史的惩罚。

寺　人　这恐怕就不是你我所能过问的了。现在鲁国是季平子专权，他甚至不把昭公放在眼里；他要做什么，君王都不敢过问，更何况是你我这等下人呢！我看你还是少问为妙。

孔　子　你说的这话真是无礼。

寺　人　什么无礼？现在不是在行祭祀大礼吗？

孔　子　哦，这倒也合乎季氏家族之礼啊！(指着旁边的坛坛罐罐)这些廊檐下的坛坛罐罐都是装的酒吗？

寺　人　是啊。

孔　子　那为什么有的放在廊檐下，有的放在廊檐之上呢？

寺　人　廊上的是敬献祖先的清酒，廊下是祭祀的人们享用的浊酒。

孔　子　哦……(他抚摸着一排竹简)那么这些竹简又作何用？

寺　人　你怎么到了太庙每事皆问？

孔　子　这就是礼嘛！

寺　人　难怪呀，你是无礼不言，无礼不行，无礼不动的小圣人嘛。

孔　子　不敢不敢。

[这时后面鼓乐齐鸣。一群武士装束的武者，各自手持琴瑟、弓箭、雉羽等上。少正卯随上，后随季平子等在高处落座。

[少正卯高举右手指挥武者们列队。音乐起，武者开始跳八佾舞。正在武者狂舞之际……

孔　子　(登高一呼)是可忍孰不可忍！

[这时八佾舞继续有节奏的跳着。孔子取出一面土鼓，击打着与八佾舞不同的节奏。这时八佾舞的阵势大乱。

少正卯　(厉声)击鼓的是何人？你这小厮如此大胆，竟敢扰乱季平子大人家族的大祭，该当何罪！

公山不狃　(冲上前去，夺下孔子的鼓捶)哦！原来是你，你真是不要命了。怎敢扰乱季平子大人的家祭，还不快快滚出去！

孔　子　公山大人，你是他们家的家臣，怎么也不懂礼呢？这八八六十四人的列队，只能在君王的太庙里跳，季平子怎敢僭越君王的地位？这简直是无礼！

公山不狃　什么无礼？现在季平子大人的所作所为，就是鲁国的礼。

阳　虎　(向孔子暗示)你还不快走！

季平子　哎，这个小厮是上次在河边垂钓之人吗？你也是我季氏家的门人，怎敢如此放肆？

孔　子　八佾舞只有国君才能享用，你如此僭越君王之权，还有什么坏事不敢做呢？

少正卯　你口口声声王权啊、国君啊，你的王权就是周王朝的旧制。可惜它现在已经是日末途穷了。你难道还死抱住旧的礼制不放吗？

孔　子　无论是夏、商、周，每个朝代都有它的古代文明，我们后人应该继承。不仅如此，我们还要发展这种文明，创立一个更理想的礼乐社会。如果不讲礼义，乱臣贼子当道，礼崩乐坏，把古代文明抛弃不顾，那现代文明从何而来呢？这样的话，鲁国还有什么希望！

少正卯　用不着你杞人忧天。季平子大人本是王族之后，他有权定夺鲁国的去向。

孔　子　少大夫，你心达而险、心怀叵测。主之孽，谗人达，贤能遁逃国乃蹶呀！

少正卯　大胆孔丘，你骂我也就罢了，你竟敢辱骂季平子大人，该当何罪！

季平子　主之孽，主之孽?！你是在辱骂我吗！

[在刺耳的喇叭声中，众人将鼎移至舞台中央。

少正卯　(跪拜)大司徒，孔丘之人虽在大司徒门下听差，但他一心效忠的是昭公,他是一个危险的恶人,必予严惩。

季平子　来人呐,升鼎!

[众侍者举着火把,向鼎内投掷,但见鼎内火光熊熊。

[舞台上一切声音戛然而止。孔子站在高处,稳步向火光走去。

孔　子　朝闻道,夕死可矣! 现在是礼崩乐坏,我死不瞑目!(言毕,继续向火光冲去)

季平子　哈哈,倒是一个不怕死的汉子。你的脾气倒挺倔的。上次在河边垂钓,发现你是一个有才学的青年。今天你竟敢在这里无理取闹,本当严惩,但看在你年少气盛,又是我家门人的份上,就给你一个改过的机会,限你即刻离开我家。来人啊! 把他拉下去。

孔　子　……

[灯暗】

叙述者　鲁定公8年,公元前502年,孔子已50岁。在他离开季平子后设坛讲学多年,由于学业与德行的广博深厚在社会上名声鹊起,一以贯之的坚守社坛办学,得到鲁定公的赏识,任命他为中都宰,开始他短暂的仕途。

## 第四场

时　间　公元前501年

地　点　鲁国都城书舍

[孔子书舍。书舍里有书桌、竹简及木凳等物。

[天幕上是《易经》的图案,太极图及元亨利贞图。静止的图案随剧情而变化;有时呈各种卦象图。

[书舍里只有颜回一人在埋头攻读。孔鲤匆匆上场。

孔　鲤　颜回兄,我父亲可在书舍?

颜　回　他刚刚还在后堂抚琴,此刻大概不会走远。

孔　鲤　现在书舍怎么只剩你一人？其他学长到哪里去了？

颜　回　这几日，有少正卯者在立舍教书，他们说前去听听，所以只剩我一人了。

孔　鲤　据说那少正卯是一个乱政大夫，他诲盗诲淫，是一个欺世乱政的小人。我等岂能屈尊在他的门下。

颜　回　他们只是去看看热闹，一会儿就会各回原位了。

孔　鲤　防人之心不可无啊！刚刚阳虎还要给家父送礼，看来也有所图。鲁国时政越显得复杂，我们必须提防啊。

颜　回　(自言自语)难怪夫子这几天忧心忡忡……你言之有理，那我们就拭目以待吧。

孔　鲤　颜回兄，我一直都想向你请教，父亲说，不学诗，无以言；不学礼，无以立。你有何体会，很想听听。

颜　回　哦……因为诗可以兴、可以观、可以群、可以怨，迩之事父，远之事君。多识于鸟兽草木之名。诗三百，一言以蔽之曰：思无邪，它可以大大丰富我们的语言和智慧。

孔　鲤　那么礼呢？

颜　回　礼是自上古尧舜以来的古代文明的实录。它既是社会的等级分工，又是社会的行为规范。所以只有懂得礼仪才能懂得在社会上如何行事、做人，而礼也是德政的根本。

孔　鲤　你的话使我茅塞顿开。那么你认为家父他的教育宗旨是什么呢？

颜　回　仁者爱人。一朝克己复礼，天下归仁焉。政者正也，只有施政者正了，天下才能安定。夫子要追求的是一个理想而和谐的社会。

孔　鲤　你说得很好。这就是他常说的修身，齐家，治国平天下的道理啊。

颜　回　对！

孔　鲤　你攻读吧，我去找找父亲。(下)

[前演区，阳虎拎了一只乳猪来找孔子，正巧与宫伯寮相遇。

宫伯寮　阳虎大人，你怎么到舍下来了？

阳　虎　我来看望夫子。

宫伯寮　哎呀，你来的不是时候。这两天夫子被少正卯搞得焦头烂额，学子们都跑到少大夫那里去了，书舍里只剩下一个书呆子了。

阳　虎　一个？谁啊？

宫伯寮　颜回呗，那小子只知道死读书，一天到晚除了一箪食、一瓢饮，然后就是曲肱而卧，再也不知其他天外事了。

阳　虎　你倒是一个明白人。依你看，这书舍还能维系下去吗？

宫伯寮　我看危险。少大夫那里是学子满门、宾客不断。不仅如此，还得到了三桓大人们的赏识，而夫子这里呢，已经门可罗雀了。

阳　虎　那你看，夫子的主意究竟是图什么呢？

宫伯寮　依我看，他也耐不住寂寞，也想找一个官职做做吧。

阳　虎　你很有见识。人生在世，谁不想高升呢？哎？你看他会不会跟我合作啊？

宫伯寮　你是平子大人的家臣，手里有兵权，身后有三桓，是鲁国的大红人。夫子要能跟你合作，那我看他是巴不得呢。

阳　虎　如果他走了，你们的学业怎么办呢？

宫伯寮　这好办。大伙儿早就想到少正卯那去呢。你只要能把夫子说服了，我们就好来好散嘛。

阳　虎　你真行啊。(从身上掏出一块金子)喏，这块金子送给你。

宫伯寮　哎哟，哎哟，这我怎么敢当。

阳　虎　请收下，我还有事相托呢。

宫伯寮　有何吩咐，请大人直言。

阳　虎　我送一只乳猪给夫子，请你转交予他。

宫伯寮　(会意地)小的愿意效劳。

阳　虎　最好让多一些学子看到。

宫伯寮　这我知道。

[二人分头下。

[多媒体少正卯演讲的场所。

少正卯　说什么三皇五帝，道什么《周礼》《尚书》，自古以来，唯有胜者为王，败者为寇，现在的周朝已不复存在，而只有诸侯割据的天下；在诸侯之中谁为强者，将成为雄霸天下的霸主，而弱者只能臣服。这就是每个庶民应该懂得的道理。阳虎司马要扩大他的兵权，这很好嘛！谁拥有强兵，谁将是胜者，让那些死读诗书礼乐的人到坟墓里去陪葬吧。

[有鼓掌和欢呼声，气焰十分嚣张。

[在人们散去之后，但见阳虎与少正卯窃窃私语。

[上演区。孔子在音乐中愤激地翻着竹简，然后愤怒地将一摞竹简狠狠地摔在地上。

[前演区。子路、宫伯寮匆匆上。

子　路　颜回，夫子呢？

颜　回　刚刚孔鲤也来找过夫子，他刚才还在书舍抚琴呢。

子　路　（对宫伯寮）你讲给颜回听听，看他有何见教。

颜　回　什么事情这么激动啊？

子　路　你真是一心只读圣贤书啊，发生了这么大的事情你还蒙在鼓里呢！

颜　回　什么事，快讲给我听听。

宫伯寮　夫子、夫子，在我等面前是一副圣贤模样，可是在社会地位面前又另是一个样子……还不是唯利是图啊！

颜　回　宫伯寮，你不要胡说，到底出了什么事儿？

宫伯寮　什么事儿？夫子要甩下我们去三桓府里做大官了。

颜　回　你怎么知道的？

子　路　这事儿倒是有的，三桓家臣阳虎已经到夫子府上去拜见他了，听说还送去了乳猪。

颜　回　哦？怪不得孔鲤来找夫子。

子　路　颜回，你对这事儿有何见教？

颜　回　事情尚不明了，待夫子回来再问清楚吧。宫伯寮，我要提醒你，可要慎言，不要听风就是雨啊。

宫伯寮　我可没有瞎说啊，子路可以作证。

子　路　你不要把我拉进来。你要是造谣生事，我对你不客气。

宫伯寮　你神气什么！听少正卯的演说，你也很起劲嘛。别装正人君子了。

子　路　我只是看看热闹，不像你那么崇拜少正卯。

宫伯寮　崇拜少正卯又怎么了？我从他那里倒悟出了一个道理：天下乌鸦一般黑，人不为己天诛地灭，谁不想发财当大官啊。最近，我看夫子是想找官做，不管我们学子的事了。

子　路　不许你胡说八道。

[子贡、闵子骞、冉求等上。见子路等坐在一边，一言不发，沉默良久。

闵子骞　看来宫伯寮又在攻击谁啊？

子　路　这厮说夫子要丢下我们去三桓府当大官了。

子　贡　你有什么根据？我看你又在造谣生事。

闵子骞　是啊，你以何为据呢？

[这时宫伯寮将乳猪取出，举在手中。

宫伯寮　喏，你们看，这就是阳虎送给夫子的乳猪。(宫伯寮举起乳猪，用力摇晃，有东西跌落在地)

闵子骞　啊，这是什么？金子？这只乳猪里装满了金子。

子　贡　看来，阳虎是有阴谋的，他竟然在乳猪里装满了金子。这礼物为什么在你手上？

宫伯寮　阳虎大人没见到夫子，让我转交给他。

子　路　看来这厮是跟他合谋的。快，说老实话，他跟你怎么串通的？

宫伯寮　我只是转交者，关我什么事。

子　路　什么关你什么事？阳虎为什么不找别人，专门找你呢？你从实招来。

宫伯寮　我没什么可招的。

子　路　你不老实，我不会放过你的。(欲上前教训宫伯寮)

颜　回　我看这件事并不说明什么，就算阳虎别有用心，夫子也不会跟他沆瀣一气的。你们看呢？怎么都不说话了？一个个都像霜打了似的，都蔫儿了。我看你们是听了少正卯的邪说，中了毒吧。

子　路　中什么毒？我等到少正卯那里瞧了瞧，这不都回来了。

颜　回　人是回来了，可心呢？是不是飞到少正卯那里去了？

[这时，孔子缓步上场，在一旁听他们争论。众人发现了夫子。

子　路　我们想瞧一瞧少正卯到底在讲些什么，为什么吸引了那么多人。

孔　子　去听听也好。以后还可以去，愿意离开这到他那里去，也是可以的。

宫伯寮　(取出乳猪)您回来啦？这是阳虎大人让我转交给您的礼物，一只乳猪，不知里面还有……

孔　子　哦？阳虎送给我的？

宫伯寮　是的。

孔　子　先放在那吧，我会退还给他的。

宫伯寮　有件事敢问夫子，听说您要去三桓府邸做官，不要我们这些弟子了？

子　路　若真有此事，我等的学业如何料理呢？

闵子骞　您教我们不仕大夫，不食污君之禄，难道这些也都废了不成？

子　贡　这几日见夫子郁郁不乐，是否因我等去听了少正卯的讲学，夫子心中不悦啊？

宫伯寮　人同此心嘛，依我看，哪有在金钱地位面前不动心的人啊？夫子现在也有难言之隐，我看我们大伙就散了吧。

子　路　宫伯寮，不许你扰乱我们的学业。你是我们这里的蟊螣，是一个可恶的小人。我看你还是趁早去投靠少正卯吧。(拎着他的衣领，把他推倒在地)

宫伯寮　你不要欺人太甚，我和你拼了。

[二人扭打起来，场上乱作一团。子路将宫伯寮摔倒在地。

孔　子　住手，住手！……这几天大家去听了少正卯的课，心里有些混乱，过些日子，大家自然会分清事理。至于从政之事，如果有好的君主，我希望你们都去从政，以改变社会的风气，建立仁者爱人的和谐社会。学以致用，治理天下本来就是我们的宗旨，这是我们共同的使命啊！而我本人是"用之则行，舍之则藏"。唯有我和弟子们的学业是任何时候也不能终止舍弃的。从政也好，不从政也罢，立学之事，一以贯之，永不改变……永不改变。这就是学而时习之不亦说乎嘛！

[阳虎上。

孔　子　阳虎，你是来取回乳猪的吧？听说里面还藏了金子，你好阔啊。你赶快数数，没有人接纳你这一份厚礼，快拿回去吧。

阳　虎　虽不成敬意，但是是我的一点心意，请夫子笑纳。

孔　子　来而不往非礼也。本来准备给你送回的，这样倒省了我的麻烦。不知你还有何见教？

阳　虎　你是有名的仁者。当国家迷乱之时，你把自己的本领藏起来，而听任国家的动乱，这可以说是仁者吗？

孔　子　不可以。

阳　虎　你喜欢参与政治，又屡屡错过机会，这可以是智者吗？

孔　子　不可以。

阳　虎　但你毕竟是一个智者啊。我想请你出山，与我们一起治理国家，成就一番大业何如啊？

孔　子　这要看怎么治理国家，由谁来主宰了！

阳　虎　你看，在这乱世之中，我是否可以成就一番大业？

孔　子　这……这……我不知道。但我看，你是一个爱富不爱仁的人，而我呢，只是爱仁而不爱富的人。道不同不相为谋！

阳　虎　好了，日后再议，我还可以恭候大驾。

孔　子　哎，把你的乳猪带回。

[这时，子路上前，把乳猪交还给阳虎。阳虎一哂接之，悻悻而下。

[一侍者上，“夫子，外有一人，跛足怪相，一定要求见夫子”。

子　路　这里自己都乱成一团了，还管什么他人之事，不见不见，快打发他走。

孔　子　子路，还是让他进来吧。

[一跛足，风尘仆仆，蹒跚而行，以祈求的目光打量众人。

三　渔　我要求见孔丘大人，不知哪位是孔夫子大人？

子　路　喏，这位尊长就是孔丘大人。

三　渔　(匍匐跪地)孔丘大人，我可找到你了，如果再找不到你，我就准备跳汶河自尽了。

子　路　你找夫子何事，快快说来。

三　渔　大人，请听我说说我的苦处。我叫三渔，是汶上本地人。听了少正卯的主张，参加了一个强盗组织。白天抢劫、杀人、放火，到了夜晚，男女群居在一起淫乱，我不让老婆去参加，他们竟杀了我全家。我去县邑告状，他们施用刖刑，砍断我的脚趾！让我落到了这步惨状。听说孔丘大人是圣贤之人，为百姓讲正义，所以来投靠大人，不知大人能收留我这种人吗？

子　路　(非常气愤地)……你是一个恶人，怎么能被孔子收留，你看看我们这些是何等之人，你怎么能跟我们在一起，趁早滚吧。

子　贡　看你怪可怜的，哪里跌倒就从哪里爬起来，还是去找少正卯吧。

三　渔　我还去找他?！除非让我杀了他！

闵子骞　夫子，我看他是一个受害之人，罪不在他。

孔　子　子骞言之有理……改邪归正也是应该被允许的，我们就收留了他吧。

三　渔　(再次跪地)谢孔丘大人救命之恩。

[暗转。场上只剩孔子与子路、子贡、冉求、闵子骞几位弟子。

孔　子　我比你们大一些，不要因为我年长而不敢说。如果让你们治理社会，你们怎么做呢？

子　路　一个拥有一千乘战车的国家，夹在大国中间，常常受到别国的侵犯，加上国内又闹饥荒，让我去治理，不要三年，就可以使人们勇敢善战，而且懂得礼仪。

孔　子　(微微含笑的)你说的不错，但不够礼让。冉求，你怎么想呢？

冉　求　国土有六七十里或五六十里见方的小国。让我去治理，三年以后就可以使百姓温饱。至于这个国家的礼乐教化，就要等君子来实行了。

孔　子　你也是当仁不让的礼乐教化者啊。子贡，你呢？

子　贡　我不敢说能做到，而是愿意学习。在宗庙祭祀的活动中，或者在同别国的会盟中，我愿意穿着礼服、戴着礼帽，做一个礼乐的维护者。

孔　子　以我说，你不仅能做小相，而且能做大相。颜回，你怎么想呢？

颜　回　弹琴的声音慢慢地放缓，(坑的一声，弹奏终止)我想的和他们三位说的不一样……

孔　子　那有什么关系呢，讲讲你的志趣吧。

颜　回　暮春三月，已经穿上了春天的衣服，我和五六个成年人、六七个少年去沂河里洗洗澡，在舞雩台上吹吹风，一路唱着歌走回来……

孔　子　我很赞成颜回的想法……

[外面有锣鼓声，由远而近，一个侍卫带几个武士上。

侍卫官　君上有令，孔丘接旨。

[孔子与弟子等以礼相迎。

侍卫官　君上有令，命孔丘接任中都宰，立即上殿拜见定公，不得有误。

[孔子跪地接旨，"微臣遵命。"

叙述者　两年之后，因治理中都有方，社会安定，被提升为司空，这期间，他遇到了嫁女之事。

## 第五场

时　间　傍晚

地　点　孔子家内院

公冶长与孔琴被吊在相对的两棵树上。

子路在审问公冶长。亓官氏，孔鲤，在一旁参与审问。

子　路　公冶长，你是一个犯人，还不知羞耻，在光天化日之下，引诱良家女子，真是罪上加罪，我真想一刀把你了结了。

孔鲤上前阻拦。

孔　鲤　子路兄，这人既贫且贱焉，让他从实招来！

亓官氏　我家家风严甚，我女儿从小纯朴端正，你这无耻之徒，是怎么引诱我女儿的？

若不从实招来，子路将饶不了你。

子　路　（以刀相逼，怒目而视）快讲！

公冶长　我虽是被监禁之人，因狱中监视在田间劳作，不幸在车水时，划破脚趾，血流不止，正巧碰到孔家妹子在井边洗衣，她看我可怜前来救助。如此相识。日后，曾多次相见，我把自己的不幸遭遇从实告知于她，她不仅不嫌弃，反而可怜于我。我与小姐交往，绝无僭越礼义之事。

子　路　简直是一派胡言，一个罪犯竟敢在监控劳作中继续犯罪，还不老实招认你的罪行，我打死你！(用竹鞭抽打公冶长)

公冶长　武士，请你听我讲完再打。

孔　鲤　快说！

公冶长　我虽是齐国人，因家境贫寒来鲁国求生，实以学掌畜为业。

子　路　什么掌畜为业？

公冶长　即是管畜养鸟之人。就在刚上任不久，却大祸临头。官府以莫须有的罪名，诬我为杀人凶犯，即被关押缧绁之中。

孔　鲤　你既被关入囹圄焉能无罪？

公冶长　我从未有不轨之举，更不会作鸡鸣狗盗之事。

子　路　还不老实，竟在为自己诡辩，我砍了你的脑袋！(欲拔剑出鞘)

孔　鲤　你既未犯罪，怎会被关牢狱？

亓官氏　你引诱我家女儿，这已是犯罪，还敢胡说无罪？

公冶长　我后来得知，孔大人是中都宰，又是读书人尊重的贵人，我也知道孔小姐是一位心地善良且教养深厚之人，我焉能对她有何非礼！至于我怎会入狱？这与我的从业有干。

子　路　(用鞭抽打公冶长，并拔剑出鞘压在公冶长脖子上)再不老实，叫你下地狱！

公冶长　请武士息怒，我一定从实招来。我是一个从幼年开始学习养鸟之人，能解鸟语。有一天早晨，在我的住处，树上有只喜鹊在叫，鸟叫道：公冶长，公冶长，南山死了只大绵羊，你吃肉来我吃肠。我拉了一辆车去了南山，果然死了只大绵羊。我吃了肉把肠子挂在树枝上，喜鹊吃了肠飞走了。第二次喜鹊又到我家鸣叫：公冶长，公冶长，南山又死了只大绵羊，你吃肉来我吃肠，结果这一次我吃了肉，忘了把肠子挂树上，喜鹊生我的气了，第三次喜鹊又叫：公冶长，公冶长，南山又死了只大绵羊……结果，我跑到南山，远见山下围了一大圈人，我叫到：不要动！不要动！是我的！是我的！待我走到山下，一群公差不由分说，就把我关进了监狱，说我是杀人凶犯。

子　路　哈哈，这乃天下奇闻，人焉能懂得鸟语，你也不看我们是何等样人，竟敢骗到我们头上来了！

孔　琴　……子路大哥，他说的是真话，他真懂鸟语。

亓官氏　你这不懂事的丫头，还跟着他骗人，你把我们孔家家规都忘了，竟跟这种人交往，还不知羞耻。你父亲从小就教育你要懂礼，非礼而勿视，非礼而勿听，非礼而勿言，非礼而勿动，女孩子更要懂得自重，以后作人妻子，要懂得妻子是侍奉宗祧的主体，怎么能不懂礼呢！

[孔琴不语只是落泪。

孔　鲤　妈妈的话，你听见了没有？

子　路　小妹，不要执迷不悟，改了就好了！

孔　琴　我没有错，改什么？

亓官氏　还敢嘴犟……既不是你错，我给你一根鞭子，你去打那个凶徒，让他招认，证明你的清白。

子　路　师母说的对。你去打他，让他从实招认，那就证明你是清白的，喏，鞭子给你。

[孔琴迟疑地接过鞭子，欲上前抽打公冶长，逡巡有间……

孔　琴　为了证明我的清白，就遵从母命打你，(抽打公冶长)你怎么证明自己的清白呢？

亓官氏　他只有老实认罪，他还证明什么清白？你还要袒护他呀！

子　路　(见孔琴迟疑)我看你也是做贼心虚！不敢打他！把鞭子给我！(继续抽打公冶长)。

[孔子上场

孔　鲤　父亲！家里出了大事！

孔　子　哦！什么大事如此惊慌。

子　路　夫子，我们正在审问这个犯人公冶长！

孔　子　哦！公冶长……怎么？我女儿跟他有什么瓜葛？

亓官氏　这个被关入狱中的坏人,引诱我家女儿,败坏我家家风,快快惩处这个无耻之徒。

孔　子　既然他跟我女儿有瓜葛,那就要先问问孔琴,我女儿怎么会跟他在一起?

孔　鲤　父亲问你,怎么会和他在一起?

孔　琴　父亲,他虽是个犯人,但他说自己是能解鸟语被误判入狱的,况且他虽贫穷但好学,欲经过我结识父亲,向您求教,所以我结识了他。

孔　子　这话有点道理,你怎么能相信他能解鸟语呢?

孔　琴　有一次,有麻雀在叫,我问公冶长,麻雀在叫些什么?公冶长说麻雀在讲:在白莲河边有辆牛车翻了,把黍粟压翻了,洒了一地,相呼前去啄粟米,我不信,跑去一看,果然是真的,我就相信了他。

亓官氏　他是一个陌路的犯人,怎么能相信他呢?夫子,快让子路惩处这个歹人!

子　路　夫子,就凭您一句话,我即可惩处这个以能解鸟语骗人的公冶长。

孔　子　子路,你休得鲁莽,我们先试试他是否能解鸟语,若不能解鸟语,我们再惩处他不迟。

子　路　夫子,依您之见,怎样验他?

孔　子　必须有鸟鸣,才能试他……这就由孔鲤来施行吧。

孔　鲤　好!母亲和子路兄都要听从我的指挥。

子　路、亓官氏　好,听你的。

[他和亓官氏、子路到台前三人耳语。后将公冶长、孔琴眼睛蒙上。少顷,亓官氏与子路各藏了一只鸟,在舞台两侧用不同方式将鸟缚住。

孔　子　公冶长,你既能解鸟语,听——这是什么声音,它在叫什么?是什么鸟的叫声,一一答来。

子　路　(抢先让他缚住的鸟儿发出叫声)

啾——

公冶长　鸟在叫,先生先生,你为什么把我放在你的袍袖之中,快快放开我……这是黄鹂的叫声。

子　路　(点头)嗯,他真懂鸟语……

孔　鲤　这是什么鸟在叫?

公冶长　这是大雁的叫声……

它在叫　大妈，你压得我快喘不过气了，这个瓦罐闷死我了，快放开我，放开我吧——！

孔　子　看来，公冶长真懂鸟语呀！他没有撒谎……把他松绑吧！

亓官氏　夫子，不行，他引诱我家女儿，败坏了我孔门家风，不能饶过他。

孔　子　我要告诉你们一个消息，公冶长已被判无罪，恢复人身自由，至于他与我女儿孔琴交往之事，看来也无甚不正焉，如何定夺全凭夫人了。

亓官氏　我们家中之事，一切均由夫子做主，哪能轮到我定夺？

孔　子　在我们婚礼之时，两人就曾约定妻子乃家中侍奉宗祧的主体，这种儿女的婚姻大事也不能不听母亲之言哪！

亓官氏　儿女终身大事？夫子你难道要把我们的女儿嫁给他？

子　路　夫子，你可不能学我的鲁莽啊！

亓官氏　这怎么……可以呢？……

孔　子　这就要看他们俩人愿意不愿意了。

孔　琴　……

公冶长　……

孔　子　要让我说，公冶长这人虽出身贫寒，但知书明理，且勤恳好学，这是他在缧绁中读的书，把一本《尚书康诰》都读遍了，而且他所从事的掌畜养鸟一职，跟我少年时的乘田还是同行呢……子路，孔鲤，给他们松绑……要我说，我决定把女儿嫁给这个后生——公冶长。不知夫人与子路，孔鲤意下如何？

亓官氏　夫子既已决定……我只好随你心意了！

孔　子　哦，看来有点勉强(转对孔鲤)孔鲤，你有什么想法？

孔　鲤　……如果父亲您主意已定，我听从您的选择。

孔　子　那么子路呢？

子　路　我终归是听从夫子的啰……

孔　子　那好啊，他们都没有异议了，你们自己呢？

孔　琴　谢父亲母亲大恩。

公冶长　……谢岳父岳母大人不弃之恩。

孔　子　(笑)哈哈哈哈

(灯暗)

叙述者　孔子受到鲁定公的信用,并升任大司寇之职,定公为了参加与齐国的会盟,命孔子一同前往夹谷。孔子以智勇礼说服了齐景公,收复了被齐国占领的汶阴三城,为鲁国立下了大功。

## 第六场

时　间　鲁定公十二年,公元前 498 年

地　点　鲁定公大殿

[鲁定公在大殿中居中而坐。两旁各有大臣。孔子在右侧。

鲁定公　你这两年任中都宰治理中都政务成绩卓著,社会秩序井然,治安情况良好,甚至百姓路不拾遗,夜不闭户,真是可喜可贺啊。

孔　子　承蒙君上夸奖,孔丘所做甚少,而得到的赞誉颇丰,感谢君上的重用。

鲁定公　我鲁国正需要你这类贤人治理,我看用你治理中都之法,治理整个鲁国,你看可行吗?

孔　子　岂止治理鲁国,治理整个天下也是可以的。不过,名不正则言不顺,言不顺则事不成,事不成则礼乐不兴,礼乐不兴则刑罚不中,刑罚不中则民不知措手足。

鲁定公　夫子言之有理,我为你正名。从即日起,任命你为大司寇之职,掌管刑罚治安之事,你即可以上任履行职责了。

孔　子　谢定公重用,我将不负使命,但我国目前是三桓专权,我与他们道不同,将如何为谋呢?还望定公赐教。

鲁定公　和则行；不和则止。望夫子相机行事。

孔　子　我将铭记。

鲁定公　(从案上取过一排竹简)你看齐国派黎弥送来了国书，邀我近日到夹谷会盟，事关重大，寡人之意，由你陪我前往，你可以速做准备。

孔　子　诺。

## 第七场

时　间　前场几日后的中午时分

地　点　鲁国与齐国交界处之夹谷

[多媒体：展现周边地势

[舞台中间设一土坛，前后左右均可上下，有台阶五到六级。上设长桌与长凳，两侧及正面旌旗高挂，有一面大旗上刻有巨大的“齐”字。虽在山谷之中，但显得庄严肃穆。

[齐国相黎弥与一个文臣——姬黄上。

姬　黄　禀报大人，姚魁已经组织了五千莱人，一切弓弩剑戟均已齐备。还有我们在都城带来的五百乘战车都在附近集结待命。

黎　弥　鲁国重用孔丘对我齐国不利。君王此举是以结盟为名，行控制鲁国之实，事关重大，如有差池，小心你的脑袋。

姬　黄　小人不敢有半点懈怠，昨天一夜已经彻夜未眠了，请大夫放心吧。

[姚魁上，带了两个莱人莽汉上。

姚　魁　大人，这两个汉子就是我们要挟持孔丘的武士。

[说时迟，那时快，两个莽汉上前，抓住黎弥的双手将他按倒在地。

黎　弥　唉……唉！唉……！这是干什么?!

姚　魁　住手！住手！这是黎弥大人，你们怎么敢不听命令莽撞行事！真是蛮夷野人！如果再敢莽撞行事，我砍了你们的脑袋。

[这时，俩莽汉连连后退。

姚　魁　(上前打了莽汉两个耳光)大人受惊了。

黎　弥　你们这些野种、畜生，快把他们的首领找来。

姚　魁　是。(向二莽汉)跟我来。

[二莽汉跟姚下。

黎　弥　(浑身不适，松动臂膀)这两个小子，劲可真不小，我根本来不及提防，就……

姚　魁　他们两个可是力大无边啊！他们可以把千斤重的城门举过头顶让战车通过，这可是百里挑一选出来的。只是不懂世事，头脑简单，只要我们有人把他们监管好，还是可以为我们所用的。

黎　弥　嗯。用这俩小子，对付孔丘倒也不错。

[后面鼓乐齐鸣，一个武士跑上，“景公驾到！”在鼓乐声中，景公与随从等人上。黎弥上前迎驾。

景　公　(显得趾高气扬地)一切都已经准备完毕了吗？

黎　弥　君上，一切都已准备好了。

景　公　(到土坛上落座)孔丘以礼仪著称，待他们来时，我们何以相对？

黎　弥　君上放心，我会用另一种礼仪来迎接他们。

景　公　哦？你又想出什么新花样来了？

[黎弥上前耳语。

景　公　好，好。这叫出其不意。

[这时，有一对武士上，列队两旁。一探子上场。

探　子　报——鲁国国君已到谷口阶下。(下)

黎　弥　奏乐，迎接鲁国国君。

[众列队，鲁国国君及孔子带武将冉求等上，相互以雁为礼品进献。

齐景公　鲁国乃周朝之后，我先祖齐桓公在世时，也曾称伯于天下，齐、鲁两国自古就是友好邻邦，当今诸侯称霸，只有我两国联合起来才能壮齐鲁之国威，抵御强敌入侵。

鲁定公　不久前齐国攻占晋国的夷仪，我鲁国虽未出一兵一卒，但仍持中庸之道,愿天下诸侯以和为贵。

齐景公　定公所言正合我意。我与晋国之事,不是一个巴掌能拍得响的,我当以牙还牙,这也是为了和嘛。

孔　子　普天之下,莫非王土,率土之滨,莫非王臣。诸侯都有为王室守候疆土,维护和谐的义务。现在干戈不断,实乃诸侯未尽王臣之责啊。

黎　弥　景公乃齐桓公之后,唯有他尚可继承先王之志,担当整饬天下之重任,所以前来会盟。齐鲁携手以称强于现世。

齐景公　黎弥言过了,只有我齐鲁两国结成盟好,才可望继承桓公的遗志,还望鲁定公鼎力协助才是啊。

孔　子　此次来夹谷会盟,即是我鲁国的友好举动。

齐景公　很好。黎大夫,把主旨文书向鲁公宣读。

黎　弥　(接过竹简)文中各项均见竹简中所记。我这里要特别强调的是,至此会盟之日,我齐鲁两国已成友好之邦,日后我齐国与敌国发生战事,鲁国要派五百乘战车随行出征,以共御外敌。这是本文书的要旨,还望鲁公当面答允。

鲁定公　既是友好之邦,这一款可以兑现。

[此刻,一片呼喊赞扬声。

齐景公　好,好! 鲁国虽小,但鲁君颇有王者风范。

鲁定公　(转向孔子)大司寇有何高见,请述当面。

孔　子　二位君上,所言甚是。两君王皆以文书为据,甚好。你我既是友好邻邦,我有一个提议,请齐景公还我几年前占领我鲁国的汶阴三城。

[由于这个提议来得突然,一时双方显得十分尴尬。出现一个巨大的停顿,齐景公与黎弥对视后——

黎　弥　(以礼仪为名打破僵局)姚魁,莱人歌舞上。

[一群莱人乐队吹打上场,后随一群莱人妇女,身着鲜艳长裙,就地歌舞。他们的舞姿既不合礼仪也不美观,而是野人的狂舞,最后在乐器的鼓噪下,竟脱起衣服来。赤身露体地狂喊、狂叫、狂舞;并且不拘礼节的手持酒碗,给鲁君灌酒,一片混乱。这时,突然前面两个莽汉跳上土坛

挟持鲁定公。孔子与冉求等人迅速跳上土坛阻拦莽汉的行动，一场混战后，将几个莽汉打翻在地；以身护卫鲁君。

孔　子　今天既是友好会盟，怎么叫蛮夷莱人搅乱大礼，在君王面前献丑，这是何家之礼仪，景公岂能容此等荒唐之事，代替齐国的国礼，真是可悲可笑。

黎　弥　哈哈哈哈，……这不合周礼，但合齐礼，让你这个书呆子见识见识我齐国的礼仪。

齐景公　黎弥，还不让莱人退下。荒唐，荒唐！这是败坏我齐国的礼仪。

孔　子　（趁热打铁）景公君上，刚才我提出归还汶阴三城之事，您尚未给予回答。

齐景公　这……这……

黎　弥　我看你们君臣是想葬身在这夹谷之中了！

［一批军士全副武装上场，这时，孔子也站在高处向外挥手。子路率一批壮士，列队冲上。一时，双方剑拔弩张，形成对峙。

［天幕上出现两军对峙的强大阵势，在紧张的气氛中——

孔　子　在来夹谷之时，我与君上说，“有文事者必有武备，有武事者必有文备”，我们有三百乘车，看来你们也有几千之众，是不是在这儿夹谷中大战一场呢？

齐景公　既然是友好会盟岂有干戈以对之礼呢？黎弥大夫，还不下令撤兵。

黎　弥　（很不情愿地）撤——兵

［孔子见状，挥手让子路等带兵退下。

孔　子　（乘虚而入）齐景公，那么归还我汶阴三城之事，是否要记入文书？

齐景公　（沉吟有间）那几个县城的人，很难养啊；对我们用处也不大，归还就归还吧。

鲁定公　景公无戏言。

齐景公　这样你们也不虚此行了。

鲁定公　（面呈喜色）我们齐鲁永结盟好。

叙述者　在夹谷会盟之后，孔子趁收回汶阴三城的大好形势，要整饬鲁国国政；提出了隳三都，以削弱三桓的分割势力。在混乱中，桓子的家臣公山不狃趁机反叛，企图消灭三桓势力，取而代之。同时，隳三都又遭到了孟孙氏的极力反抗。

## 第八场

时　间　前场两个月之后

地　点　季桓子家大厅

[入夜，烛台上灯火通明，颇有超过鲁君宫廷的气魄。

[远处，杀声震天，正在激战。大司徒在高台处瞭望。

家　臣　司徒大人，子路与孔丘正指挥右路人马与公山不狃激战。这时，公山不狃不敌我方之反攻，开始败退了！

季桓子　那还不乘胜追击，生擒公山不狃。

家　臣　(猛摇木铎)出兵，出兵！生擒公——山——不——狃！

[后面传来一片喊杀声，战鼓咚咚，震天动地。

[叔孙氏匆匆上场。

叔孙氏　伯父，伯父，刚才我还担心，怕公山不狃的兵卒攻打你的武子台。刹那间形势逆转，公山不狃大败了。

季桓子　(倒了一杯酒)来，喝一口压压惊吧。

叔孙氏　谢伯父。

季桓子　走，我们去观战吧。

探　子　(匆匆跑上)大司徒，大司徒，孟孙氏赶来见你。

季桓子　哦？他来的正好。快，快请他进来。

[孟孙氏，风尘仆仆，匆匆上。

季桓子　懿子，你这个时候赶来，很不安全，费邑还在激战呢。公山不狃这个叛逆，又乘隳三都之际举行叛乱，企图灭我三桓取而代之。

孟孙氏　我虽是从战火中冲过来的，还以为你遭了他们的毒手。

季桓子　这倒还不至于，我这里有数万将士，谅公山不狃不是我们的对手。

孟孙氏　孔丘呢？

季桓子　与子路、冉求在指挥大败公山不狃呢。

孟孙氏　桓子大人，我们不能再上孔丘的当了，我这次前来就是要求立即停止隳城邑的行动！

叔孙氏　伯父，他来的正好，我们商量一下隳三都的事吧。

季桓子　那好。自从孔丘任大司寇以来，社会稳定，民心思安，而这次隳三都又引起社会不满。隳三都，我的费邑城墙与叔孙氏的后邑的城墙都已被拆除，只剩你那里还没有动兵，快说说你的主张吧。

孟孙氏　孔丘一介布衣，两年之间升为中都宰、大司寇，又让他当上了代国相，君上简直把他捧上天了！他这次隳三都，说什么依照礼制，私家不得藏兵甲，封邑的城墙不得超过百尺(雉)，借故要把我三桓家的城墙挖平，这不等于在我们身上扒皮吗？

季桓子　孔丘自上任以来，在夹谷会盟之时，争取归还我汶阴三城是有功的。

孟孙氏　正因为汶阴三城是属于你大司徒的，你才被他蒙住了眼睛，使你对他的主张三月不违，这次同意隳三都是中了他的诡计。

季桓子　孔丘说隳三都也是为我三桓长久利益着想。

孟孙氏　但时至今日，你的费邑，他的郈邑都已将城墙拆除，却引出了公山不狃之乱，险些家国毁于一旦。隳三都使鲁君收益，却大大损害我三桓的利益。

叔孙氏　伯父，懿子之言有理，乘隳城邑之事尚未执行，你就下令让孔丘停止隳三都吧！

叔孙氏　前有阳虎后有公山不狃……

季桓子　这倒使我增加了识别小人的眼力。

孟孙氏　眼前齐国已在我边境集结了三万大军，如果再隳我的城邑，齐国的兵马即刻可杀至我城邑的北门，那我们鲁国就无望了。

季桓子　前有阳虎之乱，近有公山不狃之反，孔丘隳我费邑、郈邑，实对我三桓不利，我现在已是首鼠两端，无可奈何了。

孟孙氏　我听了家臣公敛处父的谋略，决不同意隳三都，隳三都断不可行。

[沉默有间

季桓子　……好！那我们就让孔丘的隳三都半途而废！……来人呐！传令下去，让孔丘、子路等立即停止隳三都的行动，不得有误，违者斩！

[后面传出木铎的响声，“大司徒有令，立即停止隳三都的行动，违令者格杀勿论！

叙述者　齐国因鲁国重用孔子怕鲁国兴盛对齐国不利，又采用了送美女之计，企图加剧鲁国内乱。

孔子时年五十五岁。

## 第九场

时　间　几乎与前一场同时

地　点　鲁定公宫内

[孔子正与鲁定公因隳三都之事，争论不休。

孔　子　君上，虽说鲁国之形势隳三都当不可为；但天命之在我身，则隳三都又必当为。所以，君上支持微臣挺身而出；但事情如果半途而废，那将后患无穷，还请君上三思！

鲁定公　三思？我都为此寝食难安了，简直是惶惶不可终日！三桓这些人早已不把我鲁君当一回事了，季桓子恨不得把我除掉，取而代之，这你也应该知道吧？

孔　子　隳三都也是为他们的长远利益着想啊。我想这一点季桓子也是心中有数的。再说，惟当把握人心大义原则来整饬社稷。不可迁就现实，放弃人心大义原则，那我鲁国就会民风日下而不可收拾啊！

鲁定公　齐国已在我边境陈兵三万，如果再隳城邑，他们随时可以打过来，那时我们将没有退路，隳三都，隳三都，隳出个天下大乱！那将国无宁日。记得先君昭公的教训吗？被三桓逐出国门丧身在晋国乾侯啊！

孔　子　先君昭公求仁得仁,将被后人永记。

鲁定公　永记不永记谁能知道?你还是多看看现实吧。如果隳三都孟孙氏抵抗,遂引起季孙与叔孙的一致反对;内乱一起,齐国就会出兵伐我,我等将会处于孤立无援的境地,那寡人恐怕比兄王的下场还要惨啊。

孔　子　那么……微臣告退了,请君上再思。(下)

[侍者来报。

侍　者　拜见君王,齐国使臣求见君上。

鲁定公　请他们进来。

[一武士带随从人等上。

使　臣　齐国小臣参见君上。

鲁定公　罢了,请起。你等有何事匆匆至此?

使　臣　黎大夫派我等前来行献美大礼。我等率齐国美女 80 人,驷马百匹,现已来至贵国两观门下,敬请鲁国接纳。

[使臣递上书简,请定公查阅。鲁定公一边展开书简查看,然后迟疑地审视来者——

鲁定公　你是齐国的使臣,报上你的姓名。

使　臣　我姓齐,名叫秀娃。

鲁定公　(更加疑惑地)你虽是武士装束,但说起话来像个女人,你到底是男是女?在齐国任何官职从实报来。

使　臣　尊敬的君上,我父亲齐恒乃一介武夫,曾任齐国司马,因与鲁国先君昭公有深交,而受齐景公的贬斥,丢官为民,忧郁而终。家父临死前将一秘信交我,嘱我有机会时设法将这一信件转交鲁君。趁此次,我能来鲁国的机会,我亲自把它呈交给尊敬的君上(从身上取出秘信,呈交给鲁君),这样也了了我先父的心愿。

[鲁君看后陷入沉思……

鲁定公　这封信对我弥足珍贵,我还不知道怎么感谢你呢。有些事日后再议……你名秀娃,也是一个闺秀千金啊,这身装束也难为你了,你下去更衣吧。

[秀娃有些迟疑,鲁定公友好地点头示意。

侍　者　请随我来。(秀娃跟侍者下)

鲁定公　(独白)……兄王临终前念念不忘鲁国兴亡,教我接受他的遗训,定要依靠孔子这类能人治理国家,提防三桓僭权篡位之阴谋……若日后齐桓司马的后人有缘与你相遇,你当谢恩,以涌泉相报……

[这时侍者把秀娃带上宫殿,此时的秀娃已是淑女的装束了。

鲁定公　(示意侍者退下)……秀娃秀娃,真是美女中的娇娃啊……你原在齐国官中身负何职?

秀　娃　内府管事。

鲁定公　噢,噢……这么说你对宫内之事还是深知内情的。

秀　娃　略知一二。

鲁定公　齐景公到底要干什么?一方面,在我边境屯兵数万;突然间又派你等送美女、壮马以示友好联盟。你知道他们的用意何在?

秀　娃　据我所知,他们对鲁国重用孔子忧虑重重,一方面怕鲁国威胁齐国的安全;又听说因孔子任大司寇之职引得三桓不满,为了万全之策又采取献美之计,进行试探……

鲁定公　哦,原来如此。

[这时,侍者来报——

侍　者　君上,齐国派来的大队人马现已在两观门下等候多时,请君上示下。

鲁定公　传令下去,开城迎迓。

## 第十场

时　间　紧接前场

地　点　两观门外广场

[美女云集,人群喧闹,琴瑟悠扬,锣鼓喧天,一派节日景象。

[齐国美女浓妆艳抹,裙袂飘飘,缓缓起舞。但见季桓子微服挤在人群中,如痴如醉的观赏着齐女们的群舞。在一段舞蹈结束之后,欢呼声、

掌声不绝于耳。

[后方传来开道的锣声。一队宫廷卫士,护卫着鲁定公登上高台,此刻场上安静了下来。秀娃仍着武士男装,在鲁定公身侧;这时,她向齐女们发出命令——

秀　娃　各位听令,鲁国君上接受了齐国献美女之礼,让我们向齐国国君献上“康乐”之舞。

[秀娃换了女装加入舞队,并像鹤立鸡群成为舞者的核心,其美无比……

[这时,在音乐声中,美女们跳起了一段齐国高雅的舞蹈。在舞蹈的旋律进入高潮时,人群更加拥挤,均争到两观之下,去看美女。

[这时,季桓子命侍卫将他的微装脱去,在侍卫的护从下,趾高气扬地登上高台。

[鲁定公见季桓子到来,忙起身迎接,颇有君臣倒置之嫌。

鲁定公　大司徒你来得正是时候,现有齐景公派武士护送美女八十、壮马百匹,现予我鲁国做亲盟之礼,这正是一大壮举,这不仅表示了齐景公对鲁国的兄弟情谊,也巩固了我两国的友好与结盟。

[示意侍者将竹简递给大司徒示阅。

季桓子　(边看竹简喜形于色)哈哈——好!好!

[这时继续舞蹈。大夫们围观选美。

[这时一个侍卫摇响了木铎,喝令众人退下。场上只剩下美女、大夫、武士等。季桓子走下高台,欣赏美女……当他走近秀娃时,目不转睛地紧盯住秀娃。

季桓子　(自言自语)真是天仙下凡啊!(向侍卫)将这一美女带回府中!

[一侍卫走近秀娃,命她跟随他走,遭到了秀娃的拒绝。这时,季桓子与鲁定公均感诧异。(尴尬的停顿)

季桓子　你这一齐国女子,本就是送给我鲁国的礼品!怎敢抗拒我大司徒的怜爱。……你可以打听一下,在这鲁国上下,谁敢违抗我的意志!……把她带走!

[一武士,上前强行拉人。这时,秀娃脱去衣裙与武士格斗起来,几个回合不分胜负。

[孔子匆匆上场。

孔　子　……住手! 住手!

鲁定公　(意外地发现孔子)大司寇,刚结束了大败公山不狃的战斗,怎么未假喘息又匆匆赶到两观城下?

孔　子　听说这里正在接受齐国美女,热闹非凡,民众议论纷纷,特赶来此。

季桓子　大司寇你来了? 你来的正是时候,首先你可以在美女中任选一人,慰藉一下你近日的辛劳吧。(回看秀娃)至于她嘛,已经是我的小妾了!

孔　子　哦? 君子非礼勿动,大司寇身为一代国相,焉能将礼义二字置之度外,在众目睽睽之下,强行将这齐国美女纳为小妾呢? 这成何体统? 这样无视道德规范,将对民众造成极恶的影响。孔丘不仅不能从命接纳美女为妾,更要奉劝大司徒明察是非善恶,停止这一损害大司徒名义的举动。

[秀娃已知这位就是孔子,跪地行礼。

秀　娃　这位就是孔丘大人?

鲁定公　他正是大司徒孔丘。

秀　娃　我名秀娃,奉卫国大夫黎弥之命来鲁国献美,本应明日返回卫国,但因念及鲁昭公与先父的情义,我愿留在鲁君宫中,侍奉定公君上。请大司寇孔丘大人明鉴。

季桓子　唉……这么说君上你已经捷足先登了?! ……但此情我并不知,再说我与君上素有兄弟情谊(向侍卫挥手)把她带回我的府中!

[鲁定公也示意他的侍卫上前去拉秀娃。秀娃被两边的侍卫拉扯着,左右为难极力挣扎,竟将两个武士甩倒在地,场上又是一阵混乱。这时,季桓子气急败坏,在一个武士手上夺过宝剑,逼近秀娃,嘴里念叨着——

季桓子　你还敢反抗! 快跟我走! ……快跟我走!

[在他逼近秀娃的过程中,秀娃不断地后退,直到她被季桓子逼至城墙边的时候,秀娃忍无可忍,向他的剑锋扑去,即刻倒在血泊之中。场上

一片哗然。

众美女　(尖叫)“秀娃！秀娃！”——秀娃！秀——！娃——！

[秀娃倒在血泊之中

孔　子　君上与大司徒乃是我鲁国最高层的代表，均有五世以上的显赫家世，竟把道德置之不顾，做出这种丑事，还怎么用美德去教育庶民呢？

季桓子　哦！想不到这件事又落到了你大司寇的管辖之内了。好吧，那就望你做出公断。

[舞台上沉默良久。孔子慢慢摘下冠冕……

孔　子　(走向鲁君)恳求君上免去孔丘大司寇和代国相的职位。

鲁定公　(惊诧地沉吟良久——)待春祭大礼之后再行定夺吧。

季桓子　好！传令下去：为庆贺齐国献美女之壮举！即日起，举国庆贺三天！不理朝政！

[木铎叮叮响起，侍卫高喊：大司徒有令——三日不理朝政——！

[暗转。女子歌队上。

(唱)定公昏庸纵“三桓”

骄奢淫逸招民怨。

美人之计无可挡，

三日不朝国事艰。

无情拒送祭肉礼，

孔子离鲁去决然。

足迹远去可接天，

寻找“理想”好家园。

历尽艰难无反悔，

弟子跟从志弥坚。

求仁得仁又何怨，

木铎叮叮响云天。

叙述者　鲁定公13年(公元前497年)。孔子年55岁。去鲁适卫。从此为了他的理想，追求他的治国之道，进行了长达 14 年的列国周游。

**一年之后**

孔子在卫国得到卫灵公的赏识，魏灵公给与丰厚馈赠与大量田产，但并不重用他。在卫灵公的着意安排下孔子与卫灵公夫人南子见面。面对卫灵公的昏庸导致后宫擅权。孔子云：“我还没见过爱慕德行像爱慕美色一般热切的人。”

## 第十一场

[天幕上城廓旋转，出现——《卫国》

时　间　鲁定公 15 年(公元前 495 年)

地　点　卫国宫廷

[卫灵公宫中。卫灵公与太子蒯聩为王位之事争议。

蒯　聩　父王，我已经当了三十年的太子了，况且对诗书礼乐成熟于胸，难道还不能继承您的王位吗？

卫灵公　这件事关系重大，还要听听你继母南子的意见。

蒯　聩　(不以为然地)继母？继母？嘿嘿，你可知这位南子原是宋国公子宋子朝的姘妇。她与宋子朝的绯闻传遍宋国朝野。我去宋国的时候听到宋国人嘲讽她是一只淫荡的小母猪！这岂不是丢了我卫国的脸面吗！……我实在是忍无可忍了！再说她这个女人像把插在我们父子心上的尖刀，让我们父子貌合神离。这女人实在是祸水啊！望父王明鉴，还是早日让我继位主持朝政吧。

卫灵公　你胸无大志，整日与一群狐朋狗友鬼混，偌大一个国家，我怎么能放心让你来治理呢。

蒯　聩　难道您还看不出南子的诡计吗？她这个女人，仍与宋子朝藕断丝连，她难道不会把卫国出卖给宋子朝吗？

卫灵公　哈哈，这个忧虑你可以打消了。南子已将过去的私情看作羞耻；盼望我与宋子朝做一次相会，以彻底断绝宋子朝的奢望。

蒯　聩　这件事父王出面与宋子朝会谈，恐怕有失国体吧。要么这样吧，这次会谈交给我来处置，我会让他们再无见面的机会。

卫灵公　这我也不放心啊。你很可能因为私怨而伤害了我们两国的关系。

蒯　聩　您放心，我心中自有道理。南子现在何处？

卫灵公　这件事你也听听你继母的想法吧。她现在正在宫中接见孔子，此刻你不要前去打扰。

蒯　聩　哎，孔子已是我卫国“公养之人”，我会与他配合的。

[宫中另一室。南子在珠帘隐影与配环叮当声中，由几个宫女引领缓步通过回廊。

[孔子在大厅的另一端正等待南子的接见。当珠帘卷处，南子与孔子相见时，孔子行跪拜之礼。

南　子　你就是鲁国的大儒孔子吗？

孔　子　微臣正是鲁国孔丘。

南　子　请坐吧。你是大儒，诗书礼乐皆通，请问乐的本意是不是快乐？而快乐与淫乐有什么不同？记得《诗经》的第一首就是关于淫乐的，“关关雎鸠，在河之洲，窈窕淑女，君子好逑”，这岂不正是人的淫乐本性吗？正如你说过的，食，色性也，对吗？

孔　子　这首诗是哀而不伤，乐而不淫。而“诗三百”一言以蔽之，思无邪。乐者，音之所由生也，其本在人心感于物也。哀、乐、喜、怒、敬，各有所态——非性也，感于物而后动。凡是邪恶的声音影响人，逆乱的情绪就跟着产生，逆乱的情绪形成逆乱的事实，淫乐就兴起了。你所说的淫乐应属于这种。一般而论，淫与乐不是一回事。

南　子　那么淫与乐怎么分得开呢？周幽王为了妃子褒姒一笑而烽火戏诸侯，那不是人世间最好的淫乐吗？

孔　子　对这一类的淫乐，君子不取。正因为这种淫乐属于邪恶本色，所以周幽王成了西周的亡国之君，永远被人唾骂。

南　子　我很崇敬夫子仁者爱人的思想,不知这其中可包括有过错的人呢?

孔　子　人非圣贤,孰能无过?

南　子　像我以前在宋国曾有过的恋情,能够让世人谅解吗?

孔　子　过者不可谏,来者尚可追。只要改过,还是可以的。

南　子　可我现在身处高位,有人嫉恨我,恨不得把我除掉才甘心,我将何以相对呢?

孔　子　你要提防嫉恨你的人,并且要设法排除这种危险。

南　子　那么如果这个嫉恨我的人又将威胁到我的地位,我将如何提防呢?

孔　子　……唉,日以继夜的提防吧。

南　子　真是高见啊,使我终生难忘,谢夫子赐教。(暗转)

[蒯聩与戏阳速上场。

蒯　聩　等一会你看我的眼色行事。在我与南子对话的时候,我会向你回头看,当我回头看你的时候,你就上前刺杀她,事成之后,给你晋级封赏。

戏阳速　记下了。(二人转向南子寝宫)

蒯　聩　(提高声音)皇儿参见继母皇后!(并行作揖之礼)

南　子　外面何人?

宫　女　太子蒯聩求见。

南　子　天色已晚,明日再见。

蒯　聩　事情急迫,有关明日君上到洮城与宋子朝相会之事。

南　子　让他进来。

宫　女　皇后有令,宣你进见。

蒯　聩　谢皇母。皇母,明日洮城之事,宋国使臣实为太子宋子朝,他亲自出面与父王会见多有不便,请母后将此举取消或者更换使者。

南　子　我已与灵公商定,此举非他亲自出面,方能了此后患。

蒯　聩　我认为这有不妥。一方面,有失国体;另一方面,父王为了这件事与情敌会商,岂不成了天下人的笑柄。依我之见,这件事由我出面处置。一来可以为你们遮掩,二来也不会做有失国体之事。

南　子　我看你是另有所图吧。

[这时,蒯聩回头看戏阳速,戏阳速手握剑柄,呆立不动,心有恐惧。

南　子　你还是把自己的事管管好吧,不要把手伸得太长。

[蒯聩眼盯着戏阳速,将手在空中摇晃着指向南子。戏阳速仍呆立不动。

[说时迟那时快,蒯聩欲冲过去拔戏阳速的剑。南子觉察。

南　子　(大叫)蒯聩杀我! 蒯聩杀我!

[灵公与卫士数人冲上,护住南子。

[此刻蒯聩与戏阳速遁逃……

## 第十二场

叙事者　公元前 484 年,孔子 68 岁,十多年的周游列国,使孔子学问道德大有增益,但他所追求的社会理想却不能被列国诸侯接受,在他去楚国途中,师徒们被围困在陈蔡,在极端的困境中孔子的社会理想照亮了师徒们前进的道路,而正在此时季康子与冉求来接孔子等返回鲁国。

[城廓旋转,显出——陈蔡

时　间　鲁哀公六年

地　点　陈蔡间的荒野

[孔子在去楚途中,行至陈、蔡之间,无上下之交。困于荒野一村落,断壁残垣间,子路、颜渊、子贡及随行人等,孔子在一旁写《春秋》,这时灯草燃尽,光线微弱,颜渊用抓来的一小撮萤火虫给他照亮。孔子对他点头微笑,后又奋笔疾书。颜渊为其扶展竹简,闵子骞在后面吹箫。

子　路　(走进孔子,然后颜回抬头发现子路)哎? 颜回啊,你这双眼睛怎么是绿的。

颜　回　啊? 我的眼睛是绿的? 这不可能。

子　路　怎么不可能? 子贡,你来看看,他的眼睛是绿的吧?

子　贡　是啊,你的眼睛像萤火虫的绿光了。

颜　回　唉,你们别瞎说了。(抬头)你们俩的眼睛也是绿的!

子　贡　啊,我的眼睛也是绿的? 子路,你看我的眼睛是绿的吗?

子　路　是啊,你的眼睛也是绿的。

子　贡　你的眼睛也是绿的!

子　路　啊? 我的眼睛也是绿的? 那真怪了,咱们的眼睛怎么会变绿了呢?

[他们惊讶的发现孔子的眼睛也是绿的。

子　贡　(把他们俩拉到一边)你们看,夫子的眼睛也是绿的。

孔　子　(停下书写,注视着他们,长叹一声)唉,你们知道么,眼睛绿就是饥饿使然。子贡啊,你总是有办法的,你出去找找关系,想想办法,搞一些粮食来,解救我们的绝粮之急吧。

子　贡　好。

[子贡在他的行李包裹中取了一些东西出来,揣入怀中,下。

闵子骞　(闵子骞停止了吹箫,匆忙跑上)夫子,有人来了。

[一老汉,瘦骨嶙峋,拄着一个竹棍;一个少妇,抱着一个孩子,上。

闵子骞　你们几个是干什么的? 为何跑到这来?

老　汉　我们是蔡国的饥民,被陈国人赶到了这里,不给饭吃。我们已经三天没有吃东西了。想跟诸位大人讨一口饭吃。大人啊,救救我们吧,你看,这个孩子都快饿死了,你们行行好,救救我们吧!

闵子骞　我们这都饿的前胸贴后胸了,你还来跟我们乞讨。我们被围困在这已经七天七夜了,还不知道出路在哪儿呢!

子　路　你们睁开眼睛看看,我们已经饿成什么样了,你们还来找我们,快走吧快走吧。

孔　子　饿汉知道饿汉饥,同是天涯沦落人嘛。唉! 我们现在也是一筹莫展了。(孔子起身,走进妇女,看她怀中的孩子)这孩子多可爱啊,饿成了这样。

颜　回　夫子,我刚才煮的野菜还剩了一点菜汤,拿给他们喝吧。

孔　子　好。

颜　回　(端上一碗菜汤递给老汉,老汉接过一口喝光)他们还没有喝……

妇　女　老伯，天不早了，我们赶快去找个地方安息吧。(下)

闵子骞　夫子，这一带都是战场，后边横尸遍野，一片凄凉。

孔　子　这都是这些国君大夫犯下的罪行。走，带我去看看。(孔子与闵子骞下)

[一路人上。名唤接舆，传来他的歌声。——

凤啊凤啊！何德之衰？

往者不可谏，来者犹可追。

完了，完了。今之从政者殆而！

子　路　你是哪里来的狂徒，如此出言不逊，为何以歌伤人。

接　舆　看来你也是追随孔丘的读书人咯。我真不懂，在这乱世之中，你们一帮人跟着一个不懂五谷为何物的老朽四处流浪，又有何用呢。

子　路　燕雀焉能知鸿鹄之志。你一个种地的老农，又知道何为从政？

接　舆　哈哈哈……你这少年人也太狂妄了。我这把年纪，过去也是从过政的。在宋国，我曾经做过管理山林的官吏，因战乱，差点丢了性命。后来又跑到鲁国，正逢大夫少正卯立舍讲学，他主张乱政杀戮，弑君弑父。只要取得权力，什么都可以去做。那也是罪孽啊！后来，听说孔子在鲁立学，广收门徒，我曾前去投靠，但又听说他已被鲁国驱逐，而四处周游，终于在这里遇到了你们，看你们缺衣少粮这种狼狈处境，再不脱身，不就要饿死在这里了吗？我看，你们还不如离开孔子，跟我一起去种田，躲过这乱世为好。

子　路　你说的倒也有几分道理，但是你除了每天劳作，填饱肚子，躲避在这穷乡僻壤之外，你还能对其他民众起什么作用呢。如果天下人都像你，只顾一己之温饱，又有谁来关注劳苦大众的命运呢，而夫子是一位圣贤之人，天将以夫子为木铎，夫子行迹所至，实已是夫子的行道所至也。这与你只知一己之利，不是有天渊之别吗？有朝一日，你已是一具枯骨，天下无人所知，而夫子名声，将被后人传诵。

接　舆　哦，你如此狂妄。从你身上也可见孔夫子的为人了。好吧，那咱们就各走各的路吧，但愿你不要就饿死在这里。(仍唱着歌下)

[夫子及闵子骞，上。

子　路　夫子，刚才这狂徒出言不逊，以歌伤人，我把他哄走了。

孔　子　在周游的路上，多遇奇人。此等人大多也是乱世中赖耕隐遁之人，听听他们的骂声，倒也是一件好事。

闵子骞　因为我们落难在此，才会碰到各种小人的攻讦与嘲弄。

孔　子　人不知而不愠，不亦君子乎。

[陈蔡的卫兵上。他们手上捧着吃剩的骨头。

卫　兵　你们怎么还没死啊？这些骨头给你们去啃吧。

闵子骞　你们这些狂徒还不快滚，否则我要了你们的狗命！[拔出剑，指向那两个卫兵，卫兵惊吓遁逃。

闵子骞　希望来了，子贡回来了。

[子贡带了一袋米，上。

子　贡　我先用一点玉器换了一袋米来。快，快去煮饭给大家充饥吧。

颜　回　这件事我来吧。

闵子骞　唉，叫那个妇女帮我们来烧饭，然后可以帮他们度过这个夜晚啊。

孔　子　子骞，你去把他们找来。

闵子骞　我就去。(跑下)

[闵子骞旋即复上。

闵子骞　夫子夫子，不好啦，那位老汉和那位年轻的妈妈还有孩子都已经饿死在那边屋檐下了。

[场上一阵沉默

子　路：君子也会这样的困厄吗？

孔　子：君子即使困厄，也能镇定毫不动摇，而小人碰到困境的时候便沉不住气了，脾气变得烦躁不顾原则了。唉！人间的灾难何时了啊……我们不是犀牛，我们也不是老虎，为什么会在这荒郊野外流浪呢？

子　路　是不是我们仁德不够，别人不信任我们？

子　贡　是不是我们的智慧不够，别人无法按照我们的方案来执行？

子　路　是不是我们的理想太高了，别人接受不了。我们能不能把理想降低一点呢？

孔　子　这恐怕不行吧,我们不能削足适履啊。如果天下的仁德,都那么容易获得人们的理解和信任,怎么还会有伯夷、叔齐和比干的悲剧呢……大家是不是有点怕了?

子　贡　倒不是怕,而真是有点着急啊。你看我们被围困在陈、蔡这么多天了他们又不放我们走,这不是成心要把我们困死吗?

孔　子　天无绝人之路。

颜　回　子贡兄,依我看,正确的主张不被采纳,自己仍坚持下去这才愈发显出君子的本色。夫子的理想那么高大,真是高山仰止,景行行止,总有一天会被天下人接纳的。到那个时候,天下才会得到大治,人间才会和谐太平。

孔　子　颜回,以后你发财了,我去给你做管家(众笑)。面对上古两千多年的中华文明,面对这两百四十多年的鲁国历史,善恶是非,颠来倒去,而庶民百姓总是生活在水深火热之中。那是因为我们没有出现过一个理想的盛世啊。

子　贡　以您之见,要建立一个什么样的盛世呢?

孔　子　大道实行的时代,天下是人民所公有的。选择贤能的人当领袖,人与人之间讲信用而和睦相处。因此,人们不仅是亲爱自己的双亲,不仅是抚养自己的子女,而使老年人能得到终养,壮年人有用武之地,幼童能得到扶育,年老丧夫或丧妻而孤独无靠的人以及残疾人都能得到照顾和赡养;男子都有自己的职业,女子都能适时婚嫁。嫌恶财物被糟蹋浪费,但并不必为己所有;嫌恶好逸无劳者,但并不必为自己服务。因此,阴谋诡计被遏制而不得施展,盗窃和乱臣贼子不会产生,社会安定,路不拾遗,夜不闭户,是谓大同,这就叫理想的盛世……

[多媒体:在孔子说到理想盛世时,山谷中升起了幽兰,在天籁般的乐曲声中,死者复生……

[众人激动的手舞足蹈。这时,被放大的孔子声音:“因此,阴谋诡计被遏制而不得施展,盗窃和乱臣贼子不会产生,不遵从礼仪的领袖,将被人民废黜,民众则把他看作祸殃,这就叫大同地理想盛世。”众人兴奋的

狂舞。孔子也与人们一起舞蹈。天幕上,复生的死者一起狂呼:“我们也要活到那一天——! 我们也要活到那一天——!”

[在这个热烈的氛围中,子贡上场。

子　贡　夫子,夫子,好消息。楚国派人来迎接夫子了!

[四军士上场,叶公紧随其后。

叶　公　孔丘大人在哪里?

孔　子　(迎上前去)您是叶公吗?

叶　公　卑下正是。楚国君上派我前来迎接大人。

孔　子　就在此土墩就座吧。

叶　公　谢坐。听说你们在这陈、蔡之交被围困,据说近日已绝粮,这可属实?

孔　子　我等去楚与陈、蔡并无干系,不知他们为何这等非礼;又好像如临大敌,竟把我们围困在这里。

叶　公　陈、蔡的大夫们怕孔子大人去楚,对他们有威胁,故而从中阻拦,以扰乱夫子大人的行程。现在好了,我已与他们会商,他们已同意撤回守军。我还派人送来了口粮,近日即可启程去楚了,这乃是我楚国的大幸啊。

孔　子　非常感谢叶公的诚意,并请你代谢楚国国君,但我要告诉你的是,经过这十几年的闯荡,道之不行我已尽知矣! 所以我已与弟子们商议:道不行,乘桴浮于海!

[冉求匆匆跑上,后随季康子及武士数人。

子　路　冉求,你怎么到这里来了?

孔　子　冉求!

冉　求　(匆匆跪地)夫子大人,我是陪季康子大夫,前来找寻夫子的。

季康子　(跪地施礼)夫子大人,我父季桓子已于几年前去世,他去世前,总觉得自己有负于夫子大人的拳拳治国之心,深为内疚,再三嘱我,将夫子大人接回鲁国。

冉　求　我已在季桓子府上为家臣,弟子的第一个心愿就是请夫子回鲁国,您就答允了吧。

孔　子　好吧，我们也该回家了。

众　　　（欢呼）我们可以回鲁国了！我们可以回鲁国了！

[女子歌队上。

歌词（女声合唱）

黄雀啊，黄雀，
万勿栖息在楮树，
万勿啄我好粮粟，
郑国的国君与大夫，
不曾善待我以宾。
我已无法圆我梦，
我要赶回家国去，
见我本土众乡亲。

叙述者　光阴荏苒，历时十四年，孔子追求社会大一统的主张，虽很得人心，但因有碍于诸侯割据势力的利益，而未能实现。孔子这次回鲁国后将专心从事著述，整理《春秋》《易经》等，他以史为鉴、微言大义，把历史上的是非善恶，辨别得清清楚楚，以便后人治理国家之用，同时，他还一以贯之地从事他的教育事业。

## 第十三场

时　间　哀公十四年（公元前481年）

地　点　季康子家中大厅

[季康子与少正卯等议论孔子返鲁后之事。

宫伯寮　桓子大人在世的时候，重用夫子，没有结果。如果夫子返鲁后，与康子大人合作再无结果，康子大人岂不是自找麻烦？

季康子　宫伯寮所说有理。但是父亲在世时，最后的嘱托就是要我将孔丘接回鲁国，如再不任用，岂不违背了家父的遗训？

宫伯寮　以我所知，夫子此次返鲁意不在为官，而是要一心撰写《春秋》，要将鲁国二百四十多年的历史著诉成册，流传后世。

季康子　少正卯大夫，您看孔丘撰写《春秋》，于我家族有何利害？

少正卯　我本来不想再参与政事，但既然康子大人将我招来，我也只好略表浅见。依我看，孔丘年事已高，从政已无可能。但如果他撰写《春秋》，这倒是一件比当大司寇还危险的事。他如果把鲁国两百多年的历史著述成册，流传后世，那康子大人家族僭越王权、称霸鲁国的家史将昭然于世，被后人唾骂。不仅如此，鲁国历史上的弑君弑父者的丑行，也将一一列举其中，在春秋史册上，永留骂名。你想想，这不是比大司寇专权更危险吗？他是借鲁国历史，行褒贬天下之意。这就是孔丘的厉害。

季康子　这等大事，岂能由孔丘一介布衣来定夺！

少正卯　是非善恶均在他那支笔的删削涂写之中。

季康子　写春秋应是君王之事，孔丘不是也在僭越王权吗？既然如此，那我们应该制罪于他。

少正卯　书写国史，无法制罪。你只能在道义上给予谴责，那也无济于事。他是为后王立法、为后世立法。

季康子　那他也逃脱不了僭越王权之罪。

少正卯　趁他的著述还没有完成，我们应该采取断然的行动。

季康子　那以少大夫之见，应该如何行动？

少正卯　（凑近季康子耳语。）

[暗转。

## 第十四场

时　间　当天晚上

地　点　孔子家厅堂及院落前。有一群歹徒在一旁过场，匆匆隐去。

[孔子在一桌旁抚琴。天幕上出现《易经》——六十四卦图案。弟子子贡、闵子骞、冉求、子夏围在一桌前占卜。图案在旋转中突然停在了䷀乾卦上

子　贡　天行健——元,亨,利,贞。

冉　求　是乾卦,我们现在来解这个卦象吧。

子　贡　每个人在解卦的时候,与夫子的教诲联系起来,用一句话讲出夫子教诲的主旨。

闵子骞　(向孔子抚琴处瞥了一眼,然后小声地)哎,我看夫子一边抚琴,一边在听我们的占卜呢,我们小点声好吗,不要扰乱了他的乐瘾。

子　贡　谁来第一爻?

冉　求　咱们今天从年龄最小的开始。

子　贡　(看看子夏)那就是从子夏开始咯。

子　夏　好,我先来。

[子思上。

子　思　子夏叔叔,我最小,叔叔们还是我先来吧。

[大家怔然不语。

子　贡　你知道什么要从你开始啊。

子　思　怎么不知道,反正是占卜《易经》呗,爷爷也教过我了。

冉　求　那好,就从你开始。

子　夏　刚刚我们占了一个乾卦,现在要每个人说出卦爻的典故,你行吗?

子　思　怎么不行。……初九是潜龙,潜龙无用,藏在水里没有作为。……子夏叔叔,潜龙无用是不是因为它还没有长大,像我一样啊?

众　　　(笑)哈哈哈,像你一样。

子　夏　我看也许是吧。

子　贡　还要讲出夫子的治学要旨呢。

子　思　什么叫治学要旨?

子　夏　就是你爷爷教的什么你最放在心上。

子　思　那我最放在心上的是中庸呗。

子　贡　那么什么是中庸呢？

子　思　(做出背书的姿势)中也者，天下之大本也；和也者，天下之达道也。致中和，天下位焉，万物育焉。对吧？

子　贡　(鼓掌)好，讲的是原词，算你答对了。

子　夏　轮到我了。九二：见龙在田，利见大人。

子　贡　那么治学要旨呢？

子　夏　夫子著《春秋》，乱臣贼子惧。还有《春秋》三世说，一世为见，二世为听，三世为传。

众　　　好!

子　贡　既然是乱臣贼子惧，我们是不是要做些提防呢？

冉　求　我们有所准备，等会再议。

子　贡　好，轮到我了。九三：君子终日乾乾，夕惕若。厉无咎。警惕自励，转化为无咎。

冉　求　治学要旨呢？

子　贡　学而不厌，诲人不倦。学而不思则罔，思而不学则殆。有教无类。学而时习之，不亦说乎。有朋自远方来，不亦乐乎。三人行，必有我师。仁者爱人，克己复礼为仁。一日克己复礼，天下归仁焉。

闵子骞　子贡说得都对，但是一说就没完没了。还是回到乾卦上来吧，下面轮到我了。九五(阳爻)：飞龙在天，利见大人。龙已经高飞在云天，见到大人最有利。事物发展到最美好的阶段。

冉　求　那么治学主旨呢？

闵子骞　孝悌为本，修身、齐家、治国平天下。

冉　求　下面轮到我啦。上九：爻位为六，亢龙有悔。

孔　子　(停止抚琴)这一爻由我来回答。龙飞到极高的地方，因为有过失而后悔……

[良久的停顿，孔子低头不语，慢慢发出呜呜的哭声。众弟子震惊不已。

子　贡　夫子，是不是您身体不适？

孔　子　(摇头)回忆起我这十几年周游列国的经历,实在是愧疚有悔。我只看到了诸侯们在表面上对我的欢迎和需求,可我所追求的“道”跟这些诸侯的利益是相悖的。他们绝不会接受我们所追求的理想盛世。你们也跟着我走了很长的弯路。这使我心情沉重……

子　贡　夫子您不必心情沉重。我们追随您,学到了人世间最宝贵的真理。

冉　求　这一爻我还没有说透呢。夫子,让我继续说吧。这时用九来解释乾卦的哲理:好比出现一群龙,都不愿自封为首领,这叫群龙无首,大吉。易曰:困,亨贞,刚柔非中,得中者,六十四卦,三百八十四爻,一言以蔽之,中而已矣。仁以制礼,礼以制中,无咎——大人吉。夫子,也就是您,大吉啊!

众　　(鼓掌欢呼,开始手舞足蹈)

[孔琴和三渔匆匆跑上

孔　琴　父亲,父亲,少正卯带了一帮歹徒要焚烧我们家院。三渔发现他们带了很多人,把我们这里包围了。

三　渔　这些家伙在这里鬼鬼祟祟已经好几天了,我组织了一伙兄弟们随时监视他们的举动。冉求兄,我现在听从你的指挥,少正卯罪大恶极,不思悔改。我今天非要杀了他不可。

[有一群歹徒高举火把,过场。包围这座院子。

冉　求　好,听我的指挥,我等前去迎敌。

[这时各自取出武器,冲出门去。

三　渔　是!(高呼)弟兄们跟我来。(跑下)

孔　子　子思,随爷爷来。(领着子思下)

[在孔子家门前,一场激战。冉求跑到高处,指挥战士。

冉　求　(高呼)把那些歹徒统统抓住,一个不能放走。

[正当冉求指挥战士向前冲杀时,少正卯在他身后出现,拔出自己的剑,向冉求背部刺去。此时,三渔突然出现,用脚踢飞了少正卯的剑。少正卯从山坡上滚下来,三渔抓住少正卯,对他不断地击打。

三　渔　你既然知道你罪不容诛,为何还要屡犯不改,要不是夫子大人说情,我早就把你结果了！你还不思悔改，还要继续作恶，真是十恶不赦的坏蛋，还是我结果了你吧！

[拔出剑来，将他刺死。

三　渔　你总该有这一天的。

## 第十五场

时　间　鲁哀公16年(公元前479年)，孔子73岁

地　点　孔子家书房

[孔子家书房。他走近书桌，展开竹简，继续书写《春秋》。子贡、子夏、冉求在一旁为他整理竹简。

子　夏　夫子，《春秋》要写鲁国两百四十多年的历史，时间越久远，史实的佐证越难采集。襄公之前的史实佚散颇多，如何填补？

孔　子　我为这件事在周游列国的时候，也从别国的史料印证过鲁国当时的情况。我甚至为这个事去过洛邑，找过老子，请教过他。虽然，历史越久远史实越难搜集，我们还是要做最大的努力，搜集更多的史料，真正做到以史为鉴。三世说，近史可以见到，远史可以听到，再远的历史就只能听传说了。“三世说”可以启迪我们更准确的去鉴别史实。

子　贡　这也就是述而不著，以史为鉴，微言大义吧。

孔　子　你说得很对。

子　贡　听夫子说过，“道不行我已知矣”。写《春秋》只能为后世人立言、立说。那个时候，我们已经不在人世了，到底能有多大的作用呢？

孔　子　你这个问题问得非常好。这就是我要写《春秋》的本意了。正因为“道不行我已知矣”，那么为了寻求理想的盛世，你们也追随我周游列国十四年之久。齐家治国平天下，治什么国呢？这就是我一生追求的道，也就是文明和谐理想的盛世，这些诸侯是不能接受的，因为这和他们的根

本利益是相背离的。所以,周游列国14年到处碰壁,你们也跟我一起过了14年的流浪生涯,跟着我做了14年的丧家之犬啊。(众人笑)

子　贡　那么夫子写《春秋》是不是要继续在鲁国历史中为后世指明方向?

孔　子　子贡不愧为追随我的忠实弟子,你真是道出了我的心声了。人类相互残杀,这样的历史已经逾千年,依我看来,再过几千年,这种历史还会继续。人类只有实现了理想盛世,这种互相残杀的愚蠢行为才会终止。

子　夏　噢,那真是天长地久等到何时啊?

孔　子　我相信人类总会从野蛮变得文明,从愚蠢变得智慧。美好的未来是可以期待的。

冉　求　我们虽然看不到理想盛世的实现,但是《春秋》可以为人们指明通向未来的路径。在《春秋》里面,夫子把是非善恶指点得清清楚楚。在和谐理想的盛世实现之时,夫子的思想将会发出更耀眼的光芒,永照人间。

孔　子　我们要为这个理想鞠躬尽瘁死而后已。

[沉默有间,师生各有所思,台上沉默良久。

[孔子拄着手杖,在屋内吟唱:

吾十有五而志于学,
三十而立;
四十而不惑;
五十而知天命;
六十而耳顺;
七十而从心所欲不逾矩。
……
奋发忘食,乐以忘忧,
不知老之将至。

[众弟子沉浸在孔子的吟唱之中,在屋内踱步。

孔　子　我的时间不多了,以后要靠你们了……我想起来了,夏人死后的棺木是停放在东西两侧之间,是出于主宾中间的位置。我是殷人之后,我昨天晚上梦见自己坐在梁柱之间,受人祭奠。我大概不久于人世了吧。

子　贡　如果泰山崩塌了,我们怎么去仰望呢？梁柱毁坏了,我们怎么去依靠呢？哲人陨落了,我们向谁去学习呢？夫子,您还在微言大义,书写着《春秋》。从国君到庶民都等待看到你这部以史为鉴的巨著呢!

[一侍者上。

侍　者　大人,喝了这碗肉汤吧。

[夫子接过,喝了一口,放下,继续书写……忽然停笔,若有所思地——

[孔子仍在写《春秋》——

[子贡、子夏与冉求在一旁将孔子的竹简整理、翻阅。

子　贡　夫子写《春秋》将鲁国二百四十年的历史如实书写,明辨历史的是非善恶,将像一盏明灯永照后世。

冉　求　夫子在川上曰:逝者如斯夫,不舍昼夜。

子　夏　百世相传,也像一条长河。礼有常,也有变。必前有所因,是其常;后有损益,是其变。记事寓大义,取舍则由夫子定夺,为后世指方向。

孔　子　(缓缓走近三弟子)子路有消息吗？

子　贡　子路在卫国为孔悝家宰,现蒯聩正与他的儿子争斗不休,子路不会袖手旁观。

孔　子　……看样子,子路回不来了。

[高柴匆匆上场。

高　柴　夫子,夫子。我从卫国赶来,蒯聩将子路杀了,他临终前还说了这么一句话:“夫子教导,君死,冠不免。”然后正冠而亡。死后被剁成了肉泥。

孔　子　天丧予! 天丧予! ……壮哉子路……不愧为真君子啊! 我儿孔鲤也先我而去了。颜回也早夭而逝,现在又轮到了子路。……我更孤单、更寂寞了! ……

子　贡　你还在奋发忘食,乐以忘忧,为后世写《春秋》。

孔　子　是啊。

[一侍者送肉酱食物给他。

孔　子　(接过一看)日后再也不食肉酱了,把它丢了出去。

[侍者忙将肉酱丢了出去。孔子一人独坐，疾书《春秋》。

孔　子　(自语)克己复礼为仁，仁者爱人，礼之用和为贵! 如果出现一个大一统的中华，一个大同而和谐的世界那将多好啊!

子贡、冉求　我们二人均在季氏家族任家宰，夫子有什么示下?

孔　子　可为季氏做有利于庶民之事，而不要为他敛财。对百姓要施取其厚，事举其中，敛从其薄。

子　贡　弟子谨记。(二人退下)

[似乎外面有吵闹声，闵子骞匆匆上场——

闵子骞　夫子，夫子! 叔孙氏手下一个赶车人，在西郊狩猎打死了一只怪兽，现在门外请夫子辨认。

孔　子　(夫子看后对天长叹，欲哭无泪)唉，这是麒麟，仁兽啊! 它含仁怀义，叫出的声音像音乐，走路旋转和规矩，脚不踩虫子、身不折青草，不群不旅，不入陷阱，不入罗网，身上有美丽的花纹，其出必祥瑞于世。帝尧时仁兽游于郊外，万民均知其祥，不忍伤其身。今次出现，世事纷乱，出非其时也，所以折足而死于奴隶之手……呜乎! 呜乎!(踉踉跄跄地几欲跌倒)——吾道——穷矣!

孔　子　麒麟因出非其时而被害，吾道穷矣! 我写《春秋》把鲁国二百四十年的大事都记载在内了。今我将以麒麟为绝笔之日。今后的责任全靠你们了。(弟子们连连颔首)

[孔子一人独坐，天幕上布满了他的脚印，从近延伸到天边，木铎声叮叮作响，孔子沉思着歌唱：

凤鸟不至，
河不出图，
吾已矣夫!
……
泰山其颓乎?
梁木其坏乎?
麟趾其绝乎?

哲人其萎乎？

……

——歌毕，长眠而逝。

## 尾声

叙述者　夫子逝世三年之后，弟子们向孔子的坟墓拜别。

闵子骞　诸位师兄珍重了。虽然我等守墓三年但仍不忍心离去，人世沧桑还只得离去。

冉　求　我们虽然暂时离去，我们已经相约每年夫子忌日我等一起回拜夫子。诸位师兄、师弟都记下了吗？

众　　　记下了，记下了。

闵子骞　哎，怎么子贡还在那里守候？

冉　求　子贡要再守候夫子……

闵子骞　噢！……

[众弟子围向子贡，行告别礼后，各自从不同方向离去。

[子贡目送他们走。台上就剩下子贡一人，他再跪拜孔子坟墓……

[天幕上脚印转动，每个脚印都变成了一朵朵莲花，最后整个天幕上都是荷花，在清清的河水中绽放……

[天幕上清清河水的形象——水流滋孕大地，流向茫茫的荒原。

[在舞台口高处，从上到下整个舞台面都覆盖着大字书写的《礼记》——礼运篇，关于大同盛世的一段话：

"孔子曰：'……大道之行也，天下为公，选贤与能，讲信修睦。故人不独亲其亲，不独子其子，使老有所终，壮有所用，幼有所长，矜寡孤独废疾者，皆有所养；男有分，女有归；货恶其弃于地也，不必藏于己；力恶其不出于身也，不必为己。是故谋闭而不兴，盗窃乱贼而不作，故户外而不闭，是谓大同。'"

[激越的音乐声在剧场回荡。

[多媒体：天幕上出现空镜头：太阳——月亮——星辰——星辰——月亮——太阳，从幕远处由小变大的推出老年孔子——身着布衣、笑容可掬面对众人的形象。

音乐声不止……

[全剧终

2015年《上海戏剧》发表

2016年由市文艺基金会资助修改

2017年8月　定稿

本剧获2016年度上海市文化发展基金会文艺创作资助

2018年4月首演于上戏实验剧院

**图书在版编目(CIP)数据**

上戏新剧本. 第五十三辑 / 赵韫颖主编. —上海:
上海书店出版社,2019.11
ISBN 978-7-5458-1863-5

Ⅰ.①上… Ⅱ.①赵… Ⅲ.①剧本—作品综合集—中
国—当代 Ⅳ.①I230

中国版本图书馆 CIP 数据核字(2019)第 222861 号

**责任编辑** 张 冉
**封面设计** 郦书径

**上戏新剧本(第五十三辑)**
赵韫颖 主编

**出 版** 上海书店出版社
(200001 上海福建中路 193 号)
**发 行** 上海人民出版社发行中心
**印 刷** 上海叶大印务发展有限公司
**开 本** 710×1000 1/16
**印 张** 28
**版 次** 2019 年 11 月第 1 版
**印 次** 2019 年 11 月第 1 次印刷
ISBN 978-7-5458-1863-5/I.490
**定 价** 78.00 元